Franc Prosenjak

Lockrufe

Vom katholischen Priester zum evangelischen Pfarrer

Ein biografischer Roman

mainbook

Das Buch und der Autor

Zwei saftige Ohrfeigen meines Lehrers und die Androhung weiterer Prügel änderten in der vierten Klasse meine Einstellung zum Lernen. Unter dem Einfluss des gewalttätigen Pädagogen entdeckte ich, dass mein Hirn nicht nur dazu da war, das große Loch in meinem Kopf zu füllen. Die erste brauchbare Erkenntnis meines Lebens.

In der Folgezeit mauserte ich mich vom Faulenzer zum abscheulichen Streber. Um meiner angeborenen Armut zu entkommen, floh ich nach dem Schulabschluss von zu Hause. Eine zufällige Begegnung mit einem Priester brachte mich ins Grübeln. Ich begann das Studium der Theologie und wurde Priester, obwohl Gottvertrauen nicht gerade meine Stärke war.

Genauso wie die Auslegung des Zölibats. Auf einer Skipiste in Tirol wurde die Slalomfahrt meines Lebens von einer Skilehrerin durchkreuzt. Wir heirateten und bekamen Kinder. Von der katholischen Kirche gefeuert, trat ich in den Dienst der evangelischen Kirche ein.

Nach dreißig Jahren, am Ende meiner Laufbahn als evangelischer Pfarrer, wurde ich von Albträumen heimgesucht: Was hast du getan? Die Frage quälte mich und war der Anlass dafür, auf mein Leben zurückzublicken.

Menschen fielen mir ein, die mich beeinflussten. Ereignisse kamen mir in den Sinn, die meinen Weg lenkten. Ich schrieb mir von der Seele, was mich bewegte, und wollte nichts beschönigen.

Entstanden ist dieses Buch.

ISBN 978-3-944124-02-5

Lektorat: Gerd Fischer
Layout: Olaf Tischer
Bild auf der Titelseite: © Bruni Schneider

Besuchen Sie uns im Internet: www.mainbook.de

Inhalt

Du bist nicht besser, wenn du gelobt, und nicht schlechter, wenn du
getadelt wirst
(Thomas von Kempen)

Prolog: Nackt hinterm Altar

Albträume

Der Kirchenraum war nur spärlich beleuchtet. Als ich zum Altar trat, sah ich die Gläubigen verschwommen. Sie saßen mit versteinerten Gesichtern da, warteten auf meinen Einsatz und starrten mich vorwurfsvoll an.

Ich war miserabel vorbereitet. Auf dem Lesepult lag ein Messbuch, doch ich konnte die passenden Gebete nicht finden. In einem Geheimfach unter dem Lesepult fand ich eine Bibel, die ich aber wegen der winzigen Schrift ohne Brille nicht lesen konnte. Auf dem Altar vermisste ich Messwein und Hostien. Die Schale mit Weihrauch entdeckte ich zwar hinter der Skulptur des heiligen Josefs, doch es gab niemanden, der mir die Glut gereicht hätte. Es gab keine Ministranten, es brannten keine Kerzen, sogar das ewige Licht fehlte. Und das Allerschlimmste: Ich stand ohne Messgewand da und war lediglich mit einem kurzen Nachthemd bekleidet. Ich versuchte vergeblich, meine Nacktheit hinter dem Lesepult zu verstecken.

Am liebsten hätte ich mich aus dem Staub gemacht, aber ich konnte mich nicht von der Stelle rühren. Meine Beine waren schwer wie Blei.

Als ich schweißgebadet aus dem Albtraum erwachte, fiel mir ein, dass mich an diesem Morgen meine Dekanin zum Dienstgespräch erwartete. Wir wollten meine baldige Ausscheidung aus dem Pfarramt besprechen.

Ich blickte zum Fenster, durch das sich in der Morgendämmerung ein neuer, verregneter Tag ankündigte. Schlaf weiter, es ist noch finstere Nacht, hörte ich neben mir die Stimme meiner Frau, drehte mich um und versuchte, ihrer Aufforderung Folge zu leisten. Psalm 119 sollte diesmal als Mittel für eine eventuelle Schlafverlängerung herhalten. Ich setzte irgendwo in der Mitte des Textes an und stellte enttäuscht fest, dass ich die Verse nicht mehr auf die Reihe kriegte. Ich habe das Psalmen-Beten in der letzten Zeit vernachlässigt. Heißt es:

Dein Wort **ist** meines Fußes Leuchte oder Dein Wort **sei** meines Fußes Leuchte? Ist es eine Tatsache oder ein Wunsch? Ich war mir auch nicht sicher, ob das Wort Leuchte oder Licht verwendet wurde. Krampfhaft hielt ich die Augen geschlossen, dachte an die Petroleumlampe in meinem Elternhaus, deren Zylinder oft verrußt war, so dass der Raum, den sie erhellen sollte, dunkel blieb und meine Schwestern die Grimassen auf meinem Gesicht, mit denen ich die Langeweile des Rosenkranzgebetes auflockern wollte, nicht mehr erkennen und als Belustigung wahrnehmen konnten. So sah ich mich dann gezwungen, handgreiflich zu werden, indem ich sie heimlich gekniffen und an den Haaren gezogen hatte, was aber dem wachsamen Auge meines Vaters meistens nicht entgehen und für mich nicht ohne schmerzliche Folgen bleiben konnte.

Dein Wort sei meines Fußes Leuchte! Sei! Momentan war Sein Wort, das ich meinen Schäfchen als frohe Botschaft verkündigen sollte, für mich weniger Leuchte als vielmehr Last. Es plagte mich, dass ich die Botschaft der Bibel so wenig begriff, obwohl ich sie tagtäglich las und darüber nachdachte.

Ich drehte mich um und verabschiedete mich vom 119. Psalm, weil mir automatisch der Flehruf in den Sinn kam: Ich hebe meine Augen auf zu den Bergen, woher kommt mir Hilfe? Von Ihm natürlich, der Himmel und Erde gemacht hat. Meinte wenigstens der unbekannte Beter, um dessen Gottvertrauen ich ihn beneidete.

Die absolute Stille des frühen Morgens wurde unterbrochen von einem plötzlich einsetzenden Regen, dessen sanftes Nieseln eine beruhigende Melodie zu erzeugen begann. Das gleichmäßige Atmen meiner Frau hörte ich wie ein weit entferntes Geräusch, das zunehmend leiser wurde und mich erneut, wie ich hinterher feststellen konnte, in die Welt der Träume entführt hatte.

Ich befinde mich plötzlich in einer Kirche, in der ich gemeinsam mit katholischen und evangelischen Kollegen einen Gottesdienst feiern soll. Die Leitung der Zeremonie wird mir aufgedrängt. Ich überlege, auf welchen Ritus wir uns einigen könnten. Wenn römisch-katholisch, dann müsste ich mich äußerst konzentrieren, um mir die Messliturgie ins Gedächtnis zu rufen, schließlich waren es mehr als dreißig Jahre her, seit ich meinen Priesterdienst quittiert hatte. Schaffe ich das noch nach so vielen Jahren? Werden mir nicht zu viele Fehler unterlaufen? Bei der Wandlung ist ein zweimaliger Kniefall vorgesehen. Kann ich sie als evangelischer Pfarrer ohne Heuchelei vollziehen? Oder wähle ich einfach unsere evangelische Liturgie? So müsste sich niemand innerlich verrenken.

Als ich schon am Altar stehe, merke ich, dass ich vergessen habe, mir das Beffchen um den Hals zu binden. Ohne das liturgische Kleidungsstück fühle ich mich nackt.

Ich gehe in die Mitte der Kirche, schlage ein Buch auf, in dem das Beffchen steckt, ziehe es heraus und stelle fest, dass es völlig zerknittert ist. So kann ich es unmöglich tragen. Ich versuche es mit bloßer Hand zu glätten, doch ohne Erfolg.

Hänge dir einfach eine Stola um, rät mir ein Kollege. Ich schleiche in die Sakristei, suche eine Stola, finde aber keine.

Es bleibt mir nichts anderes übrig, als im bloßen Talar zu beginnen.

Mit Beinen aus Blei begebe ich mich zum Altar, der Weg dorthin nimmt kein Ende. Als ich schließlich das Lesepult erreiche, ist die Kirche fast leer. Ich schaue meinen Kollegen nach, die sich durch den Mittelgang bewegen und allmählich im Dunst des Weihrauches verschwinden. Verräter! Auch sie lassen mich allein! Eine tiefe Traurigkeit breitet sich in mir aus. Mein Herz ist schwer. Ich fühle mich wie damals, als ich in einem alten Brunnen stecken geblieben bin und allein nicht mehr heraus kam.

Ich will die Kollegen zurück rufen, aber aus meiner Kehle kommt nur ein undeutliches Röcheln. „Kommt alle zurück", versuche ich zu schreien, aber ich bringe kein Wort über die Lippen. Die Laute werden von einer unsichtbaren Macht erstickt, noch bevor sie aus meiner Kehle heraus gepresst werden.

„Was hast du denn?", hörte ich im Halbschlaf Gabis besorgte Stimme.

Wieder ein Albtraum?

„Ein verrückter Traum!", sagte ich, ohne auf dessen Inhalt einzugehen.

Etwas später saßen wir beim Frühstück. Wir besprachen den Tag, der vor uns lag.

„Ich muss gleich zum Dienstgespräch", sagte ich. „Mehr mache ich heute nicht."

„Und die Beerdigung heute Nachmittag hast du vergessen? Und Konfiunterricht? Und Geburtstagsbesuche? Und..." In gewohnter Manier erinnerte mich Gabi an Dinge, die ich immer häufiger vergessen oder verdrängt hatte.

„Weiß du, dass du letzte Nacht schlafgewandelt bist und dein Beffchen gesucht hast? Erzähl ruhig deiner Dekanin, dass du mich neulich fast erstickt hättest, als du mich im Traum angeblich retten wolltest!"

„Gut, dass es nur Träume sind", verharmloste ich meine nächtlichen Eskapaden, die mein Freund, der Psychoanalytiker, als Symptome meiner inneren Unordnung einstufte.

Müde und bematscht kam ich im Haus der Kirche an. Die Dekanin, eine apart aussehende junge Frau, schenkte uns Tee ein.

„Du siehst ziemlich mitgenommen aus", stellte sie besorgt fest. „Bist du krank?"

Ich erzählte ihr einen meiner Albträume und verriet ihr, wie ich insgeheim noch heute zwischen evangelisch und katholisch hin und hergerissen bin.

Sie nahm meine Personalakte und begann, darin zu blättern.

„Ich stelle fest, dass du noch nie eine Auszeit in Anspruch genommen hast, obwohl dir alle zehn Jahre eine zusteht. Jetzt könntest du es ein erstes und ein letztes Mal tun. Du hättest drei Monate Zeit, deinen Träumen nachzugehen", sagte sie schmunzelnd.

„So kurz vor meiner Ausscheidung aus dem Pfarramt?", wunderte ich mich. „Meine Schäfchen für drei Monate allein lassen? Ich weiß nicht, ob ich das verantworten kann", sagte ich in einem ironischen Ton, freute mich aber schon insgeheim auf eine mögliche, völlig unverhoffte Dienstbefreiung.

„Mach dir um deine Schäfchen keine Sorgen", sprach meine Chefin. „Sie werden den Hirten aus der Nachbarschaft anvertraut. Für die Gemeinden kann es sogar von Vorteil sein, wenn sie sich jetzt schon auf die Zeit nach dir einstellen. Um es dir noch leichter zu machen: Betrachte die drei freien Monate als ein Geschenk deiner Kirche an dich. Mit anderen Worten: Du kannst dich für drei Monate bedenkenlos aus dem Staub machen."

„Wenn du das so siehst, nehme ich das Geschenk gerne an", sagte ich erleichtert. „Du bist die sympathischste Dekanin, die ich je hatte."

„Ich weiß", erwiderte sie lachend, „denn bisher waren es nur Männer, die du in diesem Amt erlebt hast."

Drei Monate wurde ich vom Pfarrdienst frei gestellt, um meinen Wechsel von der katholischen zur evangelischen Kirche aufzuarbeiten. Was immer das heißen mochte. Am Ende sollte ich meinen Vorgesetzten einen Bericht über die gewonnenen Erkenntnisse vorlegen. Nicht mehr als zehn bis fünfzehn Seiten wurden erwartet.

Ich konnte mich also kurz fassen.

Kapitel 1: Wie ich meine Armut hasste und reich werden wollte

Einfalt

Mit Hilfe meiner eifrigen Sekretärin wurde meine Vertretung für die Zeit meiner Abwesenheit geregelt. Prädikanten, Lektoren und meine Pfarrer-Kollegen übernahmen die Sonntagsgottesdienste. Letztere vertraten mich auch in dringenden Fällen der Seelsorge. Taufen, Trauungen und Beerdigungen, bei denen meine Assistenz unbedingt gewünscht würde, sollten unter Umständen auf die Zeit nach meiner Rückkehr gelegt werden. Religions- und Konfiunterricht wurden auf Eis gelegt.

Für ganz dringende Fälle hinterließ ich im Gemeindebüro die Telefonnummer meiner Schwester in Slowenien, über die ich notfalls erreichbar sein würde.

Dann fuhren Gabi und ich gen Süden.

Nach neun Stunden Autobahnfahrt erreichten wir meine alte Heimat und eine Stunde später den Punkt, von dem aus man nur noch mit Insiderwissen weiter kam. Hier versagte mein Navi. „Bitte, drehen Sie wenn möglich um", nervte die Computerstimme. Wir befanden uns mitten in der ‚Pampa', wie Gabi zu sagen pflegte. Die der Sonne zugewandten Hügel waren mit kleinen Weinbergen bewachsen. Auf den übrigen Flächen wechselten sich Wald, Wiesen und Äcker ab. Mitten am helllichten Tag wirkte die Gegend wie ausgestorben. Doch der Schein trog, denn die hiesigen Bewohner führten ein Doppelleben: Tagsüber arbeiteten sie irgendwo in der Stadt, nach Feierabend kamen sie heim und bewirtschafteten ihr Acker- und Gartenland, um sich mit den wichtigsten Früchten der Erde selbst zu versorgen.

Hier auf dem Lande trifft man, wenn überhaupt, nur alte Menschen an. Man kommt mitten im Wald vor ein einsames Haus, ein Kettenhund schlägt Alarm, eine Oma oder ein Opa erscheint an der Haustür, und wenn man der Landessprache mächtig ist, bekommt man nicht nur die erwünschte Auskunft, sondern wird mit Brot und Wein bewirtet.

Die Navi-Stimme ermahnte uns immer noch zu wenden, doch Gabi hielt an und stellte den Motor ab, denn wir waren endlich am Ziel.

Wo die mit grobem Schotter befestigte Straße aufhörte und nur noch Feldwege einzelne Anwesen miteinander verbanden, stand oberhalb eines Weinberges ein Häuschen und daneben eine Scheune.

„Willkommen zu Hause", rief meine Schwester, die auf unsere Ankunft gewartet hatte. Willkommen zu Hause? War nicht mein Zuhause längst in Deutschland, wo ich mittlerweile mehr als die Hälfte meines Lebens verbracht hatte, wo unsere Kinder leben und arbeiten, wo viele Menschen mir anvertraut sind, die meisten als meine „Schäfchen" und einige auch als Freunde?

Hier in dieser abgelegenen Gegend im nördlichsten Teil der Balkanhalbinsel verbrachte ich einen Teil meiner Kindheit. Jene Zeit, von der man sagt, dass sie prägend sei für das ganze Leben.

Wurde bereits hier der Grundstock für meine Albträume gelegt?

Hier stand vor langer Zeit eine Blockhütte mit Strohdach.

Ein Wohnraum mit Kachelofen war darin die Schaubühne unseres Lebens. Da aßen, spielten, stritten und schliefen wir. Nebenan befand sich eine kleine Kammer, in die unsere Eltern sich gelegentlich zurückzogen. Eine schwarze Küche und ein kleiner Flur rundeten die Unterkunft ab. Daneben gab es unter demselben Dach eine Art Stall für zwei Kühe, zwei Schweine, ein Duzend Hühner und zwei Katzen, die dafür sorgten, dass sich die Anzahl an Ratten und Mäusen im Haus in Grenzen hielt.

Nachdem meine Mutter einmal im Kachelofen Brot gebacken hatte, brannte das Häuschen ab. Ich kam von der Schule heim und fand eine Feuerstelle mit qualmenden Balken vor. Einige Hunde aus der Nachbarschaft labten sich an den teilweise verkohlten Tierleichen. Ein Paar Feuerwehrmänner rollten Schläuche zusammen. Nachbarn trösteten meine Schwestern und redeten auf meine Eltern ein.

„Ihr kommt zu uns", sagte Milcek, der Nachbarbauer. „Bis ihr etwas Neues aufgebaut habt."

In einem aufgegebenen Getreidespeicher, der sich über dem Schweinestall befand, wurden wir provisorisch untergebracht. Wir hörten unter uns Schweine grunzen und der säuerliche Geruch der Jauche drang durch die Ritzen des Fußbodens. Auch aus dem Plumpsklo, das direkt unter unserem Fenster von allen Bewohnern des Hofes frequentiert wurde, erreichten uns gelegentlich gewöhnungsbedürftige

Gerüche und akustische Einlagen.

Als Gegenleistung für unsere Beherbergung machten wir uns als Mägde und Knechte auf dem Hof nützlich: meine Mutter als Köchin, meine Schwestern betreuten Hühner und Ferkel. Das Ausmisten des Stalls lag in meiner alleinigen Verantwortung. Mein Vater zog das beste Los, denn er war meistens unterwegs. Manchmal kam er spät in der Nacht heim. Dann hörte ich, wie er zusammen mit der Mutter Geld zählte, das zum Bau eines neuen Hauses verwendet werden sollte, und dessen Herkunft mir unbekannt blieb.

Als ehemaliger Bergmann und Partisane bezog mein Vater eine bescheidene Rente. Aufgrund seiner Kriegsschäden konnte er keiner körperlichen Arbeit mehr nachgehen. Wie kam er also zu Geld? Das Gerücht, dass er an Bahnhöfen und öffentlichen Plätzen bettelte, verwarf ich als infame Lüge. Die Schande, einen Bettler zum Vater zu haben, hätte ich nicht ertragen können.

Ich hasste unsere Armut und war neidisch auf jeden, der mehr besaß als wir. Mein sehnlichster Wunsch war es, meiner angeborenen Armut zu entfliehen und einmal reich zu werden.

Wenn die gröbsten Arbeiten auf Acker und Feld getan waren, besuchte ich gelegentlich die Schule, die zu Fuß in einer Stunde zu erreichen war. Leider befand sich im selben Dorf auch eine Getreidemühle, was den Bauern dazu veranlasste, mir regelmäßig einen Sack Weizen auf den Buckel zu binden. Nach der Schule musste ich daher einen entsprechenden Sack Mehl schultern und heim tragen.

In der vierten Schulklasse fiel meinem Klassenlehrer auf, dass ich innerhalb von drei Jahren schon zwei Mal nicht versetzt worden war, was ihn auf die Idee brachte, mich näher unter die Lupe zu nehmen. Er bestellte mich in den Lehrerraum, ließ mich einige Schritte hin und her gehen, fragte mich, wie alt ich sei und ob es in meiner Verwandtschaft Schwachsinnige gäbe. Ich verneinte mit Nachdruck, obwohl ich meinen älteren Bruder für einen solchen hielt.

„Er scheint normal zu sein", flüsterte der Lehrer seiner Kollegin zu.

„Geistig behindert ist er jedenfalls nicht", meinte die Lehrerin und lächelte mich wohlwollend an.

„Der Bengel hat mehr als die Hälfte der Schultage geschwänzt", bemerkte ein Lehrer, der uns beobachtete.

„So, so", sagte mein Klassenlehrer, der sich übrigens mit dem deutschen Namen „Einfalt" schmückte. „Komm mit", forderte er mich auf und schob mich vor sich her aus dem Lehrerzimmer. Draußen auf dem Flur sprach er unter vier Augen mit mir: „Ich bin ein Lehrer, mit dem nicht zu spaßen ist, das sollst du wissen und spüren. Ab jetzt kommst du jeden verdammten Tag in die Schule, machst jeden verdammten Tag Hausaufgaben und lernst jeden verdammten Tag alles, was dir aufgetragen wird."

„Und wenn ich das nicht tue?" Die Frage rutschte mir raus, es wurde mir sofort bewusst, dass ich sie nicht hätte stellen dürfen.

Er blickte mich entsetzt an, packte meine beiden Ohrläppchen und begann daran zu ziehen und zu drehen, bis ich vor Schmerzen aufschrie. Dann ließ er plötzlich los und verpasste mir zwei saftige Ohrfeigen, die mich beinahe in Schlummerzustand versetzten.

„Das war eine Kostprobe dessen, was dir blüht, wenn du nicht tust, was ich dir sage. Notfalls lasse ich dich ins Gefängnis werfen und sorge dafür, dass du am Galgen endest", wollte er mir einen Schrecken einjagen und ließ mich im Flur stehen.

Am nächsten Tag erschien wie aus heiterem Himmel der Dorfpolizist Bujo auf dem Hof. Er trank zuerst eine halbe Flasche Schnaps, die der Bauer ihm zur Besänftigung hinstellte. Der Bauer war sich zwar keiner Schuld bewusst, aber der kluge Mann wusste, wie schnell man auch schuldlos behördlichen Drangsalen ausgesetzt werden konnte.

„Darf ich fragen, in welcher Angelegenheit Sie uns heute beehren, Herr Oberpolizeidirektor?" Er redete ihn absichtlich mit dem höchsten Diensttitel an, der ihm in den Sinn kam.

„Von dir will ich nichts, alter Trottel", lallte der Beamte und rückte seine Pistole zurecht.

Erstarrt vor Angst beobachtete ich aus sicherer Entfernung das Geschehen und befürchtete das Schlimmste. Dann fiel mein Name. Der Polizist fragte nach mir und wollte mich sehen.

„Da ist er", verriet mich der Bauer und zeigte in meine Richtung.

Der Mann des Gesetzes wandte sich zu mir und schaute mich böse an. Seine Augen sahen blutunterlaufen aus. So stellte ich mir Hitler vor, über dessen Tod in unserem Dorf Zweifel kursierten.

„Du schwänzt die Schule, willst nicht lernen, bist aufmüpfig und so weiter", maulte er, während er sich noch ein Stamperl einschenkte. „Ich bin da, um dich mitzunehmen und notfalls ins Gefängnis zu werfen!"

Ich erwog die Möglichkeit zu fliehen, aber er hätte mich auf der

Flucht erschießen können. Das hatte ich oft genug in Western und Partisanenfilmen gesehen.

„Na ja", sprach er weiter. „Eigentlich hast du großes Glück. Dein Klassenlehrer hat sich für dich eingesetzt. Er meinte, ich soll dir noch eine letzte Chance einräumen. Wenn du ab sofort tust, was dir in der Schule gesagt wird, kommst du diesmal noch glimpflich davon. Ansonsten ... na, du weißt schon, was dir blüht." Er kippte den eingeschenkten Schnaps hinunter. „Weiß du, was dir blüht?!", wiederholte er brüllend seine Frage und lockerte den Gürtel, an dem seine Waffe befestigt war.

Ich schüttelte den Kopf, denn ich wagte es nicht, mir vorzustellen, was mir blühen könnte. Inzwischen tröpfelte eine warme Flüssigkeit aus meinem Hosenbein und sammelte sich auf dem Fußboden vor mir zu einer kleinen Pfütze.

Der Mann starrte mich eine Weile an und grinste hämisch. Dann stand er auf, ging ein paar Schritte über den Hof, zog seine Pistole, schoss einige Male in die Luft und verschwand.

„Das war knapp", meinte der Bauer und blies über seine Finger, als ob er sie nach einer Verbrennung kühlen wollte. Sein unterdrücktes Lachen konnte ich allerdings nicht einordnen. Mir war alles andere als zum Lachen zumute.

Mehr als dreißig Jahre später besuchte ich den Lehrer ‚Einfalt' in seinem Häuschen in Ljubljana. Da mir mittlerweile die Bedeutung des Wortes ‚Einfalt' geläufig war, konnte ich nachträglich seine Gewaltausbrüche an Schülern besser einordnen. Ich grollte ihm aber schon lange nicht mehr, vielmehr betrachtete ich ihn in meiner Erinnerung als einen Engel, der gerade noch rechtzeitig in mein Leben eingegriffen hatte.

Im Laufe des amüsanten Abends entschuldigte sich der pensionierte Lehrer für die zahlreichen Ohrfeigen, die er mir während meiner Schulzeit verpasst hatte.

Dass du mir damals fast die Ohrläppchen weggerissen hast, hast du wohl schon vergessen, du elende alte Ratte, ging mir durch den Kopf. Stattdessen sagte ich lammfromm: „Ich komme, um mich dafür zu bedanken. Ihre Ohrfeigen waren vermutlich das Beste, was mir damals passieren konnte. Und für das Affentheater mit dem Polizisten bin ich Ihnen auch dankbar."

„Affentheater", wunderte er sich. „Was meinst du damit?"

Ich erzähle ihm alles. Auch wie ich damals vor Angst in die Hose gepinkelt habe.

Plötzlich schien ihm ein Licht aufzugehen. „Dieser Idiot! Er suchte dich tatsächlich auf und hat dir gedroht?" Einen Lachanfall unterdrückend schüttelt er ungläubig den Kopf.

„Sie haben ihn doch geschickt, oder? Jedenfalls behauptete er das."

„Ja und nein", antwortete Lehrer ,Einfalt' schmunzelnd. „Indirekt steckte ich natürlich hinter der Sache. Meine Ohrfeigen, die ich dir verpasst habe, beschäftigten mich so sehr, dass ich eines Abends sogar in der Dorfkneipe von dir erzählte. Gut, dass ich keine Pistole trage, sagte ich in unserer Tischrunde und warf einen Blick zum Polizisten, der zufällig in der Runde saß. Um ihn ein wenig zu foppen sagte ich zu ihm: Die Schüler würden sicher viel besser auf mich hören, wenn ich bewaffnet vor ihnen stünde. Dann würde ich Autorität ausstrahlen."

Ich kann mir den Burschen ja vorknöpfen", bot er sich spontan an. „Du brauchst mich nur darum zu bitten und schon..."

Er erzählte, wie er dank seiner großen Autorität schon oft mit den schlimmsten Dorfbengeln fertig geworden ist. Er könne also auch in diesem ,speziellen Fall' wirksam eingreifen.

In diesem Sinne redete er eine Weile auf mich ein. Aber er war zu dem Zeitpunkt schon so betrunken, dass ihn keiner mehr ernst nahm.

Mein ergrauter Lehrer ,Einfalt' konnte es einfach nicht glauben. „Dieser Schwachkopf hat sich tatsächlich einen Scherz mit dir erlaubt."

„Den Scherz habe ich zum Glück so ernst genommen, dass ich meine Einstellung zur Schule gründlich geändert und letzten Endes noch den Schulabschluss gepackt habe."

„Jetzt begreife ich es: Aus purer Angst, ins Gefängnis zu kommen oder gar am Galgen zu enden, mutiertest du zu einem Musterschüler, dessen Ehrgeiz bald bedenkliche Ausmaße annahm", erinnerte sich der Pensionär. „Wobei meine exzellenten pädagogischen Tricks auch eine gewisse Rolle spielten", ergänzte er augenzwinkernd. „Jedenfalls konnte ich bei dir fortan auf jegliche Prügelstrafe verzichten."

Wir Kinder von jenseits der Brücke

Am Rande unseres Dorfes schlängelte sich zwischen Wiesen und Äckern ein kleiner Fluss, Dravinja genannt, den die Menschen im Tal nicht nur zu schätzen, sondern auch zu fürchten wussten. Die Gewässer, die sich infolge der Schneeschmelze im Frühjahr und starker Regenfälle im Sommer über die Ufer ergossen, steigerten zwar die Fruchtbarkeit des Bodens, bedrohten aber zugleich die Sicherheit der Menschen und Tiere, die an seinen Ufern lebten.

Aufgeblähte Tierleichen, die nach einem Unwetter manchmal angeschwemmt wurden sowie Berichte über verschwundene Menschen, mahnten die Anrainer zur Vorsicht und erfüllten sie mit Respekt. Auch wir Kinder, die wir vom Hügelland ins Tal zur Schule mussten, fürchteten uns vor Überschwemmungen, führte doch unser Weg über eine Holzbrücke, die bei starkem Regen als erste überflutet wurde. Der Grund war ein Bach, der direkt neben der Brücke in den Fluss mündete und den Wasserpegel an dieser Stelle rascher als anderswo steigen ließ.

Doch wir Schulkinder „von jenseits der Brücke", wie wir von unseren Lehrern genannt wurden, fürchteten uns nicht nur vor, sondern sehnten uns geradezu nach Überflutungen. Sobald nämlich hinter Boc, unserem Hausberg, riesige dunkelschwarze Wolken aufzogen, hofften wir, sofern wir noch daheim waren, auf einen schulfreien Tag, oder, wenn wir bei einsetzendem Regen gerade noch im Klassenraum saßen, auf den Ausruf des Unterrichtenden: „Die Kinder von jenseits der Brücke müssen umgehend nach Hause, die anderen bleiben." Die „anderen" schauten uns hasserfüllt an und konnten sich in der Regel ein deutlich hörbares „O, nein!" nicht verkneifen.

Manchmal hatte es tagelang geregnet, aber der Wasserpegel stieg nur langsam an und der Fluss wollte und wollte nicht über die Ufer treten. Wir Schüler „von jenseits der Brücke" diskutierten dann verschiedene Möglichkeiten, wie man dem ersehnten Naturereignis ein wenig nachhelfen und den Fluss endlich zum Überfließen bringen könne. Eines Tages fiel uns der Einsiedler ein, der in einer nahegelegenen Waldhütte lebte und mit Zauberkräften ausgestattet sein sollte. Er sollte einem Bauern, der ihm einmal eine milde Gabe verweigerte, schweres Unwetter angedroht haben. Tatsächlich hätte einige Wochen später ein Hagelsturm die Weinberge und Kornfelder heimgesucht, allerdings nicht nur die des Geizigen, sondern alle in unserer Gegend.

Der geheimnisvolle Waldschrat, wie er von allen Dörflern genannt wurde, verdiente sein tägliches Brot, indem er für das ganze Dorf hochwertige coklje, aus Lindenholz geschnitzte Clogs, anfertigte. Ins

Dorf kam er selten und auch dann nur nach Anbruch der Dunkelheit. Er betrat niemals ein Haus, sondern händigte seine Ware an der Türschwelle aus, nahm seinen Lohn entgegen und verschwand wieder.

„Er kann Regen machen", sagte Vanc, der Älteste unter uns. Er hätte sich einmal zu seiner Behausung geschlichen und ihn heimlich beobachtet. Während seiner Arbeit wäre der Mann immer wieder aufgestanden und hätte Hexensprüche von sich gegeben. Er wäre klein von Gestalt und sähe hässlich, aber völlig harmlos aus.

„Los, wir besuchen ihn!", schlug Micika vor, das einzige Mädchen in unserer Gruppe, die es verstand, uns für neue Abenteuer zu begeistern.

Wir beantworteten ihren Vorschlag mit verlegenem Schweigen. Der Mann schien immerhin über unberechenbare Zauberkräfte zu verfügen.

„Na, wer traut sich? Bin ich von lauter Schlappschwänzen umgeben?" Micika maß uns mit verächtlichem Blick. Sie rückte provozierend ihren Brustkorb nach vorne, legte ihre Hände auf die beiden Dinger, die wie zwei Hügelchen unter ihrer Bluse empor ragten, und sprach: „Wer sich traut, mitzukommen, kann sie anfassen!"

„Warum?", fragte Vojko, der Erstklässler.

Einige von uns, die schon die zweite Klasse besuchten, sahen ihn feindselig an.

„Das ist nichts für Milchbubis", sagte Vanc und legte demonstrativ seine Rechte auf den Schlitz seiner Hose. Ich musste daran denken, wie er einmal behauptet hatte, er könne mit ein paar einfachen Griffen seinen Pimmel zu einem Monsterpimmel anschwellen lassen, ihn am Ende sogar zum Kotzen bringen. Die Aussichten für einen aufregenden Abend waren also nicht schlecht.

„Na gut, wir gehen hin, wenn es sein muss", sagte Vojko.

Weil der Kleinste sich so mutig zeigte, wollten wir andere natürlich nicht zurückstehen, machten uns auf den Weg und folgten Vanc tief in den Wald hinein zu einer kleinen Hütte, die an eine Böschung angelehnt war. Neben der Hütte lag eine Holztränke, in die über eine hölzerne Rinne Quellwasser sprudelte, das durch ein Rohr in ein plätscherndes Bächlein weitergeleitet wurde.

Etwas zaghaft klopfte Vanc an die schwere Holztür. Ein kleines Fenster nebenan ging auf und ein grauer Wuschelkopf schaute heraus. Sein schielender Blick schweifte über uns hinweg.

„Was wollt ihr?", fragte er mit hoher, ängstlich klingender Stimme.

Etwas umständlich, aber im Endergebnis ziemlich deutlich umschrieb Vanc dem Männchen unser Anliegen.

„Ihr wünscht euch eine kleine Überschwemmung, hab ich recht? Damit ihr nicht in die Schule müsst. Das habt ihr euch aber fein ausgedacht, muss ich zugeben", fasste er unseren Wunsch zusammen.

Das hässliche Gesicht des Einsiedlers entkrampfte sich, bevor es in ein breites Grinsen überging. Er hob seine Augen auf zum Himmel und murmelte etwas vor sich hin. Die lückenlose Wolkendecke, aus der es seit Tagen nieselte, schien in diesem Augenblick noch dunkler geworden zu sein. Hinter Boc blitzte es. Zeitversetzt war ein entferntes Donnern zu hören. Die ersten dicken Tropfen fielen. Wie ein Pfarrer beim Gebet streckte der Mann seine Arme aus, ließ seine Handflächen nass werden, um mit ihnen schließlich sein Gesicht zu befeuchten.

„Morgen früh kommt niemand trockenen Fußes über den Fluss", prophezeite er feierlich. Wir jubelten lautstark und dankten überschwänglich dem vermeintlichen Wundertäter. „Es sei denn, in der Nacht, während ich schlafe, würde es aufhören zu regnen", schränkte er seine Ansage unerwartet ein.

Wir erstarrten auf der Stelle und zeigten offen unsere Enttäuschung.

„Aber auch dann muss die Überflutung nicht ausbleiben", sprach er wie einer, der für alle Eventualitäten eine Lösung parat hat. „Wenn der Regen aufhören sollte, könnt ihr selber den Fluten auf die Sprünge helfen."

Verständnislos blickten wir ihn an. „Wir können keinen Regen machen", sprach Vanc unsere Skepsis aus.

„Das müsst ihr auch nicht", sagte das Männlein, entfernte sich vom Fenster, kam heraus, trat zielstrebig zum Bächlein, das munter aus dem Wassertrog hinunter ins Tal plätscherte und begann, mit dem Rücken zu uns, hinein zu pinkeln. „So kann der Fluss auch zum Überfließen gebracht werden", sagte er breit grinsend, nachdem er sein kleines Geschäft beendet hatte. „Es nützt allerdings nichts, wenn nur einer hinein pinkelt", gab er zu bedenken. „Aber wenn viele es tun, dann geht jeder Fluss einmal über seine Ufer."

In diesem Moment wurde uns sonnenklar, was zu tun war. So schnell es ging, trommelten wir alle, die sich für unser Vorhaben erwärmen konnten, zusammen. Es ging schon auf den Abend zu, als wir uns zum gemeinschaftlichen „Probepinkeln" an einem der Bäche, aus denen der Fluss gespeist wurde, versammelten. Von entgegenkommenden Passanten erfuhren wir, dass die Brücke, die einige hundert Meter entfernt lag, immer noch begehbar wäre.

„Du gehst zur Brücke", sagte Vanc zu Micika. „Während du unterwegs bist, werden wir pinkeln. Sobald du merkst, dass der Wasserpegel des Flusses steigt, rufst du laut." Mit souveränen Schritten begab sich Micika zur Brücke.

Wir stellten uns in eine Reihe entlang des Baches, öffneten unsere Hosen und taten unser Bestes. Ein Moped kam in unmittelbarer Nähe zum Stehen. Der Fahrer, der ein schwarzes Kästchen vor seiner Nase hielt, schaute eine ganze Weile zu uns rüber, bevor er wieder weg fuhr. Plötzlich ertönte ein schriller Schrei, die Stimme konnten wir eindeutig Micika zuordnen. Atemlos kam sie angerannt.

„Überall steht schon das Wasser auf der Straße. Man kommt nur noch mit nassen Füssen bis zur Brücke", erzählte sie strahlend vor Freude.

„Wunderbar!", rief Vanc. „Was heute geklappt hat, kann morgen nicht schief gehen." Seiner Logik pflichteten wir alle bei.

Am nächsten Morgen hatte Boc keine Kappe auf, ein schlechtes Omen, mussten wir feststellen, denn nur, wenn der Gipfel des Berges in Wolken eingehüllt, also mit einer Kappe bedeckt war, konnte man mit Regen rechnen.

„Hoffentlich reicht unsere Pisse", sagte Vojko, als wir am Bach startbereit unsere Schlitze öffneten.

Während sich Micika in Richtung Dravinja entfernte, starteten wir unsere Pinkelorgie. Es gab einige, die behaupteten, unter Erwartungsdruck kein kleines Geschäft verrichten zu können. Vanc pinkelte am längsten. Als auch er seine Hose zuknöpfte, sagte er: „Das war's. Gleich kommen uns Fluten entgegen."

Wir warteten auf Micikas freudigen Ruf. Umsonst. Nachdem einige versucht hatten, die allerletzten Tropfen aus ihren Blasen herauszupressen, machten wir uns schweigsam auf den Weg zur Brücke. Sie war passierbar und Micika hing traurig an ihrem Geländer.

Einige Tage später brachte Lehrer ,Einfalt' die Wochenzeitung mit, entfaltete sie vor der Klasse und hielt sie hoch. Ein Foto erregte unsere Aufmerksamkeit: Eine Kinderreihe am Bach, in Pinkelstellung, von hinten aufgenommen. Wir Kinder von jenseits der Brücke erkannten uns sofort wieder. Über dem Foto war zu lesen: ‚Warum überflutet Dravinja so oft?'

Viel später stellte sich heraus, dass der Verräter aus unseren eigenen Reihen kam. Vanc war es, der uns Kleinen einen Streich gespielt hatte. Unsere geniale Idee hatte er seinem Onkel verraten, der bei der Wochenzeitung als Fotoreporter tätig war.

„Nun wissen wir, warum unser Flüsschen so oft über die Ufern tritt", sagte ‚Einfalt', machte die Zeitung zu und begann zu unterrichten.

Wieder in eigenen vier Wänden

Der Hausbau ging zügig voran. Die Ziegel, die wir aus Lehm kneteten und in einer erhitzten Steinhöhle brannten, waren noch warm, als ich sie dem Maurer Stück für Stück reichen musste. In wenigen Tagen gelang es dem tüchtigen Mann, vier relativ gerade Mauern empor zu zaubern und den entstandenen Raum anschließend durch Zwischenwände in vier Zimmer aufzuteilen. Balken und Sparen, die wenige Wochen zuvor aus frisch gefällten Bäumen gehauen wurden, waren zwar noch harzig und schwer zu heben, aber die Männer aus dem ganzen Dorf schafften es, daraus einen robusten Dachstuhl zusammen zu zimmern. Nachdem das Dach notdürftig gedeckt war, fiel am nächsten Tag der erste Schnee.

Nun trat der örtliche Ofenbauer in Aktion, mauerte aus vorhandenen Materialresten einen Herd und entfachte ein erstes Feuer.

„So, jetzt könnt ihr einziehen", sagte der Mann zu meinen Eltern, trank den letzten Schluck aus der Schnapsflasche und wackelte auf und davon.

Wir stellten uns in eine Reihe mit dem Rücken an den Herd, um der Kälte an den Außenwänden zu entkommen. Meine Mutter legte unentwegt neues Brennholz nach, das wir frisch aus dem Wald heimgebracht hatten. Es rauchte stark. Der Raum war voller Qualm. Um unsere Hustenanfälle in Grenzen zu halten, öffneten wir in regelmäßigen Abständen die Türen zu den anderen drei Räumen, die noch fensterlos und unverputzt waren und aus denen der Rauch ins Freie entweichen konnte.

Den Betonfußboden deckten wir mit losen Brettern ab. In der Nähe der Feuerstelle bauten wir aus Stroh und ausrangierten Kartoffelsäcken ein Nachtlager und bezogen es mit Pferdedecken, die uns ein Wohltäter für die Dauer des Winters ausgeliehen hatte. Nach Einbruch der Dunkelheit verkrochen wir uns darunter.

Meine Eltern standen immer wieder auf. Mutter, um das Feuer am Leben zu erhalten. Vater, um sich einen weiteren Schluck Rum und eine Zigarette zu gönnen.

Meine beiden Schwestern begannen mitten in der Nacht zu quengeln, sie hätten Hunger und Durst. „Jetzt wird nichts gegessen und getrunken, sonst müsst ihr noch aufs Klo", wimmelte meine Mutter sie ab. Daraufhin blieben sie still, denn das Plumpsklo befand sich am Waldrand und noch im Bau, das Dach und eine Seitenwand fehlten noch.

Etwas später verspürte ich Druck auf meiner Blase.

Zum Glück lag ich an der Außenwand, an die ich meinen Pimpek anlegen und die Pisse geräuschlos unter das Nachtlager versickern lassen konnte.

Aus purer Angst, zu verschlafen, wachte ich während der Nacht mehrmals auf. Gegen Morgen war es so kalt, dass ich nicht mehr einschlafen konnte. Ich stand auf und ein Blick auf die Wanduhr, die Milcek uns als Lohn für unsere Arbeit mitgegeben hatte, sagte mir, dass ich mich beeilen musste. Ich zog alles an, was ich finden konnte, nahm den Wassereimer, schob mit der Eingangstür die Schneeverwehung beiseite und holte Wasser und Brennholz aus dem Wald.

Meine Familie lag noch zusammen geknäult im Bett. Aus den löchrigen Pferdedecken stieg am Kopfende gleichmäßig gefrorene Atemluft empor.

Meine Versuche, im Herd Feuer zu entfachen, scheiterten kläglich. Schließlich schnappte ich meine Schultasche, verließ das Haus und nahm den Kampf mit dem aufkommenden Schneesturm auf. Ich beeilte mich, um nicht wegen meiner Unpünktlichkeit von ‚Einfalt' wieder verdroschen zu werden.

Unterwegs ließ ich heimlich aus Milceks Holzschuppen zwei Holzscheite mitgehen, um meinen täglichen Beitrag für die Schulheizung zu leisten.

Der Ofen im Klassenzimmer glühte bereits und strahlte eine wohlige Wärme aus. Obwohl ich direkt am Fenster saß, durch dessen Ritze kalte Luft herein strömte, musste ich unentwegt gegen das drohende Einschlafen ankämpfen.

Irgendwann schlummerte ich dann doch ein und als ich aufwachte, war das Klassenzimmer leer. Draußen dunkelte es bereits. Am Lehrertisch saß ‚Einfalt' vor einem Stapel Schulhefte.

Warum weckte er mich nicht, als der Unterricht zu Ende war? Wollte er mir unter vier Augen die Ohren abreißen und mich zusammenschlagen? Mich in aller Ruhe verhaften und in den Kerker werfen lassen?

Ich stand auf, war auf alles vorbereitet, was immer das Schicksal mit mir vor hatte. Langsam schritt ich auf ihn zu, kam am Ofen vorbei, der keine Wärme mehr ausstrahlte. Nun richtete der Lehrer seine Augen auf mich. Dicht vor seinem Tisch stoppte ich und blickte wie ein schuldbewusster Hund zu ihm auf.

Er erhob sich. Ich schloss meine Augen, biss meine Zähne zusammen und wartete. „Hier, nimm das und mach, dass du noch bei Tageslicht nach Hause kommst!", hörte ich seine Stimme, die alles andere als feindselig klang. „Ihr seid ins neue Haus gezogen", sagte er. „Ich weiß über alles Bescheid."

Wortlos nahm ich die Tüte entgegen. Sie roch nach Wurst. Ich überlegte, ob ich träumte, wollte aber das Schicksal nicht weiter herausfordern und entfernte mich schleunigst.

Im Dorfladen legte ich das Kleingeld auf die Theke, das mein Vater mir am Vortag mitgegeben hatte, und bekam dafür dreizehn Zigaretten der Marke Drava, einem der billigsten Produkte der jugoslawischen Tabakindustrie. Mein Vater rechnete mit zwölf Stück, also blieb eine für mich übrig.

Der Mehlsack, den ich in der Dorfmühle für Milcek abholte, kam mir diesmal nicht sonderlich schwer vor. Der Schlaf im Klassenzimmer gab mir offenbar neue Kräfte. Auch der Schneesturm hörte inzwischen auf und der Heimweg durch die Schneeverwehungen war von vielen Füßen gespurt.

Ich kam gut voran, konnte mir auf halbem Weg sogar eine Zigarettenpause leisten. Bei der Gelegenheit fiel mir Einfalts Tüte ein. Ich packte sie aus und verschlang den Inhalt: ein Stück Brot, eine Krainer-Wurst und zwei Äpfel.

Von diesem Tag an beschlichen mich leichte Zweifel, ob ‚Einfalt' wirklich mein Feind war.

Das Ende der Petroleumlampe

Große Veränderungen kamen auf uns zu.

Eines Morgens wurden in der Dorfmitte große Eichenstämme abgeladen. Die Elektrizität kommt, lautete die aufregende Botschaft. Die Tage der Petroleumlampe seien nun gezählt.

Etwas später tauchten im Dorf kräftige Männer auf und begannen, auf Feldern und Wiesen Löcher in den Erdboden zu graben, in die anschließend die angelieferten Pfosten gerammt und sorgfältig befestigt wurden. Sie brachten an der Spitze der Stämme Halterungen an, zogen zwei parallel verlaufende Drähte darüber, führten sie zu den einzelnen Hausdächern und verbanden sie dort mit einem Metallkreuz.

Eines Tages kamen zu uns zwei Männer, die meine Mutter äußerst unterwürfig mit „die Herren Elektriker" titulierte. Sie begannen im ganzen Haus die Wände aufzuschlitzen und sie anschließend mit verschiedenfarbigen Drähten zu belegen.

„Komm her!", rief mich einer der Herren Elektriker zum Türrahmen, wo er gerade ein rundes Teilchen anbringen wollte. „Streck deine Arme nach oben!" Ich tat es. „In dieser Höhe werden die Schalter angebracht", deutete er auf einen Punkt an der Wand, der deutlich oberhalb meiner Reichweite lag. Das Ding soll also für mich unerreichbar sein, durchschaute ich seinen Plan.

Als schließlich in jedem Raum eine gläserne Birne von der Decke hing, verließen uns die fremden Herren. Allein im Haus zurückgelassen schleppte ich sofort einen Stuhl unter das runde Ding, das Schalter genannt wurde, stellte mich darauf und drehte daran, wie ich es beim Elektriker beobachtet hatte.

Nichts geschah. Ich drehte es in die andere Richtung. Wieder nichts.

Der Saft kommt später, erinnerte ich mich an die Aussage eines der beiden Elektriker, als er meinen Eltern das Wunder der Elektrizität zu erklären versuchte.

Kaum waren die Männer hinter der Scheune verschwunden, nahm mein Vater die Petroleumlampe von der Wand, zeichnete theatralisch mit seiner Rechten drei Kreuze darüber und warf sie durch das offene Fenster hinaus. Es schepperte und klirrte.

Ein kühler, verregneter Oktober ging zu Ende. Die Tage wurden zunehmend kürzer. Jeden Abend, beim Anbruch der Dunkelheit, betätigten meine Eltern mehrmals alle vorhandenen Schalter – vergeblich. Das verheißene Glühen der von den Decken hängenden Birnen blieb aus.

„Wo bleibt der verdammte Saft?", echauffierte sich mein Vater, der mit der Mutter in der dunklen Stube saß, nachdem wir Kinder nach der Beendigung des Rosenkranzgebetes, mit den Hühnern sozusagen, zur Nachtruhe geschickt wurden.

Insgeheim trauerten wir alle der hinausgeworfenen, zerbrochenen Petroleumlampe nach.

Der Saft kam erst nach mehreren Wochen. Plötzlich und kaum noch erwartet. Mitten in der Nacht wurde ich durch Freudenschreie meiner Eltern geweckt. Eine grelle Helligkeit erfüllte den Raum. Mein Vater stürzte zum Schalter und begann daran zu drehen, während meine Mutter mit offenem Mund unter der Leuchte stand und das Wunder des an- und ausgehenden Lichtes bestaunte.

„Tito hat sein Wort gehalten", kommentierte mein Vater stolz die Ankunft des Stromes. In der Ära des Kommunismus sollten Petroleumlampen selbst in entlegensten Ortschaften schon bald überflüssig werden, hatte der geliebte Marschall angekündigt.

„Nun wird man seine Ansprachen im ganzen Land gleichzeitig hören können", behauptete mein Vater, der aus dem Bergwerk immer wieder aufregende Neuigkeiten heimbrachte. Es sollte möglich sein, über die elektrische Leitung nicht nur Licht, sondern auch Musik und Reden in die Häuser zu liefern. Dafür würde aber eine Art Wunderkasten benötigt, den er sich liebend gerne leisten würde. Gerade jetzt käme es darauf an, sich auf dem Laufenden zu halten, denn es geschehen in der Welt Dinge, die einen neuen Krieg entfachen könnten. Tito wäre mit dem genossen Stalin in einen heftigen Streit geraten, weshalb alle Partisanen bis an die Zähne bewaffnet und auf einen neuen Einsatz vorbereitet würden.

Eines Morgens, nach seiner Nachtschicht, band mein Vater unsere einzige Milchkuh los und führte sie ins Nachbardorf. Mir befahl er, mit einer Peitsche hinterher zu schreiten und das Tier mit gelegentlichen Hieben auf Trab zu halten.

Als das Vieh verkauft wurde, schickte mich mein Vater heim. Er selber müsse noch in die Stadt, um etwas Wichtiges zu erledigen.

Tage vergingen. Mein Vater kam nicht heim, was meine Mutter

nicht verwunderte, aber ziemlich beunruhigte.

Bewaffnete Männer kamen zum Hof, erzählten von ihrer Bereitschaft, lieber zu sterben, als sich den Russen zu unterwerfen. Außerdem wollten sie unbedingt eine Stadt am Meer, die uns durch italienische Faschisten geklaut worden war, zurückerobern. Die Stadt hieß Trst.

„Die Italiener sind blöd", meinte ein Mann, „sie haben den schönen slowenischen Namen zu Trieste verunstaltet."

„Wie primitiv diese Makkaronifresser sind", sagte ein anderer, streichelte liebevoll sein altes Gewehr und seufzte: „Hoffentlich geht es bald los! Ich möchte endlich sehen, wie schnell diese Feiglinge rennen können!"

Mein Vater kam nach einer Woche unerwartet mit einem großen Rucksack heim und holte einen großen Kasten heraus, den er mittels einer Schnur umgehend mit der Elektrik verband.

„Trst haben wir verloren", jammerte er sichtlich enttäuscht und beklagte die Gutmütigkeit von Tito, der sich von den Amerikanern, Engländern und Franzosen hat über den Tisch ziehen lassen. „Wenigstens den Russen hat er gezeigt, wer hier das Sagen hat", tröstete er sich selber.

Er starrte lange auf das Gerät, aus dem zwei große Knöpfe herausragten, die sich als drehbar erwiesen. Vergeblich versuchte er, das Ding, das er als Radio bezeichnete, durch Drehen, Streicheln, Klopfen und Fluchen in Betrieb zu nehmen.

Während der Vater frustriert für eine Weile im Keller verschwand, fielen mir am Radio weiße Tasten auf, die ich von der Ziehharmonika kannte. Um einen Ton hervor zu locken, musste man darauf drücken, was ich auch am Radio umgehend tat. Siehe da: Ein Licht im Kasteninnern ging an und zugleich ertönten aus dem Gerät Worte, die ich nicht verstand.

„Das ist russisch, das kann uns gestohlen bleiben", hörte ich die ungehaltene Stimme meines Vaters hinter mir. Und schon drehte er wieder an den Knöpfen und betätigte die Tasten, auf die ich ihn hinwies. Summen, Rauschen, Worte, Gesang, Musik, Geschrei und leises Reden wechselten sich ab.

Mutter erschien an der Tür. Außer sich vor Staunen rührte sie sich lange nicht von der Stelle, sondern lauschte gespannt, was der Vater dem Wunderkasten durch das Drücken der Tasten und Drehen der

Knöpfe noch entlocken würde.

Auf einmal hörte man ein Rufen, das nach Kuckuck klang. „Kuckuck Ende Oktober?", wunderte sich Mutter.

„Das kommt aus dem Radio, du Dummkopf", sprach mein Vater mit süffisantem Lächeln. Er ließ den Knopf los und trat einen Schritt zurück. Das ist Radio Ljubljana und Kuckuck-Rufe sind das Erkennungsmerkmal. „Radio televizija Ljubljana. Porocila", Nachrichten, sagte Sekunden später eine fremde Frauenstimme.

Tito widersetzte sich erfolgreich Stalin. Triest war noch nicht ganz verloren, ein Bischof wurde mit Benzin übergossen und angezündet. Das ganze Volk stand geschlossen hinter Tito. Unzählige Jugendliche meldeten sich freiwillig zum Bau der Bundesstraße, die durch ganz Jugoslawien gebaut wurde. Die Straße der Brüderlichkeit und Einheit.

„Das hört sich gut an", meinte mein Vater und verbrachte die kommenden Tage vor dem Wunderkasten.

Trotz elektrischen Lichts im Haus, veränderte sich unser Tagesablauf kaum. Nach wie vor beteten wir kurz nach Anbruch der Dunkelheit einen Rosenkranz und gingen anschließend mit den Hühnern ins Bett.

Dabei gab es zunächst hoffnungsvolle Zeichen für den Aufbruch in eine neue Zeit. Nachdem die Elektrizität kam, ließen wir das Licht lange brennen, manchmal den ganzen Tag. Und nicht nur dort, wo wir uns gerade aufhielten, sondern überall, wo Glühbirnen von der Decke hingen. Das Radio war von früh bis spät im Betrieb, damit uns möglichst kein Auftritt des Genossen Tito entging. „Wozu sonst haben wir Strom, meinte mein Vater, wenn meine Mutter manchmal das Abendgebet ohne elektrisches Licht absolvieren wollte.

Mein Vater war von der neuen Errungenschaft mehr als begeistert. „Jetzt kann uns nichts mehr verborgen bleiben, was in der Welt geschieht", meinte er und strich liebevoll über das Radio".

„Schade, dass man es nicht melken kann", merkte meine Mutter ironisch an, die gemeinsam mit uns Kindern das Fehlen einer eigenen Milchkuh täglich bedauerte.

„Was redest du für einen Unsinn, Frau?", erwiderte der Vater zornig, obwohl er insgeheim die Kritik seiner Frau verstehen konnte. Er musste sich auch den Spott der Nachbarn gefallen lassen, als allgemein bekannt wurde, dass er die letzte Milchkuh für ein Radio eingetauscht hatte.

„Was ist besser", versuchte er sich zu rechtfertigen, „eine Kuh im Stall zu haben und dumm zu bleiben oder für kurze Zeit auf das blöde Vieh zu verzichten, dafür aber mittels Radio auf dem neuesten Stand der Dinge gehalten zu werden?!"

Wir schwiegen, denn der Ton, mit dem er seine Frage formulierte, mahnte uns zur Mäßigung.

Nach einigen Monaten kam es zu einer unerwarteten Wende. Auf Befehl meines Vaters durfte das elektrische Licht nur noch im Notfall brennen und das Radio nur noch zweimal am Tag, jeweils für die Nachrichten, eingeschaltet werden. Der Rosenkranz wurde wieder bei Dunkelheit gebetet und wir wurden wieder „mit den Hühnern" ins Bett geschickt.

Den Grund erfuhr ich erst Jahre später. Es war die Stromrechnung. Sie war laut meinem Vater viel zu hoch. Er reklamierte sie schriftlich und gab an, dass er Radio nur höre, um an Titos Weisheit Anteil nehmen zu können und die elektrische Beleuchtung ihm einzig und allein dazu diene, sich abends, nachdem er seine Arbeit im Bergwerk oder auf dem Bauernhof beendet hatte, noch in die kommunistische Wochenzeitung vertiefen zu können. Es sei recht demütigend und eigentlich auch unverschämt, ihn, einen alten Partisanen, der den neuen Staat mit aus der Taufe gehoben hatte, mit Stromrechnungen und Radiogebühren zu belästigen.

Obwohl er das Schreiben mit „An den edlen Genossen Tito, Belgrad" adressierte, kam die Antwort aus der Provinzstadt. Sie klang kalt und lieblos: Wenn du nicht zahlst, schalten wir den Strom ab! Und für die Schulden wirst du gepfändet.

Unterschrieben war das von grammatischen Fehlern strotzende Schreiben von einem ehemaligen Mitschüler meines Vaters, der als rotzfrech und strohdumm galt, nun aber einen einflussreichen Posten in der Stadtverwaltung inne hatte.

In diesem Zusammenhang hörte ich zum ersten Mal das Wort rubes. Es war der böse Mann, der für den Staat die Schulden der Leute eintrieb, egal ob man sich als Partisane verdient gemacht hatte oder nicht.

Das Bild, das mein Vater von seinem Staat hatte, in dem er lebte, begann sich zu verdüstern. Das Bild des Marschalls Tito aber leuchtete weiter, denn seine Reden waren voller edler Gesinnung, Menschlichkeit und Nächstenliebe.

Auch mein Opa schien Tito zu bewundern, allerdings waren seine Äußerungen über den geliebten Führer nicht immer ganz eindeutig zu verstehen. Der rote Marschall, wie er ihn manchmal nannte, sei vor allem ein Märchenerzähler.

„Was ist ein Märchenerzähler?", fragte ich meine Lehrerin, die auf jede Frage eine Antwort zu wissen schien.

„Wer Märchen erzählt, der ist eben ein Märchenerzähler", sagte sie und ich musste zugeben, dass in ihrer Antwort eine bestechende Logik innewohnte. Sie nahm ein Buch aus dem Regal und legte es vor mich auf den Tisch.

„Das hier ist ein Märchenbuch", sagte sie, „du darfst es mit nach Hause nehmen und lesen. So wirst du lernen, was ein Märchen ist."

Es waren uralte Märchen, die mich unter anderem in eine schicksalhafte und leidvolle Vergangenheit meiner Vorfahren entführten. Vor allem das Märchen von Matjaz, dem König der Slowenen, der in grauer Vorzeit vor zahlreichen Feinden in eine Berghöhle des Berges Peca flüchten musste. Dort, so erzählen sich die Menschen, schläft noch heute der bärtige König sitzend an einem Tisch, während sein Bart wächst und wächst. Und wenn der Tisch von den Barthaaren des edlen Königs neunmal umwickelt wird, soll mitten im Winter vor dem Berg ein Lindenbaum erblühen. Der König Matjaz wird erwachen, die Berghöhle verlassen, die Feinde unseres Volkes besiegen und ein immerwährendes Friedenskönigtum aller Slowenen errichten.

Das Märchen beeindruckte mich zutiefst. Ich las es mehrmals. Das war der Anfang meiner Lesesucht.

Fortan las ich zu allen Tages- und Nachtzeiten. Alles, was mir in die Hände fiel. Wenn meine Familie sich abends um das Radio scharte und Volksmusik hörte, zog ich mich unbemerkt in die Schlafkammer zurück und verschlang Bücher, die ich zuvor heimlich der großen Holztruhe meines Vaters entnommen hatte. Hütete ich die Ziegen unseres Nachbarn, waren Bücher meine unterhaltsamen Begleiter. Wurde ich von meinem Vater verprügelt, so leckte ich in einem Versteck meine Wunden und las zum wiederholten Mal Robinson Crusoe. Packte mich die Sehnsucht, aus der Enge meines Elternhauses auszubrechen, tauchte ich in die Welt von Gullivers Reisen ein oder erlebte die Abenteuer auf Stevensons Schatzinsel nach.

Fast alle meine Freunde lebten in meiner Fantasiewelt. Als Kind hatte ich einen einzigen Freund aus Fleisch und Blut, der hieß Ludvig.

Er war der Sohn der Nachbarsmagd, mit dem ich gelegentlich Raben-nester plünderte und in fremden Scheunen Hühnereier klaute. Sein Gesicht war durch eine lange Narbe verunstaltet. Sie war ihm zurück-geblieben, nachdem der Bauer, bei dem er gemeinsam mit der Mutter diente, ihm vor langer Zeit im Zorn einen Hieb mit der Pferdepeitsche verpasst hatte.

Ludvig hasste die meisten Menschen. Er verachtete seine Mutter, weil sie ihm den Namen seines Erzeugers vorenthalten hatte.

Mit Ludvig schloss ich eine ewige Blutsbrüderschaft. Wir schnitten uns gegenseitig in den rechten Arm, legten die Arme aufeinander und ließen unser Blut ineinander fließen.

Als ich Jahre später das Dorf verließ, versicherte ich ihm noch einmal, dass unsere Bruderschaft für immer Bestand haben würde.

Zwanzig Jahre später saß ich zufällig in der Dorfkneipe, als ein Rollstuhlfahrer sich mühsam durch die Tür herein zwängte. Ich hörte eine Stimme, die mir bekannt vorkam. Die Narbe auf dem Gesicht des Krüppels half meinem Gedächtnis auf die Sprünge. Es war Ludvig. Ich trat näher und begrüßte ihn. Er erkannte mich sofort.

Ich bestellte ihm so viel Bier und Schnaps, wie er trinken konnte. Er saß unbeholfen im Rollstuhl und versuchte die beiden Beinstümpfe zu verstecken.

„Was ist passiert?", fragte ich, nachdem ich mir genügend Mut an-getrunken hatte.

„Der arme Tropf ist unter den Zug gesprungen", schaltete sich die dicke Kellnerin ein. „Aus Liebeskummer", ergänzte sie verächtlich. „Aber die Sache ging daneben, wie man sieht." Ludvig kippte den Schnaps in sich und lachte.

„Ich geh dann mal heim", sagte ich, denn ich konnte die Situation nicht länger ertragen.
„Warte einen Augenblick", ergriff Ludvig mich am Arm. „Du brauchst nicht zufällig einen Plattenspieler? Ich hätte einen, für dich ganz billig, für einen Spottpreis sozusagen. Ich bin total pleite."

So sprach Ludvig und blickte mich aus seinem Rollstuhl hilflos an. „Ich brauche keinen Plattenspieler", sagte ich und drehte mich schnell um.

Hastig verabschiedete ich mich, doch Ludvig rief mir laut nach: „Warte, weißt du überaupt, wo ich wohne?"

Ich beschleunigte meine Schritte, um sein Rufen nicht mehr zu hören. Er tat mir ja leid, beschwichtigte ich mein Gewissen, das in mir eine unangenehme Frage wachrief, als ich mich am Abend schlafen legte. Eine Szene aus der Vergangenheit trat immer wieder vor mein geistiges Auge: wie wir unsere angeritzten Handgelenke aufeinanderlegten und unsere Freundschaft besiegelten. Das war damals natürlich von uns beiden nicht ganz ernst gemeint, redete ich mir ein. Es geschah ja unter dem Einfluss eines Films über Winnetou.

Der rubes

Im Haus herrschte angespannte Stille. Wir saßen auf dem Schlaflager und löffelten unsere tägliche Kartoffelsuppe, der die Mutter ein Gemüse unbekannter Herkunft beimischte. Kartoffelstücke waren diesmal keine drin, denn der Ackerboden war seit Wochen gefroren und es war aussichtslos, liegengebliebene Knollen von der letzten Kartoffelernte heraus zu buddeln.

Plötzlich schlug unser Hund Alarm. Sein Bellen steigerte sich, klang zunehmend angriffslustig und wurde immer wieder durch sein hilfloses Röcheln unterbrochen. Das Klirren der Kette, die in der Vergangenheit schon einige Male riss, schürte unsere Angst, der Hund könnte sich losreißen und den unbekannten Besucher zur Strecke bringen.

Zornig warf mein Vater den Löffel auf den Tisch und zündete sich eine Zigarette an. Seine Hände zitterten. Schon seit dem Morgen wirkte er nervös. Er hatte offenbar Angst vor dem rubes, jenem Mann, der im Auftrag des Staates bei verschuldeten Bürgern mehr oder weniger wertvolle Gegenstände pfändete. Um das Wertvollste, was er besaß, nicht aufs Spiel zu setzen, versteckte er das Radiogerät im Nachtlager und deckte es mit Bettzeug zu.

Der Rubes hatte sich schon vor Wochen angesagt. „Du hast die Steuern nicht bezahlt und die Zahlfrist mehrmals verstreichen lassen, also muss ich dich pfänden", ließ er den Vater wissen, der um einen weiteren zeitlichen Aufschub zur Begleichung seiner Schulden bat.

„Was kann er schon pfänden?", sprach meine Mutter mit gleichgültiger Stimme. Vaters Taschenuhr vielleicht, von deren Existenz der rubes keine Ahnung hatte? Die Eheringe waren schon längst zu Geld gemacht und beim Metzger für Suppenfleisch eingesetzt worden. Blieben zwei alte Gewehre samt einer Kiste Munition, die mein Vater an einem geheimen Ort versteckt hielt, um eines Tages Trst von den Faschisten zurück zu erobern.

Plötzlich fielen Schüsse. Der Hund jaulte jämmerlich und es wurde totenstill.

Wir sprangen vom Tisch auf, meine Schwestern verkrochen sich auf das Nachtlager unter die Pferdedecken, die Eltern und ich stürzten hinaus vor das Haus.

Auf dem Hof stand breitbeinig der Dorfpolizist Bujo. Er war gerade dabei, seine Pistole wieder einzustecken. Es fiel mir auf, dass er auch mit Handschellen ausgestattet war.

Mein Vater hinkte auf Bujo zu, raufte sich die Haare und schrie: „Was hast du getan?! Bist du wahnsinnig!? Du hast Tito umgebracht."

„Wen habe ich umgebracht?" Der Beamte traute seinen Ohren nicht.

„Mein Mann meint den Hund. Tito ist sein Kosename", klärte meine Mutter den Gesetzesmann auf, der wohl beim Namen Tito zunächst an den geliebten Staatspräsidenten dachte.

„Ach der Hund", sagt Bujo erleichtert. „Da ist er doch, hinter dem Baum. Waren nur Schreckschüsse, die ich in die Luft abgefeuert habe", erklärte er schmunzelnd.

Tito, der Hund, lauerte tatsächlich unverletzt, aber mit eingezogenem Schwanz hinter dem Baumstamm.

„Und was führt dich zu uns?", fragte der Vater, nun sichtlich entspannt.

„Ist deine Tochter Elica zu Hause?", fragte Bujo.

In diesem Augenblick schlug Tito erneut Alarm. Ein Mopedfahrer tauchte auf dem Feldweg auf, fuhr schnurstracks auf uns zu und kam in respektvoller Entfernung vor dem wütenden Hund zum Stehen.

Es war der gefürchtete rubes, ausgestattet mit einer schwarzen Aktentasche. Er stieg von seinem Zweirad ab. Der bellende Hund und die Anwesenheit des Polizisten verunsicherten ihn.

„Ich habe die lästige Pflicht zu prüfen, was in diesem Haus gepfändet werden kann", schrie er, um das Hundegebell zu übertönen.

Meine Eltern zuckten zusammen. Was sollten sie auch tun? Tage zuvor wurden Pläne geschmiedet, wie die drohende Pfändung verhindert, der rubes ausgetrickst, hinters Licht geführt oder gar „aus der Welt geschafft" werden konnte. Wir kannten ihn nicht und konnten seine körperliche Kondition nicht einschätzen. Ihm im Wald aufzulauern und ihn mit einer Eisenstange zur Strecke zu bringen, wäre eine brauchbare Idee gewesen, aber ihre Ausführung wollte keiner von uns übernehmen.

„Was ist also vorhanden? Radio, Grammofon, Tafelsilber?", griff der rubes das Thema wieder auf.

„Tafelsilber!", ahmte Bujo ihn mit verächtlicher Stimme nach, schlug sich auf die Schenkel und lachte. „Siehst du nicht, mit was für armen Schluckern du hier zu tun hast, Genosse Dumpfkopf?"

Das Gesicht meines Vaters war äußerst angespannt. Mit zittriger Hand versuchte er sich eine Zigarette anzuzünden, aber das Feuerzeug wollte nicht anspringen. Der Polizist steckte sich selber eine Drava in den Mund, zündete sie mit einem Streichholz an und reichte das Feuer meinem Vater. Dann zog er plötzlich seinen Revolver, richtete ihn kurz auf den rubes, der instinktiv seine Arme empor streckte und wie erstarrt stehen blieb.

„Ist doch nur ein Scherz", sagte Bujo beschwichtigend, ließ den rubes als Zielscheibe verdutzt stehen und richtete anschließend seine Waffe auf den Hund, dessen lästiges Gebell nicht aufhören wollte. Zwei Schüsse fielen, der Hund verkroch sich jaulend noch einmal hinter den Baum. Wir atmeten auf, als wir merkten, dass er weder erschossen noch verletzt davon kam.

Der rubes wartete ängstlich, was als nächstes passieren würde.

„Du kannst pfänden, was immer du willst, Genosse rubes, aber ich befürchte, dass es dich nicht glücklich machen wird", ergriff der Polizist das Wort und stellte sich vor meine Eltern.

Völlig verunsichert blickte der rubes zu mir und wählte mich überraschend zum Gesprächspartner.

„Besitzt ihr ein Radio?" Ich schüttelte den Kopf und sagte, dass ich gern eines hätte.

„Hast du eine Nähmaschine?", wandte er sich an die Mutter.

„Nein", sagte sie und lachte. Dass der Mann ihr zutraute, eine Nähmaschine zu besitzen, fand sie mehr als komisch.

Wären wir allein, hätten wir ein leichtes Spiel, ging mir durch den Kopf. Ich würde von hinten kommen, ihm mit dem Spatenstiel einen Hieb versetzen, damit er in Ohnmacht fallen würde, und anschließend mit dem Schubkarren in den Wald kippen.

„Ich muss mich selber überzeugen", unterbrach der rubes meine Gedanken und ging eigenmächtig ins Haus. Nach wenigen Augenblicken kam er zurück.

„Du hast recht, im Haus ist nichts zu holen", sagte er zu Bujo.

„Und der Keller?", wandte er sich nun an den Vater. „Wie war die Weinlese? Wie viele Fässer hast du abgefüllt?", fiel dem Pfänder eine weitere Möglichkeit des Pfändens ein.

„Das ist eine gute Frage", mischte sich der Polizist wieder ein. „Lasst uns doch mal im Keller schauen", sagte er und ging zielstrebig zur Kellertür. Wir folgen ihm. Der Kellerraum war dunkel und kühl. Einige Eichenfässer lagen auf den großen Holzbalken.

„Wie viel Wein besitzt du?", griff der Eintreiber seine Frage auf.

Mein Vater ging auf die Frage nicht ein, nahm eine Majolika vom Regal, zapfte sie voll und reichte sie dem rubes. Er schnüffelte am Weinkrug und fragte nach einem sauberen Glas. Der Polizist riss ihm die Majolika aus der Hand. „Wir brauchen keine Gläser", sagte er entrüstet und trank das Gefäß halb leer. „So macht man das", sagte er und reichte ihm die Majolika zurück. „Trink und sei froh, dass du noch lebst."

Ahnte der Polizist etwa, dass der Mann in Lebensgefahr wäre, wenn er nicht zufällig bei uns stehen würde? Ist er vielleicht doch nicht so unterbelichtet, wie wir alle dachten?

Rubes drehte die Majolika in seinen Händen hin und her und wusste nicht recht, ob er dem Mann des Gesetzes gehorchen sollte.

Nun entriss mein Vater ihm das Gefäß und trank sie selber in einem Zug leer. Dann zapfte er sie ein zweites Mal voll und schaute Bujo fragend an.

„Lass ihn auch mal probieren", gab Bujo seine Zustimmung, „wir sind ja schließlich keine Unmenschen."

Ohne zu zögern nahm nun auch der rubes einige Schlucke und schnalzte am Ende genussvoll mit der Zunge. „Der ist gut", sprach er anerkennend und trank noch einmal. „Der ist verdammt, verdammt gut. Wie viel Liter hast du von dieser Sorte? Den würde ich liebend gerne pfänden", schwärmte der rubes, der offenbar seinen Auftrag nicht vergessen hatte.

„Du willst diesen Wein pfänden?", schrie der Polizist ihn an. Seine Rechte glitt zum Gürtel, an dem die Pistole und Handschellen hingen.

Aber der rubes nahm den betrunkenen Polizisten nicht mehr ernst. „Ich pfände, was ich will und wann ich will und wo ich will", sagte er übermütig und lachte.

Plötzlich fasste der Polizist nach rubes rechter Hand, bog sie blitzartig hinter seinen Rücken und noch ehe der rubes reagieren konnte, war er mit den Handschellen an einem Eisenring, der aus der Wand ragte, festgekettet.

„Als ob nichts geschehen wäre", prostete Bujo nun seelenruhig meinem Vater zu und trank aus der Majolika.

Der rubes rüttelte an den Handschellen und als er merkte, dass es sich um kein Spielzeug handelte, begann er zu lamentieren und zu wimmern und dem Gesetzesmann darzulegen, dass es sich hier um sehr ernste Dinge handelte. „Dieser Mann da", wies er mit dem Kopf auf meinen Vater, „hat dem Staat seit Jahren keine Steuern mehr bezahlt."

Der Polizist ignorierte seine Ausführungen. „Du bleibst hier so lange angeschnallt, bis du hoch und heilig versprichst, nie wieder bei diesen armen Schweinen etwas pfänden zu wollen. Vor allem nicht dieses köstliche Tröpfchen!" Und zu meinem Vater gewandt: „Füll noch eine ab!"

„Dieser Mann da hat als Partisane die Deutschen aus dem Land geworfen", setzte Bujo nach. „Und du willst ihm seinen letzten Tropfen pfänden? Das ist kein feines Benehmen, du Rüpel, du ungehobelter!", ereiferte er sich theatralisch.

Der Rubes war nun völlig eingeschüchtert. Respektvoll schaute er zu meinem Vater auf.

„Ich könnte dich auch erschießen und dort unter dem Fass begraben lassen", erhöhte der Polizist den Druck auf den rubes.

„Die Udba weiß, wo ich bin", wurde der rubes plötzlich aufmüpfig. „Morgen schon würden sie kommen und hier jeden Zentimeter nach mir absuchen", sagte er, wobei seine Stimme immer unsicherer wurde.

„Was bist du doch für ein naiver Tropf", lachte Bujo ihn aus. „Wenn sie dich als vermisst melden, wer wird wohl mit dem Fall beauftragt? Bujo natürlich, weil Bujo hier zuständig ist und jeden gottverdammten Verbrecher kennt. Und Bujo, das kannst du mir glauben, würde natürlich auch diesen Keller in Augenschein nehmen, aber doch nicht, um deine Leiche zu suchen, sondern..."

„Gut", unterbrach der rubes ihn mit zahmer Stimme, „ich werde hier nichts pfänden und meinen Vorgesetzten berichten, dass es hier nichts zu holen gibt."

Der Polizist nahm die volle Majolika, hielt sie dem rubes unter die

Nase. „Einen Schluck gefälligst? Es könnte dein letzter sein. Aber zuvor wollen wir ein Versprechen von dir hören." Eine gespannte Stille trat ein.

„Ich werde hier nie wieder pfänden", kapitulierte er schließlich in Todesangst. An seiner Stimme merkte man, dass er bald in Tränen ausbrechen würde.

„Schwöre!", befahl Bujo.

„Ich schwöre."

„Schwöre bei der heiligen Jungfrau Maria!"

„Ich kann nicht, ich bin Atheist", versuchte er sich zu drücken.

„Schwöre!", wiederholte der Polizist.

Der völlig verzweifelte Staatsdiener schwor schließlich, wie ihm befohlen.

„Na also, geht doch", stellte Bujo zufrieden fest, nahm noch einen Schluck aus der Majolika und befreite den zitternden Mann von den Handschellen.

Der rubes verließ wortlos und fluchtartig den Keller. Bujo und mein Vater schauten sich gegenseitig siegesbewusst an. Sie amüsierten sich köstlich über zahlreiche vergebliche Versuche des rubes, sein Moped anzulassen und brüllten „Bravo!", als er endlich fluchend davon ratterte.

Wir verließen den Keller. Von Boc her hatten sich inzwischen dunkle Wolken heran geschlichen, ein Zeichen, dass ein Gewitter im Anmarsch war.

„Ach ja, das hätte ich fast vergessen", sagte Bujo zu meinem Vater, während er die Handschellen an seinem Gürtel befestigte. „Von Lehrer ‚Einfalt' habe ich erfahren, dass deine Tochter Elica an derselben Krankheit leidet wie früher dein Sohn." Er warf mir einen verschmitzten Seitenblick zu. „Sie schwänzt andauernd die Schule. Eigentlich kam ich zu euch, um sie zu verhaften." Bujo zwinkerte mit seinen kleinen, geröteten Augen und bemühte sich, Autorität auszustrahlen. „Aber es ist nun spät geworden und wir müssen die Aktion um ein paar Tage verschieben", sagte er und rülpste. „Die Mission, die ich gerade vollbracht habe, war wichtiger. So ist das, meine Lieben, Bujo geht den ganzen lieben Tag nur wichtigen Dingen nach."

Er lockerte seinen Gürtel, bestieg sein Dienstfahrzeug und fuhr würdevoll davon.

Der fures

Der Bauer Lesjak lud mich zum fures ein. „Du weißt, dass meine Getreidespeicher gut gefüllt, meine Rinder zahlreich und meine Weinfässer voll sind. Ihr dagegen seid arm wie Kirchenmäuse. Trotzdem habe ich beschlossen, dir eine Chance zu geben. Du könntest eines Tages meine Tuncka haben und mein Nachfolger werden. Zuvor müsstest du allerdings noch viel lernen."

Das sagte er zu mir, als ich am fures-Tag viel zu früh auf seinem Hof auftauchte und damit in den Genuss kam, ihm noch beim Füttern der Rinder helfen zu dürfen.

Tuncka, seine einzige Tochter, ein paar Jahre älter als ich, weckte in mir seit einiger Zeit Gefühle, die ich zuvor nicht kannte. Einmal träumte ich bereits von ihr und als ich aufwachte, blieb eine ganze Strohschicht, auf der ich lag, an meinem Körper kleben.

„Ich bin sechzehn Jahre alt und werde bald meinen Schulabschluss in der Tasche haben. Was könnte ich da noch lernen?", erwiderte ich selbstbewusst.

„Vergiss den Quatsch, den man dir in der Schule beigebracht hat", belehrte mich Lesjak. „Du musst lernen, worauf es im Leben wirklich ankommt!"

„Aha", sagte ich. „Das klingt logisch. Und was ist das?"

„Sensen und Stall ausmisten zum Beispiel."

„Das kann ich schon."

„Und Schnapsbrennen!"

„Das hat mir schon mein Großvater beigebracht. Bei ihm lernte ich auch Pfeife rauchen", gab ich an.

„Wie sieht es mit Schweineschlachten aus? Hast du überhaupt schon mal ein Tier getötet?", fragte Lesjak.

Ich ließ in meinem Kopf Revue passieren, was ich schon alles aus dem Leben befördert hatte. Hühner, Ratten, Mäuse und Katzen waren dabei, aber keine Schweine. Ich konnte das herzzerreißende Quietschen dieser Tiere nicht ertragen. Außerdem ekelte mich das fließende Blut.

„Ich habe schon getötet", sagte ich stolz. „Ein Schwein habe ich aber noch nicht geschlachtet", gab ich zu.

„Das wird sich heute ändern", kündigte Lesjak feierlich an.

Inzwischen war der Metzger mit zwei Gehilfen eingetroffen. Ohne uns eines Blickes zu würdigen, gingen sie direkt zum Schweinestall, öffneten die quietschende Tür und nahmen den „Todeskandidaten" in Augenschein.

Anschließend wurde in der Küche die offizielle Fures-Orgie eröffnet. Zwei Runden Schnaps wurden ausgeschenkt, manche, darunter auch ich, tranken ihn mit Tee und viel Zucker.

Die Bäuerin buk gerade potica, einen Nusskuchen, den es eigentlich nur zu Ostern gab, doch vermögende Leute leisteten sich diese Köstlichkeit gerne auch zu anderen festlichen Anlässen.

Tuncka betrachtete sich im Spiegel und grinste mich an. Ob sie bereits wusste, dass sie mir versprochen war und ich sozusagen einen gewissen Anspruch auf sie hatte?

Dann schritten wir zur Tat. Drei Männer und ich gingen voraus. Tuncka folgte uns mit einer Schüssel, in die das Blut aufgefangen und mit einem Kochlöffel gegen Gerinnung gerührt werden sollte.

Der Metzger stieg in den Stallbereich, in dem das Schwein auf den Vollzug wartete und knotete dem Tier geschickt ein Seil an die Hinterbeine. Dann zerrten die drei Männer das Schwein mit vereinten Kräften auf den Hof und überwältigten es. Der Metzger kniete auf dem Nacken des Schweins und setzte das Messer an seinen Hals.

„Er soll es tun", schrie Lesjak plötzlich, riss dem Metzger das Messer aus der Hand und hielt es mir hin. „Du musst es lernen!"

Das Schwein quietschte herzzerreißend, versuchte, sich mit tierischer Kraft aus der tödlichen Umklammerung der Männer zu befreien, ich aber hielt das Messer in meiner zittrigen Hand und zögerte, Lesjaks Befehl auszuführen.

„Rein mit dem Messer", schrie der Metzger. „Mach schon!"

Ich setzte das Messer an die Stelle, worunter ich das Herz des Tieres vermutete und versuchte, das Messer hinein zu stoßen. Doch das Fell war hart und elastisch, die Klinge rutschte ab. Erst als ich mein ganzes Körpergewicht einsetzte, flutschte das Messer in den Körper des Tieres. Das Blut spritzte in hohem Bogen aus dem Einstich über die Schüssel hinweg, die Tuncka mit ekelverzerrtem Gesicht hinhielt. Ich spürte Blutstropfen auf meinem Gesicht und meinen Armen.

Das Quietschen des Tieres vermischte sich mit den Flüchen der Männer, die es nur mit äußerster Mühe im Griff behielten. Das Schwein schien sich nach einem kurzen Todeskampf in sein Schicksal ergeben zu haben, zuckte noch einige Male mit seinen Extremitäten und blieb reglos liegen. Die Männer ließen es los und erhoben sich.

„Ganz gut für den Anfang, das Messer ging aber nicht mitten ins Herz", dämpfte der Metzger meinen Stolz. Wir kehrten zurück in die Küche, wo eine weitere Runde Schnaps fällig wurde.

Die Männer erzählten sich einige Schwänke aus ihrem langen Hobby-Metzger Dasein. Einer erwähnte, dass Schweine uns Menschen von allen Lebewesen am ähnlichsten seien, vor allem, was die Beschaffenheit der inneren Organe beträfe.

„Aber auch rein äußerlich gibt es zwischen Mensch und Schwein manchmal verblüffende Ähnlichkeit", meinte der Metzger und schaute dabei unauffällig auf seinen Nachbarn, dessen Gesicht in der Tat wie ein Schweinerüssel geformt war.

Große Töpfe kochendes Wasser und frisches Harz aus dem Fichtenwald standen bereit, um das Tier von den Borsten zu befreien.

„Lass uns das Werk fortsetzen", sprach der Metzger feierlich und wir begaben uns geschlossen zum „Tatort". Aber dort, wo das geschlachtete Tier noch vor kurzem lag, herrschte gähnende Leere. Nur eine versickerte Blutlache war auf der Stelle zu sehen.

„Ich hab's gewusst, du hast ihn nicht richtig getroffen", sprach der Metzger mich schuldig.

„Anfängerfehler", pflichtete Lesjak ihm bei. Tuncka schaute mich von der Seite mitleidsvoll an.

„Kein Problem, wir kriegen es wieder", sagte der Metzger und zeigte auf die Blutspuren im Schnee.

Wir nahmen die Verfolgung des tot geglaubten Flüchtlings unverzüglich auf und liefen die Böschung hinunter bis zur Feldstraße, wo die rote Spur plötzlich endete. Das Schwein schien sich in nichts aufgelöst zu haben. Lediglich frische Radspuren auf der Straße legten die Vermutung nahe, dass kurz zuvor ein Viehgespann hier entlang gefahren sein musste. Hatte ein Unbekannter sich das Schwein unter den Nagel gerissen?

Nach mehreren Stunden vergeblicher Suche gaben wir schließlich frustriert auf und kehrten mit langen Gesichtern zum Hof zurück. Kurz entschlossen ließ Lesjak sofort ein zweites Schwein schlachten. Diesmal aber wollte der Metzger kein Risiko mehr eingehen und rammte dem Tier das Messer höchstpersönlich mitten ins Herz. „Wie man es halt als Fachmann machen muss", sagte der große Meister und blickte mich vorwurfsvoll an.

Um jegliche weitere Überraschung auszuschließen, schnitt er dem Schwein alsbald auch den Kopf ab.

Während die Männer anschließend erneut Schnaps in sich kippten, bat Tuncka mich, ihr beim Melken zu helfen.

„Du kannst doch melken, oder?", fragte sie mich und schaute mich provozierend an. Ich nickte und folgte ihr in den Kuhstall.

Sie nahm den Melkschemel, setzte sich gekonnt darauf, klemmte den Milcheimer zwischen ihre Beine und begann, den Kuheuter zu reinigen und zu massieren. „Komm ruhig näher", ermutigte sie mich, „dann kannst du vielleicht noch etwas lernen."

Während ich ihr zuschaute, interessierte mich plötzlich das Melken nicht mehr. Ich sah nur noch ihren prallen Busen, der aus ihrer zu engen Bluse heraus quoll, ihre nackten Knie, ihre zierlichen Finger, zwischen denen die Milch gleichmäßig in den Eimer spritzte. Der Anblick erregte mich so sehr, dass mein Pimpek, den ich bis dahin ausschließlich zum pinkeln einsetzte, dicker und steifer wurde, als ob er einen ernsthaften Ausbruch aus meiner etwas zu engen Hose proben würde. Ich drehte mich verlegen um und begann eine Melodie zu pfeifen.

Auf einmal hörte Tuncka auf zu melken, stand auf und drehte sich zu mir um.

„Und jetzt du", forderte sie mich zur Ablösung auf, aber im selben Augenblick sah sie meine Erregung, die ich vergeblich zu verbergen versuchte. Mit großen Augen und schelmisch lächelnd betrachtete sie mich eine Weile, bevor sie bewundernd und für mein Empfinden viel zu laut ausrief: „Das ist ja doll!"

Sie legte beide Hände auf ihren Mund und begann zu kichern.

„Ich kann nicht ... melken", stotterte ich.

„Du Ärmster", sagte sie. „So könntest du dich nicht einmal hinsetzen, ohne dass deine Hose platzt! Da müssen wir wohl was dagegen unternehmen."

Sie trat näher, ergriff meine Hand und legte sie zielstrebig auf ihren Busen. Mit beiden Armen hängte sie sich an meinen Hals.

Im selben Augenblick hörte man von der Küche her meinen Namen rufen. „Die Gedärme des Schweins müssen ausgewaschen werden", schrie Lesjak.

„Wo bleibt die Milch, Tuncka?", rief fast gleichzeitig ihre Mutter. „Es gibt mehr als genug zu tun", fügte sie mit ungeduldiger Stimme hinzu.

Tuncka ließ mich los, trat zwei Schritte zurück und knöpfte ihre Bluse wieder ordentlich zu.

„Später vielleicht", flüsterte sie, setzte sich breitbeinig auf den Schemel und molk weiter.

Auf dem Weg zur Küche nahm ich einen Umweg am Brunnen vorbei, wo ich meine Erregung mit Wasser vorerst erfolgreich abkühlte.

Nun begann die Arbeit. Das Schwein musste zerlegt und die Fleischstücke im Keller aufgehängt werden. Blut- und Bratwurst wurden angefertigt, Speck klein geschnitten und in der Pfanne auf dem heißen Herd zerlassen.

Als die Arbeit erledigt war, begann die Festa. Aus dem Backofen wurde der Braten geholt, dessen Duft sich seit Stunden im ganzen Haus verbreitet hatte. Der Musikant Tija begann seine uralte Ziehharmonika zu betätigen und noch ehe der erste Hunger gestillt war, stürzten sich die Frauen auf die Männer und zerrten sie auf die Tanzfläche.

Irgendwann kam auch Ciril, der Nachbarssohn, dessen zweifelhafter Ruf als Schönling und Herzensbrecher über die Dorfgrenze hinaus bekannt war. Er, der schon seinen Militärdienst hinter sich hatte, setzte sich selbstbewusst zu den gestandenen Männern, trank mit ihnen und forderte anschließend Tuncka zum Tanz auf. Das Mädchen schaute hilflos zu ihrem Vater, der ihr aber gut gelaunt mit Kopfnicken die Zustimmung erteilte.

Verstohlen beobachtete ich, wie sie im Laufe des Abends immer wieder miteinander tanzten und sich auch immer näher kamen. Ich musste die ganze Zeit an die Peinlichkeit beim Melken denken und ärgerte mich darüber, dass wir so profan unterbrochen worden waren. Was Tuncka und ich da versäumt hatten, würde sich nicht so schnell nachholen lassen, dachte ich. Sie hatte mich auf später vertröstet, aber wahrscheinlich scherzte sie nur mit mir. Ciril war älter und erfahrener als ich. Ich hatte hier keine Chance, stellte ich nüchtern fest und verließ unauffällig die Festa.

Zu Hause suchte ich auf dem Nachtlager zwischen den Familienmitgliedern einen freien Platz, fand aber keinen mehr. Auf meinem Platz lag mein Bruder, der seinen Job im Bergwerk aus unerfindlichen Gründen aufgegeben und zurzeit zu Hause herum lungerte.

Ich verließ das verrauchte Haus, band unseren Hund los und nahm ihn mit zur Scheune, wo ich uns einen Lagerplatz aus Stroh und Heu einrichtete. Mit alten Säcken deckte ich uns zu. Die Wärme unserer Körper machte es möglich, dass ich bald einschlief und nicht vor der Morgendämmerung aufwachte.

Während der Nacht fiel reichlich Neuschnee. Als ich am Morgen zu Lesjak ging, um das versprochene Schlachtpaket abzuholen, musste ich mir mühsam einen Weg durch die Schneeverwehungen bahnen. Lesjaks Haustür war noch zu und niemand reagierte auf mein Klopfen. Also ging ich um das Haus herum, um durch ein Fenster die Schläfer zu wecken. Plötzlich aber traf ich mit einem Fuß auf ein Hindernis, das mich prompt zu Fall brachte. Es war wie ein kleiner, schneebedeckter Hügel, der aber laut meiner Erinnerung nicht dort hingehörte. Mit einem Fuß kickte ich den Schnee weg und staunte nicht schlecht. Es war das verschwundene Schwein vom Vortag. Es lag da, zugeschneit, an der hinteren Hauswand, wo es niemand vermutet hätte.

Und so gab es bei Lesjak ein zweites Jures, diesmal in einem kleineren Rahmen. Als es Abend wurde, bat mich Tuncka wiederum um Hilfe beim Melken. Ich hatte eigentlich vor zu schmollen und zögerte ein wenig, ihrem erwartungsvollen Blick zu folgen.

„Komm schon!", flüsterte sie mir ins Ohr. „Es gibt Versäumtes nachzuholen."

Ich folgte ihr schließlich gehorsam und ließ mich auf alles ein, was sie wünschte. „Du bist ein guter Schüler", meinte sie am Ende.

„Das meint auch der Genosse ‚Einfalt'", sagte ich.

Dann lachten wir beide.

Aber wieso war das Schwein zu Lesjaks Haus zurückgekehrt, da es doch schon hinunter zur Straße davon gelaufen war? Das fragten sich alle, die von dem Vorfall erfahren hatten. Es war ja bekannt, dass Schweine im Gegensatz zu Hunden und Katzen keinen Orientierungssinn haben.

Die Antwort kam Tage später von Licek. Er erzählte überall im Dorf, wie er mit seinem Leiterwagen unterwegs war, als plötzlich ein Schwein am Hang auftauchte und auf die Straße wackelte. Er vermutete ganz richtig, dass das Tier dem Bauer Lesjak ausgerissen war. Mit seiner Peitsche zwang er das Tier zur Umkehr und jagte es zurück auf Lesjaks Hof, wo es dann offensichtlich an der hinteren Hauswand sang und klanglos verendete.

In seinem Eifer hatte Licek nicht einmal gemerkt, dass das Schwein eigentlich schon erstochen war.

Hopfenpflücken

Auf dem Gelände des kleinen Provinzbahnhofs wimmelte es von wartenden Menschen. Wir kämpften uns in die Nähe der Gleise durch und
hofften, einen der nächsten Züge zu erwischen. Da meine Mutter bei
einer früheren Zugfahrt eines ihrer Kinder im Gewühl verloren und
erst nach Tagen wiedergefunden hatte, band sie diesmal meine beiden
Schwestern, sechs und neun Jahre alt, an ein Seil, das sie krampfhaft
festhielt. Mir, dem fast Elfjährigen, befal sie, ja nicht von ihrer Seite
zu weichen.

Im Laufe der nächsten zwei Stunden fuhren zwei völlig überfüllte
Züge einfach durch. Als der dritte auf der Höhe des Bahnhofs hielt,
jubelte die Menge, obwohl auch dieser Zug wenig Hoffnung auf eine
Mitfahrt weckte. Passagiere saßen auf dem Dach, teilweise standen sie
draußen auf den Wagentreppen.

Die Lok kam direkt vor unserer Nase zum Stillstand. „Helfen Sie
uns!", flehte meine Mutter den Mann an, der zufällig neben uns stand.
Er packte meine Schwestern, hob sie auf die Treppe der Lok und schob
sie hinauf durch die offene Tür des Heizraumes. Dann zerrte er noch
meine Mutter und mich hinauf, er selber begnügte sich mit einem
Platz auf der Treppe.

Der Zug setzte sich in Bewegung. Wir standen eingeklemmt zwischen dem heißen Ofen und einer großen, mit Kohle gefüllten Kiste.
Ein Mann in schmutzigen Klamotten und mit schwarzem Gesicht
öffnete immer wieder die Ofentür und legte Kohle nach. Glühende
Funken spritzten heraus und hinterließen schmerzhafte Brandflecken
auf unserer Haut. Plötzlich fing mein Pullover zu brennen an. Geistesgegenwärtig kippte mir der Heizer einen Eimer Wasser über und ver-
hinderte so meinen „vorzeitigen Abgang aus dieser Welt", wie meine
Mutter es später auszudrücken pflegte.

Als der Zug in das Tal der Hopfenplantagen eingefahren war, äußerte meine Mutter erste Zweifel, ob wir als Pflücker angeheuert werden würden. Auf zahlreichen Feldern wimmelte es von Menschen, die
schon eifrig am Werk waren.

Im Dorf, in dem die Familie meiner Tante es mit Hopfenanbau zu
einem beneidenswerten Wohlstand gebracht hatte, stiegen wir verrußt
und verschwitzt aus. Eine staubige Landstraße führte zu ihrem Anwesen. Nach wenigen hundert Metern Fußmarsch begannen meine

Schwestern zu heulen und über Hunger und Durst zu klagen.

„Heilige Jungfrau Maria, hab Erbarmen mit uns!", seufzte Mutter und blickte hilflos gen Himmel.

Ein Ochsengespann holte uns ein. „Steigt auf!", schrie der Bauer, nachdem seine Karre neben uns zum Stillstand gekommen war.

„Die Jungfrau Maria hat geholfen", jubelte meine Mutter, während wir auf dem Leiterwagen zwischen Säcken und Bierfässern einen Sitzplatz und Halt gefunden hatten.

Die Ochsen blieben in der sengenden Hitze immer wieder stehen und nur zornige Peitschenhiebe des Bauern vermochten sie erneut in Bewegung zu setzen. Meine Schwestern quengelten pausenlos und jammerten über Hunger und Durst. Die Mutter saß abgestumpft da und starrte vor sich hin.

Der Bauer hielt plötzlich entnervt an, sprang von der Kutsche und befahl uns, auszusteigen. „Ich kann euer Geheule nicht mehr hören. Verpisst euch und zwar sofort!", befahl er mit bebender Stimme.

„Das habt ihr davon, ihr Heulsusen", motzte ich meine Schwestern an und versetzte beiden einen kräftigen Fußtritt. „Wegen euch müssen wir jetzt laufen."

Am späten Nachmittag standen wir völlig erschöpft im Hof vor dem Haus meiner Tante. Die Eingangstür war verschlossen. Wir setzten uns auf die Holztreppe und warteten. Es war schon fast dunkel, als die Familie meiner Tante mit Hopfenpflückern vom Feld heimkam. „Was wollt ihr denn hier?", rief unsere Verwandte, als sie uns auf dem Treppenaufgang sitzen sah. Der Onkel würdigte uns keines Blickes.

„Ach, liebe Vanka, du hast bestimmt von unserem Unglück gehört, wie unser Hab und Gut im Feuer vernichtet wurde. Jetzt sind wir am Bauen, das neue Schuljahr beginnt bald, die Kinder müssen eingekleidet werden und die Schulbücher werden jedes Jahr teurer. Da hatte ich gedacht: Vanka, meine Schwester, hat ein gutes Herz und wird uns bestimmt nicht abweisen." Meine Mutter fasste ihre jüngere Schwester an beiden Händen und flehte: „Lass uns doch in deinem Hopfenfeld ein paar Dinar verdienen, bitte! Wir werden uns..."

„Unser Feld ist voll von Pflückern!", unterbrach Vanka eisig. „Ich kann euch nicht gebrauchen." Sie ließ uns vor der Tür stehen und folgte ihrem Mann ins Haus.

Was tun? Von Haus zu Haus gehen und einen Hopfenbauer suchen, der noch Pflücker braucht? Sich irgendwo auf eine Plantage hinein schmuggeln und rotzfrech einfach anfangen zu pflücken? Das kann manchmal gut gehen. Vor allem, wenn der Bauer wegen der vielen Saisonarbeiter die Übersicht verloren hat. Man pflückt, liefert die vollen Behälter Hopfen am Container ab und bekommt Wertmarken, für die man am Abend entsprechenden Lohn erhält. Es gab allerdings schon Fälle, wo solche ungebetenen Pflücker am Abend leer ausgingen. „Ich habe dich nicht angeheuert", sagte dann der Bauer und schickte den Eindringling mit leeren Händen weg.

„Ich will es noch einmal versuchen", sprach die Mutter, stand auf und verschwand im Haus. Wir Kinder warteten draußen und waren ängstlich.

„Mach, dass du weg kommst!", hörten wir den Onkel schreien. „Was willst du hier mit deinen drei Kindern?! Ihr esst uns mehr weg, als ihr verdienen könnt."

Nun sah ich mich in der Pflicht, als Mann aufzutreten. Ich war schließlich schon fast elf Jahre alt und ziemlich schlau. Mein Lehrer ‚Einfalt' meinte sogar, ich würde reden wie Erwachsene.

Ich ging ins Haus, meine Schwestern folgten mir. „Lassen Sie uns, bitte, Hopfen pflücken! Sie werden es nicht bereuen", sagte ich und blickte dem Onkel direkt in die Augen. Wenn du jemanden überzeugen willst, so lehrte uns ‚Einfalt', musst du ihm direkt in die Augen schauen. „Und ich würde Ihnen außerdem im Stall helfen", spielte ich einen Trumpf aus, von dessen Wirkung ich überzeugt war. Aus Erzählungen meiner Mutter wusste ich, dass der Mann äußerst ungern im Stall arbeitete.

„Was kannst du schon im Stall ausrichten, du kleiner Hänfling?"

„Ich kann melken und ausmisten", sagte ich stolz. „Und füttern, das kann ich sowieso!"

Mit den Armen auf dem Rücken gekreuzt machte er einige Schritte durch die Stube. Er blickte immer wieder zu meinen Schwestern, die sich an Mutters Rockzipfel festhielten. „Na gut", sagte er schließlich. „Meinetwegen! Ihr dürft pflücken", zeigte er auf meine Mutter und ihre Töchter. „Du aber", wandte er sich zu mir, „du bleibst bei mir und hilfst mir, wo immer ich dich brauche."

Mir war es recht, denn Hopfenpflücken fand ich langweilig und mühsam. Außerdem herrschte im Hopfenfeld oft unerträglich Hitze. Ich wurde jedes Jahr als der langsamste Pflücker getadelt. Im vergangenen Jahr gelang es mir zum Beispiel mit Mühe und Not nur fünf skafs täglich zu befüllen. Mein Wochenlohnfiel so bescheiden aus, dass ich mir damit am Wochenende gerade einen Kinobesuch und einige Süßigkeiten gönnen konnte.

In dieser Saison begann der Tag für mich mit Stallarbeit. Kühe und Schweine füttern, melken und ausmisten, alles so wie ich es schon bei Milcek und bei Bauer Lesjak gelernt hatte. Mein Onkel beobachtete mich anfangs bei der Arbeit, im Laufe des Tages schaute er im Hopfenfeld nach dem Rechten, aber die meiste Zeit hielt er sich im Haus auf, las Zeitung und rauchte. Abends begleitete ich ihn zu seinen Schafen, die außerhalb des Dorfes eingezäunt grasten. Fast immer kamen irgendwelche Kosovaren oder Bosniaker dazu, die mein Onkel herablassend als muslimani bezeichnete, und kauften ihm Lämmer ab.

Einmal wies mich der Onkel an, einem schmächtigen bosnischen Jungen zu helfen, das eben erworbene Lamm mit einem Bollerwagen zu ihm heim zu bringen. Als wir die ärmliche Hütte erreicht hatten, in der seine Familie lebte, kam seine Mutter auf uns zu und reichte ihrem Sohn ein Messer.

„Ihr könnt es gleich schlachten, denn nachher bekommen wir Besuch", sagte sie und verschwand in der Hütte. Der Junge schaute mich hilflos an. Seine Hand, in der er das Messer hielt, zitterte.

„Soll ich es machen?", bot ich mich hilfsbereit an.

Er reichte mir das Messer, klemmte das Lamm zwischen seine Beine und zog den Kopf des Tieres hoch, um seinen Hals zu spannen. Noch bevor das Tier sein Schicksal erahnen konnte, schnitt ich ihm die Kehle durch, wie ich es bei Lesjak gelegentlich gelernt hatte.

„Bist du auch ein musliman?", fragte seine Mutter, die inzwischen auf der Türschwelle stand und uns zuschaute.

„Nein, aber ich kann schlachten", sagte ich stolz. Der Bauer Lesjak hatte recht, dachte ich, auf solche Dinge wie Schlachten kommt es im Leben an.

Die Abende verliefen immer gleich. Nach dem Essen brachte ich meine Schwestern in die Scheune und wartete so lange, bis sie im Heu einschliefen. Dann durfte ich noch für eine Weile zurück in die Stube, um mit meiner Mutter und meiner Tante Karten zu spielen. Der Onkel zog sich früh zur Nachtruhe zurück. Sobald die beiden Schwestern damit rechnen konnten, dass er fest schlief, holten sie aus einem Versteck Apfelwein und Schnaps und zwischen den beiden begann eine Art Wettsaufen, das meine Tante in der Regel haushoch gewann.

Binnen drei Wochen war die Hopfenernte zu Ende. Die Arbeiter fuhren heim, das kleine Dorf wirkte plötzlich wie ausgestorben.

„Wann wollt ihr denn abreisen?", fragte der Onkel einige Tage später meine Mutter, als er merkte, dass seine Frau nun schon früh am Morgen nach Schnaps roch.

„Wir warten nur noch auf den Lohn", antwortete meine Mutter. Sie schaute unsicher ihre Schwester an, die schallend zu lachen begann.

„Deine Kinder haben so gut wie nichts zusammengepflückt. Was ihr verdient habt, reicht nicht einmal für eure Verpflegung. Und du schuldest mir noch Geld vom letzten Jahr, hast du das etwa vergessen? Wenn wir alles in Rechnung stellen, müssten wir noch Geld von euch fordern. Aber ich will ja nicht so sein. Ihr müsst uns nichts geben. Geht nur in Gottes Namen heim."

Sie sprach mit schwerer Zunge und schaute dabei über unsere Köpfe hinweg.

„Und ich? Was bekomme ich für meine Arbeit?", erhob ich zaghaft meine Stimme.

„Du? Erwartest du einen Lohn?", schaltete sich der Onkel ein. „Für das bisschen Stallarbeit wirst du wohl nicht im Ernst einen Lohn erwarten. Du wolltest lieber hier am Hof bleiben als draußen in der Hitze Hopfen pflücken. Es tut mir leid, ich zahle lediglich fürs Hopfenpflücken!"

Ich fühlte mich übers Ohr gehauen. Eine unheimliche Wut breitete sich in meinem Bauch aus. Sollte ich etwa die ganze Stallarbeit umsonst verrichtet haben? Von früh bis spät trieb mich der Onkel an, lobte mich sogar gelegentlich ob meines Fleißes, ich sei ein zäher Arbeiter und fast zu eifrig für mein Alter. Und jetzt wollte er mich mit leeren Händen entlassen.

„Ihr müsst euch beeilen, sonst werdet ihr noch euren Zug verpassen", ermahnte uns die Tante.

Ich war sprachlos, meine Kehle war wie zugeschnürt. Es fiel mir nichts ein, was ich gegen die Ausbeuter unternehmen konnte. Um nicht heulen zu müssen, rief ich mir die Worte meines Lehrers ‚Einfalt' ins Gedächtnis: Ein Mann vergießt keine Tränen, Heulen ist Frauensache!

In der Tat, meine Mutter und meine beiden Schwestern weinten wirklich.

„Kommt, lass uns gehen!", forderte ich meine Mutter auf. Sie folgten mir wie drei begossene Pudel. Unterwegs zum Bahnhof schwiegen wir, nur die Mutter stieß ab und zu einen hilflosen Fluch aus und haderte mit Gott, der „solche Sauerei" zugelassen hätte. Als ihr Zorn etwas verdampft war, änderte sie ihre Taktik und begann wieder, die heilige Jungfrau um Hilfe anzuflehen. Ich selber dachte die ganze Zeit über eine mögliche Rache nach.

Als wir ankamen, war der Bahnhof öd und leer. Kein Zug kam, keiner fuhr weg. Wir setzten uns auf die Wartebank und bliesen Trübsal.

Am späten Nachmittag trat der Bahnwärter zu uns und wollte uns vom Bahnhofsgelände verjagen. Meiner Mutter gelang es aber, ihn zu überzeugen, dass wir keine Zigeuner seien, sondern Einheimische, die lediglich auf den verspäteten Zug warteten. Sie zeigte ihm unsere Rückfahrkarten.

„Ihr seid aber drei Tage zu spät dran", sagte der Mann und lachte, merkte aber sogleich, dass er damit unsere Stimmungslage völlig verkannte. Dann musterte er uns eine Weile, wobei sein Blick längere Zeit auf meinen Schwestern ruhte, die verrotzt und verheult am Rockzipfel der Mutter hingen.

„Ich will ja kein Unmensch sein und werde euch neue Tickets ausstellen. Der nächste Zug kommt allerdings erst morgen Vormittag."

„Was machen wir jetzt bloß?", jammerte meine Mutter.

„Ihr könnt ja im Wartesaal bleiben. Ich werde den Raum ausnahmsweise nicht abschließen", sagte der Mann, der schon älter war und den die Not anderer Menschen offenbar nicht kalt ließ.

Während meine Schwestern wieder über Hunger und Durst klagten und meine Mutter nach Essensresten in ihrem Rucksack kramte, traf mich plötzlich ein Geistesblitz und ich wusste, was ich als nächstes tun musste. Zum Schein begann ich meine Hosen- und Jackentaschen zu durchsuchen.

„Ich muss zurück, denn ich vermisse mein Klappmesser. Ich muss es wohl bei der Tante vergessen haben", sagte ich und verließ eilig den Bahnhof.

Es war schon dunkel, als ich Stunden später in den Wartesaal des Bahnhofs zurück kam. Meine Schwestern schliefen auf der Holzbank neben meiner Mutter. Auch sie döste vor sich hin und gab unverständliche Laute von sich. Ab und zu hörte ich sie ziemlich deutlich rufen:

„Mutter Gottes, eile uns zur Hilfe!"

Der Zug kam am nächsten Tag pünktlich. Der Bahnwärter hielt sein Wort und stattete uns kostenlos mit Tickets aus.

Nach der Heimkehr saßen wir am Abend in der Küche und löffelten die übliche Kartoffelsuppe. Nachdem die Stimmung auf den Nullpunkt angelangt war, holte ich demonstrativ eine Handvoll Geldscheine aus meiner Hosentasche hervor, reichte die Hälfte davon meiner Mutter und sagte: „Das ist euer Lohn!"

Alle starrten mich ungläubig an. „Als ich mein Klappmesser abholte, bekam ich doch noch das Geld vom Onkel", erklärte ich und ärgerte mich sogleich, dass ich nicht die Wahrheit gesagt hatte.

„Maria hat geholfen!", rief meine Mutter enthusiastisch.

Sie mag geholfen haben, dachte ich bei mir, aber ohne meinen Einsatz stünden wir jetzt ohne Geld da. Denn mein Onkel hätte nie im Leben seine Gesinnung geändert, soweit habe ich ihn durchschaut. Was ich getan hatte, hätte die heilige Jungfrau vermutlich auch nicht gut geheißen.

Die Geschichte mit dem Klappmesser hatte ich natürlich frei erfunden. Ich ging auch nicht zum Hof meines Onkels zurück, sondern suchte heimlich seine Schafsherde auf, wählte zwei schlachtreife Lämmer aus, verfrachtete sie auf einen dort abgestellten Bollerwagen und brachte die Tiere zu den Bosniakern. Ich klopfte an die wackelige Tür der Holzhütte. Der Junge, dem ich vor kurzem beim Schlachten geholfen hatte, und seine Mutter kamen heraus.

„Wer stört uns beim Abendgebet?", rief die Stimme des Gazda, des Hausherrn, aus dem Hintergrund. Ein Fenster ging auf und sein grauer Kopf erschien.

„Was machst du denn hier? Wir dachten, ihr seid abgereist", wunderte er sich.

„Könnt ihr zwei gut genährte Lämmer gebrauchen?", fragte ich ihn ohne Umschweife und zeigte auf sie, die gefesselt auf dem Bollerwagen ihrem Schicksal entgegen zitterten. „Habt ihr Interesse? Wenn nicht, biete ich sie Ibrahim an. Er kauft immer gerne."

Es war bekannt, dass zwischen ihm und Ibrahim gewisse Spannungen herrschten, die im gegenseitigen Neid begründet waren.

„Natürlich, natürlich", beeilte sich der bärtige musliman seine Kaufbereitschaft zu bekunden. „Ich nehme die Lämmer." Er gewährte mir einen guten Preis, ließ die verängstigten Tiere ins Haus tragen und zahlte.

„Übrigens, sagte ich beiläufig, Sie sollen diesen Kauf nicht hinausposaunen. Ich wäre froh, wenn das Geschäft unter uns bleiben würde. Geht das?"

„Von uns erfährt keine Menschenseele etwas", sicherte er mir seine Verschwiegenheit zu. „Aber verrätst du mir auch, warum du die Lämmer hinter dem Rücken deines Onkels verkaufst?", zeigte er sich neugierig.

„Er hat mich um meinen Lohn betrogen", sagte ich die Wahrheit.

Die Augen des Bosniakers verengten sich. Über sein schmales Gesicht huschte ein zufriedenes Lächeln. „Du hast dir genommen, was dir gebührt. Ich werde schweigen wie ein Grab", sagte er und winkte mir freundlich zum Abschied.

„Die heilige Jungfrau hat geholfen, sie hilft immer", wiederholte meine Mutter noch einige Male, während sie die schmierigen Geldscheine immer wieder durch ihre Finger gleiten ließ. Dann begab sie sich gut gelaunt zur Nachtruhe.

Ich aber schlich in den Flur, setzte mich direkt unter das Licht und begann ‚Die Schatzinsel' noch einmal von vorne zu lesen.

Schnapsbrennen

„Du kannst sensen, Stall ausmisten, Bäume fällen, Schweine schlachten. Du kannst fast alles, was ein Bauer beherrschen muss", sagte Lesjak zu mir, nachdem ich mich zu ihm auf die Bank neben der Brennanlage gesetzt hatte.

„Melken hast du vergessen", ergänze ich. „Das kann ich nämlich auch."

„Natürlich, Tuncka hat es mir erzählt. Und damit sind wir beim Thema."

Bauer Lesjak holte einige Holzscheite und steckte sie in den Ofen unter dem kupfernen Kessel, in dem Maische erwärmt wurde. Vom Kessel aus schlängelte sich durch ein mit kaltem Wasser gefülltes Fass ein Rohr, aus dem am Ende frisch gebrannter Schnaps in ein Glas tröpfelte.

Lesjak wusste genau, welche Hitze benötigt wird, um die bestmögliche Qualität von Sliwowitz zu erzielen. Er saß stundenlang am Ofen der Brennanlage, legte Holz nach oder dämpfte das Feuer, indem er die

Luftzufuhr drosselte, je nachdem, welche Temperatur er brauchte. Das Schnapsbrennen war sein Hobby und seine Lieblingsbeschäftigung. Hier kam er zur Ruhe, dachte über sich und seine Familie nach und betete gar den Rosenkranz.

„Du wolltest mir ein paar Tipps zum Schnapsbrennen geben", erinnerte ich ihn an den Grund, warum er mich hatte rufen lassen.

„Ja, das Schnapsbrennen! Aber darum geht es jetzt nicht. Es geht um dich und Tuncka. Sie ist in dich verknallt, vielleicht auch du ein wenig in sie. Aber aus diesem Mehl wird wohl kein Brot gebacken werden. Dafür seid ihr zu verschieden. Ich beobachte dich schon lange. Tuncka ist bodenständig, du aber bist ein Träumer. Du bist wie dein Vater. Er liest im Sommer lieber Bücher, als dass er sich Brennholzvorräte anlegen würde."

Lesjak nahm ein Stamperl, hielt es unter das Rohr, aus dem ein dünner Schnapsstrahl floss, probierte einen Schluck, nickte zufrieden und reichte es mir.

Ich trank es und schüttelte mich. „Zu stark und zu warm", kritisierte ich.

„Du trinkst zu schnell und zu gierig. Du musst aufpassen, dass du nicht zum Säufer wirst wie dein Vater", warnte er mich.

Es ärgerte mich, dass er so abfällig von meinem Vater redete. Aber genau genommen hatte er recht. Ich schätzte seine Offenheit.

„,Einfalt' hat mir erzählt, du willst in die Stadt ziehen. Stimmt das?"

„Ich bin sechzehn. Wenn nicht jetzt, wann dann? Aber ich weiß nicht, ob es mir gelingt", sagte ich.

Er öffnete die Ofentür, kippte ein Gläschen Wasser hinein. Der Schnapsstrahl wurde sofort dünner.

„Willst du es ihr selber sagen, oder soll ich es tun?", fragte er und rechnete damit, dass ich verstehe, was er meinte.

„Ich weiß nicht, was du meinst", sagte ich trocken.

„Du wirst dich bald aus dem Staub machen und Tuncka muss es von dir erfahren. Je früher, desto besser."

„Ich habe ihr keine Versprechungen gemacht", wich ich aus.

„Ein Versprechen muss nicht immer in Worten daherkommen", sagte er und legt ein Hölzchen nach. Dann schenkte er zwei Stamperl ein, reichte mir eines und prostete mir zu. Wir tranken die Gläser leer.

„Gut, ich sage es ihr morgen", legte ich mich unsinnigerweise fest. Ich blieb noch einige Stunden, wir redeten jedoch nur noch über Unverfängliches. Ich stellte fest, dass die Qualität des Gebrannten von Minute zu Minute besser wurde.

Zum Abschied gab er mir noch Schnaps für meinen Vater mit. Auf eine Flasche mehr oder weniger käme es bei ihm sowieso nicht mehr an, meinte er.

Während ich heim torkelte, blieb ich einige Male stehen und dachte über meine Zukunft nach. Ich wollte auf jeden Fall weit weg von hier, viel Geld verdienen und eines Tages als reicher Mann zurück kommen. Natürlich nur zu Besuch. Um den Leuten zu zeigen, wie weit ich es gebracht hatte. Schaut, schaut, würden sie staunen, aus ihm ist etwas geworden. Er hat unser Dorf als armer Tropf verlassen, nun ist er ein angesehener und reicher Herr.

Morgen sollte ich es Tuncka sagen, aber wie? Pass auf, Süße, ich gehe für ein paar Jahre in die Stadt, weil ich das Leben hier in der Pampa nicht mehr aushalte. Ich muss gehen, aber mein Herz wird für immer dir gehören. Ich werde dich sehr vermissen. Du warst die Liebe meines Lebens.

Zu pathetisch? Ein wenig verlogen? Hatte ich die Formulierungen in einem Heimatroman gelesen?

Ich verwarf die vorbereiteten Sätze und suchte nach besseren, aber es fielen mir keine ein. Tagelang mied ich den Weg, der an Lesjaks Haus vorbei führte, um Tuncka aus dem Weg zu gehen. Ich hatte nicht den Mut, ihr die Wahrheit zu sagen. Konnte sie sich überhaupt ein Leben ohne mich vorstellen, fragte ich mich immer wieder. Ich kam mir ziemlich fies vor, sie so schmählich im Stich zu lassen.

Einige Wochen später erschwindelte ich mir von meinem Vater die Erlaubnis, ins Kino gehen zu dürfen. „Es wird ein Partisanenfilm gezeigt", log ich und erhielt von ihm sofort grünes Licht.

Ich saß also an jenem Sonntagnachmittag im dörflichen Kinosaal. Winnetou III lief. Gerade ließ ich die traurige Szene seines Todes über mein zartes Gemüt ergehen und schluchzte vor mich hin, als plötzlich der Streifen gerissen war und das grelle Licht aufleuchtete. Ich zuckte zusammen, wischte mit dem Ärmel über mein Gesicht und ließ meinen Blick durch das Publikum schweifen, wobei mir ein Pärchen auffiel, das einige Reihen vor mir heftig miteinander schmuste. Beim näheren Hinschauen erkannte ich Tuncka und Ciril.

Ich verließ sofort die Vorstellung. Auf dem Heimweg dachte ich über Winnetou, über scheintote Schweine, die sich verdrücken, und über charakterlose Mädchen nach. Eines wurde mir klar: Jetzt konnte ich bedenkenlos mein Dorf verlassen. Meinetwegen für immer.

Aufbruch

Es war Herbst und die Weinlese hatte gerade begonnen. Wegen eines vorausgegangenen Unwetters fiel der Ertrag so karg aus, dass mein Vater beim Keltern nur wenig Hilfe brauchte. So musste ich kein schlechtes Gewissen haben, als ich mich eines Morgens aus dem Staub machte.

Meine Eltern und beide Schwestern schliefen noch, während ich den Herd einheizte und zwei Eimer Wasser von der Quelle heim brachte. Dann nahm ich ein Blatt Papier und schrieb: Hallo, Familie, während ihr diese Zeilen lest, sitze ich bereits im Zug nach Velenje. Ich will die dortige Schule besuchen und Bergmann werden. Spätestens in fünf Jahren sehen wir uns wieder, vielleicht auch schon früher.

P.S.: Es fiel mir leider nichts Besseres ein, als in die Fußstapfen meiner Vorfahren zu treten.

Die Notiz legte ich auf den Tisch und begab mich zum Bahnhof. Wehmütig saß ich etwas später im Zug und ließ fremde Landschaften an mir vorüber ziehen. Ich war ziemlich aufgeregt und neugierig auf das, was mich in der neuen Welt erwartete. Ich musste an meine Eltern denken, die nicht verstehen konnten, dass ich das Weite suchte. Sie stellten sich vor, dass ich wie andere Jungs des Dorfes Eisenbahner werden, die kleine Landwirtschaft übernehmen und im Alter für sie sorgen würde. Der Einzige, der mich ermutigte, „in die Welt zu ziehen", war der Lehrer ‚Einfalt'. „Mit diesem Abschlusszeugnis stehen dir alle Türen offen", sagte er bei der Schulentlassung. „Ich hoffe, dass du dich nicht unter Preis verkaufen wirst", spornte er mich an.

Als ich auf dem Gelände der Bergwerkschule eintraf, standen schon viele Knaben in meinem Alter Schlange, um nicht nur in die Schule, sondern auch in das schuleigene Internat aufgenommen zu werden.

„Das Haus ist bereits überfüllt", sagte die griesgrämige Frau hinter dem Anmeldeschalter, als ich als Vorletzter dran kam, „wir können zurzeit niemanden mehr aufnehmen. Aber ihr beide", sprach sie auch den letzten in der Schlange an, müsst nicht enttäuscht sein. Die morgige Aufnahmeprüfung wird Spreu vom Weizen trennen. Dann wird sich zeigen, wer bleiben kann und wer gehen muss. Diese eine Nacht müsst ihr euch aber noch gedulden", sagte sie und machte den Schalter zu.

„Mach nicht so ein blödes Gesicht", versuchte mich Pista, der letzte aus der Reihe der Wartenden und nun mein Schicksalsgenosse, aufzumuntern. „Wenn wir Glück haben, sind wir morgen dabei", sprach er und lachte breitmaulig. Die Ungewissheit, die er mit mir teilte, schien ihm nichts auszumachen.

Den Rest des Tages verbrachten wir im Park neben dem Fluss. Als sich am Abend ein kühler Herbstnebel übers Tal legte, warf ich die Frage auf, wo wir wohl die Nacht verbringen könnten. „Mir ist es jetzt schon verdammt kalt", jammerte ich.

„Dir ist es kalt?" Er zog seine Jacke aus und reichte sie mir. „Mir macht die Kälte nichts aus, bin gewohnt im Freien zu übernachten", prahlte er.

Erst jetzt nahm ich den Mitbewerber unter die Lupe. Es fiel mir seine ungewöhnlich dunkle Hautfarbe auf. Er sprach mit einem ostslowenischen Akzent, manche Sätze sagte er auf hochslowenisch, was sich aber ziemlich gekünstelt anhörte.

„Ich stamme von Zigeunern ab", sagte er.

„Ach du Scheiße", rutschte es mir raus. „Hoffentlich hast du keine Läuse und Flöhe mitgebracht", sagte ich und setzte mich etwas von ihm ab.

„Zu spät", sagte er mit gespieltem Ernst. „Du hättest meine Jacke nicht anziehen dürfen." Ich riss mir seine Jacke vom Leib und warf sie auf den Boden.

„War nur ein Scherz", lachte er. „Seit zwei Jahren bin ich so gut wie frei von jedem Ungeziefer." Pista erzählte, wie seine Sippe vor zwei Jahren ihre Zelte in Prekmurje abgebrochen hatte, um nach Ungarn umzusiedeln. „Mein Klassenlehrer meinte aber, ich sei ein schlaues Kerlchen und es wäre jammerschade, wenn ich auf ewig Zigeuner bliebe. Er überredete meinen Vater, mich wenigstens bis zum Schulabschluss im Dorf zu lassen, damit ich mich zu einem anständigen Menschen mausern könnte. Lass ihn hier, sagte der Lehrer und drückte meinem Vater einen Geldschein in die Hand.

Nachdem meine Sippe das Dorf verlassen hatte, brachte mich der Lehrer zu einem kinderlosen Bauern. Der Bäuerin überreichte er ein Fläschchen und eine Puderdose. Damit musst du ihn sofort entlausen, schärfte er der Frau ein. Und zum Bauern gewandt: Er wird bei dir als

Knecht arbeiten, aber übertreib es nicht. Du musst ihm Zeit genug für die Schule lassen. Er soll ja ein guter Schüler bleiben. Ich hoffe, wir verstehen uns!

Die Bauersleute hielten sich an die Abmachung. Ich musste zwar hart arbeiten, aber am Lernen hinderten sie mich nicht. Wir gewöhnten uns aneinander und schon nach wenigen Monaten sind wir so etwas wie eine Familie geworden. Der Bauer hoffte insgeheim, dass ich nach dem Schulabschluss bei ihm bleiben würde".

„Wenn es morgen bei dir nicht klappt, weißt du ja, wo du hingehen kannst", stellte ich neidvoll fest. „Du wirst Bauer."

„Und du, hast du kein Zuhause?", fragte Pista.

Ich zuckte mit den Schultern und schwieg. Ich hatte keine Lust, das Thema zu vertiefen.

„Wird schon klappen, da bin ich mir ganz sicher, bei mir jedenfalls", sagte Pista, womit er meine Laune noch um einen Tick verschlechterte. Ich hob die Jacke auf und zog sie an. Die aufziehende Kälte machte mich anspruchslos. Es wäre mir inzwischen egal gewesen, wenn die Jacke verlaust wäre, Hauptsache ich würde nicht frieren.

„Komm", sagte Pista, „jetzt wird's mir auch kalt, lass uns zum Bahnhof gehen, ich habe schon oft in einem Wartesaal übernachtet."

Im Bahnhof streckten wir uns auf Holzbänken aus. Um Mitternacht kam der Beamte und wollte uns auf die Straße werfen. Wir schilderten ihm unsere Lage und klagten erbärmlich über unser Schicksal. Am Ende ließ sich der Mann, der uns nebenbei verriet, dass er Kinder in unserem Alter hat, erweichen, und uns in Ruhe weiter schlafen. Er murmelte vor sich hin, dass man auch Zigeunern eine Chance geben müsse, schließlich seien sie ja auch mit gewissen menschlichen Zügen ausgestattet.

Als ich am nächsten Morgen erwachte, stand Pista am Fenster und redete mit sich selbst. Betete er? Rief er seine toten Vorfahren an?

„Was machst du?", wollte ich wissen.

„Ich lerne Latein. Jeden Tag ein neues Wort. In einigen Jahren bin ich mit dem Wörterbuch durch", klärte er mich auf.

Die Idee faszinierte mich. Hier lernte ein verrückter Zigeuner eine Fremdsprache und bediente sich dazu einfach eines Wörterbuches! Jeden Tag ein neues Wort. „Und wie lange machst da das schon?"

„Noch nicht lange, genaugenommen seit gestern, als ich das Buch kaufte."

„Dann bist du ja heute schon beim zweiten Wort!", spottete ich.

„Ich kann mehr", konterte er stolz. „Zum Beispiel: Hic Rhodos, hic salta!"

„Ich verstehe nur Bahnhof", gab ich bescheiden zu.

„Der Spruch bedeutet: Hier und jetzt musst du zeigen, was du kannst. Mein Lehrer sagte uns das ständig." Ein Blick auf die Bahnhofsuhr sagte uns, dass die Stunde der Entscheidung nahte. Wir rannten an den Fluss, erfrischten unsere Gesichter und eilten zur Schule. Über achtzig Kandidaten versammelten sich in der Aula. 25 Lehrplätze waren zu vergeben.

„Vielleicht ist es das Beste, gleich heimzufahren, es sind zu viele da", sagte ich kleinmütig zu Pista.

„Bleib! Wie willst du sonst erfahren, ob du doof oder schlau bist?"

Wir wurden in vier Klassenzimmer aufgeteilt, bekamen jeweils eine Mappe mit vielen Blättern, auf denen Aufgaben zu lösen, Zeichnungen zu ergänzen und Fragen zu beantworten waren. Zwei Stunden standen uns zur Verfügung, ich benötigte knapp eine Stunde, um mit allem fertig zu werden, während Pista schon nach einer halben Stunde seine Hände in den Schoß legte und teilnahmslos vor sich hin gähnte.

Alles war kinderleicht, ich konnte es nicht fassen. War es ein Scherz? Wo steckt da die Falle??? Ich ging alle Blätter noch einmal durch und kam zu denselben Ergebnissen. Dann lehnte auch ich mich lethargisch zurück und gähnte.

Am Nachmittag trafen wir uns wieder in der Aula, um die Ergebnisse zu erfahren. Ein kahlköpfiger Mann mit Brille tauchte auf. Er kündigte etwas an, was ich im Stimmengewirr nicht mitbekommen hatte, dann begann er, Namen vorzulesen. Als er mit der Liste fertig war, konnte ich die Enttäuschung nicht mehr verbergen.

„Lass uns verschwinden! Weder dein noch mein Name wurde genannt", sagte ich zu Pista deprimiert.

„Wohin willst du?", fragte Pista verwundert.

„Du wirst dich bestimmt deiner Zigeunersippe in Ungarn anschließen", sagte ich. „Und ich ... nimmst du mich mit?"

Diese Notlösung, die mir so spontan einfiel, hätte mir gefallen. Das Leben in einem fremden Land, und dazu noch unter Zigeunern, könnte abenteuerlich werden.

„Was redest du da?!", unterbrach Pista meine Gedanken. „Freu' dich, du Trottel, es wurden ja nur die Unglücksraben genannt, die heim müssen. Unsere Namen waren nicht dabei, also dürfen wir bleiben. Schon heute Nacht werden wir im Internat in einem weichen Bett schlafen dürfen", belehrte er mich und grinste übers ganze Gesicht.

Nach wenigen Minuten wusste auch ich, dass er recht hatte. Die Mehrheit der Anwesenden räumte bereits das Feld. Es blieben 25 Auserwählte übrig, darunter wir beide.

Im Internat wurde ich in einem Zimmer mit zwölf Betten untergebracht und eines davon stand zu meiner alleinigen Verfügung. Das war die erste Stufe auf dem Weg, die beschämende Armut meines Elternhauses zu überwinden, stellte ich mit Stolz fest. Zu Hause wälzten sich im Bett neben mir immer Verwandte oder Bekannten, mit denen ich um Platz und Bettdecke zu kämpfen hatte.

Das Leben im Internat kam mir märchenhaft vor. Wir bekamen dreimal täglich unser Essen. In allen Räumen herrschte wohlige Wärme, ohne dass wir Holz aus dem Wald holen und einen Ofen befeuern mussten. Mein täglicher Gang zur Quelle erübrigte sich, denn es gab überall Zapfhähne, an denen man sich Tag und Nacht mit Wasser versorgen konnte. Etwas verlegen machte mich am ersten Tag allein die Tatsache, dass ich im gesamten Umkreis des Internats kein Plumpsklo entdecken konnte. Nachdem ich tagsüber einige Male bereits hinter Büschen gepinkelt hatte und gegen Abend nach einer geeigneten Stelle für das große Geschäft Ausschau hielt, tauchte plötzlich unsere Heimleiterin aus der Dunkelheit auf und erkundigte sich misstrauisch, was ich denn im Gebüsch verloren hätte.

Ich verlagerte ungeduldig mein Gewicht von einem aufs andere Bein, was die erfahrene Frau auf die richtige Fährte brachte. „Wir sind hier nicht auf dem Lande", meinte sie, „wo man überall pissen oder kacken darf. Dafür gibt es mehrere Toiletten im Haus, an die du dich wohl noch gewöhnen musstest." Damit war das Rätsel um das Fehlen eines Plumpsklos gelöst. Ich rannte in das Gebäude, fand die sogenannte Toilette gerade noch rechtzeitig und war anschließend ziemlich stolz darauf, dass ich sie, wohlgemerkt zum ersten Mal in meinem Leben, sachgemäß benutzen und sogar die Wasserspülung erfolgreich betätigen konnte.

Der Lernstoff an der Schule war während der ersten Monate eine Art Wiederholung dessen, was ich in der Abschlussklasse der Pflichtschule bereits gelernt hatte.

Neu war ein ausgeklügeltes Punktesystem, mit dem man uns zum fleißigen Lernen motivieren wollte. Die beste Note brachte die meisten Punkte ein. Das Tollste an diesem System aber war die Tatsache, dass die Summe der Punkte am Monatsende zu barem Geld umgewandelt und ausgezahlt wurde.

Die Kehrseite der Medaille war allerdings, dass man bei zu vielen schlechten Noten keinen Lohn bekam, oder gar in rote Zahlen geraten konnte. Derartige Schulden wurden aber in der Praxis von niemandem eingefordert.

„Erreichst du in allen Fächern die Bestnote, kannst du dir bereits nach zwei Monaten eine neue Jacke kaufen", rechnete Pista mir vor, dem es allmählich stank, mir dauernd seine Jacke ausleihen zu müssen.

Es dauerte nicht zwei Monate, sondern ein halbes Jahr und ich besaß tatsächlich so viel Kapital, dass ich mir eine Lederjacke hätte kaufen können. Aber da war der Winter bereits vorbei und ich fror nicht mehr. Nun konnte ich mir etwas leisten, was mir viel mehr Spaß bereitete, nämlich einen Plattenspieler samt neuester LP von Conny Francis.

„Das Leben ist schön", stellten Pista und ich irgendwann übereinstimmend fest. Er beherrschte inzwischen einige hundert lateinische Wörter, die er manchmal sogar während der Nacht herunter leierte. Mich faszinierte vor allem die Leichtigkeit, mit der ich Geld verdiente. Während ich früher bei Bauer Lesjak tagelang für ein paar lumpige Dinar schuften musste, verdiente ich nun mein Auskommen, indem ich meinem liebsten Hobby frönte: Ich las Bücher. Zugegebenermaßen waren auch Bücher dabei, die mich langweilten, aber das nahm ich gerne in Kauf. Hauptsache ich musste nicht mehr Schweine füttern oder Ställe ausmisten. Auch jegliche Art von Feld- oder Waldarbeit konnte mir von nun an bis in alle Ewigkeit gestohlen bleiben. Ich war also auf bestem Wege, ein glücklicher Mensch zu werden.

Eines Tages aber kam die Ernüchterung. „Den Beruf des Bergmanns werdet ihr unter Tage ausüben", belehrte man uns und schickte uns gleich zwei Mal in der Woche zum praktischen Unterricht auf das Bergwerksgelände.

In einer großen Halle wurden wir zunächst auf die Arbeit „dort unten in der dunklen Kohlengrube" vorbereitet. Anhand von „Trockenübungen" lernten wir, wie man die Holzstämme bearbeitet und Stahlbögen zusammensetzt, mit denen Tunnel eingerüstet werden. Anhand von Bildern und Skizzen zeigte man uns, wie man die Kohle durch Sprengen und Fräsen abbaut und sie mit Hilfe von Fließbändern ans Tageslicht befördert. Man brachte uns bei, wie man das Auftreten von Methangas mit einer einfachen Benzinlampe oder mit einem Messgerät kontrollieren konnte. Etwas über sechshundert langweilige Sicherheitsregeln mussten wir auswendig lernen. Eine fand ich besonders interessant, jene nämlich über die Fluchtrichtung bei drohender Giftgasgefahr. Immer schön den Ratten folgen, hieß der gute Rat. Diese niedlichen, intelligenten Tierchen, die uns nicht selten die mitgebrachte Jause heimlich anknabberten, könnten eines Tages unsere Lebensretter werden, weil sie instinktiv den richtigen Ausgang ansteuern, erzählte der Meister, dem wir anvertraut waren und der aus uns hartgesottene Bergleute machen wollte. Dabei war ihm die Liebe zum Detail so wichtig, dass er sogar versuchte, uns auch an Kautabak zu gewöhnen, schließlich war Rauchen unter Tage strengstens verboten.

„Wer will es probieren?", fragte der raubeinige Mann, schnitt ein Stück von der Tabakstange ab und hielt es uns unter die Nase.

Entsetzt wichen wir zurück. „Es ist mit Rum durchtränkt", lockte er uns, schob sich den Tabak in den Mund und begann lustvoll daran zu kauen.

In Rum getränkter Tabak also, das klang nicht schlecht, überlegte ich. Rum sei das Getränk der Seeräuber, behauptete mein Vater, der schon immer eine unverkennbare Vorliebe für diverse Alkoholarten an den Tag legte. Wenn er besonders gut drauf war, ließ er mir aus einer geleerten Rumflasche den Rest auf meine Zunge tröpfeln. Und ich stellte fest, das Getränk traf absolut meinen Geschmack.

Ich rauchte seit meinem zwölften Lebensjahr, mochte das Rumaroma, was gab es da noch zu zögern, dachte ich und sagte zum Meister: „Schneid mir ein Stück ab, Kamerad, ich will es probieren."

„Mach es nicht", flüsterte Pista hinter meinem Rücken.

Aber da war es schon geschehen. Der Meister bedachte mich mit einer großzügigen Ration, an der ich mit gespielter Lockerheit zu kauen begann. Wie es sich für richtige Bergleute gehörte, verteilte ich, genauso wie mein Meister, meine braun gefärbte Spucke lässig überall auf dem Fußboden der Werkhalle.

Mein Ansehen bei meinen Kumpels stiegt von Minute zu Minute, bis zu dem Augenblick, als ich in meinem Bauch ein bis dahin noch nie gekanntes Übelkeitsgefühl verspürte, das mit rasender Geschwindigkeit in Krämpfe überging. Es löste in mir die bittere Befürchtung aus, ich müsse mich in den nächsten Minuten von dieser Welt verabschieden.

Ein undeutliches Stimmengewirr um mich herum ließ mich etwas später vermuten, dass mein Sterben bereits einsetzte und ich schon bald mit meinen seligen Vorfahren vereinigt sein würde.

„Dein Glück war es, dass du dich sofort erbrochen hast", erzählte mir Pista später. „Sie flößten dir mehrmals Wasser ein und du hast alles sofort ausgekotzt. Nach etwa drei Stunden schliefst bist du vor Erschöpfung eingeschlafen. Der Meister selber, der wohl vom schlechten Gewissen geplagt wurde, brachte dich in seinem Auto ins Internat. Du bist nicht einmal aufgewacht, als er dich in dein Bett kippte". Eine Woche später bot uns der Meister wieder Kautabak an. Er warnte uns aber, während des Kauens den Speichel hinunter zu schlucken. „Das war nämlich sein Fehler", zeigte er auf mich und verdrehte die Augen, als ob er sagen wollte: Wie kann man bloß so blöd sein!

Nach einem weiteren halben Jahr steckte man uns in Bergmannskluft, stattete uns mit Helm und Stirnlampe aus, pferchte uns in einen Aufzug und ließ uns mehrere hundert Meter in die Tiefe hinunter. Kalt, dunkel und windig war es zunächst in den Tunnels, die wir durchschreiten mussten, um zur Stelle zu gelangen, wo die Kohle abgebaut wurde. In einer etwa 30 Meter langen und 3 Meter hohen Schneise, die mit Stahlelementen eingerüstet war, wurde zunächst ein Förderband montiert. In die Decke bohrte man Löcher, füllte sie mit Sprengstoff, evakuierte die Baustelle und ließ es gewaltig krachen. Nachdem sich der Rauch verzogen hatte, kehrten wir zum Arbeitsplatz zurück. Das Förderband lief an und transportierte die losgesprengten Kohlenberge ab. Dann begann unser eigentlicher Einsatz: Mit Spitzhacke und Schaufel galt es, eine neue Abbaufront vorzubereiten, das Stahlgerüst samt Förderband zu verlegen und eine neue Sprengung in die Wege zu leiten. Das alles war harte Knochenarbeit. Bei einer Temperatur von manchmal bis zu 45 Grad waren wir in kürzester Zeit schweißgebadet und der Kohlestaub klebte am ganzen Körper. Außerdem hörten wir im Deckenbereich immer wieder ein äußerst beunruhigendes Knistern und Knacken als ob die gelockerte Kohlenschicht jederzeit auf uns herunter krachen und uns zu Brei zerquetschen würde.

Nach vier Stunden durfte man sich zur Jause zurückziehen. In einem Seitentunnel, wo es infolge der Belüftung angenehm kühl war, hingen unsere Jacken mit dem Jausenpaket. „Igitt, igitt", schrien wir Neulinge in den ersten Wochen entsetzt, wenn wir feststellen mussten, das die Papiertüte zerrissen, das Brot angeknabbert und die Fleischbeilage zum großen Teil von Ratten verzehrt war. Auch hier konnten wir von den „alten Hasen" lernen. Sie banden ihre Jause mit einem Draht an die Decke des Tunnels, wo das begehrte Fressen nur noch durch ein waghalsiges Abseilen der Nagetiere zu erreichen war. Dass manche hungrigen Biester auch dazu imstande waren, berichteten die alten Hasen glaubhaft.

Ernüchtert stellte ich irgendwann fest: Die Welt, in der ich mich gerade bewegte, kann nicht auf Dauer die meinige bleiben. Zu oft nannte mich mein Meister „den Mann mit zwei linken Händen". Zu häufig sonderte er mich für die niedrigsten Dienste ab, wozu auch das Ausleeren der „Scheißkübel", in die die Bergleute das große Geschäft entrichteten, gehörte.

„Der Bergmannsberuf wäre so schön, wenn die Scheißarbeit unter Tage nicht wäre", sagte der Meister ironisch zu mir, wenn ich wieder einmal lustlos herumhing und am Spatenstiel angelehnt auf das Schichtende wartete.

„Wie hast du dir das eigentlich vorgestellt? Fünf Jahre theoretischen Unterricht und dann gleich in die Chefetage, oder?", spottete er.

Ich staunte, wie gut er meine Gedanken lesen konnte. Denn besser hätte er meine Illusion nicht formulieren können. Der praktische Teil der Ausbildung widerte mich an. Wollte ich von meiner Hände Arbeit leben, hätte ich gleich in unserem Dorf bleiben und Bauer werden können.

Zum Glück gibt es im Leben harmlose Vorfälle, die uns manchmal wichtige Entscheidungen erleichtern. Ein solcher ereignete sich unter Tage, als mein Meister gerade im Begriff war, mir beizubringen, wie man einen Tunnel durch Sprengen vorantreibt. Um das Vorhandensein einer möglichen Gaskammer in der Kohlenschicht auszuschließen, bohrten wir in die Kohlensohle ein tiefes Loch. Für alle Fälle legten wir in erreichbarer Nähe Gasmasken bereit. Plötzlich knallte es, Gas strömte hörbar aus dem Bohrloch. Was für ein Gas? Die Flamme an der Benzinlampe brannte weiter, also konnte es kein Methan sein. Giftgas? Kohlenmonoxid konnte es auch nicht sein, denn wir lebten und atmeten noch problemlos. Der Meister riss mich vom Bohrer weg und schrie: Lauf! Wir rannten in Richtung Ausgang. An der ersten

Kreuzung waren wir bereits in Sicherheit. Der Luftstrom von der Bohrstelle konnte uns nicht mehr erreichen. Dass wir unterwegs keine Ratten auf der Flucht beobachten konnten, war ein gutes Zeichen. Die ekligen Nager lassen sich nicht bei jedem Furz aus der Ruhe bringen. Sie fliehen nur bei wirklicher Gefahr.

Außer Atem schauten wir uns entsetzt an. „Wo hast du die Gasmaske?", fuhr mich der Meister an.

„Und wo hast du sie?", erwiderte ich trotzig.

In Todesangst hatten wir beide vergessen, das Schutzgerät aufzusetzen.

Im Nachhinein erwies sich der Vorfall als völlig harmlos. Kein Giftgas, kein Methan, sondern irgendein harmloses Gas entwich aus dem Bohrloch und hatte uns lediglich einen gehörigen Schrecken eingejagt. Um uns nicht lächerlich zu machen, vereinbarten wir, das Erlebnis totzuschweigen.

„Ich habe die Nase voll, ich werde kein Bergmann", gab ich am Abend meinen Entschluss bekannt und erzählte meinen Kameraden, was passiert war.

„Willst du jetzt schon kneifen?!", fragte Pista mich verständnislos. „Nachdem wir uns an Kautabak gewöhnt und den Verein der Pelinkovec-Freunde gegründet haben?"

Pelinkovec, die jugoslawische Antwort auf alle möglichen Magenbitter dieser Welt, war gerade als eine Art Kultgetränk der jungen Bergwerkleute in Mode gekommen. Um uns über zahlreiche Gründungen der kommunistischen Jugendkreise lustig zu machen, gründete ich gemeinsam mit einigen Klassenkameraden den sogenannten Verein der Pelinkovec-Freunde. In unserer Stammkneipe hielten wir regelmäßig unsere Sitzungen, bei denen wir unter anderem bekannte Politiker des Landes parodierten. „Willst du etwa deinen Schwanz einziehen und zum Rockzipfel deiner Mama flüchten?", provozierten mich meine Pelinkovec-Freunde.

Ihre Fragestellung war natürlich eine rein rhetorische. Und meine Antwort konnte nur lauten: nein!

Tod unter Tage

An einem späten Nachmittag ertönte plötzlich die Bergwerkssirene. Der langgezogene, dramatisch klingende Heulton ließ uns nichts Gutes ahnen. Pista und ich erhoben uns vom Schachspiel und eilten zum Fenster. Schon nach wenigen Minuten sahen wir auf der Straße Rettungsfahrzeuge in Richtung Bergwerk rasen. Wir stürzten hinaus und radelten zum Schacht, doch alle Zufahrten waren bereits gesperrt.

Ein schlimmer Unfall sei in der Grube passiert, ein Toter und zwei Schwerverletzte, erfuhren wir von herumstehenden Angehörigen der Bergleute, die zwischen Hoffen und Bangen auf weitere Nachrichten warteten.

Am nächsten Tag fand kein Unterricht statt. Wir mussten trotzdem alle in der Schule erscheinen, denn der Anstand erforderte es, dass wir uns von unserem toten Mitschüler würdevoll verabschiedeten. Jernej, den ich nur flüchtig kannte, sei vor den Augen seines Meisters von einem riesigen Stück Kohle, das sich nach der Sprengung unerwartet von der Decke gelöst hatte, erschlagen worden.

Als ich zur Schule kam, hielten sich schon viele Schüler und Lehrer im Hof auf. Die meisten bildeten eine Warteschlange, die zum Haupteingang führte. Am Seitenausgang kamen jene heraus, die offenbar schon vom Toten Abschied genommen hatten. Manche schluchzten vor sich hin, manche putzten sich die Nase und schauten unbeholfen zu Boden. Nur einige wenige benahmen sich wie richtige Männer; sie zündeten sich eine Zigarette an, ließen kunstvoll geformte Rauchringe in die Luft emporsteigen und machten einen gelassenen Eindruck.

Ich stellte mich in die Warteschlange, die sich nur langsam vorwärts bewegte, hatte viel Zeit zum Nachdenken. Was erwartete mich in der Aula? Ein Sarg mit einem Fensterchen, durch das man das Gesicht des Toten sehen konnte? Ein in die Parteifahne eingehüllter Sarg ohne Fensterchen, um den verunstalteten Toten nicht sehen zu müssen? Wie sollte ich mich verhalten? Sollte ich wortlos an der Leiche vorbei gehen, sie ignorieren und mich freuen, dass ich noch lebte? Sollte ich stehen bleiben und eine Schweigeminute halten?

Ich werde auf keinen Fall Tränen vergießen, sagte ich mir. Die Zeiten, als ich mir diese Blöße gab, waren zum Glück längst vorbei. Als Kind hatte ich eigentlich nur geheult, wenn ich Zwiebel geschnitten oder mein Vater mir eine Prügelstrafe verabreichte hatte. Ich wusste, dass seine Schläge aufhörten, sobald ich in Tränen ausbrach. Als ich mit knapp zwölf Jahren anfing, mich für einen Mann zu halten, beschloss ich, keine Schwäche mehr zu zeigen, Zähne zusammen zu beißen und Vaters körperliche Züchtigung wortlos über mich ergehen zu lassen. Das brachte ihn jedoch noch mehr in Rage und er schlug länger und heftiger auf mich ein denn je zuvor. Sein Einsatz war so heftig, dass Blut durch mein Hemd sickerte. Als er das bemerkte, warf er seinen Gürtel wütend an die Wand und rannte aus dem Haus.

Das war das letzte Mal, dass ich von ihm verprügelt wurde.

Gedankenversunken erreichte ich inzwischen die Halle, in deren Mitte vier Bergleute in Uniform am fensterlosen Sarg Ehrenwache hielten. Ich war froh, dass mir der ekelhafte Blick auf die Leiche erspart bleiben würde.

Am Sarg blieb ich einen Augenblick stehen und versuchte vergeblich, Gefühle der Traurigkeit zu entwickeln. Aber das Einzige, was ich empfand, war die Freude darüber, dass ich nicht selber in der Kiste lag.

Gegen Mittag fuhren wir mit dem Bus in das Heimatdorf des Verunglückten, um an seiner Bestattung teilzunehmen. Wir stiegen vor einem kleinen mit Stroh gedeckten Holzhaus aus. Im Hof, der an einen kleinen Teich grenzte und in dem Enten gackerten, lag auf einem Podest der mit Blumen zugedeckte Sarg. Körbe mit Kuchen wurden herumgereicht, Gläser verteilt, Wein und Schnaps ausgeschenkt. Die Bergwerkskapelle stimmte den Trauermarsch an. Zwei alte Leute, vermutlich die Eltern des Toten, warfen sich vor dem Sarg nieder, rauften sich die Haare, zerrissen ihre Kleider und bestreuten ihre Gesichter mit Asche.

„Was tun sie da?", fragte ich Pista, der in der Gegend aufgewachsen war.

„So trauern Zigeuner", klärte er mich auf.

Dann begannen die Kirchenglocken zu läuten. Ein Pfarrer erschien und trat würdevoll am Teich entlang auf den Sarg zu. Vor ihm schritt ein alter Mann mit einem großen Kreuz. Gebete wurden gesprochen und gesungen. Vier Männer schulterten den Sarg, der Trauerzug setzte sich in Bewegung. Plötzlich tauchte ein junger Mann mit einer roten Fahne auf, schwenkte sie eifrig über den Köpfen der Trauernden und versuchte sich an die Spitze vor den Kreuzträger vorzudrängeln. Ein symbolischer Stellungskampf zwischen Kirche und Staat entbrannte.

Als der alte Mann merkte, dass die Spitzenposition des heiligen Kreuzes ernsthaft bedroht war, packte er kurzerhand den Fahnenträger am Arm und schubste ihn zornentbrannt beiseite, etwas zu heftig, wie sich sofort herausstellte, denn der junge Funktionär plumpste samt Fahne in den Ententeich. Während die aufgescheuchten Enten das

Weite suchten und eine von ihnen sogar kurzfristig auf dem Sarg landete, befreite sich der junge Verfechter des Kommunismus aus dem Schlamm und startete sogleich einen zweiten Angriff auf den Spitzenplatz des Trauerzuges. Als er jedoch merkte dass das mit Schmutzwasser durchtränkte Parteisymbol nicht mehr geschwenkt werden konnte, zog er sich beleidigt und mit vieldeutigen Drohgebärden von der Trauerfeier zurück.

Während der grotesken Einlage verhielten sich die Trauergäste recht unterschiedlich. Einige schauten dem Gerangel entsetzt zu, andere lachten sich ins Fäustchen, und als der alte Kreuzträger sich gegen den jungen Spund durchsetzte, klatschten einige sogar Beifall. Der Pfarrer aber setzte seine Totengesänge unbeirrt fort und tat so, als ob der Vorfall seiner Aufmerksamkeit entgangen wäre.

Wir von der Bergwerksschule begleiteten den Trauerzug, wie bereits vorher abgesprochen, nur bis zur Friedhofsmauer.

„Den Schmarrn, den der Pfaffe am Grab verzapft, können wir uns sparen", sagte unser Parteisekretär, der unsere Teilnahme an der Beerdigung organisierte.

Wir zogen uns soweit wie möglich unauffällig zurück, stiegen wieder in den Bus, fuhren ab und durchquerten das malerische Hügelland, auf dessen sonnigen Hängen vereinzelt Weinberge zu sehen waren. Ein paar alte Leute waren gerade mit der Pflege der Rebstöcke beschäftigt. Vor einer gorca, einem Weinkeller am Weinberg, wurde ein Fest gefeiert, ein Musikant spielte die freitonarca, einige festlich gekleidete Menschen tanzten. Unser Bus fuhr langsamer, die Feiernden hoben ihre Gläser und prosteten uns zu.

„Hier leben keine jungen Menschen mehr", sagte ein Mann neben mir. „Hier gibt es keine Fabriken, keine Bergwerke, nur Weinberge und Kürbisfelder soweit das Auge reicht. Alle gehen weg und keiner kommt zurück."

„Es sei denn im Sarg", ergänzte sein Nachbar trocken und konnte selber über seine Bemerkung nur müde lächeln.

Eine Begegnung mit Tito

Die Straßen der Bergwerkstadt wurden seit Wochen renoviert, die Schaufenster neu ausgelegt, die zahlreichen Balkone mit Blumen und grünen Zweigen geschmückt. Überall hingen die überdimensionalen

Bilder des Mannes, der erwartet und auf Transparenten begrüßt wurde: Herzlich willkommen, Genosse Tito!

Auf dem Platz der Freiheit war eine große Kundgebung geplant. In einem Festakt sollte Tito fünfzig jungen Bergleuten die Hand schütteln, die sich zuvor bereit erklärt hatten, in die kommunistische Partei einzutreten.

Die Zahl der eintrittswilligen Kandidaten hielt sich zunächst in Grenzen. Erst nachdem man die Provision verdoppelte, stieg die Nachfrage nach dem roten Ausweis sprunghaft an, so dass die Parteiführung sich sogar den Luxus leisten konnte, die Anträge der Vorbestraften und Nichtsesshaften außer Acht zu lassen.

Eine Woche vor Titos Besuch fand eine berauschende Sitzung unseres Pelinkovec-Freunde-Vereins statt. Wir sprachen unter anderem darüber, dass die Rekrutierung der beitrittswilligen Parteikandidaten kurz vor dem Abschluss stünde, wobei „unser Verein" sich nahezu geschlossen zur Verfügung gestellt hatte. Pista und ich waren die einzigen, die sich wieder einmal geweigert hatten. Nach mehreren Runden Pelinkovec legte man uns nahe, unsere sture Haltung noch einmal zu überdenken.

Kurz vor der Morgendämmerung verließen wir das Lokal. Am Himmel schimmerten unzählige Sterne. Die im Mondschein gehüllte Landschaft rief in mir, wie so oft, wenn ich getrunken hatte, melancholische Gefühle hervor. In dieser romantisch beladenen Stimmung vernahm ich neben mir die Stimme meines Kumpels Vilko, der bereits Parteimitglied war: „Ist es dein Wunsch, eines Tages mit einer hübschen Frau eine prächtige Villa am Stadtrand zu bewohnen, ein Wochenendhäuschen an der Adria zu besitzen und einen Mercedes durch die Gegend zu steuern?"

Ich schaute ihn erstaunt an. „Planst du einen Coup? Welche Bank hast du im Visier?", fragte ich mit gespieltem Ernst.

„Nein, nein, kein Bankraub, das wäre zu riskant. Außerdem ist unser Dinar zurzeit so gut wie nichts wert. Ich wüsste einen viel eleganteren Weg", sprach er geheimnisvoll, kramte eine Weile in seiner Jackentasche, holte seinen roten Ausweis heraus und wedelte damit unter meiner Nase. „Der öffnet dir alle Türen nach oben. Vor allem die zur Macht und zum Reichtum. Überleg dir das", sagte er, gab mir einen freundschaftlichen Klaps in die Rippen und verabschiedete sich.

Nein, so was mache ich nicht, redete ich auf dem Nachhauseweg mit mir selber. Ich wollte kein fieser Opportunist sein. Was würden meine echten Freunde von mir denken? Ich müsste mich ja zu Tode schämen.

Der einzige Beweggrund, diesen Schritt doch noch zu vollziehen, sah ich in der einmaligen Verlockung, Tito einmal persönlich in die Augen zu schauen und von ihm per Handschlag beglückwünscht zu werden.

Aber nein, ein solcher Beweggrund konnte mich nicht umwerfen, so charakterlos würde ich mich nicht verkaufen, beschloss ich standhaft zu bleiben.

Ein paar Tage später trat auch ich in die kommunistische Partei ein.

Der Tag, an dem Tito kam, war nasskalt. Auf dem Platz der Freiheit versammelten sich nur die, die kommen mussten. Die Blechmusik spielte und Ehrensalven wurden abgefeuert.

Wir fünfzig Jung-Kommunisten standen seit langem auf der großen Bühne unter freiem Himmel und zitterten vor Kälte.

Eine Kolonne näherte sich vom Rathaus her, Tito erschien in Begleitung von mehreren großwüchsigen, athletisch gebauten Männern, die uns misstrauisch beäugten. Ein gestandener Bergmann trat an den Rednerpult, kramte umständlich Papierblätter aus seiner Jackentasche hervor und machte sich bereit, die Begrüßung vorzulesen. Tito blieb vor der Tribüne stehen, sein Blick schweifte zu uns herüber. Er nahm uns wahr.

„Lieber, verehrter Genosse Tito", begann der Bergmann seine Grußrede, als Tito plötzlich seine rechte Hand hob. Wie ein Polizist, der den Verkehr anhalten will. Der Redner verstummte, auf dem Platz der Freiheit wurde es still. Tito trat näher zur Bühne und betrachtete uns. Ich weiß nicht, was ihm durch den Kopf ging, als er uns frierend im Regen stehen sah. Jedenfalls schien ihn unser erbärmliches Aussehen so zu berühren, dass er einem Mann neben sich laut den Befehl erteilte: „Lasst diese Kerle sofort in ein Hotel bringen, gebt ihnen warm zu essen und zu trinken." Und zum Bergmann, der gerade etwas verdutzt aus der Wäsche guckte, sprach er mit väterlicher Stimme: „Danke für deine Grußworte, Genosse. Gut gemacht!"

Der müde wirkende Marschall winkte dem Volk und verließ schweigend die Ehrentribüne. Während manche Menschen immer noch auf der Stelle verharrten, begann die rudarska godba, die Bergmannskapelle zu spielen. Unbeeindruckt von allem, was um ihn herum geschah, trat Tito unterdessen zum riesigen Denkmal, einer Skulptur, die ihn als Partisanen darstellte. Er blieb nachdenklich davor stehen, schmunzelte kurz, ließ sich eine Zigarre reichen und begann entspannt zu rauchen.

Zu groß und zu pathetisch. Mit diesen Worten soll er das Werk bewertet haben, bevor er den bereits wartenden Hubschrauber bestieg und abgeflogen wurde.

Besuch daheim

Wie lange war ich nicht mehr daheim? Drei oder vier Jahre? Ich musste zugeben, dass ich meine Eltern und meine beiden Schwestern während dieser Zeit schlicht vergessen hatte. Gefühlsmäßig lebten sie zu weit weg von mir. Ich hatte sie nicht vermisst.

Warum fuhr ich überhaupt heim? Heim? Mein Elternhaus war seit langem nicht mehr mein Zuhause. Meine Eltern lebten in ihrer eigenen Welt. Meine Schwestern waren damals zu klein, um mit ihnen etwas Vernünftiges anfangen zu können. Inzwischen wusste ich nicht einmal, wie alt sie waren.

Nun war ich nach einigen Jahren wieder da, stieg am Bahnhof aus, der sich kein bisschen verändert hatte. Hier schien die Zeit seit Jahrzehnten still zu stehen.

Schien. Denn am Rande des Bahnhofsgeländes stieß ich auf einen Parkplatz mit mehreren Fahrzeugen. Eine neu erbaute asphaltierte Straße entlang der Eisenbahn führte offenbar zu unserem Dorf.

Ich wählte den alten Weg durch den Wald, der mit Dornengestrüpp zugewachsen und an manchen Stellen schwer passierbar war.

Das Haus, das ich früher mein Zuhause nannte, wirkte trostlos grau, die Fensterrahmen vermodert und an einigen Stellen notdürftig geflickt. Ich trat in die Küche, sah den Vater am Tisch sitzen, mit einer pletenka darauf, einer großen Weinflasche, die in einer kunstvoll geflochtenen Schutzhülle aus Trauerweiden eingebettet war.

Ich grüßte ihn per Handschlag und setzte mich zu ihm. Meine Ankunft nahm er gelassen zur Kenntnis. Zwischendurch zweifelte ich, ob er mich überhaupt erkannt hatte.

Die Mutter arbeitete irgendwo auf dem Acker, meine Schwestern lebten nicht mehr zu Hause. Die Jüngste hätte geheiratet und mit ihrem Mann ein Haus nebenan gebaut. Die Ältere sei nach Velenje gezogen, um dort ihr Glück zu versuchen. Der Bericht des Vaters war sachlich und emotionslos.

„Elica lebt in Velenje?", wunderte ich mich. „Ich bin ihr dort nicht begegnet."

„Warum bist du gekommen? Wie lange willst du bleiben?", fragte der Vater griff nach der Flasche und gönnte sich einen kräftigen Schluck.

Ich betrachtete sein Gesicht, das rötlich gefärbt und mit zahlreichen Narben übersät war, die Spuren des Rasiermessers, das seine zittrige Hand nicht mehr fest im Griff hatte. In seinen Augenwinkeln hatte sich eine weißgelbe Flüssigkeit angesammelt, ein Zeichen, das der Alkoholgehalt in seinem Körper relativ hoch war.

Auf dem Flur hörte ich Schritte. Die Mutter kam herein. Als sie mich sah, wurde sie hektisch, wollte mich sofort bewirten mit allem, was in Reichweite ess- oder trinkbar war.

„Ich bleibe nicht lange", sagte ich und reichte ihr die Hand. Ihr Kleid war schmutzig und zerrissen, die Haare ausgedünnt und zerzaust, ihre Augen krankhaft wässrig.

„Besitzt ihr eine Kuh? Ein Schwein?", fragte ich, um das Thema auf unpersönliche Dinge zu lenken.

„Nein, wir besitzen keine Tiere mehr. Der Hund ist krepiert und die Hühner von Füchsen um die Ecke gebracht. Wir leben von der Hand in den Mund", berichtete der Vater.

Ja, das war schon immer so, sprach ich leise, mehr für mich als für die beiden Alten.

„Nebenan steht das neue Haus", sagte ich vorwurfsvoll. „Einige Meter nach links oder nach rechts wäre besser gewesen. Ich kann Boc nicht mehr aus unserem Fenster sehen. Nur die graue Wand und das hässliche Wellendach."

„Du bist nicht mehr daheim, du kommst auch nie wieder, das weiß ich, was kümmert dich das Haus vor unserem Fenster?", sagte der Vater. „Wir hatten sieben Kinder und im Alter ist keines für uns da. Das Kind, das zu Hause bleiben und für uns sorgen wird, darf überall sein Haus bauen."

„Aber nicht so, dass die Sicht auf Boc verdeckt ist", beharrte ich auf meinem Standpunkt. „Das müsste bei Gott nicht sein!"

„Du machst dir das Leben einfach", warf mir der Vater vor. Er stand mühsam auf, nahm die leere Flasche und den Gehstock und humpelte aus dem Haus. Nach einer Weile hörte man die Kellertür aufgehen.

„Was gibt es Neues?", wechselte ich das Thema, um Mutters übliches Gejammer zu verhindern.

„Milcek ist gestorben, Lemejs ist tödlich verunglückt." Die Mutter erzählte alle Unheilsgeschichten, die ihr einfielen und in meiner Abwesenheit passiert waren.

„Und Lesjak?", fragte ich.

„Er fragt manchmal nach dir. Er kann dich gut leiden. Neulich hatte er sogar bedauert, dass er dich nicht mit Tuncka zusammen bringen konnte."

Der Vater kam mit hinkenden Schritten zurück, stellte eine volle pletenka auf die Sitzbank und holte Gläser.

„Ich trinke keinen Wein. Wir Bergleute bevorzugen Bier", sagte ich, nachdem er zwei Gläser gefüllt hatte.

Die Mutter heizte im Herd ein, schälte Kartoffeln und Zwiebeln, holte aus dem Garten eine Karotte und einen Büschel Petersilie und begann ihr traditionelles Gericht zu kochen, die Kartoffelsuppe.

Der Vater kippte ein Glas nach dem anderen hinunter, rülpste und schlug sich mit der geballten Faust auf den Brustkorb. „Einen Durst habe ich heute!", kommentierte er seinen Trinkeifer, hob die pletenka und stellte sie griffbereit neben sich auf den Tisch.

„Kein Wunder, bei dem heißen Sommer", meinte die Mutter und leerte ihr Glas.

„Ich werde im Oktober nach Ljubljana umziehen", sagte ich. „Ich werde Student."

„So, so!", reagierte Vater.

„Wir werden uns nie wieder sehen", wurde die Mutter melancholisch.

„Schwafel nicht so einen Mist, Weib!", sprach mein Vater. „Wir werden uns schon noch sehen, aber nicht mehr so oft."

„So oft wie bisher?", wurde die Mutter zynisch. „Zweimal ist er in den letzten fünf Jahren heim gekommen."

„Ich musste lernen und fleißig arbeiten", verteidigte ich mich.

„Er wird Ingenieur", prophezeite der Vater aus heiterem Himmel.

Die Suppe auf dem Herd kochte bereits, die Hitze wurde unerträglich. Ich riss das Fenster auf. „Nein!", hörte ich einen Schrei aus zwei Kehlen gleichzeitig.

Zu spät. Ich hielt den losen Fenstergriff in der Hand, während die beiden Fensterflügel auseinander fielen und die Scheiben klirrend auf dem Fußboden zerbrachen. Ein frisches Lüftchen zog in die Küche ein.

Dann löffelten wir schweigend die Suppe, die Kindheitserinnerungen in mir wach rief.

Der Vater trank immer wieder aus der pletenka, lachte, weinte und fluchte abwechselnd.

„Ich muss zurück", sagte ich und stand auf. „Der Zug wartet nicht."

Ich legte einen Geldschein auf den Tisch. „Für das Fenster", erklärte ich.

Während ich die Küche verließ, sah ich, wie der Vater sich beeilte, das Geld einzustecken und ich wusste, wofür er es ausgeben würde.

Auf dem Weg zum Bahnhof kam ich am Hof des Bauern Lesjak vorbei. Er wirkte zwischen Haus und Stall wie ausgestorben. Am Haus hatte sich nichts verändert. Die große Eingangstür stand offen. Auf der Bank neben dem Brunnen saß ein alter Mann. Als ich etwa zehn Schritte von ihm entfernt war, grüßte ich ihn. Die unbeteiligte Art seiner Grußerwiderung gab mir zu verstehen, dass er mich nicht erkannte. „Mit wem redest du, Vater?", war aus dem Inneren des Hauses eine Frauenstimme zu hören.

Ich beschleunigte meine Schritte, um noch rechtzeitig hinter der Scheune zu verschwinden.

Der Sinn des Lebens

Nach meinem Eintritt in die Partei kamen meine Vorgesetzten zu der Überzeugung, ich sei zu Höherem geboren. Nach dem Abitur schusterten sie mir ein sattes Stipendium zu und meinten, ich solle nach Ljubljana ziehen und dort Bergbau-Ingenieur werden, bevor ich dann in der Chefetage des Bergwerkes eine Verwendung finden könnte.

Ich war also auf einem soliden Weg, die Armut meiner Kindheit in absehbarer Zeit zu überwinden. Das Studium des Bergbaus sowie die Mitgliedschaft in der Partei könnten mir sogar ein Tor zu Wohlstand und Luxus eröffnen. Dass mich dabei weder die Partei noch der Bergbau interessierte, wusste außer Pista und mir niemand.

Während des langen Sommers nach dem Abitur langweilte ich mich die meiste Zeit, lungerte in Parks herum, lauerte Mädchen auf, trank mit Janko, einem meiner besten Freunde, Pelinkovec, und schlug die Zeit tot.

Eines Tages saß ich auf einer Bank vor der Stadtkirche mit einer Bierflasche in der Hand. Ein Mann trat auf mich zu, sprach mich höfflich an und erkundigte sich nach meinen Plänen.

„Wenn ich diese Flasche ausgetrunken habe, gehe ich vielleicht ins Kino. Am Abend bin ich mit ein paar Kumpels verabredet zum Mädchen aufreißen", gab ich ihm ehrlich Auskunft.

Ich merkte, dass ihn meine Antwort amüsierte. Er wollte mehr wissen.

Da er an mir interessiert zu sein schien, schilderte ich ihm meine Lage. Er hörte aufmerksam zu. Als ich fertig war, schaute er mich eine ganze Weile schweigend an. Schließlich sagte er: „Warte einen Augenblick hier, ich bin gleich zurück."

Er verschwand, kam nach einigen Minuten wieder und hielt mir ein Buch unter die Nase. „Lese dieses Buch. Willst du es jetzt oder in den nächsten Tagen nicht lesen, so behalte es trotzdem." Im Weggehen sagte er noch: „Übrigens, ich wohne im Pfarrhaus hinter der Kirche. Die Tür ist niemals abgeschlossen. Du kannst mich jederzeit besuchen."

Am Abend erzählte ich meinen Saufbrüdern von der ungewöhnlichen Begegnung.

„Es ist bestimmt ein Buch von der schwarzen Magie", meinte Nagode. Janko, mein bester Freund, vermutete, es handle sich um ein Gebetbuch oder gar um die Bibel. Also etwas, was ein junger, moderner Mensch auf keinen Fall bräuchte, höchstens alte Weiber. In einem Punkt waren wir uns einig: Der geheimnisvolle Mann hatte nicht alle Tassen im Schrank. Ein Priester vermutlich.

Spät in der Nacht kehrte ich heim. Ich nahm das Buch in die Hand und las den Titel: Der Sinn des Lebens von Janez Janzekovic, Philosophieprofessor an der theologischen Fakultät zu Ljubljana.

Mehrere Tage verließ ich mein Zimmer nicht, denn die Lektüre fesselte mich. Ich hatte bis dahin einige Bücher über Cowboys und Indianer, Deutsche und Partisanen gelesen, auch Gullivers Reisen und Grimms Märchen waren dabei, aber keines über den Sinn des Lebens. Ich las zum ersten Mal ein Buch, das aus der Feder eines Pfaffen stammte.

Der Autor bezweifelte, dass das Weltall durch einen Urknall entstanden wäre und stellte die kühne Behauptung auf, ein unsichtbares

Wesen, Gott genannt, sei dafür verantwortlich, dass es überhaupt etwas gibt und dass wir Menschen auf der Erde leben. Nachdem es in der Geschichte immer wieder Wirrköpfe gab, die die Existenz Gottes leugneten, hatte sich im Mittelalter ein Mönch namens Thomas von Aquin in seine Zelle zurückgezogen und sein Gehirn so lange gemartert, bis es ihm gelungen war, die Existenz Gottes zu beweisen. Da er ein extrem schlaues Kerlchen war, gab Thomas sich nicht mit einem einzigen Beweis zufrieden, sondern stellte gleich fünf Stück zusammen. Das seien fünf Wege, schrieb er, auf denen ein logisch denkender Mensch zur festen Überzeugung gelangen könne, dass es Gott gibt. Wen das nicht überzeuge, sei entweder Marxist oder ein Trottel, was im Endeffekt auf dasselbe hinausliefe.

Nach der Lektüre überlegte ich, ob nicht alles, was ich bisher gelernt hatte, ein großer Irrtum war.

„Wo warst du? Was hast du getan?", fragten meine Kumpels, als ich wieder in unserer Stammkneipe aufkreuzte.

„Ich brüte gerade neue Erkenntnisse aus", kam ich gleich zur Sache. „Die Welt ist nicht durch einen Urknall entstanden und wir Menschen stammen nicht von Affen ab. Was sagt ihr dazu?"

„Einspruch!", rief Janko. „Betrachtet man dich rein äußerlich, so steht deine Abstammung vom Affen außer Frage. Und da du zweifelsohne auch einen Knall hast, wirst du auch einen Urknall schwer leugnen können", meinte er mit gespielter Nachdenklichkeit.

Ich nahm einen Schluck Pelinkovec und ließ die Katze aus dem Sack. „Ich habe ein Buch gelesen. Es bringt meine Weltanschauung ins Wanken", sagte ich.

Schallendes Gelächter.

„Ha, ha, er hat ein Buch gelesen", spottete Marjan. „Lass mich raten. Etwa den neuesten Bestseller ‚Fünf Wege zum Orgasmus', oder? Wann leihst du es mir aus?"

„Sachte, sachte, meine Freunde, über Sex liest man nicht, Sex macht man", wehrte ich mich. „Aber du liegst gar nicht so falsch", redete ich Marjan an. „Fünf Wege ist fast schon richtig. Ein Kapitel des Buches heißt nämlich: Fünf Wege, auf denen Gott bewiesen werden kann."

Janko hob das Glas und sagte trocken: „Na dann prost, Kameraden! Ich glaube, jetzt dreht er völlig durch."

„Die Grenze zwischen Klugheit und Verrücktheit ist fließend", pflichtete Lapajne ihm bei. „Was meint ihr, hat Vopros sie bereits überschritten?"

Den russischen Spitznamen Vopros, Frage, hatte ich gleich zu Beginn meiner Ausbildung von meinen Klassenkameraden verpasst bekommen, weil ich in der Schule dauernd irgendetwas in Frage stellte.

„Die Beweise finde ich interessant", sagte ich, ohne auf die ironischen Sticheleien meiner Pelinkovec-Freunde einzugehen. „Doch leider muss ich zugeben", gab ich mich bescheiden, „dass ein paar Fragen offen bleiben. Darüber werde ich demnächst mit dem Autor des Buches reden."

„Er will den Autor befragen", spottete Marjan. „Nicht umsonst ist Vopros sein Name."

„Du wirst doch nicht an Gott glauben wollen?", zeigte sich Jure entsetzt.

„Wenn man mir seine Existenz beweist, ist alles möglich", sagte ich.

„Wenn man Gott beweisen könnte, bräuchte man ja nicht an ihn zu glauben", korrigierte mich Pista, der sich bis dahin vornehm zurückgehalten hatte.

„Pista hat recht", sagte Janko. „Was bewiesen ist, weiß man und braucht es nicht zu glauben."

Dieser Schlussfolgerung pflichteten wir alle bei. Dann tranken wir unser Pelinkovec und redeten nicht mehr über die Philosophie, von der keiner von uns eine Ahnung hatte. Weiber, das war das Thema, das uns am meisten interessierte. Und davon verstanden wir eine Menge. Meinten wir.

Im Wartesaal

Marjan, Joze und Demsar besorgten sich inzwischen in Ljubljana eine Unterkunft. Sie wunderten sich, dass ich noch nicht zu ihnen gestoßen war. Der Semesterbeginn nahte und ich hielt mich immer noch in Velenje auf. Von Pista erhielt ich aus Ljubljana ein Kärtchen: Wo bleibst du, ohne dich macht das Saufen nur halb so viel Spaß!

Noch am gleichen Tag packte ich meine Habseligkeiten und machte mich reisefertig. Was nicht in meine Reisetasche passte, warf ich in den Abfall.

„Wohin willst du eigentlich?", fragte mich die Heimleiterin, als ich mich von ihr verabschiedete.

Ich zuckte mit den Achseln und verließ das Gebäude, das mich fünf Jahre lang beherbergt hatte. Ich wusste tatsächlich nicht, wo ich die nächsten Monate und Jahre verbringen würde. Ich wollte aber einfach weg.

Am Bahnhof stellte ich fest, dass der nächste Zug, dessen Abfahrt in drei Stunden erfolgen sollte, mich heimwärts oder in die Hauptstadt bringen könnte.

Ich setzte mich in den Warteraum, wo ich mit Pista vor fünf Jahren übernachtet hatte, und zog das einzige Buch, das ich nicht in den Abfall geworfen hatte, aus der Tasche und begann darin zu blättern.

Sinn des Lebens.

Ich dachte an Pista, der sich irgendwo in Ljubljana auf sein Studium vorbereitete. Welches Fach wird er wohl gewählt haben?

Medizin oder Jura, zwei Wissenschaften, von denen er geschwärmt hatte. Latein würde ihm dabei zugutekommen. Immerhin hatte er sich bereits etwa fünfhundert Wörter und mehr als zehn schlaue lateinische Sprüche eingeprägt, von denen sein beliebtester lautete: Alea iacta est. Die Würfel sind gefallen.

Auch die Theologie hätte ihn interessiert, verriet er mir einmal, aber es fehle ihm der Glaube an Gott. Von Maria wollte er sowieso nichts wissen, denn er war protestantisch getauft.

Ich ging die einzelnen Kapitel des Buches durch, las einige Sätze über das abenteuerliche Unterfangen der Theologen, Gott beweisen zu wollen. Als ich das Buch auf die Bank neben mich legte, öffnete es sich von selbst wieder. Ich schloss es. Doch das Buch öffnete sich immer wieder auf derselben Seite, nämlich dort, wo die fünf Wege zu Gott geschildert wurden. Wie oft hatte ich diesen Text schon gelesen? Hundertmal? Oder noch häufiger?

Ich nahm das Buch noch einmal in die Hand, legte es auf meine Knie. Das Buch öffnete sich erneut. Ich las noch einmal.

Fünf Wege zu Gott.

Urknall.

Die Erschaffung des Menschen.

Ich pickte zusammenhanglos einzelne Sätze heraus und erinnerte mich, wie mich das Thema beim ersten Lesen neugierig gemacht hatte.

Ein Gedanke provozierte mich seitdem, machte mich an, forderte mich heraus.

Gott steht am Anfang von allem.

Auf einmal spürte ich, wie es im Warteraum heller und wärmer wurde. Ein greller Sonnenstrahl drang durch das schmale Fenster, erfasste mich und beleuchtete das offene Buch in meinem Schoß.

Auf einmal wusste ich es. Nicht Bergbau, sondern die Entstehung der Welt, die Herkunft des Lebens, der geheimnisvolle Unbekannte, dem Allwissenheit, Allgegenwart und Allmacht zugeschrieben werden, waren die Themen, die mich wirklich interessierten.

Ich legte meine Reisetasche ins Schließfach und begab mich zielstrebig zum Priester, der mir damals das Buch schenkte.

„Hast du es gelesen?", fragte er mich, nachdem er den „Sinn des Lebens" in meiner Hand bemerkte und mich nach längerem Rätselraten erkannte.

„Ich habe das Buch gelesen und der Abschnitt über die ‚fünf Wege zu Gott' beschäftigt mich noch heute. Lehrt der Verfasser noch?"

„Der Professor ist immer noch im Amt und die ‚fünf Wege zu Gott' gehören noch immer zum Grundstoff seiner Philosophie. Er hält treu am guten alten Thomas von Aquin fest, obwohl böse Zungen behaupten, der wäre längst überholt." Der Priester machte eine Pause, schaute mich ungläubig an. „Du hast das Buch tatsächlich gelesen, sagst du? Ich hätte gewettet, dass du es niemals tun würdest. So kann man sich täuschen. Wie unerforschlich sind doch Gottes Wege! Und die fünf Gottesbeweise machen dich neugierig auf mehr?", redete er euphorisch auf mich ein.

„Ich bin neugierig", sagte ich, „ob es Gott wirklich gibt."

„Du möchtest also Theologie studieren?"

Ich nickte.

„Ich freue mich", strahlte der Priester, „dass ich dich auf den rechten Weg bringen kann: Geh zu unserem Bischof, frage ihn, ob er dich in den Kreis seiner Studenten aufnimmt. Dann kannst du vielleicht schon bald an der Theologischen Fakultät mit dem Studium beginnen. Sag dem Bischof ehrlich, was du mir gesagt hast. Sag ihm, dass du dich für die fünf Gottesbeweise des Thomas von Aquin interessierst. Sage ihm einfach die Wahrheit."

Mit einem Empfehlungsschreiben des Priesters an den Bischof zog ich von dannen.

Beim Bischof

Nie zuvor war ich in der Bischofstadt Maribor gewesen. Es begegneten mir viele vornehm gekleidete Menschen. Ich kam an großen Läden vorbei, sah in Schaufenstern Fahrräder, Radios, Plattenspieler und daneben sogar eine neue Schallplatte meiner Lieblingssängerin Conny Francis.

An einem Kiosk wurden Lotterie-Lose verkauft. Das erinnerte mich an meinen Wunsch, eines Tages reich zu werden und ich kaufte ein Los. Eine Niete. Unter den zehn nächsten Losen gab es einen Trostpreis in Form von einem Lutscher. Nach dem zwanzigsten Los hätte ich es wahrscheinlich weiter versucht, doch der Verkäufer sagte zu mir: „Hör lieber auf, du bist einfach ein Pechvogel. So wie du aussiehst, scheinst du ein geborener Verlierer zu sein. Wenn du dein Geld unbedingt loswerden willst, wirf es einfach in die Drau."

Ernüchtert und enttäuscht setzte ich meinen Weg fort. An einem Stand kaufte ich eine Tüte gerösteter Kastanien, schlenderte gemächlich durch den Park und aß die köstlichen Früchte. Gegen meinen Durst gönnte ich mir eine Limonade, musste aber beim Bezahlen feststellen, dass ich bereits über meine Verhältnisse gelebt hatte. Es fehlte mir ein Dinar. In meinen Hosentaschen herrschte totale Ebbe. Der Verkäufer schaute mich misstrauisch an.

„Zahle oder ich hole die Polizei!", drohte er.

„Es tut mir leid, ich bin Pleite", gab ich ratlos zu.

„Genosse Polizist", schrie der Verkäufer, „hier will einer nicht zahlen!"

Der Gesetzesmann, der sich zufällig in der Nähe aufhielt, blieb stehen. „Was ist los?", fragte er mürrisch. Der Verkäufer schilderte ihm die Lage, worauf der Polizist mich lange prüfend betrachtete. „Dir ist wohl das Geld ausgegangen?" Sein Blick verhieß nichts Gutes. Der Mann und sein Blick, beides kam mir bekannt vor. „Wenn du nicht zahlen kannst, wirst du wählen müssen, entweder kommst du ins Gefängnis oder gleich an den Galgen", sprach er eine Drohung aus, die in mir eine alte Erinnerung wachrief. Nach kurzem Überlegen machte es in meinem Gehirn klick. Ich erkannte ihn, es war unser Dorfpolizist Bujo, der mir vor vielen Jahren schon einmal mit dem Galgen gedroht und mir einen solchen Schrecken eingejagt hatte, dass ich in die Hose machte. Jetzt fehlte wieder nicht mehr viel dazu.

„Was schuldet er dir?", wandte er sich zum Verkäufer.

„Einen Dinar."

Er holte aus seiner Geldtasche eine Münze und warf sie dem Verkäufer mit verächtlichem Blick vor die Füße. „Siehst du nicht, du alter Halsabschneider, dass der Bub arm ist wie eine Kirchenmaus? Hast du kein Herz für Bettler, Landstreicher und arme Zigeuner? Du sollst dich schämen!" Und zu mir gewandt: „Es ist doch nichts aus dir geworden, was?"

Nun wusste ich, dass auch er mich erkannt hatte und antwortete: „Jawohl, Genosse Polizist, Sie haben recht."

„Obwohl Genosse ,Einfalt' und ich dir den rechten Weg weisen wollten! Du bist so jung und angeblich verdammt schlau! Wie alt bist du jetzt? Zwanzig oder so und immer noch bettelarm! Eigentlich müsste ich mich schämen, dass ich dich kenne."

„Aber, Genosse Polizist, ich kann Ihnen versichern, dass ich unermüdlich daran arbeite, möglichst bald reich zu werden."

„Und was hast du bisher dafür getan?"

„Ich habe Lotto gespielt, Genosse."

Voller Mitleid, vielleicht war es auch nur Verachtung, schüttelte er den Kopf.

„Er hat Lotto gespielt", sprach er nachdenklich und berührte mit dem Zeigefinger seine Stirn. „Du bist ein Hornochse", maulte er mich an. „Nimm dir ein Beispiel an mir! Ich habe mich niemals hängen lassen, sondern strebte immer nach oben. Dorthin, wo die Schlauen und Reichen das Sagen haben. Und ich hab's zu etwas gebracht, muss mich nicht mehr mit Dorfdeppen herumschlagen. Jetzt bin ich der gefürchtetste Stadtpolizist von Maribor", verkündete er stolz, rückte seine Uniform zurecht und ging gemäßigten Schrittes davon.

Mit seinem entschlossenen Weggang gab er mir deutlich zu verstehen, dass er mit so einem wie mir nichts zu tun haben wollte.

Plötzlich fiel mir ein, wozu ich eigentlich nach Maribor gekommen war. Ich war nur noch einen Steinwurf von der Domkirche entfernt. Im Palast nebenan residierte der Bischoff.

Müde und vor allem durstig stand ich etwas später vor dem großen Gebäude, an dessen Eingang auf einer schwarzen Marmorplatte mit goldenen Lettern Skofijski ordinariat zu lesen war. Das Wort Ordinariat erinnerte mich an ordinarij, so wurde der Chefarzt in jener Klinik genannt, in der ich vor Monaten routinemäßig untersucht worden war.

„Du hast einen schweren Herzfehler", hatte der Ordinarij, ein glatt-rasierter Mann mit grauen Schläfen, gesagt. „Solche Menschen wie du sterben normalerweise schon bei der Geburt." Seine Stimme klang gelangweilt.

„Alt kann man damit jedenfalls nicht werden", ergänzte sein Kolle-ge, der gerade meine Befunde studierte.

Mit beklemmendem Gefühl versuchte ich die unangenehme Aus-kunft zu verdauen. Was bedeutete die merkwürdige Diagnose? Dass ich bald sterben würde? Ein plötzlicher Tod würde meine Pläne ganz schön durcheinander bringen. Andererseits waren seit meiner Geburt schon zwei Jahrzehnte vergangen und ich lebte immer noch. Warum jetzt diese Panikmache? Jeder Mensch musste früher oder später ster-ben. Ich persönlich hatte mich auf später eingestellt.

Gedankenversunken trat ich ins Gebäude, das sich mit dem hoch-trabenden Namen skofijski ordinarijat schmückte, schritt an der ver-waisten Pforte vorbei, kam von einem dunklen Flur in den nächsten, ohne einer Menschenseele zu begegnen.

Dann stand ich vor einer großen Tür, die nur angelehnt war. Als ich den Vorraum betrat, erschrak ich beim Anblick einer Jammerge-stalt, die mir urplötzlich gegenüber stand und mich ängstlich anstarrte. Der Schreck dauerte nur kurz, denn ich merkte, dass ich in einen gro-ßen Spiegelschrank blickte und mit meinem eigenen Spiegelbild kon-frontiert wurde. Was ich da sah, erinnerte am ehesten an einen Land-streicher. Der Anzug, den ich trug, war abgenutzt und zerknittert. An meinen Schuhen klebte noch der Dreck vom Fußweg, den ich am Morgen von meinem Elternhaus zum Bahnhof zurückgelegt hatte.

Konnte ich so ungepflegt und armselig vor den hohen Würdenträ-ger treten? Während ich gerade mit dem Gedanken spielte, mich lieber heimlich zu verdrücken, ging neben mir eine massive Holztür auf und heraus trat eine kleine grauhaarige Frau, der ich offensichtlich einen solchen Schrecken eingejagt hatte, dass sie sofort wieder hinter der schweren Tür verschwand.

Wer immer die Frau war, sie hatte mich entdeckt. Also blieb ich und setzte mich auf einen Stuhl, der am Ende des Korridors abgestellt war. Nun erschien die graue Maus wieder, eilte zu mir, drückte mir ein Päckchen in die Hand und gab mir deutlich zu erkennen, dass ich verschwinden soll.

„Ich brauche keine Almosen, gute Frau", sagte ich etwas verärgert. „Ich habe ein wichtiges Anliegen, das ich dem Herrn Bischof persönlich vortragen möchte", sprach ich und reichte ihr den Brief, mit dem der Priester mich ausgestattet hatte.

Die Frau, die ich inzwischen als Nonne identifiziert hatte, wollte den Brief gleich aufreißen, merkte aber noch rechtzeitig, dass er an den Herrn Bischof adressiert war, und eilte zurück, wo sie hergekommen war.

Sie ließ mich lange im dunklen Flur stehen. Als ich das ungastliche Haus gerade leise fluchend verlassen wollte, erschien die Nonne wieder und bat mich, ihr zu folgen. Sie führte mich in einen düsteren Raum, wo sie mich vor einem riesigen Schreibtisch stehen ließ.

Alles im Zimmer war dunkel: Möbel, Wände, Boden. Durch die Fenster schimmerte nur spärliches Licht. An diesem Ort der Dunkelheit fiel mir ein Bild auf, dessen Rahmen hell leuchtete, als ob er aus purem Gold wäre. Es war das Bild der Mutter Gottes, deren prachtvoller Mantel viele Menschen schützend umhüllte. Ich musste an Pista denken, der oft abfällige Bemerkungen über Maria gemacht hatte. Sie, die Mutter Jesu, hätte ihren Mann Josef betrogen und hätte sich mit einem Geist eingelassen. Obwohl Pista mein Freund war, glaubte ich ihm kein Wort. Er war ja ein Zigeuner und kam aus einem Dorf von lauter protestantischen Ketzern, von denen man wusste, dass sie im finsteren Mittelalter vom rechten Glauben abgefallen waren und einmal zur Strafe mit den Juden gemeinsam in der Hölle schmoren werden.

Als meine Augen sich an das schummrige Licht des Raumes gewöhnt hatten, entdeckte ich hinter dem Schreibtisch einen alten Mann, der unbeweglich in einem viel zu großen Sessel eingetaucht saß. Seine Hände, die in einem Rosenkranz verstrickt waren, ruhten auf der Tischplatte. Ich war mir nicht sicher, ob er mich wahrgenommen hatte. Immerhin schien er noch am Leben zu sein, denn sein Kopf bewegte sich plötzlich in meine Richtung.

„Was ist dein Anliegen?", fragte er mit müder Stimme.

Ich erzählte ihm, wie ich im „Sinn des Lebens" auf die fünf Gottesbeweise gestoßen war und dass mich dieses Thema seitdem nicht mehr losließ.

„Und nun möchtest du den Dingen auf den Grund gehen. Herausfinden, ob es Gott gibt oder nicht, habe ich recht?", ergänzte der Greis mit wohlwollender Stimme.

„Genau das ist mein Anliegen, Genosse… ich meine Herr Bischoff."

Mein Lapsus schien dem alten Mann entgangen zu sein. „Bist du getauft?", wollte er wissen.

„Unser Herr Pfarrer taufte mich noch am Tage meiner Geburt, als ich im Sterben lag, wie meine Mutter mir später erzählte. Und Sie, Herr Bischoff, haben mich vor einigen Jahren gefirmt."

„So, so, du lagst bereits im Sterben, aber Gott hatte noch etwas vor mir dir. Und jetzt möchtest du nachforschen, ob es ihn überhaupt gibt. So sieht man wieder einmal, dass der Herr da oben ganz schön viel Humor haben muss." Der Bischof lächelte und murmelte leise vor sich hin: „Er lag bereits im Sterben…"

Dann richtete er seinen Blick auf die Mutter Gottes, die aus dem Bild mit dem goldenen Rahmen milde auf uns herabschaute. „Hast du als Bub deinem Pfarrer bei der heiligen Messe gedient? Warst du Ministrant?"

Um vor dem heiligen Mann nicht ganz unheilig da zu stehen, wollte ich gerade lügen, aber zur gleichen Zeit besann ich mich auf den Rat des Priesters: Sag dem Bischoff einfach die Wahrheit. „Nein, Herr Bischoff, der Herr Pfarrer mochte unsere Familie nicht. Er meinte, aus einem Haus, in dem neben den Bildern des Heilands und seiner Mutter ein Portrait von Marschall Tito hängt, kann kein guter Ministrant kommen."

„Gott will vielleicht, dass du Priester wirst. Hast du schon mal daran gedacht?"

Die Frage entlockte mir einen kurzen, spontanen Lacher. „Genosse Bi … Herr Bischoff, ich war niemals Ministrant, ich kann nicht beten, ich war seit meiner Firmung nicht mehr in der Kirche. Ich bin … das heißt, ich war mir auch sicher, dass es keinen Gott gibt, bis zu dem Zeitpunkt, als ich jenes Buch gelesen hatte. An jenem Tag, als ich die letzte Seite des Buches umgeblättert hatte, spürte ich in mir ein starkes Verlangen, mich auf die Suche nach Gott zu begeben. Aber dass er mich in den Priesterstand ruft, das glaube ich nicht. Wozu auch, wozu sollte er auf mich zurückgreifen wollen? Selbst in unserem Dorf gib es eine Handvoll Burschen, die aus einem frommen Haus stammen, Ministranten waren und möglicherweise sogar gläubig sind. Sie sind zwar ganz sicher nicht so schlau wie ich, aber Herr Gott braucht keine Genies, wie „mein" Kaplan behauptet, sondern fromme Männer, die bereit sind, dem Heiligen Vater in Rom treu zu dienen. Wenn ich Gott wäre, würde ich zuerst sie berücksichtigen."

Beeindruckt von meinen eigenen Ausführungen wartete ich auf eine Reaktion des Bischoffs. Sie kam auch prompt und wirkte auf mich niederschmetternd. Er schnäuzte sich einige Male, gähnte ausgiebig und schwieg. Überlegte er, wie er mich möglichst „schmerzlos" und mit Anstand hinausschmeißen konnte?

Schließlich sprach er: „Alle jungen Männer, die sich mir vorstellen, geben sich als brav und fromm aus und alle behaupten hundertprozentig zu wissen, dass Gott sie ruft. Die meisten von ihnen werde ich eines Tages auch zum Priester weihen, so Gott will und ich noch lebe. Aber nun kommst du, dem Glaube und Kirche Fremdworte sind, bist dir ziemlich sicher, dass Gott dich nicht ruft, und möchtest trotzdem unter meinen Fittichen Theologie studieren. Was würdest du an meiner Stelle mit einem solchen Kandidaten tun?"

Sag dem Bischoff die Wahrheit, erinnerte ich mich noch einmal an den Rat des Priesters. Ich stand auf, konnte die Enttäuschung auf meinem Gesicht nur schwer verbergen und sagte mit gequälter Stimme: „Ich würde ihn heimschicken."

Der Bischoff entledigte sich des Rosenkranzes, in den seine Finger verwickelt waren, und erhob sich mühsam. „Dein Urteil ehrt dich, aber ich erlaube mir, davon abzuweichen. Um es kurz zu machen: Ich nehme dich als meinen Studenten an. Du kannst im Oktober in Ljubljana beginnen", sagte er völlig emotionslos.

Die unerwartete Zusage des Bischoffs überraschte mich. Nahm er mich nicht ernst? Warum machte er das? Weil ich ihm einen Teil der Wahrheit über mich verschwiegen hatte?

„Da ist noch etwas, was ich Ihnen nicht verheimlichen möchte", sagte ich mit unsicherer Stimme.

Er trat zu mir und wartete gelassen, was ich ihm noch zu sagen hätte. „Du kannst es mir sagen, wenn du möchtest. Aber das wird an meiner Zusage nichts ändern. Du kannst Anfang Oktober auf jeden Fall mit meinem Segen ins Lemenat eintreten."

Eine Weile standen wir uns schweigend gegenüber, dann sagte ich: „Ich bin Mitglied der kommunistischen Partei."

„Ich habe es geahnt", sagte der Bischof müde. „Das kann vorkommen. Es ist in der Tat ein Problem. Du wirst es aber angehen, wenn die Zeit dafür reif ist. Geh jetzt ruhig hin und fange mit dem Studium an.

Dann werden wir sehen, ob du bei den Kommunisten bleibst oder möglicherweise Priester wirst." Er trat näher zu mir, legte seine Hand auf meine Schulter und sagte: „Für alle praktische Fragen wird dir parochus loci zur Verfügung stehen. Er bekommt von mir Bescheid." Und nach einer kurzen Pause: „Gott segne dich. Geh in Frieden!" Er setzte sich wieder und griff geistesabwesend nach dem Rosenkranz.

Etwas verunsichert begab ich mich zum Ausgang, wo im Vorzimmer schon die Nonne auf mich wartete, um mir einen Umschlag auszuhändigen.

„Ihr Fahrgeld. Es wird auch noch für eine Jause reichen."

„Wissen Sie, wer oder was mit parochus loci gemeint ist, oder muss ich den Herrn Bischof noch einmal belästigen?", fragte ich die Ordensfrau zwischen Tür und Angel.

„Sie haben bisher kein Latein gelernt?", zeigte sie sich verwundert.

„Ich habe gelernt, Kohle abzubauen, Tabak zu kauen und mit Ratten meine Jause zu teilen, aber Latein nicht", gab ich zu.

Unbeeindruckt von meiner provokanten Äußerung, sprach die Schwester mit milder Stimme: „Parochus loci, das ist Ihr Dorfpfarrer. Gehen Sie zu ihm, er wird sie von nun an begleiten."

Im Lemenat

In Ljubljana herrschte ein goldener Oktober. Die mächtigen Bäume und Sträucher waren herbstlich gefärbt und verzauberten den alten Kern der Hauptstadt in einen farbenprächtigen Park. Auf dem Marktplatz beim Dom wurden geröstete Maronen angeboten. Ihr Duft entführte mich im Geiste in meine Heimat nach Stajerska, wo wir uns während dieser Zeit oft nur von gerösteten Esskastanien, Federweißem und gebratenen Maiskolben ernährt haben.

Seit einigen Wochen lebte ich in der Hauptstadt. Gemeinsam mit anderen Anfängern wurde ich in einem Mehrbettzimmer im Dachgeschoss des alten Dompfarrhauses untergebracht. Der Komfort, den ich bereits aus dem Internat der Bergwerksschule kannte, setzte sich hier fort. Warme Heizkörper unter den Fenstern, Duschkabinen und Toiletten mit Wasserspülung im Flur, elektrische Beleuchtung in jedem Zimmer und jeder Ecke des Hauses. Dass dieser Luxus sogar steigerungsfähig war, erkannte ich daran, dass mir ein Schreibtisch und ein Kleiderschrank zur exklusiven Nutzung zugewiesen wurden. Während ich mich über den Schreibtisch freute, fand ich einen eigenen Schrank leicht übertrieben, denn was ich an Kleidung besaß, konnte ich nach wie vor teils am Leib tragen, teils in meiner Tasche verstauen. Verlegen machten mich zwei Waschbecken im Zimmer, in die man nach Belieben kaltes und warmes Wasser einlassen konnte. Meine Mitbewohner wuschen sich darin fast alle Körperteile. Manche von ihnen besaßen sogar eine merkwürdige Bürste, mit der sie regelmäßig in ihrem Mund herum stocherten. Zähneputzen nannten sie das und rieten mir, mich der Orgie am Waschbecken unbedingt anzuschließen.

Bei meinem direkten Bettnachbarn fielen mir noch andere Merkwürdigkeiten auf. Er besaß mehrere Unterhosen und wechselte sie mit pedantischer Regelmäßigkeit. Zum Schlafen benutzte er ein Kleidungsstück, das er Pyjama nannte. Er besaß mehrere Hosen und Jacken. Einen Teil seiner Klamotten brachte er in meinem Kleiderschrank unter. Dafür lieh er mir an kalten Tagen einen warmen Pullover, aus dem er wegen seiner Körperfülle herausgewachsen war. Auch lud er mich oft in den Park ein, wo er seine Zigaretten mit mir teilte.

Von meinem Fensterplatz aus konnte ich das lebhafte Treiben auf dem Bauernmarkt beobachten. Die zumeist noblen Damen der Hauptstadt versorgten sich dort mit Obst, Gemüse und anderen Gütern der Natur. Mich reizte vor allem das Obst aus dem Süden. Einmal gönnte ich mir eine große Ananas. Um die köstliche Frucht nicht mit jemandem teilen zu müssen, verzog ich mich etwas abseits auf eine Bank und schlachtete sie. Während ich die ersten Stückchen genüsslich in den Mund schob, berührte mich von hinten eine Hand und ich hörte eine bekannte Mädchenstimme: „Ich möchte davon kosten."

Ich drehte mich um und erkannte Alenka, ein Mädchen, in das ich schon in Velenje ein wenig verknallt war."

"Was machst du denn hier?", fühlte ich mich ertappt.

„Dasselbe wollte ich dich auch fragen. Müsstest du nicht gerade im Lemenat die Bibel lesen und beten?"

Etwas verwundert stellte ich fest: „Du weißt also Bescheid."

Ich sah sie vor mir in ihrem enganliegenden Pullover und einem etwas zu kurz geratenen Rock stehen und musste zugeben, seit unserer letzten Begegnung war sie noch attraktiver geworden.

„Wir haben uns lange nicht mehr gesehen. Was studierst du eigentlich?", drängte ich meine lüsternen Gedanken weg.

„Ich werde Lehrerin."

„Aha."

Es fiel mir nichts mehr ein, worüber ich mit ihr hätte reden könnte. Ich stand auf und reichte ihr den Rest der Ananas. „Ich muss jetzt zurück ins Lemenat. In wenigen Minuten beginnt die nächste geistliche Übung. Vielleicht sehen wir uns irgendwo und irgendwann einmal wieder."

„Warte, willst du nicht wissen, wo ich wohne? Wir könnten uns..."

„Ich bin in Eile, wimmelte ich ab. Bis bald, Alenka. Viel Glück beim Studium."

War ich unhöflich? Grob sogar? Was soll's. Versuchungen musste man im Keim ersticken, hatte uns der Spiritual eingeschärft. Die schlimmste Versuchung waren die Mädchen, die man von früher her kannte. Denen musste man auf jeden Fall rechtzeitig aus dem Weg gehen.

Galt das auch für mich? Eigentlich hatte ich ja gar nicht vor, Priester zu werden. Doch das wusste bisher außer mir keiner. Trotzdem, wenn mich der Bischof schon so großzügig unter seinen Priesterkandidaten leben ließ, dann wollte ich versuchen, mich wie ein solcher zu verhalten.

Jeden Morgen wurden wir um kurz nach fünf geweckt. Der Morgentoilette folgte Meditation. Wir schlichen schweigend durch die Flure und Treppengänge des alten Gebäudes. Die meisten Seminaristen sahen wie Priester aus, nur wir Neulinge trugen noch keinen Talar. Wir sollten über ein Thema meditieren, das uns der Spiritual am Vorabend vorgelegt hatte.

Ich ignorierte seine Weisung und beschäftigte mich mit Dingen, die mir gerade einfielen. Nach einem Monat Leben im Lemenat wurde mir bewusst, dass ich verrückt sein musste. Wieso vergeudete ich hier meine wertvolle Zeit? Warum stürzte ich mich nicht in das wirkliche Leben und begann ein handfestes Studium, an dessen Ende ich einen für mich angemessenen Beruf ergreifen konnte? In wenigen Jahren hätte ich so zum Beispiel Bergbau-Ingenieur werden, in der Partei ein wichtiges Amt ergattern und zu Macht und Wohlstand aufsteigen können. Ein gut bezahlter Job, ein feines Haus am Rande der Stadt, ein Ferienhäuschen an der Adria, eine Familie und viele einflussreiche Freunde. In meiner Phantasie sah ich Alenka und unsere fünf Kinder, wie sie mich nach Feierabend an der Haustür überschwänglich begrüßten.

„Pass auf, wo du läufst!" Die leicht gereizte Stimme eines Seminaristen riss mich aus meinen Träumen.

Um sechs Uhr dreißig war die Meditation zu Ende, der Gong rief uns zur Messe. Wir begaben uns in die Kapelle. Die unmittelbaren Priesteranwärter, die als nächste geweiht werden würden, saßen ganz vorne. Die Reihen hinter ihnen waren für uns Anfänger reserviert, gefolgt von den Jahrgängen zwei, drei und vier. Der Jahrgang sechs war bereits geweiht und abwesend. Die Neupriester wurden gerade in den Pfarreien in den praktischen Gemeindedienst eingeführt.

Ich war umgeben von knienden Gestalten, deren Köpfe leicht gebeugt waren, hörte kurze stöhnende Laute, die mich an die Stoßgebete meiner Mutter erinnerten, wenn sie in ihrer Not Gott um Rat gefragt hatte, was sie uns zu Mittagessen auftischen soll, wobei Gottes Rat meistens recht einfallslos ausfiel, denn am Ende gab es so gut wie immer Kartoffelsuppe.

Es würde eine Ewigkeit vergehen, bis ich so fromm wäre wie diese echten bogoslovci, befürchtete ich. Zum Glück würde ich nur für kurze Zeit hier bleiben, tröstete ich mich, denn Priester zu werden, war so ziemlich das Letzte, was ich mir als Broterwerb vorstellen konnte. Außerdem dürfte ich als Priester keinen materiellen Reichtum begehren. Ihr sollt euch nicht Schätze sammeln auf Erden. Jesus sollte das gesagt haben und unser Spiritual wurde nicht müde, uns seine Sprüche unentwegt ans Herz zu legen.

Überhaupt vertrat der Mann, der für unser geistliches Wachstum zuständig war, recht gewöhnungsbedürftige Ansichten. So war er der festen Überzeugung, dass uns Gott höchstpersönlich ins Priesterseminar gerufen hatte. Jeden einzelnen ohne Ausnahme. „Er hat euch auserwählt", sprach der fromme Mann und schaute dabei ausgerechnet mich länger an als alle anderen, die um mich herum saßen. Und dann wechselte er seine Anrede sogar von „ihr" auf „du": „An dir liegt es nun, ob du seinem Ruf folgen willst."

Dass ich vermutlich als Einziger da saß, den Gott nicht gerufen hatte, das konnte er natürlich in seiner Naivität nicht ahnen. Wie mochte Gott die anderen gerufen haben? Im Traum oder am helllichten Tag? In einem dramatischen Erlebnis oder bei einem romantischen, stillen Sonnenuntergang? Mit einer Stimme, die man ausschließlich „innerlich hörte" oder laut, wie ich früher Schafe, die sich im Wald verirrt hatten, gerufen habe.

Vorsichtig schaute ich mich nach meinen Kommilitonen um, betrachtete deren Gesichter und musste zugeben, dass sie eher dem Bild eines Priesteranwärters entsprachen. Ihre Augen waren meistens leicht nach oben gerichtet, auf ihren unschuldigen Gesichtern ruhte ein zufriedenes Lächeln, ihre Lippen bewegten sich unentwegt im Gebet. Sie knieten längst, bevor ich überhaupt merkte, dass das Knien angebracht war. Bei der Kommunion empfingen sie mit weit ausgestreckter Zunge und verklärtem Blick den Leib Christi, zerbissen ihn nicht, sondern ließen ihn zum feinen Brei aufweichen und dann den Gaumen und Rachen hinunter gleiten. Auch ich lernte vor der Erstkommunion, dass man auf Jesus nicht „herum kauen" darf, sonst würde die Hostie möglicherweise bluten. Ich stellte mir anschaulich vor, wie ich aus Versehen den Leib des Herrn durchbeiße, worauf das heilige Blut meinen Mund füllen würde und anschließend aus den Mundwinkeln zu tropfen begänne. Als einmal in unserer Pfarrkirche dem Herrn Pfarrer die Oblatenschale heruntergefallen war, halfen wir ihm, die Hostien aufzulesen. Heimlich steckte ich mir dabei einige Oblaten in die Hosentasche. Auf dem Heimweg führte ich dann das gruselige Experiment durch: Ich zerbiss eine Hostie nach der anderen, schnitt sie sogar mit dem Taschenmesser in Stücke, doch das Blut wollte nicht fließen. „Du darfst den Pfaffen nicht alles glauben", warnte mich mein Vater. Er hatte recht. Die Glaubwürdigkeit meines Pfarrers schwand dahin. Von da an hörte ich mir das Meiste, was er uns erzählte, mit wachsender Skepsis an. Zugegeben, es waren viele schöne Geschichten dabei, die mich auch begeisterten. Aber was nützte es, wenn sie doch erfunden und erlogen waren.

Ich kam also ins Lemenat als religiöser Analphabet und Zweifler. Seit meiner frühen Kindheit hatte ich keine Kirche mehr betreten. In der Berufsschule konnte ich mich ohne Hemmungen als Atheist bezeichnen und in die Partei eintreten. Sobald ich die Sache mit den „fünf Wegen zu Gott" geklärt und festgestellt haben würde, dass sie nicht zu Gott führen, wollte ich von hier wieder verschwinden. Wenn aber Thomas recht hatte und Gott möglicherweise bewiesen werden konnte, dann ... ja, dann müssten die Karten wohl neu gemischt werden.

Um meine heidnische Gesinnung geheim zu halten, musste ich nun genau auf das Verhalten der anderen achten, damit ich ihre frommen Übungen nachzuahmen lernte. Manchmal kam ich mir vor wie ein

Geheimagent, der in einem fremden Land eingeschleust worden war. Ein Wolf im Schafspelz, würde mich Jesus vermutlich nennen. Interessant, dass der Spiritual diese Geschichte als eine der ersten erzählt hatte! Ahnte er, dass ich ein Ungläubiger war und nicht dazugehörte?

Trotz allem musste ich kein schlechtes Gewissen haben. Der Bischof höchstpersönlich hatte zu mir gesagt: „Fang schon mal an. Nach zwei Jahren werden wir sehen, wo du hingehörst. Vielleicht bleibst du Kommunist, vielleicht wirst du Priester.“

Nach der Messe um sieben wartete im großen Speisesaal bereits das Frühstück auf uns, das wir, wie andere Mahlzeiten auch, schweigend einnahmen. Heute, mehr als vierzig Jahre später, erinnert mich der Speisesaal an jenen aus den Harry Potter-Filmen. Mädchen gab es bei uns allerdings keine. Die Atmosphäre war aber ähnlich. Der Geist Gottes, seine Engel, Heilige und himmlische Heerscharen schwebten unsichtbar über unseren Köpfen. Wie Harry und die große Schar der Zauberlehrlinge waren auch wir da, um mit der „geistigen“ Welt Kontakt aufzunehmen und uns für deren Kräfte zu öffnen. Um dazu befähigt zu werden, lehrte man uns, zu schweigen und auf die „Stille zu hören“. In dieses Schweigen hinein wurde uns sogar während der Mahlzeiten aus einer mittelalterlichen geistlichen Schrift vorgelesen. Das berühmte Büchlein ‚Die Nachfolge Christi‘ von Thomas von Kempen war für die meisten von uns der klassische Einstieg in das geistliche Leben. Seine weltfremden Ratschläge sollten uns helfen, der fleischlichen Lust dieser Welt abzuschwören. Der Originalton des großen Asketen: „Befleißige dich, dein Herz von den sichtbaren Dingen loszureißen und an das Unsichtbare zu heften.“

In Gedanken überflog ich die „Dinge“, an denen mein Herz hing. Leicht beunruhigt musste ich feststellen, dass es ausschließlich sichtbare Güter waren, die ich begehrte. Übrigens befand sich auch Alenka darunter, obwohl ich mir die ganze Zeit einredete, sie spielte keine Rolle mehr in meinem Leben.

Der Vormittag war ganz der Wissenschaft gewidmet. Die Theologische Fakultät war in wenigen Minuten zu Fuß zu erreichen. Keine einzige Vorlesung langweilte mich, denn es ging um Themen, auf die ich neugierig war. Woher kommt die Welt? Was ist der Mensch? Was erwartet uns nach dem Tod? Wie entstand die Bibel? Wer oder was soll das Wesen sein, das in meiner Sprache mit bog, in lateinischer mit deus, in griechischer mit theos bezeichnet wurde? All diese Fragen blitzten in irgendeiner Vorlesung auf, wurden wie eine Torte angeschnitten. Wir durften kurz daran lecken, um dann von den erfahrenen Konditoren zu erfahren, dass wir zuerst bestimmte Grundnahrungsmittel zu uns nehmen müssten, so dass wir am Ende die Süßspeise vollends genießen könnten.

Dann kam der Tag, auf den ich schon sehnsüchtig gewartet hatte. Endlich saß ich in der Vorlesung bei Professor Janzekovic, dem Philosophen, dessen Buch mich hierher gelockt hatte. Er begann pünktlich mit dem Vaterunser, hörte Stimmen aus den hinteren Reihen des Saales, unterbrach das Gebet, wartete auf absolute Stille und fing erneut zu beten an. Er blieb dabei absolut ruhig. Ich hatte das Gefühl, dass er, um bei den Hörern die gewünschte Aufmerksamkeit zu erreichen, den Vorgang beliebig oft wiederholen würde. Er redete leise und verhalten, war aber deutlich zu verstehen. Sein philosophischer Guru war Thomas von Aquin, der im Mittelalter in einer vielbändigen Summa Theologiae die ganze damalige Theologie in lateinischer Sprache festgehalten hatte – zum Leidwesen vieler Theologiestudenten, die im Laufe der nachfolgenden Jahrhunderte die schwere Kost zu verdauen hatten. Auch uns wollte der asketisch wirkende Professor das einmalige Werk in den kommenden zwei Jahren Wort für Wort, Satz für Satz nahebringen. Gleich in der ersten Vorlesung brauchte er für die Erklärung eines einzigen lateinischen Satzes fast anderthalb Stunden. Seine Logik hielt mich in Atem. Gegen Ende der Vorlesung gab er uns Gelegenheit, Fragen zu stellen. Anonym. „Wann kommen die Quinque viea, die fünf Gottesbeweise dran?", schrieb ich auf einen Zettel und ließ ihn nach vorne reichen.

„Alles hat seine Zeit", antwortete er. „Wer aber schon ungeduldig auf dieses Thema wartet, möge mit der Lektüre meines Buches ‚Sinn des Lebens' beginnen", fügte er hinzu, wobei ein schelmisches Grinsen über sein Gesicht huschte. Gut, dachte ich, ich kann warten.

Um zwölf Uhr dreißig befanden wir uns alle wieder im Priesterseminar. Zuerst eilten wir in die Kapelle. Das Mittagsgebet zog sich dahin, wir waren hungrig, aber da mussten wir durch.

Im Speisesaal warteten wir stehend, bis absolute Stille eintrat. Nach einem Gebet rollten Wagen mit Speisen herein. Der aus bogoslovci eingerichtete Tischdienst setzte schweigend dampfende Töpfe und Schüsseln auf die Tische. Das Auftragen musste nahezu geräuschlos erfolgen, denn während des Essens hörten wir wieder die geistlichen

Weisheiten aus Thomas' Nachfolge. Manche Ratschläge provozierten mich, ich fand sie lächerlich, sie passten nicht zu meinem Selbstbewusstsein: Wer sich selbst erkennt, denkt gering von sich und hat keinen Gefallen an dem Lobe der Menschen. Oder: Scheint es dir, dass du viel weißt, bedenke, dass es noch viel mehr Dinge gibt, die du nicht weißt. Und: Wir sind allzumal gebrechlich; und du sollst dich für den Gebrechlichsten halten.

Diese Denkweise war für mich eine Zumutung. Bei den Kommunisten habe ich das Gegenteil gehört und das hat mir besser gefallen: Wenn du blöd bist, dann erwecke wenigstens einen schlauen Eindruck. Lass dich von niemandem bevormunden. Nicht die Kirche, wir wissen, wie sich die Erde dreht. Wir sind mächtiger als unsere Gegner, uns kann niemand etwas vormachen, wir haben schließlich den Krieg und die Revolution gewonnen.

Ich erfuhr allerdings eine starke geistliche Führung durch unseren Spiritual. Er machte seinen Dienst aus ganzem Herzen, das war deutlich zu spüren. Ihm vertraute ich mehr, als ich je einem Menschen vertraut hatte.

„Der Herr will dich ganz haben, mit Leib und Seele", sagte der Spiritual. Sein gütiges Gesicht, seine beruhigende Stimme, sein wohlwollendes Lächeln weckten in mir die Sehnsucht, seiner Botschaft zu glauben.

„Magst du noch so verloren sein, der himmlische Vater wartet auf deine Rückkehr", versuchte er uns Mut zu machen. Dazu erzählte der Spiritual mit Tränen in den Augen das Gleichnis vom verlorenen Sohn. Er, der himmlische Vater, mochte uns und möchte, dass niemand von uns „verloren" ginge. Davon schien er fest überzeugt zu sein.

Die Wegweisung des Spirituals war konkret, sie erstreckte sich auf alle Bereiche unseres Lebens. Er schien die Versuchungen genau zu kennen, die einen jungen Seminaristen bedrohten. Wir sollten rund um die Uhr von erfahrenen Brüdern geführt und beschützt werden. Keine Minute unseres Lebens sollte ausgespart bleiben. Seine Sorge galt sogar unseren nächtlichen Träumen. „Wenn ihr nach einer pollutio nocturna aufwacht", sprach er mit ernster Stimme zu uns, „die ihr nicht selber herbeigeführt habt, so habt ihr nichts zu befürchten, denn der Samenerguss im Schlaf trägt zur Entspannung des männlichen Körpers bei. Doch eine freiwillig und bewusst herbeigeführte pollutio ist eine Sünde, die zum Tode führt." Der Herztod eines Mannes nach einer „handwerklich" herbeigeführten pollutio wurde uns als warnendes Beispiel vor Augen geführt.

Nach dem Mittagessen wurden wir für zwei Stunden in die Freizeit entlassen. „Ihr solltet am besten auf die Burg laufen, wo ihr von keinen Schaufenstern abgelenkt werdet", lautete die Anweisung des Spirituals. Dabei blickte er insbesondere Rudolf an, der bekanntlich mit Vorliebe an den Läden mit Damenunterwäsche vorbeischlenderte und mit Andacht die ausgestellte Reizwäsche betrachtete. Sein Verhalten wäre nicht weiter zu hinterfragen, wenn er seine Identität als Seminarist nicht durch das Tragen des priesterlichen Collars offen zur Schau gestellt hätte.

Der Hügel, auf dem eine mittelalterliche Burg über der Stadt thronte, war damals noch autofrei. Viele Bäume, gepflegte Fußwege und relative Stille wirkten auf uns nach einem halben Tag geistiger Arbeit in der Fakultät erfrischend und erholsam. Die einzige Gefahr, die im Burgpark auf die Seminaristen lauern konnte, ging von Studentinnen aus, die dort ebenfalls unterwegs waren. Aber auch das bedachte der Spiritual. „Niemand geht allein spazieren", lautete die altbewährte Regel. Woche für Woche wurde ein Plan angefertigt und ausgehängt, aus dem zu ersehen war, wer mit wem unterwegs sein durfte.

So lernte ich Lenart kennen.

Nace war mein „gesetzter" Partner für eine Woche und wir erwanderten Smarna gora, einen Hügel nahe der Stadt, auf dem es von Ausflüglern nur so wimmelte. Nace schwitzte wie ein Waldarbeiter und fluchte auch wie ein solcher vor sich hin. Vor der Kirche auf dem Gipfel trafen wir zwei andere Seminaristen. Einer der beiden schlug aus heiterem Himmel einen Partnerwechsel vor, obwohl das nicht erlaubt war. „Manchmal muss man sich über Vorschriften hinwegsetzen", meinte Nace. Alle großen Männer hätten es gelegentlich getan.

Mein neuer Begleiter, Lenart, gehörte schon dem dritten Jahrgang an und fiel durch sein gepflegtes Äußeres auf. Er roch nicht nach Schweiß wie Nace, vielmehr ging von seinem Körper ein feiner Duft aus, den ich schon gelegentlich in der Kosmetikabteilung eines Supermarktes wahrgenommen hatte. Er drückte sich gewählt und auffallend höfflich aus. Die lebhafte Gestik, mit der er sein Reden schmückte, erinnerte an die eines Balletttänzers.

Lenart erzählte über sich. Sein Vater und sein älterer Bruder seien beide nicht gläubig. Seine Mutter aber sei eine fleißige Beterin.

„Ich bin wie Augustinus", sagte er am Ende seiner Selbstvorstellung. Da ich mit dem Vergleich nichts anfangen konnte, erklärte er: „Augustinus war als junger Mann ein ungläubiger Sünder, wurde aber nach vielen Irrungen und Wirrungen durch die Gebete seiner Mutter buchstäblich „zum Priesterberuf getragen". Zudem behauptete Lenart: „Das Gebet kann Wunder bewirken. Wie war es bei dir? Bist du in einer gläubigen Familie aufgewachsen?", wollte er von mir wissen.

Ich blieb stehen und zögerte mit einer Antwort. Was konnte ich ihm sagen, ohne lügen zu müssen?

„Als ich noch ein Kind war, betete meine Mutter jeden Abend", erzählte ich. „Rosenkranz und Mutter Gottes-Litanei gehörten zu ihrem Standardprogramm. Mein Vater hatte sich mehr oder weniger unfreiwillig daran beteiligt. Und wir Kinder, na ja, wir wurden einfach dazu verdonnert."

„Ich ahnte es", sagte Lenart mit verklärtem Blick, „auch dich hat das Gebet hierher geführt."

„Ich will aber gar nicht Priester werden", ließ ich die Katze aus dem Sack.

„Wozu bist du dann hier?" Seine Frage war deutlich als Vorwurf zu verstehen: „Du willst dir wohl das schöne Leben im Lemenat einfach so erschleichen?"

„Dass ich im Lemenat gelandet bin, habe ich der Großzügigkeit unseres Bischofs zu verdanken", gab ich zu und beschrieb die Umstände meines Eintritts ins Priesterseminar. „Ich bin einfach neugierig, ob es Gott überhaupt gibt", beschloss ich meine Ausführungen.

„Gott hat dich gerufen, da bin ich mir sicher", sagte Lenart enthusiastisch und schaute mich mit Bewunderung an.

„Es waren ganz profane Motive, die mich hierher geführt haben", bremste ich seine Euphorie. „Ich hatte keine Lust auf das Bergbaustudium."

„Gottes Wege mit uns sind unbegreiflich. Wir können manchmal nicht sofort begreifen, was er von uns will", sinnierte Lenart und hielt an seiner Überzeugung, Gott habe mich gerufen, unbeirrt fest. „Sonst hätte der Bischof dich nicht hier untergebracht. Gott rief dich!", argumentierte er. „Das ist so sicher wie das Amen in der Kirche."

„Aber der Bischof kann sich auch vorstellen, dass ich mich wieder den Kommunisten zuwende", gab ich zu bedenken. „Jedenfalls bin ich zurzeit noch ein Atheist, der unter Umständen bereit ist, seine Einstellung zu überdenken."

Eine betretene Stille trat ein.

„Hoffentlich betet jemand für dich", sagte Lenart schließlich. „Ich werde schon heute damit anfangen. Du musst unbedingt Priester werden. Gott ruft dich, das spüre ich ganz deutlich."

„Wahrscheinlich bin ich im Lemenat der einzige Gottlose", erwiderte ich nüchtern. „Aber bitte, häng' das jetzt nicht an die große Glocke!"

Lenart schwieg und ich merkte ihm an, dass er krampfhaft nach einer besseren Perspektive für mich suchte.

Um seinem Optimismus von vornherein Wind aus den Segeln zu nehmen, erzählte ich von meinen Zweifeln, von meiner unkirchlichen Kindheit, von meinem Vater, dessen Glaube sich auf die Feststellung beschränkte: Es muss da oben etwas geben, aber bestimmt nicht das, was die Kirche behauptet. Die einzige Person, die wirklich zu glauben schien, sei meine Mutter gewesen. Aber sie war leider nur eine einfache, ungebildete Frau.

Irgendwann merkten wir beide, dass keiner von uns seine Meinung ändern wollte. Wir setzten unseren Weg schweigend fort.

„Ich habe eine Idee", sagte Lenart plötzlich, griff in seine Jackentasche und holte einen Rosenkranz heraus. „Kennst du das?"

„Nur zu gut, meine Mutter hat uns jahrelang damit genervt. ,Vater Unser', ,Gegrüßt seiest du Maria', ,Heilige Maria', ,Ehre sei dem Vater' und so fort."

„Sehr gut", sagte Lenart zufrieden. „Nun werde ich dein Gedächtnis prüfen, ob du es noch kannst. Ich spreche vor, du antwortest."

Es fiel mir auf, dass er das Wort beten vermieden hatte. Er sagte: Ich spreche vor.

„Wetten, dass du es nicht schaffst, fehlerlos zu antworten", versuchte er, mich bei meinem Ehrgeiz zu packen.

„Um was willst du wetten?"

„Wenn dir weniger als zehn Fehler unterlaufen, lade ich dich auf Cremeschnitten ein!"

„Na ja, dann will ich es halt probieren", willigte ich ein. „Ist ja nur ein Spiel und ich will kein Spielverderber sein."

Er legte los und mir unterliefen kaum Fehler. Das monotone Wiederholen der alten Gebete wirkte sich wohltuend auf unser Miteinander aus. Ich spürte, wie sich die anfängliche Spannung zwischen uns löste. Den letzten Teil des Weges legten wir bereits wie zwei alte Vertraute zurück.

„Wer den Rosenkranz betet, kann kein Ungläubiger sein", resümierte Lenart, als wir im Priesterseminar ankamen.

„Meine Lippen bewegten sich, aber mein Herz war nicht beteiligt", gab ich zu bedenken.

„Das mit dem Herz kriegen wir auch noch hin, da bin ich mir ganz sicher", meinte Lenart leichtfertig.

Wenn das meine ehemaligen Kumpels wüssten! Er betet schon den Rosenkranz, würden sie spotten. Nun ist er völlig übergeschnappt!

Eine Teufelsaustreibung

Ich betrat das Schulgebäude, das ich fünf Jahre lang frequentiert hatte. Mein Besuch galt dem Sekretär der Kommunistischen Partei, dessen Büro sich neben dem Lehrerzimmer befand. Er war als jähzorniger Hardliner bekannt. Ich mochte ihn nicht und konnte es mir nicht verkneifen, ihm zum Abschied eine auszuwischen.

Als ich eintrat, blieb er sitzen und schaute mich fragend an. Schweigend legte ich meinen roten Ausweis vor ihn auf den Tisch und wartete auf seine Reaktion.

Geistesabwesend nahm er das Büchlein in die Hand, öffnete es, blätterte einige Seiten um, schleuderte es schließlich voller Zorn auf den Boden und schrie los: „Ich habe es bereits gehört, aber ich konnte es nicht glauben. Es ist also wahr, dass du den Reaktionären in den Arsch kriechst. Du hast alles verraten, wofür dein Opa und dein Vater gekämpft haben. Und ich hätte für dich meine Hand ins Feuer gelegt. Sag mir, warum? Nenne mir einen Grund für diesen Wahnsinn! Ich kann es mir nur so erklären, dass du übergeschnappt bist, du elender, schwachsinniger..."

Sein Gesicht wurde krebsrot und Schaum quoll aus seinem Mund. Ich musste an die Geschichte vom Besessenen denken, den Jesus heilte. Unser Spiritual hatte sie während der letzten Einkehrtage erzählt.

Während der Sekretär nach weiteren Schimpfworten suchte und nach Luft rang, begann er mir leid zu tun. Ich musste unbedingt versuchen, ihn vom Teufel zu befreien. Jesus habe uns die Vollmacht gegeben, nicht nur zu predigen, sondern auch böse Geister auszutreiben, hatte uns der Spiritual am Ende seiner Erzählung ermutigt.

Ich holte also aus meiner Jackentasche einen Rosenkranz, hielt das kleine Kreuz unter seine Nase und sprach: „Dämon, ich befehle dir, verlasse den Körper dieses geplagten Mannes." Um meinen Worten Nachdruck zu verleihen, fügte ich mit lauter Stimme hinzu: „...und fahre in die Schweine, die ihn täglich umgeben."

Der alte Parteibonze, der zugleich mein Lehrer war, wurde kreidebleich. Er schüttelte seinen kahlen Kopf und starrte mich mit offenem Mund an. Dann schrie er: „Scher dich zum Teufel, ich will dich nie wieder sehen!"

„Nicht doch, Alterchen", sagte ich sanft. „Den wollen wir doch gerade loswerden!" Er drehte sich von mir ab, ging zum Fenster und fluchte halblaut vor sich hin. „Bete, Bruder, rief ich ihm nach, bete, dass der Teufel dich aus seiner Gewalt entlassen möge!"

„Er ist verrückt geworden", murmelte er kaum hörbar vor sich hin und öffnete das Fenster.

„Springe nicht hinunter, denn der Abgrund ist tief und das Höllenfeuer heiß", setzte ich meine Teufelsaustreibung fort.

„Du gehörst ins Irrenhaus", sagte er mit zittriger Stimme. Sein Oberkörper begann sich aufzublähen, seine Beine schrumpften, seine Augen quollen aus den Augenhöhlen, Blut und Kot sprossen aus den Poren seiner gelblich gefärbten Haut. Eine riesige Flamme blitzte aus dem Boden heraus und verschlang den Fleischberg, in den sich der Parteiboss verwandelte. Lenart erschien, fasste mich an der Hand und zog mich weg von der Stelle, wo ein Häufchen Asche übrig blieb. Dann verließen wir mit schweren, theatralisch aufschlagenden Schritten den Raum.

„Wohin willst du?", hörte ich die Stimme Bostjans, meines Bettnachbarn. Das grelle Licht in unserem Schlafsaal ging an und versetzte mich schlagartig in den Wachzustand. „Leg dich wieder hin!", flüsterte er mir zu. Als er merkte, dass ich schlafwandelte, lotste er mich zu meinem Bett zurück.

Als ich am nächsten Morgen wieder klar denken konnte, war ich froh, dass meine nächtliche Teufelsaustreibung bloß ein Traum gewesen war.

Innerlich ein wenig aufgewühlt machte ich mich einige Tage später auf den Weg, diesmal im Wachzustand, und suchte tatsächlich das Büro des Parteisekretärs auf. Ich erklärte ihm meinen Austritt und ließ meinen roten Ausweis auf seinem Schreibtisch liegen. Er zürnte mir nicht, sondern bat mich sogar, künftig für seine Seele zu beten, wobei eine deutliche Ironie in seiner Stimme nicht zu überhören war.

Ich wollte ihm spontan meinen mittleren Finger zeigen, besann mich aber noch rechtzeitig und verabschiedete mich höflich.

Erleichtert und mit innerer Unruhe verließ ich das große Gebäude, in dem ich fünf Jahre lang ein und aus gegangen war. Zum letzten Mal zog sich die große Tür hinter mir zu. Es wurde mir bewusst, dass damit ein Abschnitt meines Lebens endgültig vorbei war.

Die Tonsur

Mein größtes Problem im Priesterseminar war, dass ich so tun musste, als ob ich fromm wäre. Dieses Heucheln strengte mich an. Wollte ich es einfacher haben, so musste ich unbedingt versuchen, gläubig zu werden und an den Geboten Gottes Freude zu finden. Im Sinne dieser Erkenntnis startete ich alsbald kleine Annäherungsversuche an die Mächte des Himmels und ihren obersten Boss, obwohl ich dessen Existenz nach wie vor in Frage stellte. „Wer suchet, der findet, wer anklopft, dem wird geöffnet", behauptete der Spiritual und riet uns, möglichst oft beim „Herrn anzuklopfen". Ich befolgte seinen Rat, schlich manchmal noch spät in der Nacht in die Kapelle, trat zum Tabernakel, in dem „Jesus in Hostiengestalt wohnte", klopfte in Gedanken an das goldene Türchen und redete auf ihn ein. Vergeblich. Er reagierte nicht, fragte mich nicht, was ich will und ignorierte mich einfach.

Ich erzählte meinem Spiritual, wie ich vergeblich versuchte, mit Gott ins Gespräch zu kommen. Er hatte dafür eine Erklärung parat: „Dein Gebet ist für die Ohren Gottes zu profan und zu frech. Der Ton macht die Musik", sagte er und ermutigte mich, am „Ball zu bleiben".

Und ich bemühte mich weiter, Gott, sollte es ihn wirklich geben, aus der Reserve zu locken. Beim Betreten der Kirchen erhöhte ich meinen Konsum an Weihwasser, an Wallfahrtsorten deckte ich mich reichlich mit heiligen Bildchen ein und schaffte mir sogar einen neuen Rosenkranz an, weil ich das Gefühl hatte, meinen bisherigen seiner Wirkungslosigkeit wegen aussortieren zu müssen. Ich bekniete alle Seitenaltäre der Domkirche und verweilte am längsten dort, wo die meisten Kerzen brannten.

Ich zeigte meinen guten Willen und tat wirklich alles, um gläubig zu werden.

Nach mehreren Monaten im Lemenat spürte ich jedoch noch immer keine Veränderung. Ich konnte nach wie vor die Frömmigkeitsübungen, an denen ich teilnahm, innerlich nicht nachvollziehen. Manche fand ich frömmlerisch, manche lächerlich, manche einfach überflüssig.

Abermals beichtete ich meine Not dem Spiritual.

„Du ungläubiger Thomas!", sagte er und lachte von Herzen.

„Ungläubiger Thomas? Wie meinen Sie das?"

Dann erzählte er mir die Geschichte von Thomas, der nicht glauben wollte, dass Jesus von den Toten auferweckt worden war. Thomas begnügte sich nicht mit Erzählungen anderer. Er selber wollte die Erfahrung machen, die seinen Freunden zuteil geworden waren. Er hatte Wert darauf gelegt, dem auferweckten Herrn persönlich zu begegnen, ihn anzufassen und ihm körperlich nahe zu kommen, bevor er glaubte. Und siehe da, Jesus hatte ihm seinen Wunsch erfüllt. Er kam leibhaftig auf ihn zu. Thomas konnte mit seinen Fingern die Wundmale Jesu betasten.

Die Geschichte ekelte mich an. Thomas wühlte in den Wunden Jesu? Wie makaber und geschmacklos!

Der Spiritual tat mir leid. Ich mochte ihn, deshalb hätte ich ihm gerne den Gefallen getan und gesagt: Das überzeugt mich. Stattdessen sagte ich: „Ich überlege mir das Ganze noch einmal. Wer weiß, vielleicht werde ich morgen gläubig."

„Du ungläubiger Thomas", tadelte er mich noch einmal väterlich. Ich spürte, dass er Verständnis für mich hatte. „Möchtest du wirklich glauben?", fragte er mich, als ich schon am Weggehen war. Ich zuckte unentschlossen mit den Schultern. „Gut", atmete er auf. „Es gibt eine Zauberformel, die dich früher oder später zum Glauben führen wird. Die Zauberformel ist ein Stoßgebet, das du regelmäßig an Gott richten musst. Es lautet: Herr, ich möchte glauben, überwinde meinen Unglauben."

„Aber wie kann ich eine solche Bitte an Gott richten, an den ich nicht glaube?", blieb ich zäh. „Wenn ich zweifle, dass es ihn überhaupt gibt?"

Ohne auf mein Bedenken einzugehen, sagte er in einem ruhigen, aber entschiedenen Ton: „Tu, was ich dir sage!"

„Und wenn ich es nicht tue?"

„Dann solltest du besser unser Haus verlassen."

Das Haus verlassen, dachte ich, in dem ich alles bekomme, was ich zum Leben brauche, ohne mich dafür zerreißen zu müssen? Nein, ich bin doch nicht blöd. Dann bleibe ich lieber hier, tue weiter so als ob, und warte auf ein Wunder.

Eines Tages zogen wir in einer festlichen Prozession in den Dom: an der Spitze zwei Akolythen mit brennenden Kerzen, gefolgt von Subdiakonen, Diakonen und Priestern, schließlich wir Kandidaten für die Aufnahme in den Klerikerstand. Hinter uns schritt der Erzbischof mit seinem Bischofsstab. Im überfüllten Dom zu Ljubljana erklang die Orgel, aus Hunderten von Kehlen ertönte ein festliches Loblied auf Maria, denn es war der 8. Dezember, das Fest ihrer unbefleckten Empfängnis. Zur Feier des Tages erlaubte man uns Neulingen, zum ersten Mal im Talar zu erscheinen, was uns nun als Männer der Kirche ausweisen sollte. Der Bischof setzte sich würdevoll auf seinen Thron, unsere Blicke wanderten erwartungsvoll zwischen ihm und dem Zeremonienmeister, der für den feierlichen Ablauf der Tonsur zuständig war. Man zog uns Alben, weiße liturgische Bekleidung, über, während die versammelte Festgemeinde ein weiteres Loblied anstimmte. Zum Zeichen unserer Hingabe legten wir uns flach auf den Boden, während von der Empore ein Chor die Litanei der Allerheiligen zu singen begann. Es folgten Gebete, Schriftlesungen und geistliche Ermahnungen an uns, die wir bereit waren, der Welt zu entsagen und an der Seite der Mutter Gottes Maria mit Christus zu leben. Schließlich trat jeder einzelne vor den Bischof, kniete nieder und erhielt die Tonsur: Es wurde uns symbolisch ein kleiner Büschel Haare abgeschnitten. „Ihr werdet lernen, euch an Gott und die Menschen hinzugeben, wie Jesus es getan hat." So sprach der Bischof, während Tränen der Rührung seine Wangen herunter kullerten.

Nun war ich offiziell Anwärter auf den Priesterberuf. Ganz nebenbei, sozusagen als Gratiszugabe, hatte man uns alle, die wir die Tonsur erhielten, in die Marienkongregation aufgenommen. Die Mitgliedschaft war freiwillig, gefragt hatte uns allerdings vorher niemand. Aber welchen Sinn hätte es auch gehabt, sich dem Schutz der Mutter Gottes entziehen zu wollen?

„Was ist die Marienkongregation?", wollte ich von Lenart wissen, als wir uns am Abend heimlich aus dem Lemenat hinaus schlichen, um in einer Kneipe das Ereignis zu begießen.

„Das ist der offizielle Fanclub von Maria, dem jeder Priester angehören sollte", erklärte Lenart.

„Ich wäre lieber dem Fanclub von Branik Maribor beigetreten", verriet ich Lenart. „Das Team ist dabei, in die erste jugoslawische Liga aufzusteigen."

„Na ja", erwiderte er lakonisch, „als Fan von Maria zahlst du keinen Mitgliedsbeitrag, bei Branik schon. Und schaden kann es dir schließlich auch nicht."

Lenart und der Deutsche Orden

Seit ich Lenart kannte, führte ich ein sorgenfreies, bequemes Leben. Er stammte aus einem vermögenden Elternhaus und hielt es für sinnvoll, mich laufend neu einzukleiden, gab oder besorgte mir reichlich Taschengeld und bemühte sich, mich für die Einhaltung der Grundregeln der Zivilisation zu gewinnen. Unter seiner Anleitung begann ich mir Zähne zu putzen und vor dem Schlafengehen Füße zu waschen. Er legte mir nahe, meine Unterwäsche regelmäßig zu wechseln und nachts nicht aus dem Schlafzimmerfenster zu pinkeln.

Ich verbrachte die Sommerferien mit ihm in seinem Elternhaus. Sein Vater, ein harter Geschäftsmann, hielt seinen Sohn für einen Weichling. Beten und fromme Lieder singen, das wäre etwas für alte Weiber, aber doch nicht für junge Männer, die körperlich gesund und geistig normal sind, meinte der Mann, der in einer staatlichen Firma den Direktorenposten inne hatte. Als ich in seinem Haus auftauchte und zugab, dass ich von armen Leuten abstamme, guckte er ein wenig pikiert, akzeptierte mich aber dennoch als einen Freund seines Sohnes und war bereit, mich bis auf Weiteres zu beherbergen und durchzufüttern.

Lenarts Mutter hingegen war eine eifrige Kirchgängerin, die wöchentlich den Pfarrer mit Hühnereiern und jährlich mit Hausmacher Wurst, Schweineschmalz und Schnaps versorgte.

Lenart und ich wohnten in einem Zimmer und schliefen in einem Bett, unter einer Decke. Das kannte ich bereits von zu Hause. Ich beherrschte auch die Kunst, wie man sich einem aufdringlichen Mitschläfer gegenüber behauptet, wenn mitten in der Nacht der Kampf um den Liegeplatz und die Bettdecke entbrannte. Lenart erwies sich als geduldiger Bettgenosse. Es störte ihn nicht, wenn ich das ganze Bettzeug an mich riss und mit meinem Körper mehr als die Hälfte des

Nachtlagers für mich beanspruchte. Er reagierte aber wie eine beleidigte Leberwurst, wenn ich ihn während der warmen Sommernächte von mir weg schubste und ein Kissen als Dämmung zwischen uns legte.

„Ich stinke nicht und fresse dich auch nicht auf", maulte er am Morgen, wenn ich mich während der Nacht wieder einmal durchgesetzt und ihn erfolgreich auf Distanz gehalten hatte.

Lenart hatte im Dorf viele Freunde und Bewunderer. Er führte mich überall ein. Seine Freunde wurden auch meine.

Fast täglich besuchten wir die Schwestern des Deutschen Ordens. Sie bewirteten uns fürstlich und verwöhnten uns mit großzügigen Geldzuwendungen.

„Ihr Glücklichen", fiel die Mutter Oberin regelmäßig in Verzückung, wenn sie uns zusah, wie wir uns an den köstlichen Speisen der Klosterküche labten, „wie begnadet ihr doch seid, Priester zu werden! Ich kann nicht anders als euch zu beneiden. Das ist die höchste Ehre, die einem Mann auf Erden zuteilwerden kann." Und dann wurde ihr Gesicht ernst, als sie hinzufügte: „Die höchste Ehre und die höchste Bürde zugleich."

„Eine höhere Ehre noch ist es, Ordensmann zu werden", meinte Schwester Lavrencija, die sich als einzige traute, die Mutter Oberin zu verbessern.

„Ordensleute bedürfen aber einer besonderen Berufung", gab die Mutter Oberin zu bedenken. „Sie wird nur wenigen Auserwählten zuteil. Ich bete täglich um neue geistliche Berufe für unseren Orden. Bisher leider mit wenig Erfolg. Unser Orden droht noch auszusterben, wenn Gott kein Wunder vollbringt."

Auf ihr Gesicht legte sich ein Schatten von Traurigkeit. Lenart und mich schmerzte es, die Mutter Oberin so traurig zu sehen.

„Wer weiß, vielleicht werden wir eines Tages in ihren Orden eintreten", lehnte ich mich weit aus dem Fenster.

„Wir müssen abwarten, ob Gott uns berufen will", ergänzte Lenart meinen Unsinn.

Der Deutsche Orden, in Slowenien krizniki (Kreuzorden) genannt, war mir bis dahin völlig unbekannt. Die Herzlichkeit der Schwestern machte mir aber die Gemeinschaft auf Anhieb sympathisch.

Richtig attraktiv wurde der Orden für mich, als ich erfuhr, dass seine Provinzen sich auch in Südtirol, Österreich und Deutschland befanden. Seit meiner Kindheit träumte ich davon, in eines dieser Länder auszuwandern. Nun witterte ich eine realistische Chance. Gastarbeiter, die während ihres Heimaturlaubes enthusiastisch über das märchenhafte Leben in Deutschland berichteten, heizten meine Sehnsucht nach dem fremden Land noch an.

Ein Mann aus unserem Dorf, der ein paar Jahre in München verbrachte, erzählte überall, wie leicht es ist, dort einen Haufen Geld zu verdienen. „Mit einem Monatslohn kannst du dir schon ein traumhaft schönes Auto leisten", schwärmte er. Voller Stolz zeigte er mir seinen BMW, mit dem er vor kurzem für immer heimgekehrt war. Er würde auch eine Runde mit mir durch die Gegend flitzen, sagte er, aber der Motor habe sich noch nicht auf das jugoslawische Klima umgestellt, springe zwar an, habe aber irgendwie noch keine Ausdauer und führe zurzeit nur bis zum Gasthaus und zurück, dann begänne die Maschine zu stottern.

Es war damals große Mode, deutsche Autofirmen um Prospekte anzuschreiben. Das tat der ehemalige Gastarbeiter auch für mich und ich erhielt tatsächlich eines Tages einen riesigen Umschlag, dem ich voller Stolz Prospekte von traumhaft schönen Frauen, die sich auf Autos räkelten, entnahm. Auch Anstecknadeln mit den geheimnisvollen BMW Buchstaben waren dabei. Die wertvolle Post fiel jedoch noch am selben Tag meinem Vater in die Hände. „Du wagst es, Post aus Deutschland zu empfangen! Warum, meinst du, haben wir die Nazis bekämpft und besiegt? Weil sie uns das Land wegnehmen und uns zu Knechten machen wollten. Sie sind unsere ärgsten Feinde, die Deutschen, vergiss das nicht!" So sprach er und warf die wertvolle Post in den brennenden Ofen.

Wenn ihr bei uns eintreten würdet", unterbrach Schwester Laurencija meine Gedanken, „könntet ihr vielleicht ein Semester in Deutschland studieren."

Ahnte sie, von welchen Sehnsüchten ich getrieben wurde? „Das klingt verlockend. Was hältst du davon, ein Ordensmann zu werden?", fragte ich Lenart.

Er schaute mich erstaunt an und schwieg.

„Wir brauchen Ordenspriester", bekräftigte Lavrencija. „Unser Prior kann nicht alle Pfarreien besetzen, die traditionell vom Orden betreut werden. Na ja, ihr müsst euch ja nicht gleich entscheiden", lockerte die Nonne ihren Druck auf uns.

„Aber wir machen keinen Fehler, wenn wir schon einmal beginnen, Deutsch zu lernen. Wer weiß, vielleicht brauchen wir die Sprache eines Tages tatsächlich", sagte ich zu Lenart. „Ein wenig Deutsch kann ich jetzt schon", gab ich an. „Gelernt habe ich es von meinem Vater, der gelegentlich auf Deutsch fluchte."

Auf dem Heimweg gingen wir noch einmal die Verlockungen durch, die mit einem eventuellen Eintritt in den Deutschen Orden verbunden waren. Die Option, fremde Länder zu bereisen, stand dabei ganz oben an.

„Es wäre fantastisch, mit dir gemeinsam in diesem Orden zu leben", nannte Lenart sein Argument, das ihn persönlich am meisten zu faszinieren schien.

Was er damit meinte, begriff ich erst, als es schon zu spät war.

Kapitel 2: Wie ich meinen toten Bischof besuchte und andere Ausflüge unternahm

Unter dem Nussbaum

Wir saßen in Ostrozno vor unserem Haus im Schatten des Nussbaumes, den ich vor Jahren aus Deutschland mitgebracht und vor unserem Haus eingepflanzt hatte.

Ostrozno sollte für drei Monate unser „Stützpunkt" sein. Vor vielen Jahren verließ ich diesen Ort, um der Enge meines Elternhauses zu entfliehen. Meine Eltern vermachten mir später das Haus mit etwas Land, damit „der Priester, der keine eigene Familie hat, in schweren Zeiten eine Zuflucht hat". Die Begründung für den Erhalt des Erbes, nämlich keine eigene Familie zu haben, war bei mir inzwischen weggefallen. Aber auch die Erblasser, meine Eltern, lagen seit Jahrzehnten auf dem Friedhof zu Ponikva.

Von Ostrozno aus sollte ich nun während meiner „drei Monate" eine Reise in meine Vergangenheit antreten, Orte und Menschen aufsuchen, die in meiner Erinnerung noch eine Rolle spielten. Ich sollte ausgraben und „aufarbeiten", was ich irgendwann leichtsinnig verdrängt hatte. So stellte ich mir das vor und so wurde ich auch von meinem Freund, dem Psychoanalytiker, beraten.

Dank der Großzügigkeit meiner Kirche, die mich drei Monate lang vom Pfarrdienst freigestellt hatte, leistete ich mir den Luxus, nach den eigentlichen Gründen für den schwerwiegendsten Bruch in meiner Lebensgeschichte zu suchen. Meinen Konfessionswechsel aufarbeiten war offiziell mein Thema, das ich mit meiner Dekanin vereinbart hatte.

Seit Tagen schlich ich herum, ging den einstigen Wegen und Trampelpfaden nach, an die ich mich noch mit Nostalgie erinnerte. Die meisten waren inzwischen zugewachsen, weil sie seit Jahrzehnten nicht mehr begangen wurden. So auch der Pfad zur einstigen Quelle, auf dem ich einst täglich Wasser eimerweise heim tragen musste. Die kleine Kuhle fand ich im Wald vor. Sie war noch feucht, aber die

Quelle selbst musste sich wohl zurückgezogen haben, nachdem wir aufgehört hatten, aus ihr Wasser zu schöpfen. Inzwischen versorgte seit Jahrzehnten eine flächendeckende kommunale Wasserleitung Menschen und Tiere der ganzen Gegend.

Ich schlenderte durch den Wald, fand die dicke Buche, in die ich einst zwei Initialen eingeritzt hatte. Den Buchstaben T hatte ich irgendwann später durch nachträgliche Einschnitte mehrfach geändert und irgendwann ganz unkenntlich gemacht.

Am Waldesrand entdeckte ich wilde Weinreben, die Reste vom einstigen Weinberg, der vor langer Zeit aufgegeben worden und mit Unterholz zugewachsen war.

Ich kehrte zurück zum Nussbaum, warf einen Blick auf das Manuskript, das den Rahmen eines Berichtes über meine „drei Monate" längst gesprengt hatte. Dabei war ich zu meinem eigentlichen Thema noch gar nicht vorgedrungen.

„Mir tut der Hintern weh vom Sitzen", sagte ich zu Gabi beim Kaffee um vier Uhr.

„Ich wundere mich sowieso, wie du die ganzen Tage herum hocken und auf deinem Laptop herum klimpern kannst. Das hättest du auch in Deutschland tun können und wir hätten nicht neunhundert Kilometer weit fahren müssen. Zur Abwechslung könnten wir auch ein wenig herum reisen", schlug sie vor.

„Reisen? Wohin möchtest du?"

„Wolltest du nicht die Örte aufsuchen und Menschen treffen, die auf deinem Weg zum Priesterberuf eine Rolle spielten? Morgen könnten wir zum Beispiel nach Maribor fahren", konkretisierte sie ihren Vorschlag. „Dort wurdest du doch zum Priester geweiht, wenn ich mich nicht irre."

„Das könnten wir. Du warst schließlich schon lange in keinem Schuhgeschäft mehr", durchschaute ich ihren Plan und akzeptierte ihn.

Sie pustete mir über ihre Handfläche ein Küsschen zu und sagte: „Ich bin froh, dass dir endlich der Hintern weh tut."

Beim Bischof in der Gruft

Wie damals vor mehr als vierzig Jahren, fuhr ich mit dem Zug nach Maribor, diesmal in Gabis Begleitung. Während sie sich zielstrebig in die Geschäftsmeile der Altstadt begab, steuerte ich die Bischofskirche an. Auf dem Platz, der heute nach Slomšek benannt ist, dem einzigen päpstlich anerkannten slowenischen Seligen, blieb ich vor dem Priesterseminar stehen und hielt inne. Autos fuhren vor, Männer in Schwarz stiegen aus und verschwanden hinter der massiven Eingangstür des Bischofpalastes.

Ich sah im Geiste, wie ich damals vor vielen Jahren als schüchterner Jüngling durch jene Tür getreten und einem Bischof begegnet war, der mich auf einen geheimnisvollen Weg geschickt hatte. „Mein" Bischof lebte seit vielen Jahren nicht mehr in diesem Palast, sondern ruhte in der Gruft der Domkirche.

Ich stieg hinunter in die Krypta und blieb an seinem Grabmal stehen. Da lagen die sterblichen Überreste des Mannes, der mich mit einem großen Vertrauensvorschuss überrascht hatte.

„Geh hin, beginne das Studium und dann werden wir sehen, ob du dabei bleibst oder nicht." In diesem Sinne sprach er damals zu mir und sandte mich ins Lemenat, damit ich herausfände, wohin ich gehöre.

Der Bischof kannte mich vorher nicht, er prüfte nicht meine Weltanschauung und forschte nicht in meiner Vergangenheit. Er ließ mich nicht auf mein „Potenzial" analysieren, ob ich den Anforderungen des geistlichen Berufes gewachsen wäre. Er war bereit, mich zu unterstützen, zu behalten oder mich wieder gehen zu lassen. Er nahm das Risiko in Kauf, dass ich versagen würde. Er war wohl mit jenem Gottvertrauen ausgestattet, das ihm erlaubte, das Risiko des Scheiterns in Gottes Hand zu legen.

Es tut mir leid, sagte ich im Geiste. Einiges ist bei mir wohl nicht so gelaufen, wie Sie erwartet haben, Herr Bischof. Ich war wahrscheinlich eine von Ihren großen Enttäuschungen, die Sie mit ins Grab nehmen mussten. Ich habe es versäumt, Sie in meine Pläne einzuweihen. Damals hätte ich zu Ihnen kommen, Ihnen meine Wünsche und Motive erklären und Sie um Rat bitten müssen. Doch ich erwies mich als undankbar und charakterlos. Es tut mir leid, dass ich Ihr Vertrauen missbraucht hatte.

Ich versuchte mir vorzustellen, wie meine Gedanken beim verstorbenen Bischof ankamen und wie er mir wohlwollend Vergebung zusprach. Doch ein starker Zweifel riss mich aus meinen Träumen heraus und holte mich auf den Boden der wahrnehmbaren Tatsachen zurück.

Es gab keine andere Welt als diese, kein anderes Leben als das irdische, keine andere Zeit als die zwischen Geburt und Tod. Mein Bischof war tot und begraben. Was zwischen ihm und mir gelaufen war, ließ sich nicht mehr ändern.

Was für einen Sinn hatte es, am Grab eines Menschen zu stehen, sich zu erinnern und ihn um Vergebung zu bitten?

Ich blieb lange in der Gruft. Das schummrige Licht und ein sonderbarer Geruch erfüllten mich mit Schwermut. Was tat ich hier? Wartete ich auf ein Zeichen, auf eine Eingebung, auf eine plötzliche Erleuchtung?

Mein Bischof war nicht da, auch sein Geist machte sich nicht bemerkbar. Diese Kirche gehörte nicht mehr ihm, sondern seinem Nachfolger, den ich nur vom Hörensagen kannte. Er sei ein gelehrter und gütiger Mensch. Und stockkonservativ. Aber das war mein Bischof auch. Das sind fast alle, die Rom ins Rennen schickt.

Ich verließ die Krypta, ging nach oben in den Altarraum, stellte mich vor den Tabernakel. Da wohnte Jesus, so habe ich es damals gelernt. Er könnte meine Fragen beantworten, mich aufklären über Himmel und Erde, Leben und Tod. Mit ihm würde ich gerne reden. Unter vier Augen sozusagen. Aber alle meine Versuche mit ihm in Kontakt zu treten, waren bisher im Sande verlaufen. Mein Rufen und meine Fragen blieben unbeantwortet. Jetzt stand ich da, betrachtete das Flackern des ewigen Lichtes und musste mich wundern. Ich fand es schon immer lächerlich, dass Jesus in diesem goldenen Schränkchen eingesperrt sein sollte. Er sei doch überall da, wo Menschen nach ihm rufen. Warum sollte er sich in Hostien aufhalten, die manchmal ranzig werden und abscheulich schmecken? Ich musste wieder einmal feststellen: Ich war nicht mehr katholisch. War ich es jemals?

Ich trat aus der Kirche hinaus. Der Platz zwischen Dom und Priesterseminar hatte sich total verändert. Geparkte Autos, soweit das Auge reichte. Vor vierzig Jahren wuchs da ein alter Kastanienbaum, in dessen Schatten ein Fiaker vergeblich auf wohlhabende Touristen wartete.

Mein Blick wanderte zum Gebäude hinüber, wo wir damals auf die Priesterweihe vorbereitet wurden. Das Haus diente auch heute noch derselben Bestimmung. Neue Kandidaten für den geistlichen Beruf wurden dort ausgebildet und jedes Jahr am Tag der Apostel Petrus und Paulus geweiht. Wie ich damals vor fast vierzig Jahren.

Es lehrte kein Professor mehr aus jener Zeit. Einige waren bereits tot, von anderen wusste ich nicht, wo sie inzwischen waren. Einer der ältesten wurde zum Kardinal ernannt und lebte in Rom. Er würde sich vermutlich nicht mehr an mich erinnern können und mich auch nicht empfangen, mich, den elenden Apostaten.

Professor Janzekovic wäre jetzt mehr als hundert Jahre alt. Sein ‚Sinn des Lebens' lag noch irgendwo verstaubt in meinem Bücherregal. Ich blätterte neulich darin und musste lachen. Die Ansichten fand ich so veraltet, dass ich mich maßlos wunderte, wie ich in meiner Jugend von ihnen so beeindruckt werden konnte.

Trotzdem hätte ich den alten Professor gerne noch einmal gesprochen. Seine Ruhe, sein spitzbübisches Lächeln, sein naiver Glaube an Wunder, die Maria bewirkt haben sollte, machten ihn sympathisch und liebenswürdig. Beinahe hätte er mich überzeugt. Fast wäre ich durch ihn zum Glauben gekommen. Aber da kam ein anderer Professor dazwischen, der mir Kant schmackhaft gemacht hatte. Gott kann man nicht beweisen, lernte ich bei ihm. Schon das Wort Beweis sei etwas Absurdes in unserer Welt, in der man sich auf nichts verlassen konnte, meinte er. Irgendwann zweifelte ich sogar, ob die Welt, in der ich lebte, überhaupt existierte. Es könnte ja sein, dass ich alles nur träumte. Womöglich spielte ein geheimnisvolles Wesen ein seltsames Spiel mit mir, testete meine Eigenschaften und bereitete mich auf neue Herausforderungen vor.

Inzwischen spürte ich Hunger, suchte ein Lokal auf, wo es nach gebratenem Fisch roch.

Gabi traf ich erst am Bahnhof wieder. Sie trug neue Schuhe und eine große Tasche hing über ihrer Schulter. Ihr Einkaufsbummel schien erfolgreich verlaufen zu sein.

„Die Menschen, mit denen ich mich gerne noch einmal unterhalten hätte, waren tot oder unerreichbar", klagte ich, während wir im Zug saßen und heimfuhren.

„Wusstest du das nicht bereits?", erwiderte sie herzlos.

„Irgendwie hört sich das Fahrgeräusch heute anders an als damals", stellte ich unterwegs fest. Rein akustisch vermisste ich etwas.

Erst nach dem Ausstieg fiel mir die Erklärung dafür ein: Damals gab es noch die Dampflok.

Bei Lenart

Der Nussbaum vor meinem Haus gab uns ausreichend Schatten am Vormittag, später wurde die Sonne, die durch die Äste und Blätter hindurch drang, zu stark, um noch klare Gedanken zu formulieren.

Gabi, die keine Hitze mochte, blieb im Haus, las ein Buch und trank Campari mit viel Eis. Sie zeigte sich ab und zu an der Tür, betrachtete mich kurz, schüttelte den Kopf und zog sich wieder zurück.

Ich wählte Lenarts Nummer, ließ lange klingeln. Niemand nahm ab. Der Anrufbeantworter speicherte meine Nachricht, mit der ich mich für den nächsten Nachmittag ankündigte. Er müsste da sein, war ja schließlich Pfarrer mit Residenzpflicht, ermutigte ich mich, ihn zu besuchen, obwohl ich ihn telefonisch nicht erreicht hatte.

Über eine schlecht ausgebaute Straße steuerte ich am nächsten Tag seine Pfarrei an. Ich kam an einsamen Häusern vorbei und passierte kleine Siedlungen. Die Hügel wurden immer steiler und höher. Am höchsten Berg, an seiner Sonnenseite lag ein malerisches Dorf, eines von sieben, die er geistlich betreute. In diese Gegend wurde man normalerweise strafversetzt. Was mag er ausgefressen haben? Irgendwelche Frauengeschichten konnte ich ausschließen.

Die kleine Pfarrkirche war vom Friedhof umgeben. Hier wurde noch beerdigt wie in alten Zeiten. Die Toten wurden nicht an den Dorfrand abgeschoben. Der Tod wurde als ein unvermeidlicher Bestandteil des Lebens angesehen.

Ich schritt an den Gräbern vorbei zum Eingang der Kirche. Die massive Holztür war geschlossen. Auch hier in diesem abgelegenen Dorf konnte man sich nicht mehr leisten, das Haus Gottes tagsüber offen zu lassen. Die Zeiten waren vorbei, wo Menschen aus Respekt und Gottesfurcht die heiligen Dinge nicht anrührten. Die Kunstschätze in den Kirchen mussten auch hier mit Schloss und Riegel geschützt werden.

Das Pfarrhaus, ein graues Gebäude, dessen Fassade von Weitem nach Renovierung schrie, war ebenfalls abgeschlossen.

Ich klingelte beim Nachbarn. Ein alter Mann öffnete. „Ach, Sie suchen den Herrn Pfarrer! Ist es sehr dringend? Wissen Sie, der Herr Pfarrer fährt oft nach Hause. Zu oft, wie manche bedauern." Als eine Frau auf der anderen Seite an der Tür erschien, rief er: „Hei, hast du den Herrn Pfarrer heute gesehen?"

„Der Herr Pfarrer müsste da sein. Haben Sie geklingelt? Na ja, weit kann er ja nicht sein. Spätestens am Sonntag zur Messe wird er wieder auftauchen", schätzte sie.

„Was soll er auch machen", erklärte der Nachbar. „Er ist allein, hat keine Familie und hier ist absolut nichts los. Keine Taufen, keine Trauungen, die Leute sind nicht einmal bereit zu sterben."

„Und wie ist er so?", fragte ich.

„Man erzählt dies und jenes, aber die Wahrheit liegt immer in der Mitte. Auf jeden Fall ist er ein frommer Mann und hat ein gutes Herz. Aber wenn Sie mich fragen, er ist etwas zu weich für den herben Menschenschlag hier in dieser gottverlassenen Gegend. Und er ist ein wenig anders, wenn Sie wissen, was ich meine."

„Ich finde es schön hier", machte ich einen Gedankensprung und mein Blick wanderte über die Umgebung. Plötzlich wurde ich auf ein Fenster im ersten Stock des Pfarrhauses aufmerksam. Der Vorhang bewegte sich und ich war ziemlich sicher, Umrisse einer Menschengestalt hinter dem Vorhang wahrzunehmen. Wollte Lenart mich nicht sehen? Hatte er Angst, alte Wunden aufzureißen?

Ich besprach mit dem Nachbarn noch die Wetterlage und wie weit die Traubenreife vorangeschritten war. Unauffällig ließ ich meinen Blick noch einmal zum Fenster schweifen. Ein Mann stand dahinter, da war ich mir ganz sicher.

„Na ja, richten Sie bitte Ihrem Pfarrer schöne Grüße aus", sagte ich, wobei ich meine Enttäuschung nur schwer verbergen konnte.

„Von wem soll ich ihn grüßen, bitte? Wie ist Ihr werter Name?"

„Er weiß schon, von wem", sagte ich.

Ich drehte mich noch einmal um. Hinter dem Vorhang war kein Schatten mehr zu sehen.

In Bela Krajina

In der Gefängniszelle war es dunkel und feucht. Durch ein vergittertes Fenster sah ich eine aschgraue Wand. Hinter der Wand verbargen sich die Hügel, auf denen ich vor langer Zeit gewandert war. Jetzt wollte ich wieder hin, denn dort lebten Menschen, die auf mich warteten, damit ich ihnen erbauliche Geschichten über Gott erzählen würde.

Ich stand auf, machte ein paar Schritte auf das Fenster zu. Mein Körper war ganz leicht. Ich griff nach dem Gitter, rüttelte daran und die ganze Wand begann zu bröckeln. Ein großes Loch entstand, ich kletterte darauf, breitete meine Arme wie Flügel aus und flog los ... doch die graue Wand war viel zu hoch, sie ragte bis zu den Wolken empor. Ich konnte sie nicht überfliegen, sie stand mir im Weg, an ihr endete schmerzhaft mein Ausbruchsversuch und ich stürzte in die Tiefe.

Ich hörte noch meinen eigenen Schrei und wachte auf. Neben mir lag Gabi. Sie drehte sich um und schlief weiter.

Während wir später unter dem Nussbaum frühstückten, schlug ich vor: „Heute könnten wir Bela Krajina besuchen." Sie blickte mich fragend an. „Die Gegend erschien mir letzte Nacht im Traum. In Bela Krajina liegt ein Dorf, in dem ich ein ganzes Jahr verbrachte. Der dortige Pfarrer hatte die Aufgabe, aus mir einen Ordensmann zu formen. Und in der Nähe liegt ein Kloster, in dem Mönche den besten Birnenschnaps der Welt brennen", erläuterte ich.

Einen Tag später brachen wir nach Bela Krajina auf.

In Pleterje, wo ein Kartäuserkloster angesiedelt war, wehte uns der geheimnisvolle Duft der Jahrhunderte entgegen. Männer, die hier eintraten, hatten die Welt draußen lassen müssen. Als Mönche lebten sie nach der Regel des heiligen Benedikt, ora et labora, bete und arbeite! Sie verpflichteten sich, ihr Dasein in Keuschheit, Armut und Gehorsam zu fristen.

Nach Pleterje konnte man auch als Gast kommen, um für eine bestimmte Zeit über Gott und die Welt und über sich selber nachzudenken. Priesteranwärter zum Beispiel, die sich über ihre Berufung nicht eindeutig im Klaren waren, ließen sich in eine Klosterzelle einsperren und warteten bei karger Nahrung und ohne jeglichen Kontakt zur Außenwelt auf ein Zeichen von oben.

Das tat auch ich damals zwei Wochen lang. Ich habe geprüft, ob ich mich für den Rest meines Lebens dem Deutschen Orden verschreiben soll.

Das erklärte ich Gabi, als wir uns auf dem Besucherparkplatz vor dem Kloster umschauten.

Wir traten in den Klosterladen und kauften einige Kartons Cvicek, den typischen Rotwein aus der Gegend, angebaut und gekeltert von den Klosterbrüdern höchstpersönlich. Als Dank für den reichlichen Einkauf schenkte der Mönch uns einige „garantiert ungespritzte" Äpfel aus dem eigenen Anbau. Im Regal entdeckten wir die eigentliche Spezialität der Klosterbrennerei, Flaschen mit Birnenschnaps, in denen jeweils eine dicke Williamsbirne eingetaucht lag.

„Wie kommt die Birne in die Flasche?", fragte Gabi den Mönch, der uns bediente.

Er schaute sie schmunzelnd an. „Wir arbeiten mit den Glaswerken aus Rogaska zusammen", erklärte der Mönch, sichtlich bemüht ernsthaft zu bleiben. „Wenn die Birnen reif sind, kommen die Glasbläser zu uns, klettern auf die Bäume und blasen Flaschen um die Früchte."

Gabi schaute den Mann skeptisch an und wusste nicht, wie sie mit der merkwürdigen Auskunft umgehen sollte.

„Na ja", lächelte der Mönch selbstsicher, „eine zweite Erklärung lautet: Es gibt einen Frater, der kann zaubern. Mit einem Zauberspruch verkleinert er die Birnen, damit sie durch den Flaschenhals passen, und verwandelt sie dann in der Flasche wieder zu ihrer natürlichen Größe zurück." Er schaute Gabi fragend an und merkte, dass sie auch mit dieser Variante nicht zufrieden war. „Und nun des Rätsels Lösung", sagte er schließlich. „Eine Birne wird, solange sie noch dünn ist, samt Ast, an dem sie wächst, in eine Flasche gesteckt, die Flasche an den Baum gebunden, so dass die Frucht ganz natürlich und unter Gottes Segen wachsen und reifen kann. Irgendwann wird die reife Frucht samt Flasche vom Baum gepflückt, gereinigt und schließlich mit bestem Birnenschnaps, der in der Klosterbrennerei gebrannt wurde, befüllt. Dann kommen Kunden, die solche besondere Gaben Gottes zu schätzen wissen, erwerben sie preiswert und bedenken das Kloster manchmal sogar mit einer großzügigen Spende."

Wir ließen uns nicht lumpen, kauften sechs Flaschen davon und zahlten sieben, worauf der Mönch uns noch auf andere Erzeugnisse des Klosters aufmerksam machte: Heilkräuter, Salben, Tinkturen, Honig, Kerzen, Kreuze und vieles mehr.

„Wie geht es Pater Rafael?", lenkte ich vom Kaufmännischen ab.

„Ihm geht es gut. Ich glaube sogar, dass er noch nie so glücklich war wie jetzt. Denn vor kurzem hat Gott ihn von seinem schweren Leiden erlöst."

„Wann ist er gestorben?"

„Erst vorige Woche haben wir ihn bestattet. Der Erzbischof persönlich leitete die Zeremonie."

„Pater Rafael war ein ganz besonderer Mensch", klärte ich Gabi auf. „Obwohl er Abt war, lebte er ganz bescheiden. Seine Zelle sah ärmer aus als die eines gewöhnlichen Bruders."

„Ich würde sie gerne sehen", wandte Gabi sich zum Klosterbruder.

„Das geht leider nicht, denn in unserem Kloster herrscht eine strenge Klausur. Diesen Bereich darf nur ein Mann betreten, der ernsthaft erwägt, für immer da zu bleiben."

„Vor Jahrzehnten habe ich für kurze Zeit hier verweilt", versuchte ich ihm Gabis Wunsch verständlich zu machen. „Stell dir eine Gefängniszelle vor, dann liegst du richtig", sagte ich zu Gabi, nachdem wir dem Laden und dem freundlichen Bruder unsere Rücken gekehrt hatten. „Man hat mir drei Mal täglich einen lauwarmen Eintopf durch ein Torloch, das in Bodenhöhe als Durchreiche benutzt wurde, in die Zelle geschoben. Das Zeug schmeckte viel schlechter als das Schweinefutter bei uns daheim."

„Und was hast du den ganzen Tag gemacht?"

„Zwei Wochen lang erkundete ich das klösterliche Anwesen, besichtigte die Wirtschaftgebäude, schaute in jede Werkstatt rein, wo die Brüder arbeiteten, und hielt mich längere Zeit in der Schnapsbrennerei auf. Am letzten Tag meines Klosteraufenthaltes schrieb ich auf einen Zettel die wichtigsten Gründe für und wider den Verbleib im Deutschen Orden. Nachdem die Sparte für meinen Verbleib im Orden leer geblieben war, wusste ich zwar nicht, was aus mir werden sollte, aber mir war klar, was ich nicht werden wollte."

Wir gingen zum Friedhof und verweilten am Grab des prophetisch begabten Abtes. Ich erinnerte mich, wie schnell mich damals der kluge Mann durchschaut hatte. Er fragte mich, ob ich gerne bete. Als ich verneinte, sagte er mir, ich sollte mir nichts vormachen und dem Deutschen Orden fern bleiben.

„Der Herr schenke ihm ewige Ruhe und das ewige Licht möge ihm leuchten!", sprach ich in dankbarer Erinnerung an den Pater, dem ich ein einziges Mal im Leben begegnet war.

Wir setzten uns wieder ins Auto und fuhren einige Kilometer weiter zu einem einsamen Winzerdorf, wo mich der damalige Pfarrer als Novizenmeister in den Ordensstand begleiten sollte. Vor einigen Jahren räumte der alte Pater für einen jüngeren Nachfolger die Pfarrstelle und wurde an der Kirchmauer beigesetzt.

Sowohl das Pfarrhaus als auch die Kirche fanden wir verschlossen vor.

Ich vermisste den Hühnerstall, der zu meiner Zeit neben dem

Pfarrhaus eine stattliche Hühnerschar beherbergte. Und die alte Linde war auch nicht mehr da. Der prächtige Baum, der im Frühjahr unzähligen Maikäfern Lebensraum bot, musste wohl der neu errichteten Doppelgarage weichen.

„Mir hatte man damals Hühner anvertraut", erzählte ich Gabi. „Ich fütterte sie mit Küchenabfällen. Im Mai bekamen sie Maikäfer, die ich von den Ästen des Lindenbaums herunter schüttelte und in einem Korb aufsammelte. Die Hühner fraßen sie so gerne, dass sie in wenigen Wochen schlachtreif gemästet waren."

„Sag nicht, dass du sie auch geschlachtet hast", schaute mich Gabi entsetzt an.

Ich nickte abgeklärt und beschrieb den Schlachtvorgang: „Du packst das Huhn an den Krallen, wirbelst es einige Male durch die Luft bis es ohnmächtig wird, dann kannst du dem Vieh in aller Ruhe den Kopf abhacken. Es flattert noch ein wenig kopflos durch die Gegend, aber das sind nur noch Reflexe. Ein schmerzloser und schneller Tod. Kross gebraten schmeckten sie am besten."

Gabi verzog das Gesicht. „Igiit, igiit, und sie wurden mit Maikäfern gemästet!"

Wir gingen die Hauptstraße hinunter, begegneten Menschen, die ich nicht kannte. In einer Eisdiele gönnten wir uns Kaffee und Cremeschnitten. Ich fragte die Verkäuferin nach einigen Personen, aber sie kannte niemanden davon. Sie selber kam aus Mazedonien.

Dann führte ich Gabi zu einem alten Haus, das als einziges im alten Dorfkern unverändert blieb. Ein Blockhaus mit Strohdach und kleinen Fenstern, deren Scheiben teilweise kaputt waren.

Ich klopfte und drückte auf die Türklinke. Die schwere Holztür ging einen Spalt auf. Die schwarze Küche beim Eingang war vollgestopft mit alten Geräten und Töpfen.

„Das Haus ist schon lange nicht mehr bewohnt", sagte eine Frauenstimme hinter uns. Sie sprach hochslowenisch, war auch keine Einheimische.

Ich schaute sie fragend an.

„Die alten Besitzer sind gestorben, die Kinder sind in Ljubljana", erklärte sie.

„Und den Weinberg, gibt es den noch?"

Die Frau wusste es nicht.

„Der Weinberg war ein Juwel und wurde von der Familie mit viel

Liebe und Fleiß bewirtschaftet", erinnerte ich mich laut. „In Zidanca gab es Eichenfässer mit semiska crnina, an der Decke hing prsut. Es waren mit die schönsten Stunden, die ich dort verbracht hatte."

Die Frau guckte mich neugierig an. „Wer sind Sie?"

Das ist eine längere Geschichte. Und sie liegt auch schon lange zurück, winkte ich ab und verabschiedete mich.

Wir gingen aus dem Dorf hinaus, folgten einem schmalen Feldweg, der bald im Gestrüpp endete. Der Hang war mit Büschen, Brennnesseln und altem, vertrocknetem Gras bewachsen. An manchen Stellen rankten sich Dornen und wilde Weinreben an verwaisten Stöcken empor. Von der erwähnten Zidanca waren noch Reste einer alten Mauer und verrottete Balken zu sehen.

„Enttäuscht?", fragte Gabi, als sie merkte, dass ich meine Schwermut kaum verbergen konnte.

„Die Menschen, die ich suchte, sind nicht mehr da. Die Häuser, in denen ich schöne Stunden verbrachte, verlassen und aufgegeben, die Gegend verwildert. Wer würde da nicht schwermütig werden?"

„Mir gefällt der Ausflug", sagte Gabi. „Der Mönch in Pleterje war lustig, die Gegend hier ist wildromantisch, wir haben uns mit Wein und Schnaps eingedeckt, was willst du mehr?"

„Was will ich mehr?", fragte ich mich im Stillen. „Ausgraben, was ich viele Jahre lang verdrängt hatte. Antworten finden auf Fragen, die sich mittels meiner Albträume in mein Bewusstsein hinein gemogelt hatten. Warum hatte ich meine Heimat aufgegeben? Warum hatte ich die Kirche verlassen, in die ich hinein geboren wurde?"

Wir gingen zurück ins Dorf und kehrten in die einzige Kneipe des Dorfes ein. Ich bestellte prsut, den luftgetrockneten Schinken, und semiska crnina, den typischen Rotwein von Semic, dazu Brot aus dem Backofen.

An der Wand hingen Fotos, die an die Geschichte des Dorfes erinnerten.

Während die Kellnerin uns den Wein einschenkte, erhob ich mich und betrachtete die Bilder genauer. Einige hingen bereits damals, als ich hier noch ein und ausging. Vor einem Bild blieb ich länger stehen. Eine Gruppe junger Menschen saß auf den Treppen vor der Kirche. Daneben stand ein junger Mann mit langem dunklem Haar, auffällig schlank und nicht viel älter als die anderen.

„Das musst du dir anschauen", sagte ich zu Gabi. Sie nahm die beiden Weingläser, reichte mir eines und stellte sich neben mich. Sie schaute auf das vergilbte Foto und fing leise zu kichern an. Als ihr Kichern in ein herzerfrischendes Lachen überging, rief ich sie zur Mäßigung auf.

„Du siehst aus wie…"

„…ein Affe", ergänzte ich freiwillig.

Unterdessen merkte ich, wie uns die Kellnerin mit wachsender Aufmerksamkeit beobachtete. Als sie uns die Schinkenplatte brachte, blieb auch sie kurz vor dem Bild stehen. Von da an entging es auch Gabi nicht, dass die Frau uns immer wieder prüfende Blicke zuwarf.

„Du bist wohl ihr Typ", versuchte Gabi das Verhalten der Frau hinter dem Tresen zu erklären.

Drei Männer traten herein, setzten sich auf die Hocker an die Theke, bekamen ihre „dva deci", den sauergespritzten Weißwein, zündeten sich Zigaretten an und vertieften sich in eine angeregte Diskussion. Uns fiel auf, dass auch sie sich gelegentlich zu uns umdrehten und uns ins Visier nahmen.

„Das geht alles auf die Rechnung des Hauses", sagte die Kellnerin, als ich zahlen wollte. Auf meinen erstaunten Blick hin klärte sie mich auf. „Sie sind doch der gospon. Es ist lange her, aber ich kann mich noch an Sie erinnern. Sie waren doch oft bei meinem Vater in der Zidanca. Ehrlich gesagt, würde ich Sie nicht wieder erkennen, wenn das Bild an der Wand nicht wäre."

Im diesem Augenblick ging mir ein Licht auf. „Godec", rief ich begeistert aus. „Du bist Manca Godec. Wie schön, dich zu sehen. Damals warst du noch ein Kind."

„Ja, damals, nachdem Sie weggegangen sind, haben viele gehofft, dass Sie eines Tages zurück kommen. Mein Vater aber meinte: Wenn er kommt, dann nur zu Besuch. Und er behielt recht. Noch kurz vor seinem Tod, als der Pfarrer ihm die letzte Kommunion brachte, dachte er an Sie. Manca, sagte er, wenn mein Freund kommt, du weißt, wen ich meine, der aus Innsbruck kam und sich nach kurzer Zeit wieder zurück nach Innsbruck verdrückte, wenn er kommt, dann bewirte ihn mit prsut und semiska crnina. Und genau das haben Sie auch bestellt."

Eine alte Erinnerung erwachte in mir. Ich sah im Geiste Godec vor dem Eingang seiner Zidanca stehen, mit einem Weinkrug in der Hand, wie er mir dünne Scheiben prsut abschnitt, mir den Rotwein reichte und zuprostete. Und ich hörte seine Worte, bevor ich wegging: Bleiben Sie hier, gospon, die Welt da draußen ist böse und voller Versuchungen.

„Meine Augen vertragen keinen Rauch mehr", sagte ich, weil ich mich schämte, dass ich mich schnäuzen und die Augen abwischen musste.

„Und wissen Sie, was er noch gesagt hat?, kurz bevor er starb", sagte die Kellnerin „Ich werde bald erfahren, ob es stimmt, was unser gospon gepredigt hatte. Wenn ich kann, werde ich ihm ein Zeichen aus dem Jenseits schicken."

Sie lachte und wir lachten mit. „Und hat er Ihnen schon ein Zeichen geschickt?", wollte Manca wissen.

„Bisher nicht", sagte ich.

„Bisher nicht", wiederholte sie nachdenklich.

Auf der Heimfahrt dunkelte es schon, als wir das Gebiet erreichten, wo teilweise noch urwaldähnliche Bedingungen herrschten. Gabi saß am Steuer und ihre feinfühlige Fahrweise machte mich schläfrig, sodass ich irgendwann eingenickt war.

„Hey, wach auf!", hörte ich sie plötzlich rufen. „Was ist das?"

In einer Entfernung von etwa hundert Meter vor uns lag auf der Straße ein Hindernis. Als wir näher kamen, sah es braun aus und bewegte sich. Ich wurde hellwach, denn ich erahnte die Gefahr, die möglicherweise dort auf uns lauerte und vor der ich bereits als junger Priester in dieser Gegend gewarnt wurde.

Es war mitten im tiefsten Winter, als ich damals in der Filialgemeinde eine Familie besuchte. Da ich kein Auto besaß, wählte ich den Fußweg über die Berge, also die Route, auf der wir uns gerade befanden, und die damals noch nicht für Autos passierbar war. Ich bahnte mir den Weg durch die dicke Schneedecke, in der gelegentlich Fußspuren vom Wild zu sehen waren. Der Ehrgeiz, die Abdrücke im Schnee den einzelnen Tierarten zuzuordnen, war mir zu jener Zeit fremd. Erst als ich bei der Familie ankam und meinen Weg durch den Urwald schilderte, wurde ich aufgeklärt, dass die großen Fußabdrücke wohl dem berühmt berüchtigten Braunbären zugerechnet werden mussten. Ich hätte Riesenglück gehabt, hieß es, dass mir nichts zugestoßen sei, denn in einem harten Winter wie diesem würden die hungrigen Zottel möglicherweise selbst vor einem Hochwürden nicht zurückschrecken, vor allem wenn sie dessen Körper rein instinktiv als jung und knackig einstufen konnten.

Als ich versuchte, die Gefahr herunterzuspielen, erzählte man mir von einem Fall, der sich in jüngster Zeit ereignete. Ein Jäger, der einmal regelwidrig allein auf die Jagd ging, kehrte nicht mehr heim. Erst im Frühjahr fand man beim Holzfällen Überreste seiner Schuhe, und zwar die Teile, die im Zehenbereich mit Stahlkappen ausgestattet waren.

Die Geschichte kannte ich bereits. Allerdings wurde sie im Dorf in etwas abgewandelter Form erzählt. Demnach wäre der Jäger nicht im Magen der Braunbären verschwunden, sondern irgendwo in Italien, wo er seit Jahren mit einer Señorita eine romantische Beziehung unterhielt.

„Na ja, Sie sind ja nicht umsonst Hochwürden und werden bestimmt durch ein paar Schutzengel begleitet", versuchte die Gastgeberin ihr Entsetzen über meinen Leichtsinn abzumildern. Trotzdem hatte sie darauf bestanden, mich am Ende heimzufahren.

Nun lag also ein brauner Zottel auf unserem Weg und machte keine Anstalten, uns vorbei zu lassen. Schlief er oder stellte er sich nur schlafend, um uns in Sicherheit zu wiegen? Würden wir jetzt umdrehen, würde er uns bestimmt verfolgen. Wirre Gedanken hinderten mich daran, eine sinnvolle Entscheidung zu treffen.

Gabi machte den Motor und das Licht aus. Nur der Mondschein beleuchtete die Szene: Eine enge Straße, ein Auto und ein Bär, der sich quer stellte. Im Nachhinein bedaure ich, dass wir die Romantik des Augenblicks nicht bewusst genießen konnten.

Plötzlich streckte sich das Tier, hob seinen Kopf und drehte ihn in unsere Richtung. Er schien unser Auto ins Visier zu nehmen. „Was macht er jetzt?", rätselte Gabi und schaute mich an, als ob ich die Antwort kennen müsste.

Der Bär erhob sich gemächlich und kam langsam auf uns zu. Wir überprüften die Zentralverriegelung, als ob wir befürchten müssten, der Bär könnte sie mit seiner Tatze wie ein Verbrecher aufmachen, uns aus dem Fahrzeug zerren, bevor er uns bequem in Stücke reißen und auffressen würde.

Als das Tier schließlich dicht an unserem Auto stand, erweckte es keinen Anschein von Aggressivität und schnupperte neugierig an der Motorhaube. Sie muss wohl noch ziemlich heiß gewesen sein, denn der Zottel zog seine Schnauze wie von einer Tarantel gestochen zurück. Die unliebsame Berührung musste ihn derart beeindruckt haben, dass er behäbig aber entschlossen die Straße räumte und seinen Rückzug in den dichten Wald antrat.

Etwas blass um den Mund schnallte sich Gabi ab und kletterte nach hinten auf die Rückbank. „Du fährst jetzt weiter", sagte sie, „ich muss mich jetzt erholen."

Jerusalem, ein slowenisches Dorf

Wir brachten aus Bela Krajina dieselben Erkenntnisse mit nach Hause wie von anderen Ausflügen auch. Die Zeit war nicht stehen geblieben. Ich schwelgte hauptsächlich in Erinnerungen und frönte meinen nostalgischen Gefühlen. Die Frage, ob ich noch katholisch sei, ob es ein Fehler war, der evangelischen Kirche meine Dienste anzubieten, ob es für mich gar einen Weg zurück in den Schoß der Heiligen Römischen Kirche gab, trat zurück, sie bewegte mich kaum noch. Während ich meine Erinnerungen niederschrieb, stellte ich immer deutlicher fest, dass es kam, wie es kommen musste.

Eine letzte Expedition bewahrten wir uns bis zum Schluss auf. Als mir vom langen Sitzen unter dem Nussbaum wieder das Gesäß schmerzte, stand ich eines Abends auf und sagte zu Gabi: „Für Morgen ist schönes Wetter angesagt, lass uns ins gelobte Land fahren."

Gemeint war eine Weingegend im Osten Sloweniens, die Gabi als gelobtes Land benannt hatte, nicht nur, weil dort zwischen den Weinbergen ein malerisches Dorf namens Jeruzalem lag, sondern wegen ihrem Lieblingswein, der an jenen Hängen wächst und Jeruzalemcan genannt wurde. Dort befanden sich einige Pfarreien, die seit Jahrhunderten von krizniki, dem deutschen Orden, betreut wurden. Nicht weit entfernt lag auch Ljutomer, die Heimatstadt von Lenart.

„Warum heißt dieses Dorf Jeruzalem?", fragte ich einmal einen alten Winzer, dem ich als junger Theologiestudent auf einer meiner Wanderungen begegnete. Mir schien es damals fast wie eine Gotteslästerung, den Namen Jeruzalem in diesem abgelegenen Winkel der Erde in Anspruch zu nehmen, den Namen, der doch einmalig auf der Welt bleiben sollte, da dort unser Heiland seinen irdischen Weg abgeschlossen und durch seine Auferstehung ein neues, himmlisches Leben begonnen hatte.

„Laut einer Legende", so der Winzer, „kamen im Mittelalter deutsche Ritter anlässlich ihrer Kreuzzüge ins Heilige Land auch durch diese Gegend. Sie konnten sich an der Schönheit des mit herrlichen Weinbergen bewachsenen Hügellandes nicht satt sehen. Sie trafen auf eine extrem gastfreundliche Bevölkerung und legten zwischen den Weinbergen neben den ärmlichen Behausungen der Einheimischen eine längere Rast ein. Nachdem sie mehrere Tage vorzüglich gespeist und dazu den köstlichen Wein genossen hatten, wollte niemand mehr weiter ziehen. Gut, entschied ihr Anführer, ein fränkischer Graf, wir bleiben hier, denn herrlicher kann es im gelobten Land auch nicht sein und friedlicher schon gar nicht. An einem Hügel oberhalb der Weinberge bauten sie sich Hütten und eine Kirche dazu. Die Kirche weihten sie der Mutter Gottes und dem Ort gaben sie den Namen Jeruzalem. Als sie nach vielen Jahren nach Franken zurückkehrten, mussten sie nicht einmal lügen. Sie erzählten jedem, der es wissen wollte: Jawohl, wir erreichten das gelobte Land und verweilten sogar in Jeruzalem.

Wir folgten einer engen Straße, die sich zwischen den Weinbergen und an einsamen Häusern vorbei schlängelte. Einige Jahrhunderte alte zidancas, gebaut aus Natursteinen und verwachsenem Eichenholz, tauchten zwischen den Weinbergen auf. Vor manchen standen Menschen, die sich interessiert umdrehten, als unser Auto im Schritttempo an ihnen vorbei fuhr.

Neben den zidancas, diesen teilweise sehr alten Zeugen der Vergangenheit, ragten an einigen Aussichtspunkten einige moderne, für die Gegend viel zu protzige Bauten empor, die als Landgasthäuser köstliche Speisen und edle Weine an Gäste aus aller Welt feilboten.

Einige Hundert Meter vor unserem Ziel stand das Ortsschild Jeruzalem. Ganz oben auf dem Hügel thronte eine schmucke Kirche, daneben ein Souvenirladen und ein uriges Gasthaus, das älteste der Gegend.

Die Kirche war offen. Gleich neben dem Eingang war an der Wand die sogenannte Wunschglocke angebracht. Der Besucher hatte die Möglichkeit, sich zu besinnen, seine geheimen Wünsche zu ordnen und einige davon im Geiste gen Himmel zu senden. Ein dreimaliges Ziehen an der Glocke würde dabei die Chancen der Wunscherfüllung enorm verbessern, wenn nicht gar garantieren.

Als Jungpriester zelebrierte ich in dieser Kirche eine meiner ersten Messen. Meine Wünsche, die ich damals mit der Glocke dem Chef des Himmels ans Herz legte, gingen in Erfüllung: Mein Reisepass wurde entgegen meiner Erwartung verlängert und ich konnte damals zusammen mit den Neupriestern Rom und das Heilige Land besuchen. Das „richtige" Jerusalem beeindruckte mich sehr. Es überraschte mich allerdings, dass ich dort kaum Christen begegnete. Die regelmäßigen Gebetsrufe der Muezzin in der arabisch geprägten Altstadt drangen in meine Seele und erfüllten mich mit Neid. In der Al-Aksa-Moschee sah ich viele betende Moslems, vor allem junge Männer, die ganz normal und kräftig aussahen und dennoch andächtig beteten. Auch sie beneidete ich. Ich sehnte mich nach solch einem starken Glauben. Leider kam ich in der Zeit danach nicht mehr dazu, diesen Wunsch im slowenischen Jerusalem an die kleine Wunschglocke zu hängen. Ich verlor mein Herz an die sichtbaren Dinge der Welt und vergaß, was ich einmal im Brief an die Hebräer gelesen hatte: Wir haben hier keine bleibende Stadt, sondern die zukünftige suchen wir.

Gabi zog dreimal an der Wunschglocke und sah dabei sehr ernst aus. Ich verzichtete auf das beliebte Ritual. Wir verließen die Kirche. Im Restaurant setzten wir uns auf die Terrasse und bestellten eine Flasche Jeruzalemcan.

Kaum leerten wir unser erstes Glas, kam schon der Mann an unseren Tisch, den ich erwartete. Er trug einen grauen, abgetragenen, mit Schmutzflecken übersäten Anzug. Er schaute uns fragend an.

„Klemen? Bist du es, Klemen?", fragte ich und konnte meine Verwunderung über sein verlottertes Erscheinungsbild nicht verbergen. Ich stand auf, umarmte ihn, machte ihn mit Gabi bekannt. Ich spürte sofort, dass er sie nicht leiden konnte. Wir setzten uns, prosteten uns zu, die Zungen wurden lockerer. Klemen vermied es, Gabi anzublicken oder anzusprechen.

„Ich schreibe einen Bericht über meinen Wechsel zur evangelischen Kirche", kam ich zum Thema. Du hast es damals miterlebt. Ich habe das Gefühl, dass ich einiges vergessen, vermutlich auch verdrängt habe. Kannst du mir und meinem Gedächtnis ein wenig auf die Sprünge helfen? Auszugraben, was verschüttet ist?"

Er war darauf vorbereitet. Ich hatte vor Tagen mit ihm telefoniert, ihm den Sinn meiner drei Monate erklärt und ihn zu dieser Begegnung eingeladen.

„Das kann ich gerne tun", sagte Klemen. „Lass mich kurz nachdenken."

Die Kellnerin stellte ein Weinglas vor ihn auf den Tisch und schenkte ihm ein. Er nahm einen kräftigen Schluck. „Zusammen mit Lenart bist du damals gekommen", begann er sich zu erinnern, „dann wohnten wir ein Jahr lang bei den Franziskanern. Acht Leute in einem Zimmer. Wir hatten viel Spaß und schmiedeten große Pläne für die Zukunft. Erinnerst du dich? Wir wollten dich als den zukünftigen Prior oder gar Hochmeister sehen. Als der Orden uns in Ljubljana ein eigenes Haus kaufte, lebten wir dort noch ein halbes Jahr zusammen, dann bist du zum Auslandssemester nach Deutschland gesandt worden. Wir haben dich alle beneidet, hofften aber, dass du bald zurückkehren würdest."

Bereits nach wenigen Sätzen sprach Klemen nur noch slowenisch. Für Gabi übersetzte ich nur, was mir in den Kram passte. Die Kellnerin brachte eine neue Flasche, die niemand bestellt hatte. Klemen füllte die Gläser, prostete uns zu und trank hastig wie einer, der auf einen bestimmten Alkoholpegel angewiesen war. Seine Augen waren glasig und feucht, wie es bei Säufern meistens der Fall ist.

„Du hattest dich nicht mehr gemeldet", erinnerte sich Klemen weiter. „Es gab Gerüchte, dass du dich mit Frauen eingelassen hast. Dann erzählte uns der Prior eines Tages, du seiest wohlbehalten in Innsbruck eingetroffen, wo du kurz vor deinem Studienabschluss stündest. Die Zeit war schnell vergangen. Du kamst zum Noviziat nach Bela Krajina, wo du angeblich vorwiegend Hühner gefüttert hast und dich in Demut üben musstest. Aber das Letzte war absolut nicht deine Stärke, wie dein Novizenmeister uns versicherte. Nach einem Jahr bist du nach Tirol abgehauen. Dann gab es nur noch Gerüchte. Schließlich teilte uns der Prior mit, dass der Orden auf dich wohl verzichten musste." Er schenkte sich erneut ein, lächelte müde und fast ein wenig zynisch. Dann schaute er Gabi an. Es war ein Blick voller Verachtung, als er sie anschnauzte: „Du hast ihn bezirzt, ihn geschnappt und weg war er. Wir hätten ihn dringender gebraucht als du. Das ist meine Meinung. So habe ich das erlebt."

Und zu mir gewandt: „Vergiss nicht, dies in deinen Bericht aufzunehmen!"

Gabi stand auf, trat zwei Schritte zurück. „Was hat er gesagt?", fragte sie, die Klemens Rede nur gefühlsmäßig verstanden hatte.

„Er beliebt zu scherzen", log ich. „Er ist ein Komiker."

Klemen erkannte, dass er sich vergaloppiert hatte. „Komm, ich meine es nicht böse. Ich sage nur, was alle denken", versuchte er zu beschwichtigen. „Wir sind Theologen und machen gerne für alles Übel der Welt Frauen verantwortlich. Die böse Eva, sie ist an allem schuld." Klemen lachte übertrieben laut, winkte die Kellnerin heran und bestellte einen weiteren Jeruzalemcan, diesmal einen großen Krug. Anschließend trank er sich selber unter den Tisch.

Wir brachten ihn heim in sein großes Pfarrhaus, in dem er mit seiner Haushälterin seit Jahrzehnten lebte, zogen ihm die Klamotten aus, legten ihn ins Bett und deckten ihn zu. Während wir bei der Haushälterin noch einen Kaffee tranken, hörten wir aus dem Schlafzimmer ein gewaltiges Schnarchen.

„Gut, dass Sie nicht im selben Raum schlafen müssen", sagte Gabi zu ihr.

Die Haushälterin überlegte ein Weilchen, ob sie die Bemerkung als dreist oder komisch einstufen sollte. Sie entschied sich für Letzteres, lachte dezent und meinte: „Jeder Mensch hat seine Bürde zu tragen."

Bei Leponjivcan

Ich saß täglich unter dem Nussbaum und schrieb den Bericht für meine Vorgesetzten. Der Umfang war längst aus den Fugen geraten. Ich würde der Kirchenleitung eine kurze Zusammenfassung vorlegen.

Mit Gabi hatte ich mittlerweile alle Orte bereist und mit allen Menschen gesprochen, die mit meinem „Aufstieg und Fall" etwas zu tun hatten.

Eine Frau stand noch auf meiner Liste. Sie war steinalt und fromm, so fromm, dass ich Angst hatte, mich ihrem Urteil auszusetzen. Wie dachte sie über mich als „abgefallenen" Priester?

Es war sehr früh am Morgen. Ich schlich aus dem Schlafzimmer, warf einen Blick auf den Boc, dessen Gipfel wolkenfrei in den Himmel emporragte. Wir können uns wieder auf einen sonnigen, heißen Tag einstellen, dachte ich erfreut. Ich wollte die Morgenfrische nutzen und ging sofort los, um bei Sonnenaufgang bei Leponjivcan zu sein.

Ich stieg bergauf, zwischen den Weinbergen hindurch, und erreichte nach einer Dreiviertelstunde den einsamen Leponjivcan-Hof. Von dort konnte ich nach allen Seiten die atemberaubende Aussicht genießen.

Neben anderen Gebäuden sah ich ein uraltes, mit Holzschindeln gedecktes Blockhaus. Die Frau, die es allein bewohnte, war über neunzig Jahre alt. Harte Arbeit und vermutlich eine ungünstige genetische Veranlagung hatten ihren Körper tief gebeugt. Von ihrer langen, hakenförmigen Nase, mit der sie beim Bergauf-Gehen beinahe den Boden berührte, sagte sie schelmisch: Mein Zinken, das ist mein drittes Bein. Wenn sie mich anschauen wollte, musste sie ihren Hals fast um neunzig Grad drehen.

„Stell dich zum Fenster hin, damit ich dich sehen kann", befahl mir die Greisin, nachdem ich eingetreten war. Sie erkannte mich. Aufgeregt und außer sich vor Freude, begann sie sofort etwas zu suchen, womit sie mich bewirten könnte. Zu ihrer Enttäuschung fand sie nichts außer einer vergammelten Tüte Dörrobst. Während ich daran kaute, erzählte sie mir zum x-ten Mal, wie sie damals vor 35 Jahren mit ihrer sechsjährigen Nichte bei meiner Primiz bis spät in die Nacht mitgesungen und mitgetanzt hatte. Ich konnte mich weder an sie noch an ihre Nichte erinnern.

Ich sah mich im Raum um, wo sie seit langer Zeit lebte. Der Herrgottswinkel, die vielen Bilder der Heiligen mit der Mutter Gottes im Mittelpunkt, ein auf einem verrosteten Nagel hängender Rosenkranz – all das deutete auf eine zutiefst slowenisch-katholische Frömmigkeit hin, die man nur noch bei alten Leuten fand.

Ein vergilbter Zeitungsabschnitt, unter den Füßen des Gekreuzigten befestigt, fiel mir ins Auge. Das Gruppenfoto zeigte die Neupriester des Jahrganges 1974. Ein Einzelbild war durch eine rote Umkreisung hervorgehoben. Durch meine relativ lange Haartracht sah ich wie ein Mädchen aus. Die Beatles waren damals meine Vorbilder.

Die krummen Wände, die Decke, deren wurmstichige Bretter von zwei uralten, verwachsenen Holzbalken gehalten wurden, der an mehreren Stellen beschädigte Kacheloffen, die abgenutzten Bänke, die den Ofen umgaben – der Raum wirkte eher wie ein Museum als ein Wohnhaus.

Und doch spielte sich hier das wirkliche Leben ab. Die tief gebeugte Frau kochte, buk, wusch und putzte in diesem Haus fast genauso wie es bereits ihre Vorfahren getan hatten. Sie benutzte keine technischen Hilfsmittel. Bei Bedarf heizte sie sogar den Kachelofen ein und trocknete darin ihre Kunststoffwindeln. Ihrer Ansicht nach eine neumodische Erfindung, die aber ihre Inkontinenz ein wenig erträglicher gestaltete.

Die alte Frau wollte hier bleiben und sterben. Vielleicht würde dann das alte Haus tatsächlich in ein Museum umgewandelt werden.

Sie fragte nach unseren Kindern. Als ich ihr erzählte, dass meine Tochter Priesterin werden würde, blickte sie mich hellwach an, schmunzelte verschmitzt und meinte: „Ja, die Männer haben in der Kirche versagt, jetzt müssen die Frauen ran." War ich in ihren Augen ein Versager?

Sie ging zur Tür und winkte mir, ich möge ihr folgen. Wir traten ins Freie. Im Tal lag eine dicke, von der Morgensonne angestrahlte Nebelschicht. Die alte Frau nahm einen Korb und führte mich auf eine Obstwiese. Unter einem Birnbaum lagen viele weiche, schon halb faule Früchte. Wir lasen sie auf und am Ende wollte sie mir alle schenken. „Sie sind nicht mehr essbar", sagte ich. „Höchstens Schweine könnten sich noch daran erfreuen."

„Nimm sie für deine Schweine."

„Aber ich besitze keine", erklärte ich und spürte ihre Enttäuschung, weil sie mir nichts schenken konnte.

Eine jüngere Frau kam auf uns zu. „Jesses Maria", rief sie aufgeregt. „Sind Sie der Priester, dessen Primiz ich mit meiner Tante mitfeiern konnte?"

„Das kann schon sein", räumte ich ein.

Sie schaute mich mit großen Augen an. „Ich weiß, Sie sind in Deutschland Pfarrer. Dort können Priester heiraten. Bei uns können sie nur heimlich Kinder zeugen. Und das tun sie massenweise. Glauben Sie mir, wenn ich es sage."

„Ich kann es nicht beurteilen", reagierte ich zurückhaltend und verzichtete auf die Klarstellung, dass ich in Deutschland nicht als katholischer Pfarrer arbeitete.

Wir gingen zum Haus zurück. Ein junges Mädchen kam uns entgegen, die Großnichte der alten Frau. Sie spielte in der Pfarrkirche die Orgel und würde gerne Deutsch lernen. Vor langem schon bot ich ihr an, zu uns nach Deutschland zu kommen. Sie freute sich über das Angebot. Vielleicht war das ihre erste Chance, aus diesem einsamen Winkel des Landes auszubrechen und die weite Welt zu beschnuppern.

„Sehen wir uns am Sonntag?", fragte die Organistin, bevor ich mich auf den Heimweg begab.

„Wie immer", sagte ich. „Wir sehen uns am Sonntag um zehn bei der Messe."

Bevor ich meine Schritte wieder heimwärts richtete, bat mich die Tante um Gebet und Segen. „Sie wissen aber, dass ich jetzt evangelischer Pastor bin?", wollte ich einer nachträglichen Enttäuschung vorbeugen.

„Sie haben sich nicht verändert", winkte sie ab. „Ob Sie katholisch oder evangelisch sind, das ist mir wirklich egal. Ich vertraue Ihnen."

Ich fühlte mich beschämt und überrascht zugleich. Eine solche Offenheit hatte ich von der alten Frau nicht erwartet. Feierlich rief ich den Segen über sie und ihre ganze Verwandtschaft herab. „Benedicat vos omnipotens deus..."

In Ponikva

Für eine Woche leisteten uns Kati und ihr Verlobter John, unser zukünftiger Schwiegersohn, Gesellschaft.

Gabi und Kati schliefen noch, als John und ich am Sonntag zu Fuß zur heiligen Messe aufbrachen. Auf der mit vielen Löchern besäten asphaltierten Straße erreichten wir nach anderthalb Stunden verschwitzt unsere Pfarrkirche. Da uns bis zur Messe noch reichlich Zeit blieb, zeigte ich John auf dem Friedhof das Grab meiner Eltern. Sie lagen seit Jahrzehnten unter der Erde. Sie waren keine eifrigen Kirchgänger, mein Vater ging so gut wie nie, meine Mutter selten. Beide glaubten an ein höheres Wesen, die Mutter glaubte auch an Maria. An die Mutter Gottes sogar ein wenig inniger als an den Allmächtigen. Jesus fand sie auch nicht schlecht, aber er war halt ein Mann und „einem Mann kann man schlecht alles anvertrauen", wie sie zuweilen äußerte.

Einige Minuten vor dem Beginn der Messe erschienen auch meine Frau und Kati, die mit dem PKW nachkamen. Wir setzten uns in die Kirche. Frauen links, Männer rechts, Kinder vorne.

Ein beruhigender Klang des Rosenkranzgebetes hüllte uns ein. Eine alte Frau betete vor, die Frauen hinter ihr antworteten. Die Männer, welche sich nicht vorher ins Gasthaus verdrückt hatten, schwiegen.

Ein Glöckchen erklang, der Pfarrer zog mit den Ministranten vor den Altar. Es folgten Gebet, Gesang, eine salbungsvolle Predigt und die Kommunion, der etliche Anwesende, vor allem Männer, fern blieben. Auch wir. Wir waren schließlich Protestanten, denen die katholische Kirche die Gemeinschaft am Tisch des Herrn verweigerte.

Als letzte ging die alte Tante von Leponjivcan zur Kommunion. Mit ihrem „dritten Bein" berührte sie beinahe die Altarstufen, während sie auf den Empfang der Hostie wartete.

Alles an der Messe war mir vertraut, das Meiste konnte ich nachvollziehen. Bei der Predigt wünschte ich, der Pfarrer hätte das Wörtchen Amen früher gefunden.

Nach der Kommunion schaute ich zum Altar, wo der Pfarrer das Abendmahlgeschirr auswusch und wegräumte. Ich ertappte mich bei dem Wunsch, selber dort zu stehen und als Priester die Messe zu zelebrieren. Würde der aktuelle Zelebrant tot umfallen, so könnte ich sofort einspringen. Sogar die lateinische Form kriegte ich zur Not zusammen.

Mach dir nichts vor, wies ich mich zurecht. Du hast dich von der einen, heiligen, katholischen Kirche meilenweit entfernt. Wer kann das schon beurteilen?, warf mein anderes Ich ein. Was unterschied mich von diesem Priester da vorne? Er leitete die heilige Messe, nahm die Beichte ab, unterrichtete die Kinder, arbeitete mit Jugendlichen, besuchte Kranke, tröstete die Traurigen. Tat ich das nicht alles auch im Dienst der evangelischen Kirche? In einem einzigen Punkt setzte sich der Priester von mir ab: Sein Name stand im Verzeichnis der römisch katholischen Priester des Bistums Celje und der amtierende Bischof konnte über ihn verfügen. Die Kirche, in der er diente, war groß und mächtig. Im Gegensatz zu der römischen, war meine Kirche klein und verletzlich. Ihre Ohnmacht wurde sichtbar, wenn sie versuchte, das Evangelium recht zu predigen und Sakramente ordentlich zu „verwalten". Es gab niemanden in meiner Kirche, der verbindlich sagen konnte, wie das zu geschehen hat. Bei uns wurde diskutiert und gestritten. Man wartete vergeblich auf ein Machtwort, mit dem noch die letzten „Klarheiten beseitigt" werden konnten.

Nach der Messe kamen Kati und John zu mir. „Ich finde die Messe schöner als unseren Gottesdienst", gab sie offen zu. „Alles ist so dramatisch und so feierlich. Das Klingeln der Glöckchen, Weihrauch, bunte Messgewänder. Wie in einem Märchen."

„Wenn es möglich wäre, würde Kati noch Priesterin werden", brachte John Katis Schwärmen auf den Punkt.

„Kein Wunder, sie ist ja reichlich mit Papis Genen ausgestattet", trug Gabi zum Thema bei.

Die alte Tante von Leponjivcan tauchte in Begleitung ihrer Nichte neben uns auf. „Jesses Maria, das muss Ihre Tochter sein, die Priesterin. Was für eine schöne Frau!", stellte sie fest, nachdem wir uns herzlich begrüßt hatten.

„Das ist sie", sagte ich stolz. „Mein Sonnenschein. Aber sie ist noch nicht geweiht, versuchte ich die Begeisterung der alten Frau etwas zu dämpfen."

„Dass ich das noch erlebe!", schwärmte sie und schaute unentwegt aus ihrer gebeugten Haltung zu Kati hinauf.

„Sehen Sie, Herr Pfarrer", wandte sie sich an ihren Seelsorger, der sich ebenfalls unserem Kreis zugesellte, „irgendetwas macht unsere Kirche falsch, sonst würde sie junge Frauen wie diese nicht vom Priesterdienst fernhalten."

Das Gesicht der gebeugten Frau wurde rot. Sie spürte, dass sie sich mit ihrer Aussage etwas zu weit aus dem Fenster gelehnt hatte. Manche der Umstehenden kicherten verhalten, andere nickten zustimmend.

„Aber Tantchen, du darfst dich doch nicht aufregen", versuchte ihre sympathische Nichte den Eifer der alten Frau zu bremsen. Ich staunte, wie die alte Tante ihre angeborene Ehrfurcht vor einem Geistlichen so locker ablegen konnte.

„Ja ja, ich altes Weib sollte lieber mein Maul halten, gell, Herr Pfarrer?", kehrte die Alte zu ihrer demütigen Haltung zurück.

„Was ich schon immer fragen wollte", meldete sich ihre Nichte zu Wort, „warum ist das in Deutschland möglich und bei uns nicht? Ich meine hier bei uns in Ponikva?"

„Was ist in Deutschland möglich und hier in Ponikva nicht", fragte der Hochwürden seelenruhig.

„Na, dass Priester heiraten und Frauen geweiht werden."

Der Pfarrer, ein sympathischer Mann in mittleren Jahren, zwinkerte mit seinen dunklen, intelligenten Augen und wartete offensichtlich auf weitere Fragen und Bemerkungen.

Als nichts mehr kam, meinte er: „Auch in Slowenien ist das möglich, aber mit entsprechenden Folgen natürlich. Er weiß, wovon ich rede." Er deutete auf mich und lachte entspannt. Als niemand mehr etwas zum Thema beizutragen bereit war, meinte er: „Freilich sind das schwere Fragen! Sie werden aber nicht hier in Ponikva, sondern in Rom entschieden." Dann lud er uns auf ein Getränk ins Pfarrhaus ein.

Bevor sich die beiden Frauen von Leponjivcan absetzten, fasste die alte Tante Katis Hand und sagte: „Wenn Sie geweiht werden, hätte ich gerne Ihren priesterlichen Segen. Und wenn möglich auch ein Foto von Ihnen. Sie werden dann neben Ihrem Vater hängen. Also, Ihr Foto natürlich", verbesserte sie sich verlegen. Dann zeigte sie auf mich: „Er hängt immer noch in meinem Haus unter dem Herrgottswinkel. Damals, als Neupriester, war er noch ein fescher, junger Mann!"

„Heute ist er das Gegenteil von beidem", sagte der Pfarrer und hatte damit die Lacher auf seiner Seite. Dann folgten wir ihm ins Pfarrhaus, tranken Wein und Kaffee. Er war ein Mann von Welt, hat in Rom promoviert und kennt keine Berührungsängste. Sein Interesse an Kati brachte er unverhohlen zum Ausdruck. War es nur seine ökumenische Neugierde, dass er sich immer wieder an sie wandte und sich so anregend mit ihr unterhielt? John schien es zu bezweifeln. Er drängte darauf, dass wir aufbrachen und heimfuhren.

Der selige Slomsek

Obwohl wir offiziell nach Ponikva gehörten, hat sich unsere Familie aus geographischen Gründen schon immer nach Loce orientiert. In Loce holte mein Vater jeden Monat seine karge Rente ab, kaufte im Dorfladen die obligatorische Flasche Rum und eine große Krainer-Wurst. Wir Kinder besuchten die dortige Schule und schwänzten die wöchentliche Glaubenslehre in der Kirche.

Ponikva „entdeckten" wir erst, nachdem unsere Eltern auf dem dortigen Friedhof beigesetzt wurden. Danica, meine jüngste Schwester, lag sehr viel daran, unsere Eltern nicht allzu lange im Fegefeuer „schmoren" zu lassen, weshalb sie mit sämtlichen Spenden, die anlässlich der Beerdigung anfielen, für die Reinigung ihrer Seelen beim Pfarrer heilige Messen in Auftrag gab, an denen sie auch persönlich teilnahm.

Mit Ponikvas Pfarrkirche rückte ein Mann in unser Bewusstsein, der zur Zeit des Sozialismus um seines Glaubens willen ignoriert, nach dem Zusammenbruch des Kommunismus Anfang der neunziger Jahre aber mit Pauken und Trompeten ins Rampenlicht gerückt wurde: Anton Martin Slomsek. Er kam im 19. Jahrhundert in Ponikva zur Welt, wurde Priester und Bischof und lebte so tugendhaft, dass er als erster Slowene selig gesprochen wurde. Das hatte meine Schwester Danica mächtig beeindruckt. „Jetzt fehlt nicht mehr viel, dann kann unser

Slomsek noch ein Heiliger werden", erzählte sie mir einmal am Telefon, nachdem der polnische Papst die Seligsprechung unseres berühmten Landsmannes vollzogen hatte.

Die Karten für seine Heiligsprechung stünden mittlerweile gut, schwärmte Danica mir während meiner „drei Monate" vor. Es müsste aber noch ein Wunder geschehen, das glaubwürdig mit dem seligen Slomsek in Zusammenhang gebracht würde. Ein Papst konnte zwar so gut wie alles, aber er konnte niemanden heilig sprechen, wenn nicht zuvor die vorgeschriebenen Wunder bezeugt worden waren. Bisher wusste man von ein paar kleinen Mirakeln, die gerade für eine bescheidene Seligsprechung gereicht hatten. „Für mehr leider nicht", sagte unser Pfarrer und forderte uns auf, fleißig zu beten, damit endlich das erforderliche Wunder geschähe.

Ich wollte an Slomseks Mythos keinesfalls rütteln. Vom Gefühl her mochte ich den Mann, der nebenbei wunderschöne Lieder über Wein und Freude gedichtet hatte, die auch heute noch bei fast jedem geselligen Anlass geschmettert wurden. Im Geschichtsunterricht lehrte man uns, wie sich dieser slowenische Bischof für die slowenische Sache gegen die „Germanen" durchsetzte, indem er in der Mitte des 19. Jahrhunderts den Bischofssitz aus Österreich ins slowenische Maribor verlegte. An der Gestalt des großen Oberhirten klebte aber nach Meinung der Kommunisten ein unverzeihlicher Makel: Als Bischof, also als Mann der Kirche, stand er eindeutig auf der Seite der Reaktionäre. Als meine „drei Monate" zu Ende gingen, griff ich noch einmal das Thema auf.

Wir saßen am Sonntagstisch und löffelten Danicas köstliche Rindsuppe mit selbstgemachten Nudeln. „Eigentlich ist es eine Schande, dass unser Volk noch keinen Heiligen hat. Könnte man die Sache mit unserem Slomsek nicht ein bisschen beschleunigen?", meinte ich.

„Es ist ganz einfach: Sobald ein Wunder geschieht, das der Heilige Vater in Rom als solches bestätigt, kann die Sache mit der Heiligsprechung von Slomsek losgehen. So hat es unser Hochwürden erklärt", berichtete Danica. Mir fiel Danicas schwere Krankheit ein, die schon ein paar Jahre zurück lag. „Als du vor Jahren todkrank in einer Klinik gelegen hast, hatten dich die Ärzte schon aufgegeben", erinnerte ich mich laut. „Dann wurdest du zur allgemeinen Verwunderung der Fachleute gesund. Ist es nicht ein echtes Wunder gewesen, dass du am Leben geblieben und sogar noch gesund geworden bist? Sollte man deinen „Fall" nicht dem Vatikan vorlegen?"

„Es war ein Wunder", sagte meine Schwester, „da bin ich sicher. Doch ich muss ehrlich gestehen, ich habe nicht zu Slomsek gebetet. Ich bete immer nur zur Mutter Gottes."

„Du und deine Marienfrömmigkeit! Da haben wir den Schlamassel! Hättest du doch ausnahmsweise zu Slomsek gebetet!", ereiferte ich mich künstlich. „Nun muss Slomsek immer noch in der Seligen-Abteilung ausharren. Nur wegen dir!"

„Heilige Maria, ich glaub, du bist wirklich nicht mehr katholisch", unterbrach Danica meine Rede.

Und ich hatte das Gefühl, sie meinte es ernst.

Der verborgene Gott

Ein Drittel meines Sabbaticals lag bereits hinter mir. Meine Mission in Slowenien ging allmählich zu Ende.

Es war noch ganz früh am Morgen. Die Sonne ging gerade auf und der Boc war in blendendes Licht gehüllt. Der Name kam vermutlich von Bog und das bedeutet Gott. Hatten meine Vorfahren das Gefühl, auf dem Gipfel dieses Berges Gott besonders nahe zu sein? War das wunderbare Licht, das hinter dem Bergrücken empor strahlte, ein Morgengruß von Ihm, mit dem ich schon immer vertraulich reden wollte? Wollte er mir mitteilen: Ich bin dir näher als du denkst?

Herr, wenn du wirklich da bist, will ich mit dir reden, vor dir mein Leben ausbreiten und fragen, was du mit mir vorhast. Meine Albträume und meine Zweifel lassen mir keine Ruhe. Ich will mit dir ins Reine kommen.

Ich diente dir eine kurze Zeitspanne als Priester der großen und mächtigen römischen Kirche. Ich gebe zu, dass ich mich dabei nicht gerade mit Ruhm bekleckert habe.

Ich war wie ein Halm, den jeder schwache Wind hin und her bewegte. Zu selten und zu halbherzig hatte ich nach deinem Willen gefragt. Ich erlag fast allen Versuchungen dieser Welt, verließ sogar die Kirche, in die ich hineingeboren wurde und fand einen Platz bei den Protestanten, die mir von Kindesbeinen an als Ketzer bekannt waren. Als Pfarrer trat ich in ihre Dienste und tat mir am Anfang damit sehr schwer. Mein Kollege mochte mich nicht, er behandelte mich manchmal wie einen herbeigelaufenen Hund. Mein einziger Trost waren die Gläubigen, denen ich diente, meine Frau und unsere drei Kinder. Auch mit Bier, Wein und Schnaps gelang es mir manchmal kurzfristig meinen inneren Frieden herzustellen.

Als Kirchenmanager erlebte ich ein Fiasko nach dem anderen, als Seelsorger spürte ich, dass die Menschen mich akzeptierten.

In einer Gemeinde am Fuße des Taunus erlebten wir alles in Allem schöne Jahre. Gabi ließ sich der Kinder wegen vom Unterricht beurlauben und sorgte für die Ordnung im Haus und verwöhnte uns mit leckeren Speisen. Ich sah sie gerne hinter dem Ofen stehen. Unsere Kinder nahm ich oft mit, wenn ich seelsorgerisch unproblematische Besuche machte. Vor allem alte Leute in Pflegeheimen freuten sich sehr, wenn sie mich in Begleitung der Kinder erlebten. Die Katholiken unter ihnen bemerkten manchmal: Es ist doch herrlich, wenn der Herr Pfarrer auch eine Familie hat.

Wenn Gabi und ich abends ausgehen wollten, kam eine alte Großmutter und passte auf unsere Kinder auf. Sie wollte keinen Lohn dafür. Es sei eine Ehre für sie, im Hause Martin Luthers Kinder zu hüten.

„Im Hause Martin Luthers?",wunderte ich mich.

„Ja, Herr Pfarrer, das ist so", erklärte die alte Frau. „Ich glaube nämlich fest an die Wiedergeburt. Ich zum Beispiel war im früheren Leben ein Burgfräulein. Und Sie, Herr Pfarrer, Sie waren Martin Luther. Sie werden es mir nicht glauben, ich bin es mir aber sicher. Es ist die Wahrheit."

„Na, ja", meinte ich, „Martin Luther war aber ein paar Nummern größer als ich."

„Sie werden auch noch dicker", ließ sie sich nicht beirren. „Jetzt sind Sie noch jung, aber in zwanzig, dreißig Jahren werden Sie rund wie Doktor Martinus."

Dass ich eigentlich geistige Größe im Sinn hatte, das wollte ich aber doch dann nicht mehr ins Gespräch bringen.

Stattdessen fragte ich: „Und was glauben Sie, war meine Frau in ihrem früheren Leben?"

„Ein Wurm", lautete die prompte Antwort.

Später erfuhr ich, dass meine Frau ihr selber vor einiger Zeit diese These anvertraut hatte.

Du, Herr, weißt, dass es mich peinlich berührte, für Martin Luthers Wiedergeburt gehalten zu werden. Schon seiner rassistischen Ansichten wegen, die er über Juden und uns Slawen verbreitete, war mir der große Wittenberger nach wie vor nicht geheuer. Ich arbeitete jetzt für seine Kirche, distanzierte mich aber von allem, was mir in ihr als sinnlos erschien. So stand es zum Beispiel für mich von Anfang an fest, dass ich bei den Protestanten niemals ein höheres Amt anstreben würde. Denn was nützte es mir, wenn ich etwas zu sagen hätte, da doch niemand auf mich hören würde. Wäre ich katholisch geblieben, so hätte ich es mir durchaus vorstellen können, Bischof oder gar Papst zu werden. Es hätte mir Spaß gemacht, Macht auszuüben und über andere zu herrschen. Eine Machtposition in der evangelischen Kirche dagegen, wo selbst du, Herr, als Autoritätsperson auf verlorenem Posten stehst, wäre das Letzte, was ich angenommen hätte.

Nun war ich seit dreißig Jahren evangelischer Pfarrer in der Wetterau. Ich mochte meine Pfarrkinder, mehr oder weniger. Die meisten waren vom Land, kamen zur Kirche, wenn sie etwas von mir wollten, aber ansonsten mieden sie dein Haus weiträumig. Sie ließen sich taufen, weil sie sich als Babys ja nicht wehren konnten. Sie ließen sich konfirmieren, weil sie mit satten Geschenken rechnen konnten. Sie ließen sich kirchlich trauen, weil die Kirche ihnen dazu eine romantische Kulisse bot. Manche traten irgendwann aus der Kirche aus, weil ihnen die Kirchensteuer zu hoch war. Aber sie alle glaubten weiterhin an dich, den lieben Gott, der von ihnen nichts verlangte, aber im Notfall zur Stelle sein musste. Kamen sie in Not, so erinnerten sie sich an dich als den gütigen alten Mann im Himmel und wehe, wenn du nicht so reagiertest, wie sie es gerne gesehen hätten! Dann glaubten sie einfach nicht mehr an dich. „Ich habe damals in meiner Not sooo inbrünstig gebetet", hieß es oft, „habe sogar der Kirche eine großzügige Spende zukommen lassen, aber Gott hatte Besseres zu tun, als meine Bitten zu erhören. Sehen Sie, Herr Pfarrer, deshalb glaube ich nicht mehr an ihn. Es geschieht ihm recht, ich hatte ihn schließlich lange genug angefleht. Jetzt ist meine Geduld zu Ende. Jetzt trete ich aus der Kirche aus. Das hat er davon."

„Das macht ihm bestimmt sehr zu schaffen, dem lieben Gott", wurde ich in solchen Fällen ironisch.

Meine Pfarrkinder wollten am Ende allesamt kirchlich bestattet werden, auch die Ausgetretenen. Eigentlich wollten es vor allem die Angehörigen, den Toten selber war es wohl meistens egal. Und bisher hatte ich so gut wie nie eine kirchliche Beerdigung kategorisch abgelehnt. Manchmal ließ ich die Angehörigen etwas zappeln, um die Wichtigkeit meines Amtes hervor zu heben. Aber am Ende zog ich meistens meinen schwarzen Talar an und ging brav hinter dem Sarg her. Was soll's! Die lebenslangen Kirchenmitglieder regten sich allerdings auf: „Der hat sein Lebtag keine Kirchensteuern bezahlt und wird trotzdem kirchlich beerdigt! Wo bleibt da die Gerechtigkeit?!"

Ich wusste, dass ich kein gerechter Pfarrer war. Ich hatte keine Prinzipien, entschied oft aus dem Bauch heraus. Ich war konfliktscheu und redete den Menschen gerne nach dem Mund.

Jetzt war ich drei Monate weg und musste unentwegt an meine Schäfchen denken. Es beschlich mich das blöde Gefühl, dass ich sie im Stich gelassen hatte. Aber eigentlich war daran meine Kirche schuld, die mir diese unverdiente Auszeit gewährt hatte.

Deinem Auftrag gemäß, Herr, versuchte ich alle meine Pfarrkinder zu mögen. Besonders ans Herz gewachsen waren mir aber einige „Originale". Helmut P., ein ehemaliger Fliesenleger zum Beispiel, gehörte dazu. Vor meiner Abreise hatte ich ihn besucht, weil er zu einer schweren OP in eine Klinik musste. „Ich habe keine Angst", sagte er gelassen. „Der da oben hat alles im Griff. Wenn er mich haben will, holt er mich. Ich habe bereits mit Ihm gesprochen. Herr, habe ich zu Ihm gesagt, wenn Du einen besseren Fliesenleger findest als mich, so nimm zuerst ihn und lass mich noch ein paar Jahre hier unten auf der Erde bei Bier und Frankfurter Würstchen. Ich hoffe, dass du mit Fliesenlegern zurzeit eingedeckt bist."

Vor einigen Tagen erfuhr ich, dass er gestorben war. Ich wäre gern als Pfarrer hinter seinem Sarg gegangen.

Ansonsten hatten mich aus den beiden Gemeinden keine Nachrichten erreicht.

Wäre ich ein Pfarrer im Sinne deines Sohnes, würde ich niemals meine Schafe verlassen. Ich würde bei ihnen bleiben, mit ihnen leben und sterben. Ich würde niemals das Bedürfnis verspüren, mich erholen zu müssen. Es würde mir genügen, wenn ich mich gelegentlich zurückziehen und ins Gebet vertiefen würde. Wie Jesus halt.

Was ich dich aber gegen Ende meines Dienstes unbedingt noch fragen wollte: Hast du mich, Herr, gerufen, dir als Priester zu dienen? Und wenn ja, in welcher Kirche eigentlich?

Ich weiß zum Beispiel von Paulus aus Tarsus, dass du ihn gerufen hast.

Zuerst war er ja dein Gegner, hatte deinen Sohn bekämpft und verfolgt. Plötzlich aber gab es in seinem Leben eine radikale Wende. Er machte eine Erfahrung, aufgrund der er vom Gegner zum eifrigsten Anhänger Jesu wurde. Die plötzliche Veränderung seiner Gesinnung war so radikal, dass er ein ganz anderer Mensch wurde. Aus Saulus wurde Paulus.

Ich persönlich war niemals dein Gegner. Ich war dir ja niemals begegnet. Du hast mich auch nicht vom hohen Ross gestoßen, auf dem ich gelegentlich saß.

Wohl suchte ich bereits als Kind Kontakt mit jener außerirdischen Kraft, die du angeblich bist. Den Anstoß dazu gab mir vermutlich meine Mutter. Wir lebten in einem Bauernhaus ohne Strom und Radio. An langen Herbst- und Winterabenden trieb sie uns unentwegt zum Rosenkranzgebet an. Auch einige Psalmgebete sprach sie auswendig. Als Kind wuchs ich in diese merkwürdige Frömmigkeit hinein. Zu verachten begann ich sie erst im Schulalter, als meine Lehrer alles Religiöse als rückständig und kindisch abtaten. Irgendwann fand auch ich es lächerlich, den Rosenkranz mit zu beten und an dich zu glauben.

Trotzdem blieben die Gebetsabende im Elternhaus in meinem Gedächtnis als etwas Warmes und Beruhigendes gespeichert. Ich verbinde sie heute noch mit dem Gefühl der tiefsten Geborgenheit.

Als ich in der Mitte meines Lebens eine bedrohliche Krise durchzustehen hatte, du wirst dich sicher daran erinnern, besann ich mich zuerst auf das Beten der Psalmen, wie ich es bei meiner Mutter gehört hatte. Viele lernte ich auswendig und wiederholte sie stundenlang während meiner langen Spaziergänge im Wald. Irgendwann spürte ich, wie eine alte Erinnerung in meiner Seele wach wurde: Es waren die Abende mit dem Rosenkranzgebet. Ich schloss meine Augen und sah im Geiste den Raum in unserer armseligen Hütte mit meinen Eltern und meinen Geschwistern. Eine alte, monotone Melodie erklang in meinem Innern und erfüllte mich mit einem Frieden, den ich schon lange nicht mehr kannte.

Ich war evangelisch und betete im Wald den Rosenkranz! Ich wurde von Joggern dabei ertappt, wie ich dieses Gebet nicht nur flüsterte, sondern laut artikulierte. Ich erschrak, blieb stehen und fragte mich: Wer bin ich eigentlich? Ein katholischer Priester, der sich in die evangelische Kirche verirrt hatte? Herr, wann gedenkst du, mit mir darüber zu reden? Viel Zeit bleibt mir nicht mehr.

Am Sonntag den 4. Oktober 2009, saß ich wieder vor meinem Elternhaus. Es war ein herrlicher Herbsttag. Mit der Sonne im Rücken und dem Laptop auf den Knien setzte ich meine Aufzeichnungen fort.

Eine dreiwöchige Reise lag hinter uns. Wir waren nach Toronto geflogen und besuchten Gabis Freundinnen aus der Zeit, als sie in Waterloo ein Jahr lang die Schule besuchte, lange vor meiner Zeit.

Während des Rückfluges nach Frankfurt fiel mir wieder das Thema meines Sabbaticals ein: mein Kirchenwechsel. Jenseits des großen Teiches erlebte ich verschiedene Kirchen, die alle mehr oder weniger eifrig um neue Anhänger buhlten. Ich ging fast jeden Sonntag zu einer anderen Glaubensgemeinschaft. Die Kirche zu wechseln gehörte dort zur Freiheit des Menschen, seine Meinung, vielleicht auch seinen Glauben, fast täglich zu ändern, etwas Neues zu suchen, etwas anderes auszuprobieren.

Die Kirchen in Übersee waren wie Lebensmittelgeschäfte für die Seele. Sie alle verkauften die seelische Nahrung, aber jede bot die Artikel in einer anderen Qualität, einer anderen Verpackung und zu einem anderen Preis.

In Amerika konnte ich mit meiner Lebensgeschichte niemanden vom Hocker reißen. Wenn ich erzählte, welchen Wandel ich vollzogen hatte, hörte ich Reaktionen wie: Du warst katholischer Priester? Und jetzt bist du evangelischer Pfarrer? Na, und? Sei doch froh, dass du beides kannst. Warum versuchst du es nicht noch bei den Mormonen, Zeugen Jehovas, Mennoniten...?

So locker musst du die Sache sehen, redete ich mir ein, als unser Flugzeug zur Landung in Frankfurt ansetzte.

Ich glaubte, ich hatte mich viel zu lange umsonst verrückt gemacht.

Kapitel 3: Wie ich Grenzen überquerte

Armut, Keuschheit, Gehorsam

Müde von der langen Kanada-Reise und von einer zehnstündigen Autofahrt saß ich wieder unter dem Nussbaum vor meinem Elternhaus in Slowenien. Das Ende meiner drei Monate nahte und ich wollte meine Aufzeichnungen zu Ende bringen.

Wo war ich stehengeblieben?

Es waren die Sommerferien vor mehr als drei Jahrzehnten. Vom Charme der krizniske sestre, der Deutschordensschwestern, überwältigt, hatten Lenart und ich erwogen, in den Deutschen Orden einzutreten, in den männlichen Zweig natürlich, obwohl uns der weibliche viel eher anlockte.

Wir verbrachten einige Wochen in Österreich. In einer Klinik des Deutschen Ordens fanden wir als Hilfspfleger eine Ferienbeschäftigung, wobei wir aber vor allem Deutsch lernen und ein wenig die österreichische Ordensprovinz beschnuppern sollten.

Ich half Betten beziehen, teilte Fieberthermometer aus, leerte Nachttöpfe und reinigte sie, rasierte gebrechliche und sterbende Männer. Von manchen erhielt ich ein Honorar, das ich abends in Kneipen für Bier ausgab.

Lenart arbeitete auf der Intensivstation, weil er mit Kranken besser umgehen konnte als ich. Bei den jungen Schwestern war er der Schwarm. Eine Schwesternschülerin verliebte sich in ihn, aber er blieb standhaft und wollte nichts von ihr wissen. Ich war mir nicht sicher, ob er nur das Zölibat ernst nahm oder ob er generell mit Frauen nichts anzufangen wusste. Äußerlich sah er sehr männlich aus, obwohl seine Gestik ausgesprochen frauliche Züge aufwies. Er strickte und kochte, probierte gerne Damenkleider an und legte Wert auf persönliche Kosmetik.

Eines Tages wurden wir gerufen, am Haupteingang der Klinik zu erscheinen. Dort wartete auf uns ein Mercedes mit getönten Scheiben. Wir wurden gebeten, einzusteigen.

Neben dem Fahrer, der eine dunkle Brille trug, saß ein schwarz gekleideter älterer Mann mit einer Glatze. Beide hätten in einem Mafia-Film eine Rolle spielen können.

Wir sollten uns ein wenig kennen lernen, sagte der Glatzköpfige. Da wir zögerten, erklärte er: „Ich bin der Hochmeister des Deutschen Ordens, euer Chef sozusagen. Steigt ein! Meine Zeit ist knapp bemessen!"

Wir fuhren eine ganze Weile durch die Gegend, schließlich blieb das Auto an einer Wahlfahrtskirche stehen. Wir sollten hineingehen, beten, Beichte ablegen und wenn die Zeit reichte, uns die Votivtafeln in der Seitenkapelle anschauen. Nach einer Stunde würden wir an derselben Stelle abgeholt werden. So die Anweisung des „Paten".

Wir stiegen aus, der schwarze Mercedes fuhr weg und verschwand hinter den Häusern. Die Kirche war überfüllt, also setzten wir uns in den Schatten einer Pilgerkneipe, tranken Bier und ließen Gott einen guten Mann sein.

„Weiß du, was die von uns wollen?", fragte ich Lenart.

„Wer will was von uns?"

„Na, die beiden Mafiosi. Ich trau ihnen nicht über den Weg. Sind die überhaupt vom Deutschen Orden?"

„Ziemlich unsympathisch", stellte Lenart fest. „Österreicher halt. Die krizniki in Slowenien sind ganz anders. Sie reiten noch von Pfarrei zu Pfarrei, tragen ritterliche Bekleidung und trinken gerne Wein." Wir prosteten uns zu und leerten unsere Bierflaschen.

„Sympathisch!", sagte ich und rülpste den Biergeist aus. Genau nach einer Stunde kehrten wir zurück zur Kirche. Eine Minute später fuhr der dunkle Mercedes vor.

„Habt ihr gebeichtet?", fragte unser Chef.

„Wir kamen nicht dran, die Warteschlangen waren zu lang", logen wir.

„Ihr kennt die drei Pfeiler des Ordenslebens?" Da wir schwiegen, klärte er uns auf: „Armut, Keuschheit und Gehorsam. Wenn man es genau nimmt, habt ihr euch vorhin gegen den Gehorsam versündigt, als ihr anstatt vor dem Beichtstuhl zu warten euch auf die Terrasse des Gasthauses gesetzt habt."

Er hat hellseherische Fähigkeiten, dachte ich und spürte Gänsehaut auf dem Rücken. Er wurde mir zunehmend unheimlich.

„Wir sind noch keine Ordensmänner", sagte ich, „und ich weiß gar nicht..."

„Wir sind noch ganz am Anfang", unterbrach mich Lenart, der einen Eklat vermeiden wollte. „Wir müssen noch vieles lernen."

„Gut so", sagte der Kahlköpfige. „Selbsterkenntnis steht am Anfang auf dem Weg zur Vollkommenheit." Die nächste halbe Stunde schwiegen wir. „Vielleicht wird der eine oder andere von euch die Gunst haben, zum Studium nach Deutschland oder Österreich eingeladen zu werden", ergriff die Glatze erneut das Wort, doch niemand antwortete. Wir näherten uns der Klinik.

„Also denkt daran: Armut, Keuschheit und Gehorsam. Wir unterstützen niemanden, der diese drei Tugenden nicht anstrebt." Er lachte laut und gekünstelt, um vermutlich die Härte seiner Mahnung abzumildern.

Wir stiegen aus, die dunklen Fensterscheiben gingen runter, der Hochmeister winkte uns dezent nach.

Nach gut drei Wochen beendeten wir unseren Klinikeinsatz. Nun konnten unsere Ferien erst beginnen. Wir bestiegen eines Morgens einen alten, klapprigen R 4, gesteuert von einer reiselustigen Ordensschwester, und fuhren gen Süden. Sie setzte uns in Südtirol ab und fuhr selber weiter, um sich den Traum ihres Lebens zu erfüllen, Rom zu sehen, am Grab des heiligen Petrus zu beten und seinen aktuellen Nachfolger in einer Audienz zu erleben.

Nahe Lana lag ein Tal mit malerischen Dörfern, umgeben von den Hügeln und majestätischen Bergen Südtirols. Sarntheim war ein Dorf in jenem Tal. Klein, verträumt, idyllisch. Die Kirche war für den kleinen Ort zu groß geraten. Sie wurde nur sonntags beim Hauptgottesdienst einigermaßen voll.

Beide Dorfpriester gehörten dem Deutschen Orden an. Lenart und ich waren für zwei Wochen zu Gast im geräumigen Pfarrhaus, in dem zwei ältere Frauen Küchen- und Haushaltsdienste verrichteten.

Der Pfarrer, ein gemütlicher älterer Herr, schien unsere Anwesenheit angenehm zu empfinden, denn er redete pausenlos auf uns ein, blieb stundenlang nach den Mahlzeiten mit uns im Speisesaal, ließ uns die besten Südtiroler Rotweine probieren und verwöhnte uns mit köstlichen Nachspeisen. Er selber rauchte dicke, wohlriechende Havannas.

Am Wochenende kamen zwei Ordenspriester, Günter und Hansi, zu Besuch, um in die Berge zu wandern. Sie nahmen Lenart und mich mit. Wir kamen ziemlich weit, auf dem Gipfel lag noch Schnee, obwohl es schon auf den Hochsommer zuging. Plötzlich bemerkten wir hinter den Bergen schwarze Wolken, die drohend den Himmel verdunkelten.

„Es wird Zeit umzukehren", meinte Günter. „Gewitter in dieser Gegend können gefährlich sein." Während Günter und Lenart sofort die Heimreise antreten wollten, mochte Hansi den Weg bis zur Hütte fortsetzen und dort übernachten. Keiner außer mir war dazu bereit. Hansi nahm mich begeistert in die Arme. „Zu zweit wird es noch viel erbaulicher sein als allein", sagte er und klopfte mir kameradschaftlich auf die Schulter.

„Das machen wir nicht", lehnte Günter Hansis Vorhaben kategorisch ab. „Wir gehen alle zurück." Da Günter der Dienstälteste war, beugten sich alle seinem Beschluss und wir traten den Rückweg an.

Unterwegs sprach mich Günter unter vier Augen an. „Du musst nicht enttäuscht sein. Hansi sucht immer jemand fürs Bett. Du bist leider sein Typ."

Ich erschrak und empfand Ekel. Im Nachhinein fiel mir ein, wie Hansi während der Pausen immer wieder seinen Arm auf meine Schulter gelegt und mich am Nacken gestreichelt hatte. Das fand ich angenehm, im Lichte meiner neuen Erkenntnis aber gingen mir Schauer über den Rücken.

Als wir ins Dorf zurückkamen, setzten sich Günter und Hansi gleich ins Auto und fuhren ab. Ich atmete auf und merkte, dass auch Lenart erleichtert war. „Gott sei Dank", sagte er, während wir am Abend vor dem Fernseher saßen. Er strickte und ich las einen Heimatroman.

„Gott sei Dank, wofür?"

„Dass ich mich bei den Knoten nicht verzählt hatte", zeigte er auf seine Strickarbeit. Ich war mir aber sicher, dass er etwas anderes im Sinn hatte.

Die Begebenheit in den Bergen beschäftigte mich. Es war zum ersten Mal überhaupt, dass ich bewusst mit Homosexualität unter Ordensbrüdern konfrontiert worden war.

Ich warf einen Seitenblick auf Lenart. Er zählte schon wieder die Knoten an seinem Strickwerk. Wir schliefen oft in einem Bett. Mir hatte es nichts ausgemacht, denn ich war es von zu Hause so gewohnt. Manchmal, im Sommer vor allem, war es mir im Bett mit ihm etwas zu eng geworden, so dass ich ihn wegschieben musste. Im Winter dagegen hatte auch ich gegen körperliche Nähe nichts einzuwenden.

Monate später. Die Ferien in Kärnten und Südtirol lagen weit zurück. Wir waren wieder bei den Schwestern in Lenarts Heimatstadt zu Gast und aßen zu Mittag. Außer uns beiden saßen vier Schwestern am Tisch.

„Wann hast du denn gemerkt, dass der Herr dich ruft?", fragte Schwester Rozalija.

„Du bist gemeint", sagte Lenart zu mir, nachdem ich mich nicht angesprochen fühlte.

„Ich?" Verlegenes Schweigen. „Ehrlich gesagt, weiß ich es selber nicht. Ich wollte Theologie studieren und der Bischof nahm mich einfach auf. Einen persönlichen Ruf von Gott habe ich aber bisher nicht vernommen", versuchte ich meinen Stand zu erklären.

Mutter Oberin schaute mich an, als ob ich ihr unendlich leid täte und sagte nachdenklich: „Du wärest nicht da, wenn Jesus dich nicht gerufen hätte. Es ist dir nur nicht bewusst, dass er dich ruft. Noch nicht."

„Wie war es bei dir?", sprach Schwester Laurencija Lenart an.

„Genau kann ich es auch nicht sagen", sagte er. „Ich weiß aber, dass er mich ruft. Und ich will ihm folgen." Die Schwestern schauten ihn bewundernd und liebevoll an.

„Schleimer", flüsterte ich ihm zu.

„Wir müssen aufbrechen", sagte Lenart und stand auf. „Wir haben einen Termin bei der Zahnärztin. Er war noch nie bei einem Zahnarzt." Lenart deutete auf mich. „Jetzt wird sein Gebiss gründlich saniert."

Einkehrtage mit Folgen

Velika Nedelja war ein kleiner Ort mit wenigen Häusern. Er lag inmitten einer Weingegend, nicht weit von Jeruzalem entfernt. Den historischen Kern bildeten eine Kirche, ein Pfarrhaus und ein Schloss, ein Komplex, der sich seit den Kreuzzügen im Besitz der krizniki, dem Deutschen Orden, befand.

Hier versammelten wir uns, Lenart und ich und drei weitere Fratres an einem Wochenende, um zu klären, ob wir fürs Ordensleben berufen seien oder nicht. Wenn ja, wurde für den Sonntag die Ablegung eines vorläufigen Gelübdes in einem Festgottesdienst vorgesehen.

Dass die anderen drei Fratres ihr Gelübde ablegen würden, stand schon lange fest. Sie mussten sich nicht selber entscheiden, ihre Eltern hatten es für sie in ihrer Kindheit bereits getan. Lenart und ich aber waren noch Wackelkandidaten.

Wir trafen uns dreimal am Freitag und dreimal am Samstag in der Kirche zur Meditation und zum Gebet. Dazwischen gingen wir entlang der Weinberge spazieren. Der geistliche Begleiter und die drei Entschiedenen gaben sich große Mühe, um uns auf ihre Seite zu ziehen. Sie malten sich und uns aus, wie wir uns später einmal die Pfarreien aufteilen, wie wir zusammen wirken und uns gegenseitig helfen würden. Wir wollten auch in Kärnten und Südtirol gemeinsam Urlaub verbringen. Am Samstag sollte unsere Entscheidung fallen. Um 19 Uhr.

Ich hatte Bedenken. Ein Ordensgelübde sollte ich ablegen, obwohl ich noch nicht einmal wusste, ob ich Priester werden wollte. Und angenommen, ich würde mich für den Priesterberuf entscheiden, warum um aller Welt sollte ich dann noch einen Schritt weiter gehen, und mich einem Orden verschreiben? Weltpriester wurden von Jesus gerufen, um das Evangelium zu verkündigen. Ordensleute ebenfalls, aber sie verpflichteten sich darüber hinaus, ein vollkommenes Leben anzustreben, ein Leben in Armut, Keuschheit und Gehorsam. Für sie galt das Wort Jesu: Geh hin, verkaufe alles, gib es den Armen, dann folge mir nach!

Mit „alles verkaufen" war auch wirklich „alles" gemeint. Sie durften nichts behalten, nicht einmal ihren eigenen Willen.

So viel wusste ich: Ich war eigenwillig, manchmal sogar dickköpfig. Anderen Menschen zu gehorchen, war absolut nicht meine Stärke.

Die Armut konnte ebenfalls nicht mein Ideal sein. Verließ ich nicht mein Zuhause, um einmal reich und vielleicht sogar einflussreich zu werden?

Und die Keuschheit? Wenn Gott mir andere Neigungen eingebaut hätte, ließe ich mit mir reden. Alenka spielte immer noch eine anregende Rolle in meinen Träumen, aus denen ich manchmal aufwachte, wenn mein Körper an der Bettwäsche klebte.

Am Samstag um 17 Uhr wurde mir bewusst, dass ich für ein Leben als Ordensmann ungeeignet war.

Am Samstag um 19 Uhr gab ich bekannt, dass ich mich für den Deutschen Orden entschieden hatte. In der dazwischen liegenden Zeit überzeugte mich nämlich Lenart, dass ich nichts falsch mache, wenn ich das vorläufige Gelübde ablege. Es war ja befristet, nicht für ewig. Und was befristet war, konnte jederzeit widerrufen werden.

Der Wechsel zum Deutschen Orden verlief unauffällig. Niemand im Lemenat schien von unserem Weggang Notiz zu nehmen. Man ließ uns gehen nach dem Motto: Reisende soll man nicht aufhalten.

Wir verließen das Priesterseminar und bezogen gemeinsam mit anderen krizniki-Studenten ein großes Zimmer im Franziskanerkloster am tromostovje, im Zentrum der Altstadt. Zu sechst bewohnten wir einen großen Raum in einem Seitenflügel des Klosters und hatten mit den Franziskanern keine Berührungspunkte, außer im Speisesaal, wo wir die Mahlzeiten gemeinsam einnahmen.

Obwohl niemand uns beaufsichtigte, hielten wir uns streng an die Ordnung, die uns im Priesterseminar in Fleisch und Blut übergegangen war. Wir besuchten jeden Morgen die heilige Messe, beteten dreimal täglich gemeinsam und gingen regelmäßig auf die Burg spazieren. Auch die Schaufenster mit der ausgelegten Damenunterwäsche mieden wir nach wie vor.

Schon nach einigen Monaten aber kaufte der Orden uns mitten in der Hauptstadt ein Haus, das als unser Domizil eingerichtet wurde. Eine darin aufwendig gestaltete Kapelle wurde durch den Erzbischof feierlich eingeweiht. Sogar ein Beichtstuhl fehlte in dem Mini-Ordenshaus nicht.

Unsere Zimmer befanden sich auf dem ausgebauten Dachboden. Sie waren so hellhörig, dass man die Zimmernachbarn pupsen und rülpsen hören konnte.

Ein grauhaariger, fettleibiger Priester wurde uns als Rektor vorgesetzt. Täglich feierte er mit uns die heilige Messe und betete mit uns den Rosenkranz. Er war aber sehr beleidigt, als er merkte, dass niemand bei ihm beichten wollte.

„Unsere Buben brauchen einen Spiritual, einen, dem sie vertrauen können", stellte unser Prior fest, nachdem er bemerkt hatte, dass wir den Rektor ignorierten. Für diese Aufgabe sollte ein Ordenspriester rekrutiert werden, der seit Jahren ohne Dienstauftrag gemeinsam mit seiner langjährigen Lebensgefährtin in der Stadt wohnte. Wir machten uns auf die Suche und fanden ihn in einem Hochhaus am Stadtrand. Er sollte uns nun regelmäßig geistliche Impulse geben. Wir vereinbarten einige Treffen in seiner Wohnung, merkten jedoch, dass der Mann selber geistliche Hilfe brauchte. Anstatt uns mit Gottes Wort aufzubauen, erzählte er von der Niedertracht seiner geistlichen Brüder, von der Überheblichkeit der Amtsträger und vom Unsinn eines zölibatären Lebens.

Seine Haushälterin saß mit gesenkten Augen abseits, nickte immer wieder und glättete mit ihren Handflächen ihre Schürze. Für ihr Alter von 60 Jahren sah sie recht knackig aus.

Seit wir im krizniki-Haus wohnten, steigerte sich meine Unzufriedenheit. Ich mochte den Rektor nicht, wir wohnten zu dicht beieinander und die Freundschaft mit Lenart engte mich immer mehr ein. Er legte Wert darauf, dass meine Beziehung zu ihm exklusiv blieb und war eifersüchtig auf jeden, der sich mir näherte. Ich konnte kaum noch einen Schritt alleine vor die Tür setzen. Selbst auf dem Weg zum Kiosk, wo ich meine Zigaretten bezog, ließ er mich nicht aus den Augen. Ich freute mich schon, wenn unsere Vorlesungen nicht gleichzeitig begannen und ich alleine mit dem Bus zur Fakultät fahren konnte.

Eines Morgens erblickte ich im Bus plötzlich Alenka. Ich erkannte ihr langes, blondes Haar und trat näher, um sie zu begrüßen. Ich spürte, wie es mir warm ums Herz wurde. Mein Puls beschleunigte sich stark, als ich überlegte, wie ich sie überraschen könnte. Am besten, wenn ich von hinten mit meinen Handflächen ihre Augen bedecke und sie raten lasse, wer ich sei. Schon wollte ich meine Arme ausstrecken, als ich neben ihr einen Mann sitzen sah. Er hielt ihre Hand. Beide träumten vor sich hin. Sie sahen ziemlich verliebt aus.

Ich drehte mich um und entfernte mich unbemerkt.

Die fünf Gottesbeweise

Die Vorlesung über die quinque viae, fünf Gottesbeweise war zu Ende. Professor Janzekovic erklärte uns die fünf Wege zu Gott, wie Thomas von Aquin sie im Mittelalter aufgeschrieben hatte. Jedes Ding habe eine Ursache. Hinter allen Dingen aber müsse es etwas geben, was keine Ursache hat, was aus sich selbst existiere. Etwas, was ewig da war, da ist und da sein wird. Das nenne man Gott. Den Beweis verstand ich nicht, aber er überzeugte mich.

„So lehrte es damals Thomas von Aquin", resümierte Professor Janzekovic nachdenklich am Ende seiner Vorlesung. „Seitdem sind viele Jahrhunderte vergangen. Philosophen und Theologen haben alte Erkenntnisse verworfen und neue entwickelt. Immanuel Kant zum

Beispiel behauptete, man könne Gott überhaupt nicht beweisen. Nun ja, liebe Priesterkandidaten, wir müssen Kant recht geben. Gott kann man nicht beweisen. Denn ein Gott, den unser Verstand beweisen könnte, wäre kleiner und hilfloser als wir selber. Außerdem ist der Glaube an einen bewiesenen Gott sinnlos. Lasst uns beten!"

Die Vorlesungsstunde war zu Ende. Der Professor erhob sich, wartete, bis auch wir still standen, um in aller Andacht mit uns das obligatorische Vaterunser zu beten.

Eigentlich hätte ich diese letzte Vorlesung besser schwänzen sollen. Denn der Professor, von dem ich dachte, er stehe hinter dem, was Thomas lehrte, gab selber zu: Die Lehre des großen Aquinaten war veraltet. Nun war ich ernüchtert und enttäuscht zugleich. Ernüchtert, weil die „Gottesbeweise" sich wie Nebel im Dunst der kritischen Vernunft eines späteren Philosophen aufgelöst hatten. Und enttäuscht, weil die Idee, die mich so faszinierte, und wegen der ich eigentlich ins Lemenat gegangen war, absolut nichts wert war.

Was sollte ich noch hier?

Zwei Jahre studierte ich das logische Denken des Mittelalters. Ich war fasziniert vom klaren Denksystem der Scholastik. Doch nun stellte sich heraus, dass dies alte Zöpfe waren, an denen lediglich der stockkonservative Teil der Kirche noch festhielt. Selbst Janzekovic gab das zu. Er war ja nicht bloß ein Philosoph, sondern auch ein gläubiger Priester. Er las jeden Morgen ganz allein an einem Seitenaltar der Franziskanerkirche die heilige Messe.

„Wo die Philosophie an ihre Grenzen stößt", so meinte er, „beginnt das große, geheimnisvolle Feld der Theologie. Die Theologie aber schöpft aus einer Quelle, die noch geheimnisvoller ist als alle Philosophie und Theologie zusammen. Die Quelle heißt Bibel, das Wort des ewigen Gottes."

Die Bibel, dachte ich, fürwahr ein merkwürdiges Buch! Ein Buch, bei dessen Lektüre ich oft problemlos einschlafen konnte.

Schon als Kind war ich einmal mit ihr in Berührung gekommen. Dreizehn war ich damals, als eine Nachbarin mir den dicken „Schinken" ausgeliehen hatte, weil sie meinte, ich sei ein schlaues Kerlchen und wollte wissen, was ich vom heiligen Buch halte.

Den Anfang fand ich ganz interessant und teilweise sogar spannend. Dass Gott nur sechs Tage brauchte, um das All aus dem Nichts zu zaubern, war eine Leistung, die sich sehen lassen konnte. Kains

Verbrechen und die pornographischen Eskapaden der beiden Töchter von Lot lasen sich vielversprechend und fesselten für kurze Zeit meine Aufmerksamkeit. Bei der weiteren Lektüre jedoch stieß ich auf Wiederholungen und Widersprüche, die Rückschlüsse auf ein schwaches Gedächtnis und mangelnde Konzentration des Verfassers erlaubten. Nachdem ich im Text irgendwann keinen roten Faden mehr entdecken konnte, schloss ich das Buch und brachte es der Nachbarin mit Dank zurück.

„Wie findest du die Bibel?", wollte sie wissen.

„Wunderbar, aber nichts für mich", sagte ich ehrlich. „Ich stehe zurzeit eher auf Bücher wie ‚Die Schatzinsel‘, ‚Mit Feuer und Schwert‘ oder ‚Tausendundeinenacht‘.

Jahre später, im Priesterseminar fiel mir auf, dass alle anstößigen Geschichten der Bibel sorgfältig gemieden wurden. Es kam mir sogar zu Ohren, dass in früheren Zeiten die Kirche den einfachen Gläubigen verboten hat, das Alte Testament zu lesen. Ein verrückter Deutscher namens Martin Luther habe den größten Fehler seines Lebens begangen, als er die ganze Heilige Schrift in die Sprache des Volkes übersetzte, so dass jedem Sterblichen, der lesen konnte, das anstößige Buch zugänglich wurde. (Übrigens tauchte auch bei uns in Slowenien im Mittelalter ein Gelehrter auf, der dem Vorbild Luthers nacheiferte. Auch er übersetzte die ganze Heilige Schrift und begründete damit die slowenische Schriftsprache. Sein Ansehen unter Katholiken war und ist allerdings von der Tatsache überschattet, dass er wie Luther die Protestanten aus der Taufe gehoben hatte.

In der Einführung zur Bibel, die ich als theologischer Anfänger belegen musste, kam die Lehre von der göttlichen Inspiration dieses Buches zur Sprache. Gott selber sei der Autor der Heiligen Schrift. Diese Behauptung warf ein merkwürdiges Licht auf mein Gottesbild. Gott höchstpersönlich sollte also dafür verantwortlich sein, dass die Bibel so chaotisch, widersprüchlich und an vielen Stellen unverständlich wirkte. In meiner Fantasie stellte ich mir Gott als einen alten Greis vor, der auf seinem himmlischen Thron verschmitzt grinsend sein Lebenswerk verfasste und es über Palästina auf die Erde fallen ließ. Der Gedanke lag nahe: Er hätte in seinem hohen Alter lieber keine Bücher schreiben sollen.

Ich nahm Gott übel, dass er sich in der Bibel nicht allgemein verständlich ausgedrückt hatte. Warum musste er uns seine Botschaft in

Rätseln und Gleichnissen hinterlassen? Warum hatte er uns zum besseren Verständnis nicht gleich entsprechende Kommentare mitgeliefert? Angeblich legte er den Schlüssel für das richtige Verstehen seiner literarischen Ergüsse in die Hand eines einzigen Mannes, nämlich in die des Heiligen Vaters in Rom. Der Allmächtige hatte aber vermutlich seine Idee nicht zu Ende gedacht, denn wenn er es getan hätte, hätte er wissen können, dass eine solche Vollmacht seine Stellvertreter auf Erden früher oder später mit Größenwahn erfüllen musste. Irgendwann kam dann tatsächlich einer dieser Stellvertreter auf die verrückte Idee, sich Gott gleich zu stellen, indem er verkündete, er sei unfehlbar.

„Du bist noch ganz am Anfang, du verstehst die Zusammenhänge noch nicht", meinte Lenart, nachdem er sich meine herätischen Gedanken angehört hatte. Er empfahl mir, geduldig zu bleiben und das Studium nicht aufzugeben.

Ich könnte auch heimgehen, Schafe züchten, den Weinberg meiner Eltern bebauen und eine Familie gründen, sinnierte ich im Stillen. Die Idee, eine Bank auszurauben und nach Südamerika zu flüchten, verwarf ich angesichts der Tatsache, dass der jugoslawische Dinar zu dieser Zeit so gut wie nichts mehr wert war.

Nun ja, Alenka war vergeben. Ich hatte keinen Beruf, den ich gerne ausüben würde, und von der kleinen Landwirtschaft leben zu wollen, hieße erneut der Armut ins Gesicht zu schauen.

Genaugenommen gab es für mich nur einen Weg. Den nämlich, auf dem ich mich gerade befand. Mich weiterhin in die Theologie zu vertiefen und auf einen „Durchbruch" im Glauben zu warten.

Drei Jahre wären es noch bis zu meiner Priesterweihe. So viel Zeit blieb mir, um dem Geheimnis der Bibel auf die Schliche zu kommen. Drei Jahre, um beten zu lernen und Gott zu bitten, er möge mir endlich die Gnade des Glaubens schenken.

„Ein Priester braucht vor allem ein inniges Verhältnis zu Maria, der Mutter Gottes", schärfte uns der Spiritual von Anfang an ein. „Priester, die sich von der heiligen Jungfrau abwenden, nehmen früher oder später das Zölibat nicht mehr ernst."

Vor allem Professor Janzekovic bemühte sich, in uns die Liebe zur Jungfrau Maria zu wecken. Für ihn selber war sie die Wunderbarste unter den Frauen. Manchmal unterbrach er seine philosophischen Ausführungen und begann plötzlich über die Wunder zu erzählen, die auf Vermittlung Marias in Lourdes geschahen. Das tat er mit einer solchen Inbrunst, dass ihm zwischendurch die Sprache versagte und dicke Tränen über seine Wangen kullerten.

Einige Kommilitonen meinten danach, sie seien in ihrer Marienfrömmigkeit gestärkt worden. Ich schwieg und war froh, dass mir diese Peinlichkeit erspart blieb.

„Niemand kann in dein Inneres schauen", meinte Lenart. „Niemand weiß, dass du Glaubenszweifel hast. Gib nicht auf, du wirst trotzdem ein guter Priester", ermutigte er mich zum Durchhalten. „Denk an Augustinus!"

Für Augustinus betete seine Mutter, ob meine es auch für mich tat? Sobald wir Kinder groß geworden waren, hörte sie auf, uns mit Beten zu belästigen. Ob sie im stillen Kämmerlein weiterhin auf Gott einredete? Wir hatten darüber niemals gesprochen. Seit ich in Ljubljana wohnte, hatten wir uns völlig aus den Augen verloren. Meine Eltern und meine Geschwister gehörten der Vergangenheit an. Sie lebten in einer Welt, mit der ich nichts mehr zu tun haben wollte.

Die Fremde ruft

Es war ein kalter Oktober. Die Sonne durchbrach erst um die Mittagszeit den dichten Nebel, in dem Ljubljana wie in einer dicken Brühe eingetaucht war.

Während des Mittagessens kam überraschend unser Prior zu Besuch. Der über Siebzigjährige setzte sich, trank einen Tee und betrachtete uns schweigend, während wir ebenfalls schweigend zu Mittag aßen.

„Wenn du fertig bist, kommst du zu mir", sprach er mich an. „Ich warte auf dich in der Kapelle." Er erhob sich und verließ den Speiseraum. Ich ließ sofort mein Besteck fallen und folgte ihm in die Kapelle.

„Die Vorgesetzten sind mit dir zufrieden, Professoren loben dich, ich würde dich gerne als Ordensmann für uns gewinnen", sprach er.

Er wirkte alt und müde. Seine graue Gesichtshaut war faltig und mit braunen Flecken übersät. Seine wässrigen Augen ließen vermuten, dass er mit Eifer jenem Getränk frönte, in dem angeblich die Wahrheit stecke.

„Es geht um deine Zukunft", sagte er ohne Umschweife. „Ich erinnere mich deiner Zweifel. Hat sich inzwischen bei dir etwas bewegt? Hast du gebetet? Stimmen die Gerüchte, dass du mit dem Gedanken spielst, das Theologiestudium an den Nagel zu hängen?"

Das waren mehrere Fragen und ich wusste nicht, welche ich zuerst beantworten sollte. Wie sollte ich ihm erklären, dass mich nur die Philosophie interessierte? Dass mir zum Theologiestudium der Glaube fehlte? Dass ich aus reiner Verlegenheit, weil ich keine Alternative sah, dennoch bei der Theologie bleiben wollte?

„Was soll ich sagen...", begann ich zögerlich, aber der Prior erwartete von mir keine Antworten, denn seine Fragen waren meistens rein rhetorisch Art. Also sprach er: „Uns liegt ein Angebot der deutschen Provinz vor. Einer von euch ist eingeladen, einige Semester in Deutschland zu studieren. Aus sprachlichen Gründen kommen nur zwei in Frage: Lenart oder du. Da Lenart der Ältere ist, habe ich ihn zuerst gefragt..."

„...und er lehnte es ab", fiel ich ihm ins Wort.

Ich kannte Lenart und wusste, dass er nicht in der Fremde leben konnte, schon deswegen nicht, weil er zu sehr ein Mama-Söhnchen war.

Der Prior richtete seinen Zeigefinger auf mich. „Und du wärest nicht abgeneigt, wenn ich das Leuchten in deinen Augen richtig deute."

Ich nickte und sagte: „Ich bin bereit."

Der Prior erzählte von seinem Studium in Innsbruck: „Das liegt schon lange zurück, aber ich erinnere mich noch an fast alle Details. Neben dem Studium habe ich alle deutschen Klassiker gelesen und alle Gipfel rund um Innsbruck erklommen. Das war eine gesegnete Zeit, die ich nicht missen möchte. Nun ja, du kommst nicht nach Innsbruck, aber immerhin nach Deutschland. Die dortige Hochschule kenne ich nicht, aber ihr Rektor ist ein Deutschordenspriester. Er soll ein herzensguter Mann sein. Er wird dir in allem behilflich sein."

„Wann ist es so weit?", frage ich ungeduldig.

„Je früher du alle Formalitäten erledigst, desto eher geht die Post ab. Das Semester dort hat schon begonnen." Der Prior zögerte ein wenig, betrachtet mich eine Weile, dann bat er mich, mir seinen priesterlichen Segen erteilen zu dürfen.

Ich kniete vor ihm nieder. Dann spürte ich seine zittrige Hand auf meinem Kopf und vernahm das Segensgebet, das ich als geistlichen Proviant für meine Reise in die weite Welt zu verstehen hatte.

„Danke", sagte ich und verließ aufgeregt die Kapelle.

Draußen strahlte die Sonne, der Herbstnebel hatte sich inzwischen aufgelöst.

Das ist der Tag, den der Herr gemacht hat, kam mir ein Psalmvers in den Sinn, mit dem ich sonst nichts anzufangen wusste. Es konnte nicht schaden, wenn ich versuchte, daran zu glauben.

Herr, hilf mir zu glauben, überwinde meinen Unglauben!

Wie lange hatte ich nicht mehr an den Rat meines alten Spirituals gedacht?

Sehr lange.

Lenart war traurig, enttäuscht, vielleicht auch ein wenig verärgert. Aber er war nicht überrascht. Wahrscheinlich hatte er diesen Tag kommen sehen. Er half mir auch bei der Besorgung meiner Reisedokumente und schenkte mir einen Ersatzrosenkranz für den Fall, „wenn der eine reißt". Er kaufte mir Zahnpasta, frische Unterwäsche und eine Stange Zigaretten. In Deutschland seien sie teuer, behauptete er.

An einem verregneten Abend kam er mit zum Bahnhof. Er schleppte das Gepäck des Rektors, der mich begleitete. Es war ein kühler Abschied, nicht nur vom Wetter her. Wir gaben uns die Hände, dann ging Lenart weg, ohne sich noch einmal umzudrehen.

Gemeinsam mit Pater Rektor bestieg ich den Fernzug Richtung Hamburg-Altona. Während der Nacht saßen wir allein im Abteil. Mein fettleibiger Begleiter unternahm einige Versuche, um mir körperlich näher zu kommen. Nun wusste ich, was ich schon lange ahnte. Wäre ich in Ljubljana geblieben, hätte ich mich vor ihm in Acht nehmen müssen.

Am frühen Morgen stiegen wir in Frankfurt am Main aus. Nachdem wir eine Weile ratlos auf dem Bahnsteig gestanden hatten, trat ein korpulenter Mann mit glasigen Augen und aufgedunsenem, freundlichem Gesicht auf uns zu.

„Pater Tilzer", stellte er sich vor, ergriff die Reisetasche des Rektors und lud uns ein, ihm zu folgen.

In einem VW-Käfer fuhren wir aus der Stadt hinaus, kamen an einem riesigen Einkaufszentrum vorbei und erreichten schließlich Königstein, eine Kleinstadt im Taunus, den Ort, an dem ein neues Kapitel meines Lebens beginnen sollte.

In einer ehemaligen Kaserne, die nach dem Krieg zum Ausbildungszentrum für Priesterkandidaten aus dem Osten und Süden Europas umfunktioniert wurde, bezog ich ein Zimmer, das zwar winzig und spartanisch möbliert war, aber mir allein zur Verfügung stand. Zum ersten Mal im Leben brauchte ich zwischen meinen vier Wänden auf niemanden Rücksicht zu nehmen. Ein Komfort, auf den ich stolz war.

„Brauchst du etwas? Womit könnte ich dir dienen", fragte mich mein neuer Vorgesetzter.

Mir fielen die Worte ein, die ich mir vor der Abreise ins Ausland eingeprägt hatte, die Worte, die man laut meinem Vater als erste beherrschen sollte: Ich bin hungrig, durstig und müde. Aber ich schämte mich meiner irdischen Bedürfnisse, deshalb sagte ich: „Ich habe noch keine deutsche Bibel!"

Der Pater entfernte sich und kam kurz darauf mit einer Bibel zurück. „Für deinen geistigen Hunger", sprach er. „Möchtest du aber auch gegen deinen leiblichen Hunger etwas unternehmen, so solltest du mir jetzt unauffällig folgen."

Ich folgte ihm wie ein Hund seinem Herrchen. Im Speisesaal wurde bereits Abendbrot eingenommen. An den meisten Tischen saßen junge Männer, die ich wegen ihrer braunen Kutten als Franziskaner identifizierte. An einem einzigen Tisch saßen Männer in Zivil.

In einer Franziskaner-Runde war noch ein Platz frei. Ich grüßte höflich, setzte mich zu ihnen und wünschte ihnen guten Appetit.

Einer der Mönche wies mich auf Kroatisch zurecht: „Nemoj, da se pretvaras. Mi znamo, da sie ti Slovenac i da ti razumjes nas jezik. Pa mi necemo da govorimo svabski, kad smo sami Jugosloveni. Pricaj hrvatski, da te razume celi svet!" Na toll, dachte ich, wie soll ich hier Deutsch lernen?

Ziemlich bald stellte sich heraus, dass nur jene Personen, die keine Kutte trugen, Deutsche waren. Da die Franziskaner mich halb im Spaß halb im Ernst unter Druck gesetzt hatten, auf Kroatisch zu kommunizieren, bevorzugte ich in der Folgezeit die Tische, an denen Deutsch gesprochen wurde.

Mein erster Tag im Priesterseminar begann mit einem Höllenlärm. Es war der schrille Ton des Gongs, mit dem die Hausbewohner geweckt und ich beim ersten Mal fast zu Tode erschreckt wurde.

Ich stieg hinunter in die Kapelle, wo nur wenige Studenten versammelt waren. Sie machten einen müden und gelangweilten Eindruck. Ein dicker Priester las die Messe. Seine Stimme klang monoton, sein Gesicht und die Sprache seines Körpers wirkten auf mich deprimierend. Ich hatte das Gefühl, da vorne leistet einer äußerst ungern seinen Dienst und er wird froh sein, wenn er sich nach getaner „Arbeit" wieder schlafen legen kann.

Nach dem Frühstück erkundigte sich ein deutscher Seminarist nach meiner Herkunft. Als er hörte, dass mich der Deutsche Orden aus Slowenien hierher geschickt hatte, verdrehte er die Augen und meinte: „Ich dachte, du kämest aus dem hintersten Bayerischen Wald. Slowenien, das ist ja noch viel schlimmer."

„Was bedeutet ‚hinterster Bayerischer Wald'", fragte ich. Als er merkte, dass ich ihm sprachlich nicht folgen konnte, lachte er: „Bayerischer Wald, das ist dort, wo Menschen noch auf Bäumen leben. So ähnlich wie in Slowenien."

„Sie leben auf Bäumen? Ich verstehe nicht..."

„Auf Bäumen halt, wie Affen." Er illustrierte seine Erklärung, indem er sich mit beiden Händen unter den Achselhöhlen kratzte und affenähnliche Laute von sich gab. Mir wurde es peinlich und ich schaute ihn fassungslos an. Was wollte er von mir?

„Na ja, ich will mich deiner erbarmen und werde dir in nächster Zeit ein wenig Deutsch beibringen", sagte er besänftigend. „Wir fangen heute nach dem Mittagessen an. Einverstanden?"

„Jetzt ist noch kein Mittagessen, jetzt ist Frühstück", sagte ich verunsichert.

Er lachte, ergriff meinen Arm und führte mich zum Vorlesungssaal. „Setz' dich hin und höre brav zu, was der Professor sagt", sprach er väterlich zu mir. „Später werde ich dir erklären, was du heute noch zu tun hast. Übrigens, ich heiße Norbert."

Da kam auch schon ein Mönch in schwarzer Kutte in den Saal, stellte sich neben das Pult, auf dem er seine Manuskripte ausbreitete.

Inzwischen war Norbert spurlos verschwunden. Außer mir saßen im Saal nur braune Kutten. Ich war der einzige Zivilist.

„Ich bin Drewniak", sprach der Mönch. „und gehöre dem Dominikanerorden an. Ich werde euch die Dogmatik der heiligen katholischen Kirche lehren. Haben Sie es soweit verstanden?" Sein Blick schweifte über unsere Gesichter, blieb schließlich auf mir ruhen. „Und Sie sind der neue Student aus Slowenien, wenn ich recht liege."

„Sie lügen nicht", bestätigte ich.

Er lachte. „Ich sagte: wenn ich recht liege. Ich sagte nicht, wenn ich recht lüge. Liegen ist nicht dasselbe wie lügen. Sprechen Sie mir bitte nach: Ich liege, aber ich lüge nicht."

Ich erhob mich, schaute mich hilflos um. Ein Kroate flüsterte mir zu: „Liegen znaci lezati a lügen znaci lagati."

Nun war ich völlig verwirrt. „Ich lüge, aber ich liege nicht", versuchte ich dem Pater nachzusprechen.

Der Professor lachte wieder. „Sie lügen hoffentlich nicht, denn das ist Sünde."

„Sinde muss man beichten", sagte ich, um zu zeigen, dass ich ihn verstehe.

„Nicht Sinde, sondern Sünde", verbesserte er mich. „Die Deutsche Sprache hat Umlaute, und die muss man üben. Ich werde mir Mühe geben, mit euch ganz langsam und deutlich zu sprechen", versicherte der alte Professor und griff zu seinem Manuskript.

„Da wir gerade beim Thema Sprache sind, können Sie Bayrisch, Herr Professor?", meldete sich eine mir bereits bekannte Stimme aus dem Hintergrund. Norbert stand hinten im Saal und lächelte verschmitzt.

„So viel wie du allemal, obwohl ich aus dem Sudetenland stamme." Die Stimme des alten Paters klang ungehalten.

„Lenken Sie nicht ab, Pater Drewniak", sagte Norbert übermütig. „Können Sie Bayrisch oder können Sie es nicht?"

„Ich kann's!"

„Nun ja, dann werden Sie auch das Wort Felix auf Bayrisch buchstabieren können!"

Der Pater überlegte, schaute auf seine Armbanduhr und sagte: „Ich habe keine Zeit für solche Späße!"

„Soll ich es Ihnen verraten? Ich mache es einfach." Und Norbert sprach feierlich: „F wie Faterland, E wie Elsardinen, L wie lektrisch, I wie ibermorgen und X wie Xangsverein."

Der Professor lachte verhalten. Den meisten Franziskanern und mir war es nicht zum Lachen zumute, weil uns die Pointe verschlossen blieb. Um am Ende nicht als Dummköpfe abgestempelt zu werden, lachten wir natürlich mit.

Mir wurde bewusst, dass ich mit meinem Deutsch nicht weit kommen würde. Aber eine Weisheit, die ich schon bei den Kommunisten lernte, half mir weiter: Bist du unwissend, so erwecke wenigstens einen schlauen Eindruck.

Norbert verließ mit zufriedener Miene den Saal. Pater Drewniak setzte seine Vorlesung fort. Ich hörte aufmerksam zu und zählte die

Wörter, die ich noch nicht kannte. Es waren so viele, dass ich das Zählen bald aufgab.

Das muss rasch besser werden, befahl ich mir innerlich. Und es wurde besser, denn Norbert nahm sich meiner an und wurde mein erster Privatlehrer für Deutsch. Und schon bald auch mein bester Freund.

Mein Freund Norbert

Norbert stammte aus der Nähe von Bonn, hatte wie ich ein gestörtes Verhältnis zu seinen Eltern und verbrachte bereits einige Jahre in einem Franziskanerkloster. In einem kleinen Dorf in Bayern lebte und wirkte sein väterlicher Freund, Pfarrer Hille, bei dem er oft die Ferien verbrachte.

Auf die Amtskirche war Norbert nicht gut zu sprechen. Er fand es anmaßend, dass der Papst die Kirche wie ein Diktator regierte. Er nahm nur Glaubenswahrheiten ernst, die er nachvollziehen konnte. Die Bibel hielt er für ein mythologisches Buch, das man erst historisch kritisch entschlüsseln musste. Und das Zölibat wurde seiner Meinung nach von einem Papst Namens „Impotenz„ im Mittelalter zum Gesetz für alle Priester erhoben.

Ich war entsetzt. Nicht wegen seiner Ansichten, die ich durchaus teilen konnte, sondern weil er sie ganz offen vertrat.

Norbert ermutigte mich, alles zu hinterfragen, was mir bis dahin als heilig und unabänderlich erschien. „Nimm endlich dein Leben in eigene Hände! Lass dich von niemand bevormunden!"

Und just in diesem Augenblick, als ich begann, seinen Rat zu beherzigen, wurde mein Leben anstrengender. Ich stand plötzlich vor Fragen, die früher andere für mich beantwortet hatten. Wie sollte ich meinen Tag einteilen? Wie viel Zeit sollte ich dem Studium widmen und wie lange vor der Glotze verbringen? Wie oft und wie lange sollte ich beten? Wie intensiv durfte ich mich mit einem Mädchen einlassen? Vor welchen Schaufenstern durfte ich stehen bleiben, welche sollte ich meiden?

Ich lernte den Fluch der Freiheit und die Qual der Wahl kennen.

Unsere Vorgesetzten in Königstein „respektierten" unsere Freiheit. Der Rektor ließ sich nur selten im Haus blicken und wenn er kam, legte er keinen Wert darauf, sich mit uns zu beschäftigen. Ein Spiritual kam einmal wöchentlich von auswärts, um uns geistliche Impulse zu geben, aber kaum jemand beachtete ihn.

Unser oberster Boss, der Weihbischof, war alt und krank. Er hatte keine Ahnung, was im Kolleg los war und wenn er es gewusst hätte, hätte er keine Kraft gehabt, daran etwas zu ändern.

Nach einem Jahr Königstein zog ich Bilanz. Was hatte ich erreicht?

Seit ich mein Elternhaus verlassen hatte, musste ich kein Brennholz mehr aus dem Wald und kein Wasser von der Quelle holen, kein Unkraut auf den Äckern jäten und keinen Weinberg mehr umgraben. Ich wurde mit allem versorgt, was ich zum Leben brauchte, musste nicht hungern und war immer warm gekleidet. Anstelle einer Petroleumlampe brannte in meinem Zimmer elektrisches Licht. Es fanden sich auch immer Wohltäter, die mich regelmäßig mit Taschengeld versorgten.

Und das Erstaunliche war: Für meinen Wohlstand musste ich kaum etwas tun. Ein wenig lernen, ein wenig den Lehrern nach dem Mund reden, ein wenig mit dem Strom schwimmen, ein wenig den Mächtigen Honig ums Maul schmieren und bei Bedarf einen hilflosen Hundeblick aufsetzen. Das alles musste ich nicht erst lernen, ich beherrschte es seit meiner Kindheit. Die Veranlagung dazu wurde mir offenbar in die Wiege gelegt.

Theologisch erfuhr ich in Königstein nichts Neues. Die Dozenten lehrten eine papsttreue, erzkonservative Theologie, die auf den Dekreten des Tridentinums beruhte. Bei jeder Glaubenslehre hieß es am Ende: Sollte es jemand wagen, etwas anderes zu behaupten, so galt für ihn anathema sit! Er sei mit Bann belegt und ausgestoßen!

Während die meisten Studenten den Vorlesungen nach und nach fernblieben, besuchte ich sie treu weiter. Die Professoren lobten meine Ausdauer. Sie ahnten allerdings nicht, dass mein Interesse rein sprachlicher Natur war. Ich wollte eigentlich nur meine Deutschkenntnisse ausbauen.

Norbert ging täglich mit mir spazieren, brachte mir neue Wörter und Redewendungen bei.

„Ich weiß, warum du mir so hilfst", sagte ich einmal, um ihn ein wenig zu uzen. „Du versuchst die Kriegsschäden, die deine Vorfahren in unserem Land angerichtet haben, an mir wieder gutzumachen."

„Deutsch ist die Sprache der Dichter und Denker", erwiderte er seelenruhig. „Ich will nicht, dass sie im Munde eines Slowenen verunstaltet wird. Deshalb helfe ich dir, du kleiner Trottel, und nur deshalb."

Irgendwann kam Norbert auf die Idee, unbedingt mit mir auf Reisen gehen zu wollen. „Ich bin neugierig auf dein Land, deine Familie und auf euren Sliwowitz", sagte er. „Und vor allem auf die Bäume, auf denen du und deine Vorfahren gelebt haben. Wollen wir demnächst einmal deine Heimat unsicher machen?"

„Meine Heimat?", erschrak ich. „Im Haus meiner Eltern befindet sich kein Gästezimmer und meine slowenischen Ordensbrüder kenne ich zu wenig. Wo sollen wir unterkommen?"

„Dann ändern wir eben den Plan. Zuerst fahren wir nach Italien. Rom, Assisi, Florenz, Venedig. Und ganz am Schluss, wenn wir nicht schon Pleite sind, können wir noch einen Abstecher nach Slowenien in Erwägung ziehen", meinte er. „Einverstanden?"

„Leider nein, Bruder Norbert. Was mich betrifft, scheitert der Plan am nötigen Taschengeld."

„Das lass meine Sorge sein. Du bist mein Gast, Bruder Franz. Wir werden alles brüderlich teilen. Franz von Assisi persönlich gab mir im Traum diese Anregung."

Das Scheitern eines Einsamen

Pater T., der Rektor unserer Anstalt und mein persönlicher Gönner, rief mich zu sich. Das hatte er niemals zuvor getan. Er lag im Bett, klagte über Schmerzen und bat mich, ihm aus dem nahe gelegenen Kiosk eine Flasche Korn zu bringen. Ich solle mich beeilen, es sei dringend.

Als ich ihm etwas später die Flasche reichte, öffnete er sie mit zittrigen Händen, setzte sie an den Mund und trank sie halb leer.

„Wir sind ja fast schon Ordensbrüder, deshalb vertraue ich dir", sagte er zu mir. „Als zukünftiger Priester weißt du, was Schweigepflicht bedeutet."

Er trank noch einmal und ließ anschließend durch einen klangvollen Rülpser ein übelriechendes Gas aus seinem aufgedunsenen Bauch entweichen. Seine Gesichtszüge entspannten sich, er sah ruhig und zufrieden aus.

„Ich bin ein Säufer", sprach er nach einer Weile. „Ich komme von der Flasche nicht mehr los. Hier hast du mein ganzes Geld. Er hielt mir eine speckige, abgenutzte Geldtasche entgegen. Kauf mir täglich eine Flasche von diesem Korn. Wenn ich sterbe und es bleibt noch etwas übrig, darfst du es behalten."

Er tat mir leid und ich mochte ihn. Er half mir, bei meinen ersten Schritten in Deutschland. Bei meiner Ankunft brachte er mich ins Main-Taunus-Zentrum, kaufte mir eine saftige Bratwurst und zeigte mir den Umgang mit Fotoautomaten, um sich dann über meine Passfotos beinahe tot zu lachen. Die Bibel, die er mir geschenkt hatte, wurde zu meinem ständiger Begleiter. Ich bedauerte, dass er unheilbar mit Alkohol vergiftet war. Er selber hatte sich bereits in sein Schicksal ergeben.

Schweren Herzens entsprach ich seinem Wunsch. Nach etwa drei Wochen rief mich der Bischof zu sich und sagte mit strenger Miene: „Ungewöhnliches ist mir zu Ohren gekommen. Angeblich kaufst du am Kiosk täglich eine Flasche Korn. Was tust du mit dem Teufelszeug?"

Ich konnte ihm die Wahrheit nicht sagen. „Ich kaufe den Schnaps für einen Landsmann von mir. Er nimmt immer größere Mengen mit nach Slowenien."

„Ha, ha, das hieße ja Eulen nach Athen tragen", amüsierte er sich. Er musterte mich wohlwollend und sprach: „Es ehrt dich, dass du deinen Vorgesetzten nicht verpetzen willst. Aber ich weiß, dass er ein Trinker ist. Jeder im Kolleg weiß es. Nur Pater T. weiß nicht, dass alle es wissen. Wir machen dem Affentheater ein Ende." Er schlug mit der Hand auf den Tisch und gab mir ein Zeichen, zu gehen.

Am nächsten Tag konnte ich dem Kranken die tägliche Kornflasche nicht mehr überreichen. Die Rollos seiner Wohnung waren unten. Die Tür, die sonst nie abgeschlossen war, ließ sich nicht öffnen.

„Hochwürden wurde in der Nacht vom Krankenwagen abgeholt", klärte mich eine Putzfrau auf. Ich sah Pater T. nie wieder. Er starb etwas später in einer Klinik für Suchtkranke.

Das Restgeld, das er mir hinterlassen hatte, reichte nicht einmal für eine Schachtel Zigaretten.

Nicht lange nach dem tragischen Scheitern des Rektors bahnte sich in der Leitung unserer Anstalt die nächste Krise an.

Der Bischof, der Begründer und Mäzen unseres Kollegs, war krank geworden. Wenn er stirbt, ist es aus mit dem Kolleg, flüsterten die Spatzen von den Dächern. Der Bischof hatte die Anstalt nach dem

Krieg als Bildungsstätte für die vertriebenen Ostpriester ins Leben gerufen. Das nötige Geld hatte er gemeinsam mit einem Pater aus Belgien besorgt.

Als es keine vertriebenen Ostpriester mehr gab, kamen Theologiestudenten aus Ost- und Südeuropa. Zu meiner Zeit stammten die meisten aus Bosnien.

Der Bischof sorgte für uns wie ein Vater. Sogar Taschengeld und Geschenke zu Weihnachten ließ er uns zukommen. Alles ging gut bis zu dem Zeitpunkt, als er sich plötzlich, wie von einem auf den anderen Tag sozusagen, aus einem gütigen Oberhirten in einen aufbrausenden Tyrannen verwandelt hatte. Die Krankheit, welche auch immer, veränderte ihn völlig. Er schlich wie ein Schatten über den Hof vor der Hochschule. Seine Augen waren auf den Boden gerichtet, einen Gruß erwiderte er nur selten. Ob er alkoholabhängig war, fragte ich mich? Würde er demnächst meine Dienste als Kornbeschaffer in Anspruch nehmen? Ich wäre dazu bereit, aber aufdrängen wollte ich mich dazu nicht.

Der Bischof verschwand für einige Wochen. Kurze Zeit später erfuhren wir, aus seinem Kopf wäre ein Tumor entfernt worden. Die Operation wäre gelungen und es sähe gut aus für ihn. Und für uns.

Tatsächlich erschien er eines Tages auf dem Gelände der Hochschule in Begleitung einer Ordensschwester, die ihn stützte. Er war aber nur noch ein Schatten seiner selbst.

Wochen später drehte er täglich alleine eine Runde um das Haus. Aber es war nicht mehr ratsam, ihm zu begegnen. Er konnte keine Menschen in seiner Nähe ertragen. Seinen Hass bekam auch ich zu spüren. Er nahm mich eines Nachmittags aus der Ferne ins Visier, winkte mich herbei und schrie: „Was machst du hier, du elender Taugenichts. Verschwinde, woher du gekommen bist. Du Hund, du slawischer, ich kann dich nicht riechen!" Der Name Hitler fiel, aber ich verstand nur Fetzen seiner Hasstirade. Ich entfernte mich eilig. Wenige Wochen später war es vorbei mit ihm. Er bekam eine große Beerdigung.

Die Grabrede berührte mich. Er sei ein Freund der Flüchtlinge, ein Helfer der Hilflosen, ein Tröster der Verzweifelten, ein treuer Diener in der Nachfolge unseres Herrn gewesen. Ich konnte der Lobrede innerlich beipflichten. Schließlich hatte auch ich ihm meinen kostenlosen Aufenthalt in Königstein zu verdanken.

Einmal nach Rom und zurück

Es war sehr heiß, als Norbert und ich Rom zu Fuß erkundeten. Auf der Via Appia fanden wir die Hitze so unerträglich, dass wir beschlossen, uns vorerst nur in Kirchen und Museen aufzuhalten.

Auch in den Katakomben konnten wir es wegen des Schweißgeruchs, der von den vielen Touristen ausging, und der stickigen Luft kaum aushalten. Am schönsten war es im Kloster, in dem wir wohnten. Hinter dicken Mauern herrschte vor allem im Kellerbereich, wo wir unsere Mahlzeiten serviert bekamen, eine angenehm kühle, nach rotem Wein riechende Atmosphäre. Dort aßen wir täglich Spaghetti oder Pizza und tranken mit Wonne einen halbtrockenen Rotwein. Der Geschmack erinnerte mich an etwas, das weit zurück lag.

„Denselben Wein trank ich bereits mit meinem Freund Lenart in Südtirol", erinnerte ich mich laut.

„Den gleichen, aber nicht denselben", korrigierte mich Norbert. „Dein geliebter Lenart", sprach er nachdenklich. „Du hast ihn schon lange nicht mehr erwähnt. Wann siehst du ihn wieder?" Norbert konnte seine Eifersucht schlecht verbergen.

„Keine Ahnung", sagte ich. „Zurzeit zieht es mich gar nicht nach Jugoslawien."

„Aus den Augen, aus dem Sinn, nicht wahr", kommentierte Norbert. „So wird es zwischen uns auch einmal enden."

„Keine Ahnung, was mit Lenart los ist", sagte ich genervt. „Wir haben uns einfach aus den Augen verloren."

„Wie nahe seid ihr euch gekommen?", wollte Norbert wissen. „Wart ihr auch im Bett zusammen?"

Seine Direktheit überraschte mich. „Wir schliefen zusammen, aber nicht so wie du denkst", gab ich zu. Er lächelte und schwieg. „Trotzdem kam er mir zu nahe", bekannte ich. „Seine Nähe drohte mich zu ersticken. Er klammerte sich an mich, dass ich kaum noch atmen konnte. Ich musste wieder frei werden. Das war einer der Gründe, warum ich überhaupt nach Deutschland gegangen bin."

„Ist dir auch meine Freundschaft zu eng?", wollte er wissen. Ich schnupperte an meinem Glas und überlegte. „Zögere nicht, die Wahrheit zu sagen", ermutigte er mich.

In seinen Worten hörte ich ein bisschen Angst mitschwingen. „Noch nicht", sagte ich. „Wir wollen doch so lange Freunde heißen, solange ... wie hast du das formuliert?"

„Solange die Spatzen von den Dächern scheißen. Hier müsste man Tauben sagen", fügte er lächelnd hinzu.

Zwischen uns läuft alles noch in normalen Bahnen, dachte ich bei mir, nachdem wir eine neue Flasche Rotwein bestellt hatten. Doch Norberts Verhalten rief manchmal Erinnerungen an Lenart wach. Auch er genoss es, mich gelegentlich zu betatschen. Das tat er zwar kumpelhaft und im Spaß, doch ich fühlte mich dabei nicht wohl. Es machte mich wütend, wenn er beim Treppensteigen hinter mir her schlich und mich in den Hintern kniff.

Ich war froh, dass wir in einem Kloster übernachteten. Wir schliefen zwar in einem Zimmer, aber unsere Betten standen, wie es sich für Klöster gehört, weit auseinander.

Rom machte uns beide müde. Zu viele Kirchen, zu viel Kunst, zu viele Touristen.

Wir warteten die Mittwochs-Audienz des Papstes ab. In einer Sänfte wurde er in den großen Saal gebracht, Paul der Sechste.

„Der Opa kann nicht laufen", kommentierte ein kleiner Junge eine Reihe vor uns. Einige Leute lachten, eine Nonne bedachte den Bub mit einem bösen Blick und drohte ihm mit erhobenem Zeigefinger.

Der asketisch wirkende Greis hielt eine kurze Predigt, in der er auf den moralischen Verfall der Welt hinwies und uns alle zur Marienverehrung aufrief. Ein paar Gruppen im Saal, es waren ausschließlich Kleriker, bedachte er noch mit einem besonderen Gruß, bevor er wieder hinausgetragen wurde.

Dann standen wir auf dem Petersplatz und ließen die Tage Revue passieren.

„Kannst du dir vorstellen, dass am Anfang von Allem ein einfacher jüdischer Prediger stand, der als Verbrecher gekreuzigt wurde?", äußerte Norbert sein Unbehagen. „Gott muss einen grenzenlosen Humor haben. Anders kann ich mir nicht erklären, wie die Nachfolger eines macht- und besitzlosen Predigers aus Nazareth so viel Macht, Reichtum und Autorität anhäufen konnten."

„Du bist mir ganz schön überlegen", beneidete ich Norbert. „Du scheinst an Gott nicht nur zu glauben, sondern sogar zu wissen, dass er humorvoll ist. Ich bin nicht einmal sicher, ob es Gott überhaupt gibt."

„Du brauchst nicht neidisch zu sein. Gott geht mit jedem Menschen einen eigenen Weg. Mit dir scheint er zum Beispiel gerade über eine

Strecke des Zweifelns und Nichtglaubens zu gehen. Das ändert aber nichts an seiner Zusage, dass er trotzdem bei dir ist. Gott ist bei dir, auch wenn du noch nicht an Ihn glauben kannst."

Dann erzählte er mir die Geschichte von einem Menschen, der im Traum zwei Spuren im Sand sah. Sie stellten seinen Lebensweg dar. Die eine Spur ließ er selber zurück, die andere gehörte Gott, der ihn begleitete. Er konnte die Spuren durch die Jahre seines Lebens verfolgen. Plötzlich aber fiel ihm auf, dass in den Zeiten, als er es besonders schwer hatte und viel leiden musste, nur eine einzige Spur zu sehen war.

Der Träumer beschwerte sich bei Gott: Herr, ich kann es nicht fassen, dass du mich in guten Zeiten begleitest, in schweren mich aber allein gelassen hast.

Woran hast du denn gemerkt, dass ich dich in schweren Zeiten allein ließ?", wollte Gott wissen.

Ich sehe dort nur eine Spur, antwortete der Mensch.

Nun ja, mein lieber Sohn, die Spur, die du siehst, gehört mir. Denn in den schwierigen Zeiten deines Lebens habe ich dich getragen.

Auf dem Rückweg von Rom schauten wir bei Franz von Assisi vorbei. Wir fanden die Stätte furchtbar. Kitsch und Kommerz traten an die Stelle von Bescheidenheit und Armut des großen Heiligen. Hier wurde der Geist des begnadeten Nachfolgers Christi durch den Geist dieser Welt ersetzt.

Wir schüttelten den Staub von unseren Füssen und nahmen den nächsten Zug nach Venedig. In der Stadt interessierte mich nur eines: die Seufzerbrücke. Als zwölfjähriger Bub hatte ich heimlich einen Roman darüber gelesen. Kurz vor dem Ende der Geschichte erwischte mich mein Vater dabei. Er beschlagnahmte sämtliche Hefte, die mir die Nachbarin geschenkt hatte, und schrie mich wütend an, ob ich nicht wüsste, dass es für dekadente Literatur in seinem Haus keinen Platz gebe. Seiner Meinung nach war nur lesenswert, was Tito und seine Partisanen über „unseren Befreiungskampf" geschrieben hatten.

Er selber war als Partisane verwundet, gefangen und nach Dresden verschleppt worden, wo er als Zwangsarbeiter kurz vor Ende des Krieges heimwärts fliehen konnte.

Seine Erzählungen endeten meistens mit der Feststellung: Die deutsche Wehrmacht hätte mich beinahe umgebracht, aber deutsche Zivilisten retteten mir das Leben. Sie hätten ihn während der Flucht einige

Male versteckt und vorm Hungertod bewahrt.

Ich kam nie wieder dazu, das letzte Kapitel der Seufzerbrücke zu lesen.

Als ich mit Norbert vor ihr stand, war ich enttäuscht. Ich hätte sie nicht sehen müssen, denn die im Roman geschilderte beeindruckte mich viel mehr, als die wirkliche.

Genervt von Millionen Tauben, die den Markusplatz zugeschissen hatten, nahmen wir zwei Tage später einen Zug nach Norden, durchquerten Südtirol und fuhren nach Deutschland zurück. Nach Stopfenheim, wo unser Freund Hille schon sehnsüchtig auf uns wartete.

Er freute sich wie ein Kind, dass wir ihm gleich am nächsten Tag bei der Frühmesse um sechs Uhr morgens ministrierten und ihn im Laufe des Tages bei seinen zahlreichen Hausbesuchen begleiteten.

Im Pfarrhaus wurden uns täglich die besten Speisen aufgetischt und die köstlichen Biere eingeschenkt. Zum krönenden Abschluss eines jeden Tages, kurz vor Mitternacht, kredenzte uns der Pfarrer je einen doppelten Obstler. Nachdem um punkt vierundzwanzig Uhr im Radio die bayrische Hymne gespielt wurde, leerten wir die Gläser und begaben uns zur Nachtruhe.

Als Gegenleistung für die rührende Gastfreundschaft ertrugen wir das lästige Geschwätz der Haushälterin, die sich bei uns bitterlich beschwerte, dass ihr niemand in „diesem einsamen Pfarrhaus" zuhören wollte. Pfarrer Anton wäre immer weg. Und wenn er ab und zu körperlich anwesend sei, so wandele er dennoch geistlich in seiner eigenen Welt.

Obwohl wir wie Maden im Speck lebten, hielten wir es im gastlichen Pfarrhaus nicht lange aus. „Es gibt nichts Schlimmeres als eine Reihe guter Tage", meinte Pfarrer Hille, nachdem er unsere Unruhe wahrgenommen hatte.

Pfarrer Hille brachte uns mit seinem VW Käfer zum nächst gelegenen Provinzbahnhof. Während wir Abschied nahmen, drückte er jedem von uns reichlich Geld in die Hand, womit wir uns anständige Anzüge kaufen sollten, „um nicht aus Versehen für Landstreicher gehalten zu werden", wie der Geistliche sich auszudrücken pflegte.

Während der Zugfahrt schwiegen Norbert und ich die meiste Zeit. In Frankfurt, auf dem Hauptbahnhof, trennten sich unsere Wege. Ich fuhr nach Darmstadt zu meinem Freund, Pfarrer Canisius. Norbert bestieg einen Zug in Richtung Norden. Wohin genau, weiß ich bis heute nicht. Er sagte es mir nicht und ich hatte ihn auch nicht danach gefragt. Es war das letzte Mal, dass wir uns sahen.

Die letzte Zigarette

Im März 1973 saß ich in Königstein allein in meinem Zimmer und rauchte. Ich dachte an Pater T., der gestorben und ohne großes Aufsehen beerdigt worden war. Wo mag er jetzt sein? Sein vom Alkohol zerstörter Körper lag im Grab. Und er als Person? Musste er nun auf den Jüngsten Tag warten, um auferweckt und gerichtet zu werden? Werde ich ihm dort begegnen?

Auch Norbert war nicht mehr da. Er weilte zwar vermutlich noch unter den Lebenden, aber niemand wusste, wann und wohin seine Reise ging. Er hatte seine Klamotten abgeholt, mir aber keine Nachricht hinterlassen. Vielleicht war er mir böse. Wahrscheinlich hatte ich ihn zu oft vor den Kopf gestoßen. Er hatte viel für mich getan, ich aber habe ihm beim Abschied in Frankfurt nicht einmal gedankt und seine Großzügigkeit als selbstverständlich hingenommen.

Die Franziskaner aus Bosnien bildeten eine Clique, in der es immer noch als Ehrensache galt, die deutsche Sprache zu boykottieren. Es gab in Königstein niemanden mehr, mit dem ich die Sprache der „Dichter und Denker" hätte üben können. Auch ein verrückter Holländer, der auf eigene Faust, also ohne von einem Bischof entsandt worden zu sein, in Königstein studieren, Priester werden und eine eigene Kirche gründen wollte, tauchte nach den letzten Semesterferien nicht mehr auf. Manche behaupteten, er studiere nun in Amsterdam, andere meinten, er sei in einer Irrenanstalt gelandet.

In Königstein fanden nur noch wenige Vorlesungen statt, die Hauptseminare wurden abgesagt.

Der beste Professor, der uns die Bibel erklärte, hörte aus Altersgründen auf und zog zu seiner Mutter nach Fulda. Die Nähe des heiligen Bonifatius, dessen Reliquien in der dortigen Bischofskirche aufbewahrt waren, lockte ihn schon lange, dort den Abend seines Lebens zu verbringen.

Auf dem großen Hof vor dem Priesterseminar wuchsen keine Blumen mehr, niemand pflegte die Anlagen, überall schoss Unkraut empor. Einsamkeit bedrängte mich und Schwermut legte sich auf meine

Seele.

Ich irrte in der Umgebung von Königstein umher, saß stundenlang auf der Ruine von Falkenstein, rauchte eine Zigarette nach der anderen und ließ meine Augen über die Frankfurter Skyline schweifen.

Ich dachte an die Toten, die ich vermisste und an die Lebenden, die aus meinem Dunstkreis verschwunden waren.

Dann kam unerwartet ein Brief aus Slowenien. „Du wirst in Innsbruck erwartet. Dort studieren bereits zwei Brüder des Deutschen Ordens. Sie freuen sich auf dein Kommen. Dein Prior L. B."

Ich erinnerte mich, dass auch er, mein slowenischer Prior, lange in Innsbruck studiert hatte. Die desolate Lage von Königstein muss ihm zu Ohren gekommen sein. Er hatte wohl seine Beziehungen spielen lassen und meine Versetzung veranlasst. Das war eine gute Nachricht.

Die verfahrene Situation, die mich so deprimierte, ging unerwartet zu Ende. In Innsbruck wird alles anders, sagte ich mir, nämlich besser. Wer dort studiert, hat gute Chancen, später einmal Bischof oder Abt zu werden. Möglicherweise sogar Papst. Ich freute mich auf Innsbruck und meinen persönlichen Neuanfang. Aber warum ein Neubeginn erst in Innsbruck, warum nicht schon hier am Fuße des Taunus?

Ich zündete mir eine neue Zigarette an, atmete den Rauch einige Male tief ein und aus, und zerdrückte sie dann im Aschenbecher. Die halbvolle HB-Schachtel warf ich in den Mülleimer und beschloss, ab sofort mit dem Qualmen aufzuhören.

Es sollten mehr als dreißig Jahre vergehen, bis ich mir wieder einen Nikotinzug genehmigte. Nicht aus einer gewöhnlichen Zigarette, sondern aus einer 50 Euro teuren Zigarre. Aber das war eine ganz andere Welt, von der ich damals nicht einmal träumen konnte.

Innsbruck

An der Flusspromenade begannen die ersten Frühlingsblumen aus dem Boden zu sprießen. Infolge der Schneeschmelze stieg der Pegel des Inns und das Wasser verlor seine kristallklare, grüne Farbe.

Ich bog in die Altstadt ein und verweilte auf dem Platz vor dem goldenen Dachl, wo bereits zahlreiche Touristen auf das berühmte Wahrzeichen von Innsbruck starrten. Über eine schmale Seitenstraße erreichte ich den Dom und trat ein.

Das dunkle Innere der Bischofskirche ließ mich innerlich erschauern. Der Geruch von brennenden Kerzen, vermischt mit dem Duft des Weihrauchs, wirkte sich nach einigen Minuten benebelnd auf mein Gemüt aus. Seit ich nicht mehr rauchte, wusste ich frische Luft zu schätzen.

Ich trat in die Nähe des Tabernakels, das sich seltsamerweise im dunkelsten Winkel des Doms befand, und kniete nieder. Das ewige Licht, das die Anwesenheit des Heilands verkündete, vermochte die finstere Ecke nicht zu erhellen.

Am hell erleuchteten Altar der Mutter Gottes auf der anderen Seite des Kirchenschiffes brannten Hunderte von Kerzen. Frauen jeglichen Alters füllten den Raum vor der heiligen Jungfrau, manche rutschten auf Knien um den Altar, manche verharrten im stillen Gebet.

Auch sie glauben nicht, dass Du, Jesus, hier bist, sprach ich im Geiste, denn sonst würden sie herkommen und Dich anbeten und ich wäre nicht mehr so allein.

Die Dunkelheit, die mich umgab, kroch in mich hinein und breitete sich in meinem Innern aus. Mein alter Spiritual fiel mir ein und nach langer Zeit befolgte ich wieder einmal seinen Rat. „Herr, ich möchte glauben, überwinde meinen Unglauben", sagte ich leise. Dann schwieg ich und wartete.

Es tat sich absolut nichts. Das ewige Licht am Tabernakel brannte unverändert weiter, ich sah kein Zeichen und hörte keine Stimme.

Macht nichts, redete ich mir ein, meine innere Leere kann ich überbrücken, indem ich mich ins Studium stürze und, wie einst mein Prior, die Tiroler Berge besteige und mich in die deutschen Klassiker vertiefe. Niemand kann in mein Inneres schauen. Mittlerweile waren mir alle Frömmigkeitsübungen vertraut und ich beherrschte die Rolle eines zielstrebigen Priesteranwärters tadellos.

Enttäuscht über den misslungenen Antrittsbesuch bei meinem obersten „Chef" im Dom setzte ich meinen Stadtrundgang über die Maria Theresien-Straße fort, kam an weiteren Kirchen vorbei, ohne das Bedürfnis zu verspüren, einzutreten und weitere Annäherungsversuche an den unnahbaren Weltenherrscher, wenn es denn einen geben sollte, zu unternehmen.

An einem Blumenladen stand ein junges Mädchen. Sie trug eine tief ausgeschnittene Bluse, die unter dem natürlichen Druck ihres prallen Busens eine dauerhafte Zerreißprobe zu bestehen hatte. Sie bemerkte wohl meinen lüsternen Blick, lächelte mich an, nahm eine rote Nelke in die Hand und hielt sie mir entgegen.

Ich musste an das slowenische Volkslied denken, in dem das Schicksal eines Burschen besungen wurde, der aus unerfindlichen Gründen nach Tirol ausgewandert war und dort von einer Tirolerin mit Hilfe eines Blumenstraußes verführt wurde. Als der Schlingel in Tirol erkrankte, erinnerte er sich an sein Liebchen in Slowenien und bat sie um Hilfe. Doch die Hintergangene, die wohl vom Seitensprung ihres Geliebten Wind bekommen hatte, antwortete ihm knallhart: Tirolka ti je puseljc dala, pa naj ti se zdravilo da! Die Tirolerin, die dich mit einem Blumenstrauß bezirzte, soll nun auch für deine Genesung aufkommen.

Ich war mir ziemlich sicher, dass mir ein derartiges Schicksal erspart bleiben würde. Denn ich kam nach Tirol, um mein Theologiestudium fortzusetzen und vielleicht sogar Priester zu werden. Außerdem ließ ich in der Heimat keine Geliebte zurück. Jedenfalls keine, die auf mich gewartet hätte.

Während ich mich bemühte, meinen Blick anstatt auf das verführerische Dekolleté auf das goldene Dachl zu richten, nahm ich die angebotene Nelke mit Dank entgegen und richtete meine Schritte heimwärts.

Canisianum, ein traditionsreiches Haus der Jesuiten in Innsbruck, in dem Theologiestudenten aus der ganzen Welt lebten und studierten, wurde seit Kurzem mein neues Domizil. Ich bezog ein Zimmer, das vom Komfort her dem Zimmer in Königstein identisch war. Ein Tisch, ein Stuhl, ein Schrank und ein Bett – der bewährte Standard, an den ich mich bereits gewöhnt hatte und den ich schon als selbstverständlich erachtete.

Das alte Gebäude wirkte auf mich ehrwürdig und geheimnisvoll. Die dicken Mauern, die kleinen Türme, die aus dem Dach empor ragten, Fresken und lateinische Inschriften über dem mit Säulen eingerahmten Haupteingang, all das erinnerte mich an das Internatsgebäude aus dem Film ‚Der Club der toten Dichter‘.

Vor meinem Zimmerfenster wuchs ein mächtiger Baum, den unzählige Vögel bevölkerten. Mit ihrem lauten, tausendstimmigen Konzert weckten sie mich jeden Morgen viel zu früh. Meistens wartete ich noch lange im Halbschlaf, bis das dumpf klingende Geläut von der Domkirche unsere Frühstückzeit ankündigte. Die Zeiten, da ich beim ersten Läuten in die Kapelle rannte, waren bereits nach einigen Wochen vorbei.

Drei Räume gab es im Canisianum, in denen sich unser Leben abspielte. Eine Kapelle, die ursprünglich wie eine barocke Dorfkirche aussah, vor Kurzem aber durch Stellwände und Wandteppiche in einen modernen Sakralraum umgewandelt worden war. Hier fanden Gottesdienste und Andachten statt, an denen aber nur eine kleine Schar kirchlich konservativ geprägter Hausbewohner teilnahm. Polen, Afrikaner und Asiaten waren die eifrigsten Kirchgänger. Auch ich gehörte in meiner ersten Innsbrucker Phase dazu. Ein Speisesaal, in dem Tische und Stühle für über Hundert Menschen Platz fanden und der täglich von allen Hausbewohnern frequentiert wurde – war für uns der attraktivste Treffpunkt. Ein Mehrzweckraum, in dem Versammlungen und diverse Veranstaltungen stattfanden, wurde ebenfalls eifrig genutzt. Hier las man Zeitung, spielte Tischtennis oder saß einfach da und wartete bis die Jahre vergingen. Spät in der Nacht konnte man dort sogar mit einem Mädchen aufkreuzen, um mit ihr in einer der schummrigen Nischen harmlos zu schmusen.

Zwei Spirituale bemühten sich, uns geistlich zu begleiten. Regelmäßige Gebetszeiten und meditative Übungen gehörten zu ihren klassischen Angeboten. Nur bei wenigen stießen sie damit auf Interesse.

Sieht man vom Herrgott ab, war Pater Regens der oberste Boss im Haus. Ihm lag vor allem unser leibliches Wohl am Herzen. Er, ein Ladiner aus Südtirol, brachte die beiden Köchinnen, Regina und Martha, aus seinem Bergdorf mit, die unser tägliches Essen zubereiteten. Da die Liebe bekanntlich durch den Magen geht, wurden die beiden Frauen nahezu von allen Canisianern umschwärmt und von einigen sogar heimlich angehimmelt. Nur wir Slowenen gingen noch einen Schritt weiter. Wir bezogen sie auch in unser „Nachtleben" ein, indem wir mit ihnen abends Tee tranken und geistliche Lieder sangen.

Einmal nahmen wir sie sogar mit ins Kino und schauten uns gemeinsam den ‚Quo vadis'-Schinken an. Unsere Papiertaschentücher, mit denen sie sich ihre Tränen der Rührung unentwegt trockneten, reichten gerade noch bis zum Ende der Vorstellung.

Nachdem wir sie am späten Abend kurz nach zwanzig Uhr bis vor ihre Wohnungstür begleitet hatten, baten sie uns zum Abschied noch um den priesterlichen Abendsegen. Vinko, der einzige unter uns, der bereits mit dem unauslöschlichen Charakter eines Priesters ausgestattet war, entsprach ihrem Wunsch, segnete sie und entließ sie in

Frieden.

„Seht", sprach er zu uns, als die Tür hinter den Köchinnen ins Schloss fiel, „wie unschuldig und fromm junge Frauen sein können!"

„Du meinst also, dass die beiden noch unschuldig sind?", rutschte es mir heraus. Kopfschüttelnd und krampfhaft bemüht, ernst zu bleiben, verließ der Geweihte unsere Runde. Wir lachten erst, als wir sicher waren, dass er uns nicht mehr hören konnte.

Im Laufe des Abends wurde mir klar, dass Regina und Martha uns nicht als normale junge Männer betrachteten. Sie sahen in uns jene sonderbaren Wesen, die Gott fürs Priesteramt auserwählt und ihnen die Gabe des Zölibats bereits in die Wiege gelegt hatte. Männer, die den Begierden dieser Welt abgeschworen hatten und nur noch für das Reich Gottes lebten.

Mit knapper Not zum Führerschein

„Jesus kam auf einem Esel geritten nach Jerusalem. Würde er heute leben, so würde er sich eines PKWs bedienen", behauptete unser Professor für praktische Theologie. „Ihr braucht also einen Führerschein. Die Zeit, als der Pfarrer zu Fuß oder auf einem Pferd reitend die Kranken und Sterbenden besuchte, ist vorbei."

Das Argument des alten Dozenten überzeugte mich. Noch viel mehr aber bewegte mich der Umstand, dass die besten Kinos und die urigsten Kneipen nicht in Innsbruck, sondern in den kleinen Städten in der Umgebung zu finden und zur Nachtzeit am besten mit einem eigenem PKW zu erreichen waren.

Ich ließ mich also umgehend in einer Fahrschule zum PKW-Fahrer ausbilden. Die Erfahrung, die ich dort machte, kam mir bekannt vor. Wie schon in der Bergwerksschule erwies ich mich als glänzender Theoretiker. Den theoretischen Umgang mit einem Fahrzeug sowie die sinnlosesten Verkehrsregeln merkte ich mir auf Anhieb. Doch schon nach wenigen Stunden der Theorie, wurde ich mit der abartigen Erwartung konfrontiert, ein wirkliches Auto in Begleitung eines meckernden Fahrlehrers durch die überfüllten Straßen der Tiroler Hauptstadt zu steuern. Ich musste feststellen, dass mir die Fähigkeit, einen PKW zu lenken, nicht in die Wiege gelegt war. Meinen Füßen fiel es vor allem schwer, blindlings das Kupplungs-, Brems- und Gaspedal voneinander zu unterscheiden und sie in empfohlener Reihenfolge zu betätigen. Nachdem mein erster Lehrer mit einem Nervenzusammenbruch buchstäblich aus dem Verkehr gezogen wurde, schlug ich seinem Nachfolger vor, mich zunächst einmal zu schonen und sich selber ans Lenkrad zu setzen. Er bestand aber darauf, mich am Steuer erleben zu wollen. Nach gut zwei Kilometern kam er aber dankbar auf meinen Vorschlag zurück und übernahm vorerst freiwillig das Lenkrad.

Auch während der nächsten dreißig Fahrstunden teilten wir uns kameradschaftlich den Fahrersitz. Die letzten fünfzehn Einheiten vor der Prüfung musste ich dann ganz alleine als Fahrer bestreiten. Aber auch da kam mir der Instruktor entgegen, indem er mich die Straßen ansteuern ließ, die kerzengerade und möglichst verkehrsarm waren.

Bei der praktischen Prüfung war ich einer der letzten Kandidaten. Mein direkter Vorgänger, ein Kroate, fiel durch. Er jammerte, flehte und weinte, es nützte alles nichts. Durchgefallen, blieb der Prüfer unerbittlich.

„Jetzt sind wir dran", sagte mein Fahrlehrer zu mir und meinte, ich solle seine Hand loslassen, denn „Händchenhalten" könnte der Prüfer mir als Zeichen der Schwäche ankreiden. Ich ließ also seine Hand los und nach einer kurzen Diskussion, wer von uns beiden auf der Fahrerseite einsteigen solle, übernahm ich widerwillig die undankbare Aufgabe.

„Losfahren", befahl der Prüfer geistesabwesend, während ich mit meinem Zimmerschlüssel den Motor anlassen wollte. Unauffällig ergriff mein Fahrlehrer meine Hand und führte sie zart an den Zündschlüssel, der bereits steckte. Ich fuhr geradeaus eine lange Straße entlang, wartete auf Anweisungen, aber es kamen keine. Ich fuhr und fuhr, nichts geschah.

Der Prüfer stöberte unentwegt in den Akten, die in einer Mappe auf seinen Knien lagen. An meinem Fahrkönnen zeigte er keinerlei Interesse.

„Sie wollen Priester werden?", unterbrach er die angespannte Atmosphäre. Ich bejahte. „Halten Sie da vorne an." Ich hielt an und befürchtete das Schlimmste. „Genug für heute", sagte er mit müder Stimme. „Sie werden kein Profi-Fahrer werden. Aber ich gehe davon aus, dass der Herr Sie stets beim Autofahren begleiten wird, denn das werden Sie bitter nötig haben."

Mühsam kletterte er aus dem Auto und ging weg, ohne mich noch eines Blickes zu würdigen. Ich lief hinterher und wollte wissen, wann der nächste Prüftermin sei, der für mich in Frage käme. „Sie haben bestanden", sagte er trocken.

Auf dem Heimweg kam ich an einem Schallplattengeschäft vorbei. Aus dem Lautsprecher tönte gerade ein Schlager von Katja Ebstein, dessen Botschaft ich dem Anlass entsprechend als absolut glaubwürdig einstufte: „Wunder gibt es immer wieder..."

In der Buchhandlung in der Maria-Theresia-Straße wärmte ich mich auf, während ich in Büchern stöberte.

„Du hast es bestimmt geschafft, oder?", hörte ich hinter mir eine Mädchenstimme, die mir bekannt vorkam. „Ich habe es leider versaubeutelt", klagte sie sichtlich enttäuscht.

„Was hast du versaubeutelt?"

„Na, die Fahrprüfung."

Ein Licht ging mir auf. „Jetzt hab ich's, wir haben gemeinsam die Fahrschule besucht", stellte ich fest.

„Ja, und ich bin durchgefallen."

„Es wird dich nicht aufbauen, wenn ich dir verrate, dass ich bestanden habe, oder?"

„Nicht wirklich", gab sie ehrlich zu.

Dann wechselten wir das für sie unangenehme Thema, unterhielten uns über Bücher, Freizeit, Freundschaften.

„Mein Freund ist Musiker, am Samstagabend gibt er ein Konzert, als Prüfung sozusagen. Es sollen viele Zuhörer da sein, das fordert ihn heraus. Willst du kommen? Es ist kostenlos", fragte sie.

Etwas Kultur könnte mir nicht schaden, überlegte ich. Die Musik kam zwar in meinem Leben vor, aber meistens war es die volkstümliche. Nachdem sich aber diese Art der Musik unter Norberts Einfluss als Volksverdummung entpuppte, hörte ich gerne Gregorianik und klassische Requiems.

Susannes Freund spielte Klassik. Im Saal der Musikschule waren nicht alle Plätze besetzt. Die meisten Zuhörer waren Verwandte und Freunde der Prüflinge. Das Konzert langweilte mich. Susanne hörte angespannt zu. Sie schien nervös zu sein.

„Er wird geprüft, nicht du", versuchte ich sie zu beruhigen.

Sie lachte verlegen, legte ihre Hand auf meine und flüsterte: „Ich überlege, ob ich euch bekannt machen soll. Nach dem Konzert gehen wir in eine Pizzeria, kommst du mit? Seine und meine Familie werden dabei sein und du als Überraschungsgast. Meine Eltern sind ziemlich gläubig."

„Gläubig? Was meinst du damit?"

„Ich habe Ihnen von dir erzählt. Dass du Priester wirst, dass du die Fahrprüfung auf Anhieb geschafft hast und so weiter."

Wenn sie wüssten, wie ich die Prüfung geschafft habe, würden sie noch gläubiger werden, dachte ich bei mir.

„Ich glaube nicht, dass ich da hinein passe", sagte ich leise und war mir nicht sicher, ob sie mich akustisch verstanden hatte. Nach dem Konzert rannte sie hinter die Bühne. Ich aber nutzte die Gelegenheit und verdrücke mich.

Mehrere Wochen vergingen. Vielleicht sogar Monate, ich weiß es nicht mehr genau. Eines Nachmittags wurde ich zum Telefon gerufen. Ich war ziemlich aufgeregt, denn wenn ich im Canisianum angerufen wurde, handelte es sich in der Regel um einen Notfall. War es ein Anruf aus Slowenien? War vielleicht jemand gestorben? Ich stürzte in die Telefonzelle und hob ab.

Eine aufgeregte Frauenstimme erzählte mir vom Unglück ihrer Tochter Susanne. Ihr Freund hätte sie verlassen, nun sei sie seelisch völlig am Ende. „Als künftiger Priester haben Sie bestimmt schon gelernt, verzweifelte Menschen zu trösten. Bitte, es ist dringend", schloss sie, während ich überlege, um wen es überhaupt geht. Susanne? Da gab es doch eine Susanne ... natürlich! Die von der Fahrschule! Ihr Freund, den ich bei seinem Auftritt als Musikprüfling aus der Ferne gesehen hatte, dieser Schlingel, machte sie unglücklich. Und nun sollte ich seine Ex-Freundin Susanne trösten.

„Ich will sehen, was ich tun kann", versprach ich leichtsinnig.

Die Frau schien beruhigt zu sein. Sie würde mich auch gerne persönlich kennen lernen, bei Gelegenheit vielleicht, äußerte sie den Wunsch.

„Das wäre grundsätzlich möglich, zurzeit stehe ich aber noch sehr unter Prüfungsstress, später wird es einfacher. Alles Gute für Sie und Ihre Susanne", wimmelte ich sie ab.

Ich stellte mir vor, wie ich Susanne am besten trösten konnte. Zuhören war das Wichtigste, hatten wir bei Beichtübungen gelernt. Klagende Menschen wollen keine Ratschläge, sie wollen sich aussprechen. Manchmal war auch eine Umarmung angebracht. „Aber Vorsicht, liebe Priesterkandidaten, denkt an das Zölibat!", pflegte unser Professor augenzwinkernd anzumerken.

Susannes Mutter bedachte die Möglichkeit wohl nicht, dass ich eventuell ein falscher Tröster sein könnte. Kannte sie den Spruch nicht: den Bock zum Gärtner machen?

Susanne war mir nicht unsympathisch, sinnierte ich. Ich konnte ihr ziemlich lange zuhören. Am liebsten hätte ich sie umarmt und ganz fest an mich gedrückt, um ihre Brüste zu spüren. Ich würde sogar vor einem Kuss nicht zurückschrecken. Natürlich auf die Wange. Auf die Lippen nur, wenn sie selber die Initiative ergreifen würde. Jetzt, da ich noch nicht geweiht war, könnte ich mir einen kleinen Abstecher in das Land der sinnlichen Abenteuer leisten.

„Ihr solltet nicht mit dem Feuer spielen", warnte man uns bei den Seelsorgeübungen.

Die Glocke rief zum Mittagsmahl. Die Seminaristen strömten bereits in den Speisesaal. Ich wachte aus meiner Träumerei auf und musste nüchtern feststellen: Der beste Trost für Susanne wäre, wenn sie einen neuen Freund finden würde.

Sie war hübsch, sympathisch, intelligent und noch sehr jung. Eigentlich brauchte ich mir um sie keine Sorgen zu machen.

Skifahren

„Du musst in diesem Winter unbedingt unser Ski-Team verstärken", sagte eines Tages Simon zu mir.

„Aber ich kann gar nicht Ski fahren", gab ich zu bedenken.

„Wir bringen es dir bei. Du musst es unbedingt probieren. Sonst landen wir bei den hausinternen Meisterschaften am Ende noch hinter den Afrikanern."

Das Skifahren gehörte im Canisianum gleich nach dem Fernsehen zum beliebtesten Winterhobby der Hausbewohner. In jenem Winter stellte fast jede Nationalität eine Mannschaft auf, nur wir Slowenen schwächelten. Nachdem zwei von unseren Spitzenleuten ihr Studium beendet hatten und wieder heim mussten, suchte man verzweifelt nach Verstärkung. Wie groß unsere sportliche Personalnot war, konnte man daraus ersehen, dass Janez, der Teamchef der Slowenen, bereit war, auf mich als absoluten Anfänger zurückzugreifen.

Simon, der über die meiste Freizeit verfügte, wurde zu meinem persönlichen Trainer ernannt. Bereits im Spätherbst wurde auf den schneebedeckten Bergen rund um Innsbruck die Wintersaison eröffnet. Die Zufahrt zum Skigebiet „Seegrube" lag wenige Hundert Meter vom Canisianum entfernt. Ich beobachtete unsere ugandischen Kommilitonen, wie sie relativ oft mit riesigen Skischuhen und in dicker Winterbekleidung zur Talstation marschierten, um mit dem Training zu beginnen. Um mir ein authentisches Bild von ihrer Form zu machen, folgte ich ihnen heimlich bis zur Bergstation und wollte ihnen vom Pistenrand zuschauen. Als ich nach drei Stunden immer noch keinen schwarzen Skiläufer auf der Piste entdecken konnte, zog ich mich enttäuscht in die Kneipe an der Bergstation zurück. Da saßen sie, unsere heimlichen Rivalen, gemütlich am großen Tisch neben dem Ofen und prosteten sich mit Bier zu.

„Wie ist der Schnee?", erkundigte ich mich, als sie mich entdeckten.

„Weiß", meinte einer.

„Und wieso hockt ihr die ganze Zeit in der Kneipe?"

„Würdest du Ski fahren, wenn du für eine Minute Abfahrt eine Stunde Schlange stehen müsstest?", antwortete Halil und nahm einen kräftigen Schluck aus dem Bierkrug. „Euer Team geht ganz schön geschwächt an den Start", stellte er voller Schadenfreude fest.

„Ich werde die Lücke schließen", gab ich bekannt, obwohl ich als „Geheimwaffe" erst unmittelbar vor dem Wettkampf aus dem Hut gezaubert werden sollte.

„Na dann kann ja nichts schief gehen", sagte Lumba und fügte trocken hinzu: „Für uns!" Alle in der Runde lachten.

„Was heißt „Für uns"? Wartet nur ab, das Lachen wird euch noch vergehen", drohte ich, wusste aber, dass ich mich am Ende als Lachnummer entpuppen konnte. Ich setzte mich also selbst unter Druck, mit Simon meinen Anfängerkurs besser früher als später in Angriff zu nehmen.

Ich blickte dem Ereignis mit zwiespältigen Gefühlen entgegen. Das lag wohl daran, dass ich mich schon als Kind beim Skilaufen nicht sonderlich geschickt angestellt hatte. In der Zeit, als in Slowenien ein Skiboom ausgebrochen war, lieh ich mir eines Tages von einem Mitschüler das begehrte Sportrequisit, wählte den steilsten Hang, den ich in jener Gegend finden konnte, und testete meine Begabung als Abfahrer.

Leider konnte ich damals ein Hindernis, das sich mir in Form von einem Strommast plötzlich in den Weg stellte, nicht exakt genug umfahren. Schürfwunden und Prellungen an meinem ganzen Körper waren die schmerzlichen Folgen. Meine Schulkameraden und meine Familie bedachten mich mit reichlich Spott und Häme.

An einem strahlenden Winterwochenende wurde es für mich als potenziellen Verstärker des slowenischen Skiteams ernst. Für den Anfang wählte Simon ein nahegelegenes Skigebiet mit einer autobahnähnlichen Piste.

An der Bergstation verließ ich mit Hilfe der umstehenden Pistenbetreuer den Sessellift und blieb steif auf meinen Brettern neben Simon stehen. Janez beobachtete uns lächelnd von der Seite.

„Ich werde ganz langsam losfahren, während du versuchen musst, genau dasselbe zu tun wie ich. Sollte es für dich zu schnell werden, kannst du mit dem Schneepflug bremsen. Du brauchst nichts anderes zu tun, als mir zu folgen", lautete Simons erste Lektion.

„Und wo bekomme ich den Schneepflug her?", fragte ich, da ich das Bremsen auf der Piste für überlebenswichtig hielt.

„Stell dich nicht so an", ermahnte mich Janez. „Schneepflug ist, wenn du die Ski hinten auseinander und vorn zusammen drückst. Willst du eine Kurve nach links einschlagen, musst du dein Gewicht auf dein rechtes Bein verlagern und umgekehrt. Das ist alles."

„So einfach ist das", sagte Simon, drehte sich in Richtung Tal und zischte ab.

Ach, so einfach ist das, wiederholte ich im Geiste, und schaute meinem Trainer ehrfürchtig nach. Ungefähr einhundert Meter talwärts blieb er stehen und schrie: „Fahr los, egal wie, aber fahr! Ich fange dich auf jeden Fall ab."

Ich stieß mich mit den Stöcken ab, glitt eine Weile talwärts, verlagerte das Gewicht hin und her, ohne meine Fahrrichtung auch nur im Geringsten beeinflussen zu können. Ich versuchte zu bremsen, aber nichts konnte meine Geschwindigkeit verringern. Erst ein Tannenbäumchen und der Tiefschnee unterhalb der präparierten Skipiste trugen dazu bei, dass ich zu einem abrupten und recht schmerzvollen Stillstand kam. Simon hätte ich bei dieser Aktion beinahe brutal in den Abhang mitgerissen, hätte er sich nicht geistesgegenwärtig zur Seite gehechtet.

„Ich fange dich auf jeden Fall ab", machte ich Simons Stimme nach. „Ha, ha, war wohl ein leeres Versprechen", lamentierte ich ziemlich sauer.

„Ich musste schließlich mein nacktes Leben retten", verteidigte er sich, während er krampfhaft einen Lachanfall unterdrückte. Ich wollte auf der Stelle heimfahren, als ich plötzlich die gesamte ugandische Mannschaft an uns vorüber gleiten sah.

„Noch einmal!", spornte mich Janez an. „Ein echter Slowene gibt niemals auf!"

Ich gab nicht auf. Und irgendwann schaffte ich den Durchbruch. Das Skilaufen ist zu meiner liebsten Freizeitbeschäftigung geworden. Wir suchten fast jede Woche ein anderes Skigebiet auf. Wenn ich mal allein war, fuhr ich mit der Bahn nach Fulpmes ins Stubaital. In voller Skimontur nahm ich gerne einen halbstündigen Fußweg vom Bahnhof zur Talstation in Kauf, um auf die schneebedeckten Hänge der Stubaier Alpen zu gelangen.

„Er hat Blut geleckt", meinte Simon, nachdem ich breitbeinig den Schneepflug beherrschte und gelegentlich auch die ersten Slalomversuche unternahm. Wir hielten immer wieder am Pistenrand an, um Atem zu holen und das wildromantische Panorama zu bewundern.

„Es fehlt nicht viel und du kannst Krizaj und Stenmark herausfordern", sprach Janez mit ernster Miene.

„In der Abfahrt hätte er vielleicht eine Chance", meinte Ivica, ein junger Priester aus Banja Luka. „Aber im Slalom sehe ich bei ihm noch erhebliche Defizite."

Die Abfahrt war in der Tat meine Stärke, besonders wenn die Skipiste absolut leer war. Meine Versuche dagegen, Kurven zu fahren, brachten mich leicht zu Fall.

Eine Gruppe junger Mädchen glitt in perfekten Schwüngen an uns vorbei. Mit offenem Mund folgten wir Ihnen, bis sie hinter einer Kuppe verschwanden.

Dann kamen die Tage, als die canisianische Skimeisterschaft ausgetragen wurde. Elf Nationalitäten standen am Start. Uns Slowenen traute man zu, aus dem Wettbewerb als Looser hervorzugehen.

Am zweiten Tag standen wir noch auf dem vorletzten Platz. Die Entscheidung wurde auf das letzte Rennen, dem Slalom, vertagt.

Ich fiel gleich im ersten Lauf aus. Wenn kein Wunder geschähe, das war allen klar, würden selbst die Angolaner besser abschneiden als wir. Vor dem letzten Rennen lagen sie nur einen Punkt hinter uns.

Halil, der erste Angolaner, startete. Er war ein guter Techniker, doch bereits an der dritten Kurve verlor er seinen rechten Ski. Ein ähnliches Schicksal ereilte Lumba, dem sofort nach dem Start der linke Ski aus der Bindung flog.

Die große Schmach, von einer afrikanischen Mannschaft, deren Mitglieder nie zuvor eine Flocke natürlichen Schnees gesehen hatten, geschlagen zu werden, wurde abgewendet.

Bei der Siegerehrung am Abend wurden die Angolaner von Pater Regens ausdrücklich bedauert, weil sie sich nur wegen technischer Probleme, sprich: etwas zu lockerer Einstellung der Bindungen, unglücklich hinter der „großen Skination" Slowenien platziert hätten.

Das angolanische Team hing mit gesenkten Köpfen an der Theke der Hausbar und suchte Trost, indem es sich mit Bier und Jagertee zu dröhnte. Ihr Serviceman, ein Pole, aber bekam leichte Gewissensbisse, weil er es war, der die Schrauben an den Bindungen heimlich ein wenig gegen den Uhrzeigersinn gedreht hatte. Drei Dinge gingen dem polnischen Priesterkandidaten im Moment der Siegerehrung durch den Kopf: Es ist moralisch verwerflich, gegen Bestechung irgendwelche Schrauben zu lockern. Es ist unsportlich, Afrikaner durch unfaire Mittel um Erfolgserlebnisse zu bringen. Es ist ratsam, nach der Begehung einer Sünde zeitnah zu beichten.

Am nächsten Morgen vor der Messe reihte sich der bestechliche Serviceman tatsächlich in die Reihe der Beichtkandidaten ein. Er dachte nicht nur über seine Sünden nach, sondern rätselte auch, welcher Priester ihn wohl im Beichtstuhl erwartete. In seinem religiösen Eifer vergaß er nämlich auf die Liste zu schauen, aus der der wöchentliche Einsatz der Beichtväter namentlich zu ersehen war. Als Horrorszenario malte er sich die Beichte vor einem der afrikanischen Priester aus.

Am Ende war es Pater Mamba, der ihm die Beichte abnahm. Er stammte aus Angola und war derjenige, dessen Skibindung manipuliert worden war.

Als der Pole sich später über die Schwere der Buße bei mir beklagte, bedauerte ich ihn kurz, kritisierte aber zugleich die Hast, mit der er seine Sündenlast los werden wollte.

„Hättest du einen Tag gewartet, so hättest du im Beichtstuhl unseren Vinko angetroffen", sagte ich mit einer Prise Ironie. Pater Vinko war nämlich ein sanft gesinnter Priester und ein waschechter Slowene.

Ich werde Diakon

Ein Auto der unteren Klasse, nicht mehr ganz neu, hielt vor dem Portal des Canisianum an. Die beiden Männer, die dem Fahrzeug entstiegen, sahen alt und müde aus. Der Jüngere half dem Älteren in den Mantel, reichte ihm den Gehstock und trug seine Tasche.

Wir, die slowenischen Studenten des Canisianums, nahmen die beiden Gäste aus Slowenien in unsere Obhut und besuchten das Zisterzienserkloster in Stams, dessen Abt, ein gebürtiger Slowene, uns gastfreundlich empfing und bewirtete.

Wir begaben uns mit der Kettenbahn zur Hungerburg, genossen von dort die Aussicht auf Innsbruck und versuchten die markanten Gebäude der Stadt am grünen Inn zu identifizieren. An den nächsten Tag zeigten wir unseren Gästen die Europabrücke von unten, fuhren mit dem Panoramazug ins Stubaital und stiegen mit dem Fahrstuhl zum höchsten Punkt der Sprungschanze am Berg Isel auf. An der obersten Rampe der Schanze stellte sich der ältere Gast in die Position, die ein Springer wohl einnahm, wenn er sich für einen Sprung fertig machte.

„Schaut euch das an", sprach er und streckte seinen Arm talwärts. „Was mag wohl ein Springer wahrnehmen, wenn er während seines Sprunges seinen Blick ins Tal schweifen lässt?"

„Er sieht das tosende Publikum und etwas weiter sieht er viele Häuser und den Inn und...", fantasierte Alfons.

„Komisch", sprach der alte Mann, „so ging es mir früher auch. Auch ich stand vor vielen Jahren schon einmal hier. Damals war ich nicht viel älter als ihr jetzt. Und ich erinnere mich, was ich damals wahrgenommen habe. Ich sah dasselbe wie ihr: das Tal mit vielen Häusern und Bäumen, zwischen denen sich der Fluss schlängelte. Heute aber fällt mir etwas ganz anderes auf. Es ist der große Friedhof, der die Wiltener Kirche umgibt."

Wir richteten unsere Blicke ins Tal und merkten, wovon unser Gast sprach. Der Friedhof lag da unten im Tal wie ein Mahnmal für jeden, der es sehen wollte.

Müde von unseren Ausflügen saßen wir am Samstagnachmittag in einem Kaffee in der Altstadt zwischen dem goldenen Dachl und dem Dom.

„Ist euch auch wirklich bewusst, welch einen schwierigen Weg ihr

175

wählt?", sprach der ältere Gast das Thema an, das Alfons und mich bewegte. Denn in gut zwölf Stunden war die heilige Messe angesetzt, in der wir zu Diakonen geweiht werden würden. Und ein Jahr später sollte unsere Priesterweihe folgen.

„Ist euch das bewusst?"

Wir nickten brav, obwohl wir nicht wissen konnten, was der Mann meinte.

„Priester in einem kommunistischen Land zu sein, das ist fürwahr kein Zuckerschlecken! Ich weiß es aus Erfahrung!" Dann erzählte er von Geistlichen, die nach dem Krieg von den Kommunisten umgebracht oder in Gefängnissen gefoltert wurden. Das Schicksal eines Bischofs, der am helllichten Tage bei lebendigem Leibe angezündet wurde, ging ihm dabei besonders nahe.

Das geschah lange vor meiner Zeit, dachte ich. Der alte Mann lebte in einer Welt, die längst vergangen war. Die Zeiten hatten sich geändert. Dass ich noch heutzutage als Priester verfolgt und seitens des Staates schikaniert werden würde, hielt ich persönlich für eher unwahrscheinlich. Dafür verhielt ich mich in kritischen Situationen viel zu angepasst und opportunistisch. Sollte es für mich schwierig werden, dann nicht wegen irgendwelcher äußeren Bedrohungen seitens unseres atheistischen Staates. Viel mehr trug ich meine ärgsten Anfechtungen und Gefahren in mir selber.

Ich glaubte nicht.

Ich setzte mein Vertrauen nicht auf Gott.

Jahrelang suchte ich Gott.

Vergeblich.

Wer war der geheimnisvolle Unbekannte, auf den sich die Kirche berief? Warum sprach er nicht mit mir? Wie konnte ich Diakon und Priester werden, solange ich nicht an ihn glaubte?

„Heute, einen Tag vor eurer Diakonenweihe, könnt ihr noch zurückweichen. Ihr könnt sagen: Ich bin noch nicht bereit", ermutigte uns der Mann und schaute uns herausfordernd an. Alfons wollte nicht zurückweichen. Auch ich schwieg. Ich hatte zwar Bedenken, aber auch ich wollte nicht kneifen.

Am Sonntag war es dann soweit. Wir versammelten uns in der Sakristei des Canisianums, wo der jüngere Mann bereits dem Älteren half, seine liturgische Kleidung anzuziehen. Zum Abschluss setzte er ihm die Mitra auf und reichte ihm den Hirtenstab. Nun war der Ältere, der

Erzbischof von Ljubljana, auch äußerlich gerüstet, mit uns vor den Altar zu treten und uns in Diakone zu verwandeln. Ihm zur Seite stand sein eigentlicher Gastgeber, der Weihbischof von Tirol, der ihn eingeladen hatte, uns zu weihen.

Eine drückende Stille beherrschte den Raum. Wir warteten davor mit dem Diener des Bischofs, um eintreten zu dürfen.

„An der Grenze wollte der Zoll den Bischofsstab beschlagnahmen", erzählte der Diener des Bischofs. „Die Zöllner verdächtigten uns, Rauschgift zu schmuggeln. Sie versuchten ernsthaft, den Bischofsstab auseinander zu nehmen. Zum Glück kam ein älterer Beamter dazu, der den Bischof kannte, und verwies seine übereifrigen Kollegen in Schranken."

Der Bischof schaute auf die Wanduhr.

„Ich könnte die Weihe allerdings auch ohne den Bischofsstab vollziehen", sagte der Oberhirte schmunzelnd und gab endlich das Zeichen zum Aufbruch.

Das Glöckchen erklang, wir schritten in einer festlichen Prozession in den Altarraum. Die Orgel erklang gewaltig, der Weihrauch benebelte meine Sinne, der Glanz der liturgischen Kleider versetzte meinen Geist in eine euphorische Stimmung.

Mahnende Worte und Gebete des Bischofs unterstrichen den Ernst des Augenblicks. Wir fielen nieder auf den steinigen Boden, der Chor stimmte die Allerheiligen-Litanei an. Ich schloss meine Augen, sah im Geiste Bilder aus meiner Vergangenheit: das Elternhaus, das ich für immer verlassen hatte, die Schule, die mir das Tor zur Welt weit aufgestoßen hatte, das Bergwerk, das mir den Gedanken an den Tod nahe gebracht hatte.

Dann erhoben wir uns vom Boden und traten einzeln vor den Metropoliten. Er legte mir seine Rechte auf den Kopf, sprach eine lateinische Segensformel und entließ mich in Frieden.

Nun war ich Diakon.

Nachdem gegen Abend der Bischof und sein Diener sich von uns verabschiedet hatten, saß ich allein in meinem Zimmer und ließ mein bisheriges Leben Revue passieren.

Merkwürdige Zufälle brachten mich zum Studium der Theologie. Nicht etwa meine Frömmigkeit hatte mich ins Lemenat getrieben, sondern meine Neugierde, ob es Gott überhaupt gab und wenn ja, welche Rolle er spielte in der Weltgeschichte und in meinem Leben?

Ich bildete mir ein, inzwischen viel über Ihn gelernt zu haben. Wissenschaftlich war ich über Ihn gut unterrichtet. Aber ich war Ihm nie begegnet, hatte mit Ihm nach wie vor keinen Kontakt. Nun sollte ich Ihm als Diakon dienen.

Ich sollte Gott und den Menschen so dienen, wie Jesus es getan hat. Gott habe uns in diesen Dienst gerufen, behauptete der Erzbischof während der Weihezeremonie. Hast du mich gerufen, Herr? Wenn ja, dann war deine Stimme so leise, dass ich sie überhört haben muss, dachte ich.

In jener Abendstunde, nachdem der Weihrauch sich längst verzogen hatte, saß ich noch einmal in der Kapelle des Canisianums und musste selbstkritisch feststellen, dass es eigentlich nicht mein Wille war, Diakon zu werden. Ich ließ es an mir geschehen. Es hatte sich einfach so ergeben. Mit meinem Studium stand ich kurz vor dem Abschluss und für das kommende Jahr war meine Priesterweihe vorgesehen. Keiner fragte mich, ob ich mich für diesen Schritt innerlich gereift fühlte. Vermutlich dachten meine Vorgesetzten: Wenn ein Mann fünf Jahre lang in verschiedenen Priesterseminaren zugebracht hat, steuerte er automatisch auf das Priesteramt zu. Wenn er sich nicht weigerte, können wir davon ausgehen, dass er bereit war.

Ein Jahr später. Priesterseminar Maribor. Eine Ordensschwester empfing mich mit viel Ehrfurcht und brachte mich auf mein Zimmer. Die anderen Kandidaten, die geweiht werden sollten, waren schon da. An die meisten konnte ich mich nicht mehr erinnern. Wir hatten in Ljubljana vor fünf Jahren gemeinsam unsere Ausbildung begonnen, doch bereits nach einem Jahr trennten sich unsere Wege. Nun sollten wir gemeinsam auf unsere Priesterweihe vorbereitet werden.

Die Einkehrtage waren kurzweilig. Sie begannen mit einer Messe, später gab es im Laufe des Tages zwei oder drei geistliche Impulse und viel Freizeit. Dazwischen wurden wir mit köstlichen Mahlzeiten verwöhnt.

Einmal schauten wir zusammen mit unserem Spiritual fern: ein Fußball- Weltmeisterschaftsspiel, das Jugoslawien gegen Deutschland knapp verlor. Der Spiritual bemerkte, dass uns die Enttäuschung ins Gesicht geschrieben stand. „Vergesst es nicht", tröstete er uns. „Die Niederlagen werden einen großen Teil eures Priesterdaseins ausmachen."

Niederlagen? Eigentlich war ich auf Erfolgserlebnisse eingestellt.

Ich wollte auf Dauer keinesfalls als Verlierer dastehen. Die Denkweise, die mir hier suggeriert wurde, schien mir äußerst suspekt.

Fünf Jahre Theologiestudiums lagen hinter mir. Alle notwendigen Prüfungen hatte ich bestanden. Mir das erforderliche Wissen angeeignet und die akademischen Voraussetzungen erfüllt. Nun sollte ich vom Bischof ermächtigt werden, der heiligen Messfeier vorzustehen, den Beichtenden im Namen Gottes Vergebung der Sünden zuzusprechen, die frohe Botschaft über die Erlösung der Menschheit zu verbreiten. Schon sehr bald sollte ich als Priester für die Menschen da sein, die mir als meine Schafe anvertraut werden würden. Ich sollte ihnen predigen, sie im Glauben unterrichten und ihnen die heiligen Sakramente spenden.

Konnte ich das, ohne entschieden demütiger zu werden? Ohne bereit zu sein, nicht herrschen, sondern dienen zu wollen? Die nüchterne Tatsache in Kauf zu nehmen, als Priester in einem kommunistischen Staat auf verlorenem Posten zu stehen?

Die Zeiten in Ljubljana, Königstein und Innsbruck waren so abwechslungsreich und aufregend, dass ich diese Fragen vernachlässigt, ja völlig verdrängt hatte. Ich behielt immer nur die naheliegenden, konkreten Ziele im Auge, wollte Prüfungen und Seminare erfolgreich abschließen, um meine Ausbildung als Diplomtheologe unter Fach und Dach zu bringen. Dass ich nach meiner Ausbildung als Priester in der Kirche wirken sollte, hatte ich nicht bewusst einkalkuliert.

Kurz vor unserem großen Tag sprach der Spiritual über die Berufungen der Propheten. Sie hörten den Ruf Gottes, wollten es manchmal nicht wahr haben. Manche, zum Beispiel Jonas, versuchten aus dem Kraftfeld Gottes zu fliehen. Aber am Ende wurden sie alle von Gott „eingefangen" und taten das, was Er von ihnen wollte.

Ich beneidete die Propheten. Sie hörten Gottes Stimme, hatten von ihm einen klaren Auftrag. Warum rief Gott mich nicht so eindeutig? Er hielt es nicht einmal für notwendig, mich von seinem Dasein zu überzeugen.

Eine bittere Erkenntnis setzte sich in mir fest: Gott rief mich nicht. Wenn ich ehrlich sein wollte, so müsste ich meine Weihe verschieben oder ganz absagen. Ich müsste den Mut aufbringen, vor den Bischof zu treten und zuzugeben: Ich fühle mich nicht berufen, ich verzichte auf die Ehre, Priester zu werden.

Doch meine Überlegungen waren abstrakt und wirklichkeitsfremd.

Die Wirklichkeit aber sah so aus: Der Termin für meine Primiz stand seit Monaten fest. Die Vorbereitungen liefen auf Hochtouren. Viele freuten sich auf diesen Tag. Ein großes Volksfest sollte gefeiert werden. Seit Generationen gab es in unserem Dorf keinen Neupriester mehr. Ich konnte sie nicht enttäuschen und mochte kein Spielverderber sein. Sollte ich mich weihen lassen, obwohl ich an meiner Berufung Zweifel hegte?

Wie viele Menschen hatten mich mit Spenden, Gebeten und Zuspruch begleitet und unterstützt! Wie viele hatten große Hoffnungen in mich gesetzt! Ich konnte sie jetzt auf der „Zielgeraden" nicht enttäuschen.

So schwankte ich hin und her, zwischen der starken Vermutung, von Gott nicht berufen zu sein, und dem inneren Zwang, den Erwartungen der Menschen zu entsprechen.

„Mit dem Glauben ist es wie mit dem Schwimmen", sagte der Spiritual zu mir in einem Gespräch. „Du weißt erst, ob du schwimmen kannst, nachdem du ins Wasser gesprungen bist. Ob dich Gott trägt oder nicht, merkst du, nachdem du dein Vertrauen auf ihn gesetzt hast. Dich in die Hände des Allmächtigen zu werfen, ihm zu vertrauen, ihm bedingungslos zu folgen, das ist der Sprung, auf den es ankommt. Du solltest den Sprung wagen!"

Seine Worte beruhigten und ermutigten mich. Ich konnte freilich den Sprung später einmal nachholen, überlegte ich. Im Geiste feierte ich bereits meine Primiz, fühlte mich anerkannt und bejubelt, stand im Mittelpunkt eines Volksfestes, wie unser Dorf es noch nicht gesehen hatte. Wie es danach weiter gehen sollte, wann der vom Spiritual genannte „Sprung" erfolgen sollte, diese Frage verschob ich im Geiste.

Am Abend des 28. Juni 1974 erreichten meine Zweifel einen vorläufigen Höhepunkt. Trotzdem schlief ich früh ein und verbrachte eine ruhige Nacht. Ich träumte vom Schweineschlachten. Eine dicke Blutspur führte zur Scheune und zum Stall, wo Tuncka das geschlachtete Schwein bewacht hatte.

Am nächsten Tag, am Fest der Apostel Petrus und Paulus wurde im Dom zu Maribor ein Festgottesdienst mit Priesterweihe gefeiert. Der Bischof, der mich als Kind gefirmt hatte, nahm meine Hände und salbte sie. Mit Handauflegung übertrug er mir den „unauslöschlichen Charakter" eines katholischen Priesters. Mit anderen Neupriestern lag ich im Altarraum auf dem Bauch und lauschte dem Litaneigesang. Auch mein Namenspatron wurde angerufen: „Heiliger Franc von Paula, bitte für uns!"

Der Weihrauch schwebte noch im Kirchenraum, als wir uns wieder erheben durften. Ich horchte in mein Inneres, um irgendwelche Veränderungen wahrzunehmen. Ich spürte nichts als eine große Leere. Ich war enttäuscht, dass die heiligen Riten, die an mir vollzogen wurden, nichts Spürbares hinterließen.

Der Bischof lud uns anschließend zu einem Festmahl ein, bei dem er eine Rede hielt, die in der Behauptung gipfelte: Willst du als Priester glücklich werden, so sei Priester mit ganzem Herzen, mit ganzer Seele, mit ganzem Gemüt. Ein halbherziger Priester kann niemals glücklich werden.

Es war ein heißer Julisonntag. Deutschlands Fußballer standen im Finale der WM im eigenen Land. Gegen die Holländer. Auf unserem Hügel in Osten Sloweniens wurde meine Primiz gefeiert. Die Gäste aus Deutschland und Österreich verdrückten sich nach 15 Uhr, um bei der Fernsehübertragung dabei zu sein. Sie wurden nicht enttäuscht, denn Deutschland gewann und wurde Weltmeister.

Bei uns zu Hause aber wurde in einem großen Zelt das größte Fest seit Menschengedenken gefeiert. Musikanten aus Nachbardörfern spielten auf, Menschen sangen und tanzten. Es herrschte eine ausgelassene, aber ehrfürchtige Stimmung.

Gott hat dich gerufen. Er ruft nur die Besten. So hörte ich es in der Kirche beim Festgottesdienst. So ähnlich behaupteten es auch zahlreiche fromme Menschen, die mich an diesem Tag bejubelten und beglückwünschten. Ich hörte mir alles mit Stolz an und dachte bei mir: Schön wäre es.

Ich sah keinen Grund, jemandem zu widersprechen. Seit ich mit dem unauslöschlichen Charakter der Priesterweihe versehen war, gab es für mich keinen Weg mehr zurück.

Meinen ersten Dienst als Priester versah ich, als ich wenige Tage nach der Primiz einen Pfarrer in einer slowenischen Dorfgemeinde vertreten durfte. Der alte Herr verließ seine Wirkungsstätte, um sich zu erholen. Ich bezog für drei Wochen das große Pfarrhaus.

Die Haushälterin blieb da und diente mir, wie sie es bei ihrem Pfarrer gewohnt war. Sie kochte, wusch meine Wäsche und putzte sogar meine Schuhe. Obwohl ich altersmäßig ihr Enkel hätte sein können, siezte sie mich ehrfürchtig. Sie verwöhnte mich mit gutem Essen und erfüllte auch ansonsten fast alle meine Wünsche. Sie erwies sich als eine fleißige und tüchtige Dienerin.

Jesus sprach: Ich bin nicht gekommen, um mich bedienen zu lassen, sondern zu dienen. Ich kannte dieses Wort, dachte aber nicht daran, es auf mich zu beziehen. Das Gefühl, ein Herr zu sein, war einfach zu verführerisch.

Im Laufe der drei Wochen wuchs mein Selbstbewusstsein enorm. Menschen grüßten mich mit ‚Gelobt sei Jesus Christus' und ich gewöhnte es mir schnell an, darauf mit ‚In Ewigkeit Amen' zu erwidern. Alte Frauen küssten meine Hand, während kleine Kinder das Weite suchten, wenn sie mich im Talar erblickten. Bei so viel erwiesenem Respekt war die Gefahr groß, auf Dauer überheblich, wenn nicht gar größenwahnsinnig zu werden. Ich konnte der Gefahr entkommen, indem ich am Ende der Sommerferien nach Innsbruck, in die Niederungen des normalen Lebens zurück kehrte. Dort wollte ich mich noch einmal in das Studium vertiefen, um Magister der Theologie zu werden.

Wieder in Innsbruck

Ich lebte wieder im Canisianum, bewohnte dasselbe Zimmer im Hochparterre wie früher. Ein Brief aus Slowenien wurde mir zugestellt. Mein Prior schrieb mir und zitierte den Hochmeister, den obersten Boss des Deutschen Ordens: „Wann kommt er denn heim? Hat er sein Studium nicht schon längst beendet? Wir haben viel in ihn investiert, es wird Zeit, dass er uns etwas zurück gibt und sich verpflichtet, dem Orden zu dienen. Wie auch immer, unsere Zahlungen für ihn werden mit dem Ende des Semesters eingestellt."

„So bedrängte mich der Hochmeister, wenn wir über dich reden", setzte der Prior sein Schreiben fort. „Ich weiß, dass du gerne noch in Tirol bleiben würdest. Ich lebte selber dort als Student, deshalb verstehe ich dich allzu gut. Aber du musst dich jetzt entscheiden. Ich erwarte von dir, dass du heimkehrst und endlich das ausstehende Noviziat nachholst."

Die Botschaft meines Priors war eindeutig. Der Mann hatte sich mir gegenüber immer als geduldig, gütig und tolerant erwiesen, aber er musste sich vor dem Hochmeister, der in Wien am finanziellen Hebel der Macht saß, verantworten.

Heimkehren und das Noviziat in Bela Krajina beginnen? Zu Pater B. in die Lehre gehen und mich in das Ordensleben einweisen lassen? Demut, Armut und Gehorsam lernen? Die Freiheit aufgeben, die ich in Königstein und Innsbruck erlebte und in vollen Zügen genoss?

Das konnte nur schief gehen. Es sei denn, es geschähe ein Wunder, ich erführe eine innere Wandlung und würde ein anderer Mensch. Ich erinnerte mich an die Bibelstelle: Keiner, der nicht wiedergeboren wird, ist tauglich für das Reich Gottes.

Ich unterrichte Religion

Es war schon spät in der Nacht. Ich zog mich aus, schaltete einen Radiosender ein, hörte Musik zum Träumen, nahm einen kräftigen Schluck aus der Schnapsflasche und legte mich ins Bett. So bekämpfte ich meine Schlaflosigkeit, nachdem mir die ungelösten Probleme, die meine berufliche Zukunft betrafen, über den Kopf gewachsen waren.

Aus den Nachbarzimmern drangen Geräusche zu mir, die mich wach hielten. Türen wurden aufgerissen und zugeknallt. Ich stand auf und trank noch einmal aus der Schnapsflasche. Ein wohliges Gefühl breitete sich in meinem Körper aus. Der Sliwowitz begann zu wirken, entkrampfte mich und machte mich gelassen.

Was war mein Problem? Dass ich vom Deutschen Orden finanziell abhängig war? Ich musste unabhängig werden, musste selber Geld verdienen. Dann konnte der Hochmeister mir ruhig seinen Geldhahn zudrehen.

In derselben Woche stellte ich mich beim kirchlichen Amt für Verkündigung vor. Nur einen Monat später erteilte mir der Generalvikar des Bischofs den Auftrag, an einer Innsbrucker Knabenschule Religion zu unterrichten.

Zwölf Stunden Religionsunterricht wöchentlich waren für mich mehr als eine Herausforderung. Sechste, siebte und achte Klasse. Die meisten Buben nahmen mich nicht ernst. Sie lachten mich aus und zeigten offen, dass sie meinen Geschichten keinen Glauben schenkten. Während ich redete, spielten manche Karten, andere bewarfen sich mit Kaugummis und Mohrenköpfen, nur wenige zeigten sich kooperativ.

„Du musst versuchen, deine Lehrmethode zu ändern", rieten mir die erfahrenen Lehrer an der Schule. „Kein Frontalunterricht mehr.

Lass' die Kinder zu Wort kommen! Nur noch Dialog kommt an. Autoritär ist out, antiautoritär in."

Doch alle Versuche, die Schüler zur Mitarbeit zu motivieren, wurden von einigen Störenfrieden im Keime erstickt. Offenbar erwarteten sie von mir nichts Gutes. Sie hielten mich für jemanden, der sie mit altmodischer Religion belästigen und ihnen jeglichen Spaß in ihrem Schulalltag vermiesen wollte.

Eines Tages kam ich mit einer kleinen Verspätung in die Schule. Als ich an einem Klassenraum vorbei schlich, wurde ich plötzlich stutzig. Die Tür stand einen Spalt offen, der Raum war verdunkelt. Vorsichtig warf ich einen Blick ins Zimmer. Auf einem Tisch brannte eine Kerze, um den Tisch saßen höchstens zehn Schüler. Die Lehrerin bemerkte mich, stand auf und kam auf mich zu.

„Ein interessanter Unterricht", sagte ich im Flüsterton.

„Ja, das sind meine evangelischen Schüler und ich bin die hiesige Pfarrerin."

„Evangelische Pfarrerin", wiederholte ich leise und schaute sie an wie eines der Weltwunder.

Sie nickte. Eine hübsche Frau mit bezauberndem Lächeln auf dem Gesicht. Sie schien glücklich zu sein, weil sie so wenige Schüler hatte. Ein Traumberuf: evangelische Pfarrerin in Tirol, fantasierte ich im Geiste.

„Besuchen Sie mich doch, wenn Sie Zeit haben. Unsere Kirche und das Pfarrhaus liegen in der Nähe des Canisianums. Kennen Sie das Canisianum?"

„Ja, ich wohne dort."

Ich kam in meine Klasse und setzte mich an den Lehrertisch. Die Schüler hatten nicht einmal bemerkt, dass ich gekommen war.

Was sollte ich tun? Sie anbrüllen wie immer? Vorhänge zuziehen und eine Kerze anzünden wie meine evangelische Kollegin? Mit ihnen über Themen reden, die gerade in waren? Sex, Drogen, Gewalt? Bei über dreißig Schülern war ich darauf angewiesen, sie zur Ruhe zu bringen und im Zaum zu halten. Doch wie brachte ich sie dazu?

Während ich grübelnd da saß, bemerkten einige meine Anwesenheit. Ein Bub kam zu mir. „Geht es Ihnen nicht gut?"

Ich überlegte, wie es mir ginge. Ich saß da wie ein Häufchen Elend. So hilflos hatte mich die Klasse vermutlich noch nie gesehen.

„Ja", sagte ich ehrlich, „es geht mir nicht gut." Der Bub entfernte sich und begann auf seine Kameraden einzureden. Sie wurden nach und nach ruhiger.

„Was haben Sie?", fragte ein anderer Bub, der sich sonst nie zu Wort meldete.

„Ich habe ein Problem", sagte ich, „weiß aber nicht, ob ich mit euch darüber reden kann, ob ihr mir überhaupt zuhören wollt."

„Sagen Sie es uns, vielleicht können wir Ihnen helfen", schlug ein anderer vor.

Ich ließ mir viel Zeit, bevor ich reagierte. „Ich werde euch sagen, was mich bedrückt. Ich bin nun ein halbes Jahr bei euch und merke, dass ihr meinen Unterricht nicht mögt. Wahrscheinlich mögt ihr auch mich nicht. Ich würde das gerne ändern, weiß aber nicht wie. Ich bin auf eure Hilfe angewiesen. Vielleicht könnten wir das Problem gemeinsam angehen."

Ein schmächtiger Junge stand auf: „Wir können Ihnen nicht helfen, wenn Sie uns nicht sagen wie. Sie müssen uns sagen, was wir tun sollen." Der Schüler setzte sich, die Klasse wartete auf meine Reaktion. Ich blickte auf die große Wanduhr. Es waren noch wenige Minuten bis zur Pause.

„Ich weiß es nicht", gab ich meine Ratlosigkeit offen zu. In der Klasse war es nun ganz still. Die Kinder schienen nachzudenken. Sie waren offenbar bereit, mir zu helfen, was immer das auch für sie bedeuten mochte.

Und plötzlich dämmerte es bei mir. Ich ahnte, was ich verkehrt machte: Ich behandelte meine Schüler, wie ich es als Schüler von meinen Lehrern gewohnt war: autoritär, von oben herab, unerbittlich streng. Das war damals in meiner Heimat möglich. Aber die Zeit war nicht stehen geblieben und ich lebte in einer anderen Welt. Innsbruck war kein slowenisches Dorf. Die Kinder hier hatten ihren eigenen Willen. Sie lebten in einem Land, in dem es demokratische Wahlen gab. Sie sollten nicht zu blindem Gehorsam, sondern zu Selbständigkeit erzogen werden. Sie hatten es nicht nötig, sich von mir als reine Befehlsempfänger behandeln zu lassen.

Nicht sie, ich musste mich ändern.

„Entschuldigt bitte", sagte ich, „dass ich euch so oft angebrüllt habe. Es tut mir leid." Ich tat etwas, wovor ich immer Angst hatte: Ich gab zu, im Unrecht zu sein.

So still, ja beinahe traurig, hatte ich meine Schüler noch nicht erlebt. Als die Pausenglocke ertönte, stürzten sie nicht wie sonst zur Ausgangstür, sondern erhoben sich fast andächtig und verließen geordnet den Klassenraum.

Ich erzählte das Erlebnis meinen Freunden, die gerade einen Kurs in Pastoralpsychologie belegt hatten. „Du hast deinen stärksten Trumpf ausgespielt, indem du dich klein und hilfsbedürftig gezeigt hast", meinte einer von ihnen. „Deine Hilflosigkeit rief bei ihnen Mitleid und Barmherzigkeit hervor. Beim Anblick deiner Jammergestalt dachten die Schüler: Da ist einer, dem es noch dreckiger geht als uns. Es wäre fies von uns, wenn wir ihm nicht helfen würden."

Fortan gab ich die harte Linie in meinem Unterricht auf. Ich brüllte die Schüler nicht mehr an und versuchte nicht, sie zu bestrafen. Wenn sie müde und gereizt waren, spielten wir eine Runde ‚Mensch ärgere dich nicht' und amüsierten uns mit ‚Schiffe versenken'. Sie mussten bei mir so gut wie nichts mehr leisten. Ein paar biblische Geschichten kombiniert mit modernen geistlichen Liedern konnte ich trotzdem im Unterricht unterbringen.

Jahre später begegnete mir mitten in Innsbruck ein junger Mann, der fröhlich auf mich zukam und sagte: „Erinnern Sie sich noch an mich?"

„Ich muss passen", sagte ich.

„Sie waren mein Relilehrer." Er schmunzelte ein wenig und fügte hinzu: „Wir haben bei Ihnen absolut nichts gelernt."

Ich betrachtete ihn etwas verdutzt und wusste nicht, wie ich seine Aussage werten sollte.

„Aber so viel Spaß wie bei Ihnen, hatten wir später bei keinem Pfarrer mehr", sagte er mit breitem Lächeln und ging weiter.

Bei Ordensschwestern in der Schweiz

Ein Nonnenkloster in Notkersegg benötigte für die Sommermonate einen Geistlichen als Ferienvertretung. Ich fühlte mich angesprochen, denn die Schweiz war schon immer eines meiner Traumziele.

In St. Gallen nahm ich das Bähnle, das mich zum Klösterli brachte. Ich klingelte an der Pforte. Eine Nonne erschien am Besucherfensterchen, schaute mich misstrauisch an und verschwand für einige Minuten.

„Hier, nehmen Sie und gehen Sie in Gottes Namen", sagte sie mit trauriger Stimme und schloss das Türchen.

Ich schaute in die Tüte. Wohlriechende Kekse befanden sich darin. Ich setzte mich neben die Pforte, aß die köstliche Gabe und stellte mir vor, dass ich ein Penner sei, wofür ich wohl auch gehalten wurde.

Nach einem zweiten Klingeln kam die Pförtnerin wieder. „Sie noch einmal? Schon alles aufgegessen?"

„Ich komme, um bei Ihnen..." Die Schwester drehte sich um und verschwand wieder. Als sie mit einer neuen Tüte erschien, sagte ich, bevor sie mich wieder abfertigen konnte: „Schwester, ich bin der Priester, der einen Monat lang ihren Hausgeistlichen vertreten soll."

Sie kam näher an das Fenster. Mit unsicherem Blick prüfte sie meine Erscheinung. Es war mir bewusst, dass äußerlich nichts Priesterliches an mir zu entdecken war. Keine schwarzen Klamotten, keine gepflegte Haartracht, staubige Sportschuhe. Und dazu mein jugendliches Aussehen! Man hielt mich meistens für viel jünger als ich tatsächlich war. Auf den ersten Blick hielt sie mich wohl für einen Schwindler. Gerade in jüngster Zeit kursierten Berichte über falsche Geistliche, die in Klöstern und Pfarrkirchen das Vertrauen der Gläubigen missbrauchten.

Zögerlich wurde ich eingelassen und von der Mutter Oberin empfangen. Sie entschuldigte sich für das Misstrauen der Pförtnerin. Ich merkte jedoch, dass auch sie mir nicht über den Weg traute.

Erst als ich eine Menge Wissen über das Canisianum, die Päpste, Bischöfe und Priester an den Tag legte, entspannte sich die Lage. Ich wurde in eine hübsche Dienstwohnung geführt und herrschaftlich bewirtet. Meine einzige Aufgabe für die nächste Zeit bestand darin, täglich die Messe zu lesen und gelegentlich die Beichte abzunehmen.

Zwischendurch tauchte Pater Louis auf. Er kam aus Taiwan auf Heimaturlaub, wo er seit Jahrzehnten als Missionar tätig war, um sich für einige Tage im Klösterli zu erholen.

Ich staunte nicht schlecht, als ich merkte, wie die Schwestern auf diesen gut aussehenden Priester abfuhren. Alle Wünsche wurden ihm von den Augen abgelesen. Plötzlich spielte ich als Gast gar keine Rolle mehr. Das merkte der clevere Mann sofort. Von jetzt auf gleich zog er sich zurück und verließ das Klösterli. Als er eine Woche später während des Abendessens plötzlich wieder herein schneite, versuchte die Mutter Oberin die Gründe für seine Abwesenheit zu erfahren.

„Soweit ich weiß, bin ich euch keine Rechenschaft schuldig", sagte er mit freundlicher aber bestimmter Stimme. Und zu mir gewandt: „Die Schwestern neigen dazu, Hausgeistliche zu vereinnahmen. Wenn du nicht aufpasst, wird es dir bald genauso ergehen."

Nach dieser Bemerkung fiel mir auf, wie ich bereits von den Schwestern vereinnahmt worden war. Sie verfügten über mich und meine Zeit. Sie bestimmten, wann ich Messe lesen und Beichte abzunehmen habe. Allerdings schickten sie mich auch in die Berge, gaben mir reichlich Proviant und Taschengeld mit und sorgten dafür, dass ich angemessen gekleidet war.

Sie erinnerten mich an Lenart, der mich früher ähnlich umsorgte und Netze der Abhängigkeit um mich knüpfte.

Einmal organisierten sie mir einen Ausflug nach Einsiedeln. Vor der Abfahrt gab mir die Mutter Oberin einen Brief, den ich dem dortigen Prior aushändigen sollte.

Ich kam müde, hungrig und durstig zur Klosterpforte. Ein wohlgenährter Klosterbruder, dem ich vergeblich den Brief der Oberin überreichen wollte, führte mich direkt in eine Halle an der Klostermauer, wo ich zunächst gemeinsam mit Pennern bewirtet wurde.

Nachdem ich meinen Suppenteller geleert hatte, gab ich dem Mönch, der sich um uns kümmerte, das Schreiben der Mutter Oberin. Der Mönch verschwand, kam relativ zügig zurück und bat mich, ihm zu folgen. Man führte mich in das Refektorium der Mönche, wo das Mittagsmahl gerade zu Ende ging.

Der Prior bat mich vielmals um Entschuldigung und bestand darauf, dass ich noch ein ordentliches Mahl zu mir nehme. Das tat ich dann auch und bereute es nicht, denn die Qualität der Speisen ließ sich mit jenen im Pennersaal nicht vergleichen, zumal ein feinherber Rotwein aus Südtirol das delikate Essen abrundete.

Der Prior ließ es sich am Ende nicht nehmen, mir die uralte Bibliothek des Klosters zu zeigen und mich schließlich mit einem üppigen Taschengeld zu verabschieden.

Das Schicksal einer Nonne

In einem ehemaligen Herrenhaus in Innsbruck war seit einigen Jahrzehnten eine Ordensgemeinschaft untergebracht. Ich wusste nicht, womit sich die kleine Schar der Nonnen befasste. Eigentlich hatte es mich auch nicht interessiert. Vermutlich war Beten ihre Hauptbeschäftigung. Jedenfalls brauchten sie täglich einen Geistlichen, der mit ihnen die heilige Messe zelebrierte. Ich tat es einmal wöchentlich.

Ich erinnere mich noch an das erste Mal. Es war kurz vor sieben Uhr morgens, als mir die Sakristanin die Tür öffnete. Sie war noch ziemlich jung und auch in Ordenskleidung, die einen Teil ihres Gesichtes verdeckte, ziemlich attraktiv. Sie sah blass und müde aus, weshalb ihre Augen verträumt und romantisch wirkten. Vielleicht war sie auch zutiefst traurig.

Sie reichte mir die Hand, was sie später nie wieder tat. Erst nach Monaten meines Dienstes gelang es mir, ihren Namen zu erfahren: Schwester Maria.

In der kleinen Kapelle traf ich eine Handvoll Schwestern und einige Frauen aus der Nachbarschaft an. Einige kannte ich bereits von der Straße.

Obwohl das nicht von mir erwartet wurde, hielt ich bei jeder Messe eine kurze Predigt. Ich spürte das Bedürfnis, die Gedanken, die das Evangelium in mir hervorrief, los zu werden. Oft sagte ich Dinge, von denen ich selber nicht überzeugt war, aber insgeheim wünschte, dass es so wäre. „Wenn du unglücklich und verzweifelt bist, ist dir Gott ganz besonders nahe." Ich sagte das, aber ich dachte: Schön wäre es!

Nach der Messe wartete im Nebenraum das Frühstück auf mich. Wer es bereitete und hinstellte, blieb ein Geheimnis. Jedenfalls frühstückte ich immer allein.

So ging es Tag für Tag, viele Wochen lang. Ich kam ins Kloster und wurde von Schwester Maria freundlich aber zurückhaltend empfangen. Sie half mir beim Anziehen des Messgewandes und sorgte dafür, dass an meinem Outfit alles stimmte. Einmal, als ich schon bereit war, die Sakristei zu verlassen, trat sie

zu mir und strich über meinen Kopf, um meine Haare rasch in Ordnung zu bringen. Und in dem Moment überkam es mich und ich musste sie küssen. Ich tat es ganz flüchtig und auf die Stirn. Es war wie ein Reflex, der vermutlich durch ihre streichelnde Hand ausgelöst worden war. Ich wollte weiter nichts von ihr. Natürlich fand ich sie sympathisch und attraktiv, aber ich respektierte sie als Ordensfrau. Wie auch immer, wir wurden beide rot und ich wusste nicht, was passiert wäre, hätte nicht die Wanduhr mich an den Beginn der Messe erinnert.

Etwa drei Wochen später kam Schwester Maria eines Morgens

nach der Messe unerwartet zu mir in den Frühstücksraum. Sie sah blass und aufgeregt aus. Mit zittriger Hand drückte sie mir einen Briefumschlag in die Hand. „Bitte, tun Sie mir den Gefallen..."

„Schwester Maria", rief jemand draußen. Sie beendete ihren Satz nicht und verschwand. Gedankenlos steckte ich den Brief in die innere Jackentasche und ging zurück ins Canisianum.

Als ich das nächste Mal bei den Schwestern die heilige Messe las, bediente mich in der Sakristei nicht mehr Schwester Maria, sondern eine betagte Schwester namens Eugenia. Sie kam nach der Messe zu mir in den Frühstücksraum.

„Vermissen Sie Schwester Maria?", fragte sie mich in einem Ton, der mich leicht beunruhigte. Ich zuckte mit den Schultern.

„Sie kannten die arme Schwester kaum, nicht wahr? Ich war ihre Vertraute. Wir hatten keine Geheimnisse voreinander." Als ich mich interessiert zeigte, mehr zu erfahren, begann die alte Schwester zu erzählen: „Schwester. Maria stammte aus einem Tiroler Bauernhaus und war die jüngste Tochter von acht Kindern. Zwei Schwestern lebten bereits in verschiedenen Klöstern. Auch sie wurde von ihren Eltern für ein Leben als Ordensfrau vorgesehen. Als vierzehnjähriges Mädchen wurde sie in ein Kloster nach Innsbruck gebracht. Durch die vielen Gebetszeiten und eine strenge Tagesordnung sollte sie zunächst von den sichtbaren auf die unsichtbaren Werte des Lebens gelenkt werden. Als Ersatz für die irdischen Sehnsüchte eines jungen Mädchens wurde ihr ein Bräutigam vor Augen geführt, mit dem sie sich für immer vermählen sollte. Sie wurde auf den Weg gebracht, eine Braut Christi zu werden. ‚Die Nachfolge Christi' von Thomas von Kempen musste sie auswendig lernen. Doch als sie sich fragte, wie sie Thomas' Lehre auf sich anwenden sollte, musste sie passen. Christus so nachzufolgen, wie der Mystiker Thomas es vorschreibt, konnte sie sich nicht vorstellen. Sie müsste zuerst dieser wunderbaren Welt, in der es sichtbare und greifbare Freuden gab, den Rücken kehren. Das konnte sie einfach nicht. Sie fand die Welt viel zu schön und zu schade, um aus ihr zu fliehen.

Auf Wunsch ihrer Eltern legte sie trotzdem ihr zeitliches und ewiges Gelübde ab. Sie wurde zuerst Pförtnerin, empfing Gäste, Penner, Betrüger, Hochstapler und Familienväter, die im Kloster ihre Töchter ablieferten. Ein junger Mann kam immer wieder an die Pforte, machte ihr schöne Augen, doch sie hatte keine Gelegenheit, ihn näher kennen zu lernen.

Dann wurde sie Sakristanin. Sie schmückte die Kirche, sorgte für saubere Altarwäsche, half den Geistlichen beim Anziehen liturgischer Kleidung. So lernte sie einige junge Priester aus dem Canisianum kennen. An einem von ihnen blieb ihr Herz hängen."

Während Schwester Eugenia redete, spürte ich, wie mein Körper von kalten und heißen Wellen erfasst wurde. An meiner Stirn sammelten sich kleine Schweißtropfen. Der Brief fiel mir ein, den mir Maria vertrauensvoll zugesteckt hatte. Wie hatte ich ihn vergessen können?

„Nun war sie dabei, zum ersten Mal in ihrem Leben Initiative zu ergreifen", setzte Eugenia ihre Erzählung fort. „Sie wollte den Priester treffen, in den sie sich verliebte. Sie wollte es ihm außerhalb der Klostermauern persönlich sagen. Sie schrieb ihm einen Brief, aber der Mann reagierte darauf nicht."

Ich konnte meine Fragen nicht mehr zurückhalten. „Wo ist Schwester Maria? Was ist passiert? Ist sie in ein anderes Kloster versetzt worden?"

Noch bevor Schwester Eugenia mir antworten konnte, wurde sie von einer energischen Stimme zur Pforte gerufen. Entschuldigend zuckte sie mit den Schultern. „Vielleicht nächstes Mal mehr", sagte sie und verließ den Raum.

Als ich ins Canisianum zurück kam, fand ich den Brief auf Anhieb. Er steckte noch in der Jacke, die ich an jenem Tag getragen hatte. Ich wollte ihn gerade aufreißen, als ich merkte, dass er gar nicht an mich, sondern an Pater Stanislav adressiert war.

Pater Stanislav? Er las von uns allen am häufigsten bei den Schwestern die heilige Messe. Seit einigen Wochen ging er nicht mehr hin. Aus welchem Grund? Warum benutzte mich Maria als Briefträger?

Und ich dachte schon, der Brief wäre an mich gerichtet gewesen. Ich war erleichtert und enttäuscht zugleich. Wusste jedoch nicht, ob ich mich ärgern oder freuen sollte. Was immer mit Maria geschehen würde, ich trug daran bestimmt nicht die Hauptschuld, sagte ich mir. Ein flüchtiges Küsschen auf die Stirn konnte kein Drama ausgelöst haben.

Ich lief mit dem Brief in das zweite Stockwerk, wo Stanislav wohnte, wenn er nicht schon weg war. Ich traf ihn noch an. Er saß abreisebereit im Zimmer neben seinem Gepäck.

„Gut, dass ich dich antreffe. Hier habe ich noch einen Brief für dich. Von Schwester Maria."

Er nahm den Brief schweigend entgegen. Auf dem Gang klingelte das Haustelefon. „Für dich, Stanislav", rief eine Stimme. „Das Taxi wartet."

Er packte seine Taschen und eilte nach unten. Das sieht verdammt nach einer Flucht aus, dachte ich.

War es eine? Ich habe es bis heute nicht erfahren.

Als ich eine Woche später wieder das Ordenshaus betrat, um meinen Priesterdienst zu tun, trat die Mutter Oberin an mich heran und bat mich, eine ihrer Mitschwestern ins Gebet aufzunehmen. Auf dem Zettel, den sie mir reichte, stand geschrieben: Schwester Maria L., geb. am..., gestorben am...

Nur mit äußerster Willensanstrengung gelang es mir, die Messe zu zelebrieren und Schwester Maria namentlich ins Gebet aufzunehmen. Auf eine Predigt aber wartete die kleine Hausgemeinde diesmal vergeblich.

Nach der Messe saß ich länger als gewohnt im Frühstücksraum und wartete auf Schwester Eugenia. Sie erschien nicht. Und kam auch die nächsten Male nicht mehr.

Erst kurz vor meiner Abreise aus Tirol wollte es der Zufall, dass ich sie im Park am Inn auf einer Bank erblickte. Ich setzte mich zu ihr und sie erkannte mich sofort.

Als ich Schwester Maria erwähnte, dachte sie einen Augenblick nach. „Wo war ich damals stehen geblieben? Ach ja, ich weiß es. Der polnische Priester reagierte auf ihren Brief nicht. Eines Tages bat Schwester Maria die Mutter Oberin um die Erlaubnis, ihre Eltern besuchen zu dürfen. Sie fuhr nach Vorarlberg. Das letzte Stück des Weges legte sie zu Fuß zurück. Sie kam zu der Jägerhütte, in der sie als Kind mit ihrem Vater so manche lustige Stunde verbracht hatte. Der Schlüssel lag wie immer unter dem Stein neben der Wasserquelle. Sie trat ein, zündete die Petroleumlampe an. In ihrer Phantasie entschwebte sie in eine ferne Vergangenheit.

Als am nächsten Morgen der Jäger Alois Brugger an der Hütte vorbei kam, fiel ihm auf, dass die Tür einen Spalt offen stand. Er trat ein und wartete, bis seine Augen sich an das schummrige Licht gewöhnt hatten. Am Balken in der Mitte des Raumes hing an einem Seil eine Frauengestalt, darunter lag auf dem Boden ein umgekippter Stuhl. Bei näherem Hinschauen konnte er nur noch den Tod der ihm vertrauten Schwester Maria feststellen.

Alois Brugger brachte die traurige Nachricht nicht nur den Eltern, sondern auch zu uns ins Kloster. Zugleich vertraute er mir an, was ihn an der tragischen Geschichte am meisten bewegte: Wie konnte der liebe Gott einen ihm geweihten Menschen so tief verzweifeln lassen, dass er nur noch im Freitod einen Ausweg zu finden glaubte?"

Innsbruck adé (aber nur für kurze Zeit)

Ich räumte mein Zimmer auf. Die meisten Bücher verschenkte ich oder warf sie ins Altpapier. Auf dem Tisch blieben zwei Werke liegen, die ich auf jeden Fall behalten wollte: die Bibel, die mir Pater Regens in Königstein geschenkt hatte und meine Diplomarbeit, aufgrund der mir der Titel ‚Magister theologiae' verliehen worden war.

Das große Poster meiner Lieblingssängerin Mireille Mathieu riss ich von der Wand, zerknäulte es und warf es in den Mülleimer. Ich erinnerte mich an die Reaktion meines Spirituals, als er einmal das Bild der kleinen Französin an der Wand erblickt hatte. „Als ich ein junger Theologe war, hing über meinem Schreibtisch das Bild der Mutter Gottes. Na ja ... so ändern sich die Zeiten. Leider nicht zum Guten", schüttelte er enttäuscht den Kopf.

Für mich war es eine gute Zeit, die ich hier verbracht hatte, stellte ich am Ende fest. Nun galt es Abschied zu nehmen. Abschied von Canisianum, von der slowenischen Gemeinde, von Innsbruck und Tirol.

„Du kommst doch nach einem Jahr zurück, oder?", wollte Pater Regens wissen, als ich ihm die Hand reichte.

„Wenn Gott will und ich noch lebe", sagte ich ausweichend.

Vom Küchenteam, Regina und Martha, verabschiedete ich mich nach einem gemeinsamen Kinobesuch. Wir saßen in ihrem Zimmer, tranken den köstlichen Südtiroler Rotwein, sangen und plauderten.

„Wie geht es mit dir weiter", wollten sie wissen.

„Ich komme zuerst in eine Dorfgemeinde zu einem Pfarrer, der mein Novizenmeister sein wird", antwortete ich. „Er soll mich in die Tugenden eines Ordensmannes einführen und versuchen, mir den Deutschen Orden schmackhaft zu machen. Das wird ungefähr ein Jahr in Anspruch nehmen. Dann möchte ich zurück kommen, um zu promovieren. Ich hoffe, ihr seid noch da, wenn ich wieder hier auftauche.

„Wir werden auf dich warten", versprach Martha leichtsinnig.

„Du musst uns schreiben", meinte Regina.

Ich wusste nicht so recht, wie nüchtern oder wie pathetisch unsere Verabschiedung ausfallen sollte. Sollte ich ihnen einfach die Hand reichen und dazu einen passenden Abschiedsspruch zum Besten geben? Wäre eine Umarmung angebracht? Sollte ich sie vielleicht sogar küssen? Ein Stirn- oder ein Wangenkuss würde sie ganz schön in Verlegenheit bringen. Da ich schon ein paar Gläser geleert hatte, würde ich sogar vor einem Kuss auf den Mund nicht zurück schrecken. Den Spaß könnte ich mir doch zum Abschied gönnen.

„Bitte, gib uns zum Abschied deinen priesterlichen Segen", unterbrach Regina mein Fantasieren, das zunehmend erotische Färbung annahm.

Ich war gewohnt, mit den beiden Frauen zu scherzen und zu flirten, aber darauf, sie zu segnen, wäre ich von alleine nicht gekommen.

Sie knieten vor mir nieder, senkten ihre Köpfe und schlossen ihre Augen. Ich besann mich meines Auftrages als Priester, legte ihnen meine Hände auf und segnete sie.

Eine Erkenntnis sah ich bestätigt an jenem Abend. Alle Welt sah mich als Priester, ich aber sträubte mich, es zu sein.

Im Noviziat

Mit einem R4 brachte mich Schwester Magdalena in die Pfarrei, die mein künftiger Novizenmeister als Deutschordenspfarrer betreute. Mein Zimmer befand sich im ersten Stock des Pfarrhauses.

Auf dem Fußboden lagen Pakete, auf dem Bett ein Berg Bücher, Spinnweben hingen von der Decke. Alles war verstaubt, es roch muffig wie in einem Lagerraum, der lange nicht mehr betreten worden war. Der Zustand, in dem sich das Zimmer befand, ließ mich vermuten, dass ich nicht erwartet wurde.

War ich überhaupt willkommen?

Auf einem alten Tisch mitten im Zimmer fiel mir ein beschriebenes Blatt Papier auf. Ich las: Tagesordnung

5 Uhr 30: Morgengebet

6 Uhr: heilige Messe

7 Uhr: Frühstück

8- 12 Uhr: Einführung in das Ordensleben, Gebet, Meditation
12 Uhr 30: Mittagessen
13-15 Uhr: Arbeit im Garten, im Holzschuppen oder im Haus, eventuell Spaziergang
15-18 Uhr: Gebet und Meditation
18 Uhr 30: Abendessen
19 Uhr: Rosenkranz
20 Uhr: Nachtgebet
21 Uhr Nachtruhe

Aus welchem Jahrhundert mochte das Tagesprogramm stammen, fragte ich mich Ich suchte vergeblich nach einer Jahreszahl oder sonstigen Hinweisen, die über die zeitliche Herkunft der Schrift Aufschluss geben konnten.

Mit einem Glöckchen wurde ich zum Abendessen gerufen. Mein Novizenmeister und ein Mann in meinem Alter saßen bereits am großen Tisch in der Küche. Eine alte Frau stand am Herd und rührte in einer Pfanne.

Pater Bogomir. sprach das Gebet, die Köchin stellte die Pfanne mit dem Kaiserschmarrn in die Tischmitte, dazu eine Schüssel Apfelkompott.

Wir bedienten uns. Die alte Frau zog sich zurück, legte Holz nach und ließ sich auf einen Stuhl neben dem Herd nieder.

„Während der Woche essen wir in der Küche, am Sonntag gehen wir ins Esszimmer", erklärte mein Novizenmeister.

Während des Essens lernte ich den unbekannten Mann am Tisch als Kaplan und die alte Frau neben dem Herd als unsere Köchin kennen. Letztere sei seit Ewigkeit Mitglied des Deutschen Ordens. Ich erfuhr auch, dass die von mir vorgefundene Tagesordnung, die ich zeitlich dem Mittelalter zuzuordnen geneigt war, brandaktuell sei und von Pater Bogomir. extra für mich verfasst worden wäre.

Was aus der Tagesordnung nicht direkt hervorginge, mochte er nun mündlich bekannt geben, meinte er. So wäre es üblich, dass ein Novize nur mit Erlaubnis seines Meisters das Haus verlassen dürfe. Auch müsse der Meister über den jeweiligen Aufenthaltsort des Novizen jederzeit im Bilde sein. Der Novize verfüge weder über einen Haus- noch über einen Zimmerschlüssel. Mit den Menschen aus dem Dorf, vor allem, wenn es dabei um die Vertreter des weiblichen Geschlechtes unter siebzig ginge, dürfe er nur in Gegenwart des Meisters kommunizieren.

„Harte Regeln, das weiß ich", gab der alte Pater unumwunden zu, „aber du bist schließlich Novize und musst dich an die Regeln des Ordenslebens gewöhnen." Vor allem müsse ich Gehorsam lernen, eine Tugend, die heutzutage bei jungen Ordensleuten am Aussterben wäre.

Ich fühlte mich um viele Jahre zurückgeworfen. Als fünfzehnjähriger Schüler durfte ich das Internat nach 22 Uhr nicht mehr verlassen. Tagsüber musste ich zwar viel lernen und arbeiten, aber Beten und Meditieren waren mir damals erspart geblieben. Auch im Priesterseminar zu Ljubljana hatte man uns wenig Eigenverantwortung zugetraut und uns auf Schritt und Tritt bevormundet. Die Freiräume öffneten sich für mich erst in Königstein. Da die dortige Anstalt sich in den letzten Zügen befand, wurden wir uns selber überlassen. In Innsbruck schließlich fielen alle Schranken. Es gab nur Angebote, aber keine Gebote. Unsere Vorgesetzten gingen vom Ideal aus, dass ein erwachsener Mensch selber sein Leben vor sich und vor Gott verantworten konnte. Da Gott mich aber in Ruhe ließ und ich ihn ignorierte, konnte ich ein freies, unbeschwertes Leben genießen.

Hier in diesem attraktiven Winzerdorf sollte ich nun in ein Pfarrhaus eingesperrt werden, in dem eine alte Ordensschwester mit Argusaugen über jeden meiner Schritte wachen und meinem Novizenmeister Meldung erstatten würde.

„Du wirst vom hohen Ross eines Akademikers absteigen und die Demut eines Ordensmannes lernen müssen", gab mir Pater Bogomir. zu verstehen, wenn ich gelegentlich auf meine Volljährigkeit hinwies.

„Sperre dich nicht vor neuen Perspektiven", riet mir der alte Spiritual, den ich im Heim für alternde Priester besuchte und ihm mein Leid klagte. „Lass dich auf den neuen Weg ein. Folge den Weisungen deines Novizenmeisters, auch wenn sie dir altmodisch und unsinnig erscheinen. Gott selber spricht zu dir durch ihn."

„Gott spricht zu mir durch meinen Novizenmeister? Heißt das, Gott will mich im Alter von 28 Jahren entmündigen lassen?", wandte ich ein.

„Lies Thomas von Kempen", empfahl mir der ergraute Priester. „Dort steht alles, was du für dein Leben beachten solltest."

Ich las das Büchlein noch einmal durch und stellte fest: Mir fehlte die Demut.

Es ist ja nur für ein Jahr, tröstete ich mich. Vielleicht komme ich in dieser Zeit tatsächlich zu neuen Einsichten. Schließlich soll es vor mir schon viele junge Männer gegeben haben, die ein Noviziat mit großem spirituellem Gewinn absolviert haben.

So ließ ich mich auf den neuen Weg ein. Am ersten Morgen nach meiner Ankunft betrat Pater Bogomir ohne anzuklopfen mein Zimmer, setzte sich, schlug das Büchlein der Ordensregeln auf und begann, daraus vorzulesen. Als er mit einem Abschnitt fertig war, schwiegen wir eine Weile. Am Ende des Schweigens sprach er ein Gebet und verließ anschließend mein Zimmer. Das ging drei Wochen so, bis er die letzte Seite in seinem Büchlein abhakte.

Ich war gespannt, was mich nun erwartete. Würde er mit einem weiteren Buch kommen und daraus lesen? Seine Monologe fortsetzen? Er ließ mich einige Wochen in Ruhe. Wir trafen uns lediglich zur heiligen Messe und zu den Mahlzeiten.

Das tägliche Treffen mit meinem Novizenmeister fehlte mir. Obwohl er mir immer nur langweilige Texte vorgelesen hatte, saß ich nicht allein in meinem Zimmer. Ich hörte die Stimme eines Menschen, der meinetwegen da war, auch wenn er mit mir kein Gespräch führen wollte.

Nun aber fielen auch diese Begegnungen aus. Nach dem Frühstück saß ich meistens stundenlang am Fenster des Pfarrhauses und beobachtete den Dorfplatz vor der Kirche. Auf der gegenüberliegenden Straßenseite befand sich ein Tante Emma-Laden, der rege frequentiert wurde. Vor allem Frauen kamen, redeten miteinander, verschwanden im Geschäft und kamen mit vollen Taschen heraus.

Eines Tages fiel mir eine junge Frau auf. Sie trug einen breiten, dunklen Rock. Ihre Haare waren im Nacken mit einem roten Kopftuch zusammen gebunden. Ich glaubte, sie auch schon sonntags um 11 Uhr in der Kirche wahrgenommen zu haben.

Am nächsten Tag kam dieselbe Frau wieder, näherte sich dem Pfarrhaus, blieb stehen und schien über etwas nachzudenken. Es hatte den Anschein, als wolle sie ins Pfarrhaus kommen, aber im letzten Moment drehte sie sich entschlossen um und ging weg.

Einige Tage später saß ich gerade am Schreibtisch, als jemand an der Haustür klingelte. Mehrere Male nacheinander. Normalerweise konnte es mir egal sein, wenn jemand vergeblich an der Pfarrhaustür Einlass begehrte. Ich war nicht befugt, irgendjemanden zu empfangen.

Von mir konnte auch niemand etwas wollen. Den meisten Dörflern dürfte meine Anwesenheit im Pfarrhaus sowieso verborgen geblieben sein. Öffentlich trat ich nur einmal wöchentlich in Erscheinung, und zwar sonntags um 11 Uhr, wenn ich eine Messe mit Kindern und jungen Müttern zelebrierte.

Aus purer Neugier trat ich zum Fenster, von dem aus ich den Eingang des Pfarrhauses einsehen konnte. Unten stand die Frau mit dem dunklen Rock und dem roten Kopftuch. Sie schaute zu mir herauf und als sie mich am Fenster entdeckte, rief sie laut um Hilfe.

Ich rannte die Treppe hinunter und entriegelte die Eingangstür. Die Frau kniete vor mir nieder und faltete ihre Hände zum Gebet. „Bitte, Hochwürden, helfen Sie mir! Mein Kind ist sehr krank! Bitte!" Ich zückte mein Portmonee und holte einen Schein heraus. „Nein, nein", rief die Frau entsetzt. „Ich möchte, dass mein Kind getauft wird. Ich bitte Sie, kommen Sie und taufen Sie mein Kind!"

„Warten Sie", sagte ich zu ihr. „Ich rufe den Pfarrer oder den Kaplan!"

„Wer ist denn da?", hörte ich plötzlich die Stimme des Pfarrers hinter mir.

„Wenn ich die Frau recht verstehe, möchte sie, dass ihr krankes Kind notgetauft wird", erklärte ich.

Der Pfarrer zog mich in den Flur und schlug die Tür zornig zu. „Das ist doch eine Zigeunerin!", sagte mein Novizenmeister im gepressten Flüsterton.

„Aber sie möchte doch nur eine Taufe für ihr Kind!"

„Sie gehört nicht zu meiner Gemeinde", sagte er trotzig.

Die Klingel ertönte wieder. „Das hast du nun davon, weil du die Tür aufgemacht hast", ereiferte sich der alte Pater. „Sieh zu, wie du sie wieder los wirst."

„Darf ich das Kind taufen?", fragte ich mit unsicherer Stimme.

Der Pfarrer überlegte. Es klingelte noch einmal. „Meinetwegen", sagte er. „Aber nicht in der Kirche." Ich schaute ihn fragend an. „Na, was meinst du, wie unsere Kirche aussehen würde, wenn die ganze Zigeunersippe zur Taufe mitkäme?" Leise vor sich hin schimpfend entfernte sich der Pfarrer.

Ich eilte zur Tür und öffnete sie wieder. Die Frau war gerade am Weggehen. „Ich werde ihr Kind taufen", rief ich ihr nach. „Ich komme gleich, Sie können schon vorausgehen."

Ich wollte es vermeiden, mit der jungen Zigeunerin gesehen zu werden, zog meinen dunklen Anzug an und hängte mir die Tasche für Krankensalbung über die Schulter. Da die Wege zu der Zigeunersiedlung durch ein Feuchtgebiet führten, rüstete ich mich auch mit Gummistiefeln aus.

Die Sonne brannte und schon nach wenigen hundert Metern war ich nass geschwitzt. Bremsen und Stechmücken, die von meinem Schweißgeruch angelockt wurden, attackierten mich am Hals und im Gesicht. Erst im Schatten des Waldes ging ein laues Lüftchen und machte die außerplanmäßige Wanderung etwas erträglicher.

Die Zigeunerin wartete an einer Kreuzung auf mich. „Damit Sie sich nicht verirren", sagte sie schnell atmend. „Wir müssen uns beeilen. Pistek glühte vor Fieber, als ich wegging."

Als ich die ersten Zelte und Hütten zwischen dem Unterholz erblickte, hörte ich menschliche Stimmen. Schreiende Kinder und weinende Frauen kamen uns entgegen. Eine alte Frau stürzte zu meiner Begleiterin und nahm sie schützend in die Arme. Ein Wortschwall kam aus ihrem Mund, dessen Bedeutung ich nicht verstand. War es ungarisch oder türkisch?

Loza, so wurde meine Begleiterin genannt, befreite sich aus der Umarmung, lief auf eine Hütte zu und verschwand darin. Ich trat in die Hütte und sah Loza auf dem Boden sitzen, mit ihrem Kind auf den Armen. Um sie herum saßen Erwachsene und Kinder und schauten abwechselnd mich und das kranke Kind ängstlich an. Pisteks Augen waren geschlossen, sein Bäuchlein hob und senkte sich unregelmäßig. Er atmete noch.

Ich öffnete meine Tasche und breitete den Inhalt auf dem Teppich aus, der Mutter mit dem Kind zu Füßen. Wasser, Weihrauch, Salbungsöl, Kerze und meine Stola.

Ich brachte die wohlriechenden Körnchen zum glühen, schwenke das Weihrauchkännchen und sang dabei: „Aus der Tiefe rufe ich Herr, Herr höre meine Stimme!" Der Duft des Weihrauches erfüllte den Raum. Ich salbte Pisteks kleine Stirn, salbte sein Kinn und seine Brust und sprach Gebete, von deren heilender Wirkung ich nicht überzeugt war. Die Kirche wendete die Zeremonie seit Jahrtausenden an. Ihre heilende Kraft lag nicht in meiner Hand.

Dann ließ ich mir frisches Wasser bringen, segnete es, schöpfte dreimal aus dem Gefäß, goss es auf das Köpfchen des kranken Kindes und sprach die Taufformel: „Ego te baptidzo in nomine Patris et Filii..."

Das Kind öffnete die Augen, atmete etwas schneller und begann zu schreien. Mit der Zunge fing es Wassertropfen auf, die ich bei der Taufe über sein Gesicht verschüttete.

„Gib ihm mehr Wasser", sagte ich zur Mutter.

Pistek trank und trank. Es war offenbar ziemlich durstig gewesen. Inzwischen schaute ich mich in der Hütte um. Ein alter Herd stand da, der wohl wegen der Sommerhitze stillgelegt war. Jacken und Hemden hingen auf Kleiderhaken an der Wand. Auf dem Holztisch in der Mitte des Raumes war sämtliches Geschirr ausgebreitet. Ein breites Bett an der Fensterwand war am Kopfende mit einigen Büchern belegt.

Nachdem Pistek kein Wasser mehr zu sich nehmen wollte, machte Loza die Bluse auf und reichte ihm die Brust. Ich wollte mich diskret zurückziehen.

„Bitte, bleiben Sie ein wenig", sagte sie, „er kommt gleich, eigentlich müsste er schon da sein."

„Wer müsste gleich da sein?", wurde ich neugierig.

„Pista, mein Mann. Er hilft einem Bauern im Weinberg."

„Pista?" Der Name war eigentlich nur in Prekmurje verbreitet. Ich dachte an meinen Freund aus der Bergwerksschule, von dem ich seit dem Abitur nichts mehr gehört hatte. Außer dass er in Ljubljana zeitgleich mit mir ein Studium begonnen hatte. Instinktiv warf ich einen Blick auf die Bücher im Bett. Ich trat näher, nahm ein Buch nach dem anderen in die Hand. Plötzlich musste ich lachen.

„Pista! Mein alter Freund", rief ich begeistert, während ich in einem seiner Bücher blätterte. Die Seiten waren vergilbt, manche angerissen, der Umschlag beschädigt, aber an das Werk erinnerte ich mich: ‚Latinsko slovenski slovar', Lateinisch Slowenisches Wörterbuch.

„Was ist passiert?", fragte ich laut, obwohl ich die Frage nicht an Loza, die offensichtlich seine Frau war, richten wollte. Es war ein Ausruf der Verwunderung.

„Sie waren ein Freund von Pista", sprach Loza. Er hatte sie sofort erkannt bei einer 11 Uhr Messe. Damals war ich noch schwanger."

„Warum hat er mich nicht angesprochen?"

„Er schämt sich. Sie sind ein großer Herr geworden und er ... er ist ein Zigeuner geblieben."

„Er muss mich unbedingt besuchen", sagte ich, mir fiel aber zugleich ein, dass ich keine Besuche empfangen durfte. „Nein, es ist besser, wenn ich hierher komme", korrigierte ich mich. Ich segnete die Mutter mit dem Kind und verließ die Hütte.

Draußen spielten einige Kinder mit einem kaputten Wagenrad. Eine Frau versuchte gerade, ein Huhn einzufangen. Einige Männer saßen auf einem Holzstamm und rauchten. Während ich mich ihnen näherte, lüfteten sie ihre Kopfbedeckungen und grüßten mich. Sie schienen mich zu kennen.

Unterwegs rätselte ich über Pistas Leben. Warum hatte er den Absprung nicht geschafft? Waren es die Gene, die ihm für immer ein Nomadenleben aufgezwungen hatten? War es Gottes Wille, dass er Lozas Mann und Familienvater wurde?

Der Weg durch den Wald verlief eine lange Strecke geradeaus. In der Ferne nahm ich einen Menschen war, der mir entgegen kam. Als er noch ein paar hundert Meter entfernt war, bog er in den Wald ein und verschwand.

Erst etwas später kam mir ein Verdacht in den Sinn: War es Pista, der in den Wald eingebogen war, um mir aus dem Weg zu gehen?

Einige Tage nach meinem Besuch bei den Zigeunern kam Pater Bogomir. zu mir ins Zimmer. „Du hast bestimmt eine Menge Fragen. Nun kannst du sie stellen. Ich werde versuchen, sie zu beantworten."

Der ungewöhnlich freundliche Ton meines Novizenmeisters verwunderte mich. Ich kramte eine Weile in meinem Gedächtnis nach Fragen, die sich inzwischen in mir angestaut hatten. „Warum sind Sie Priester geworden? Hat Gott Sie gerufen?"

Er blickte mich erstaunt an und dachte ziemlich lange nach. „Ja, ich glaube, dass Gott mich gerufen hat."

„Wie tat er das? Was haben Sie gehört?"

„Ich hörte täglich meine Mutter beten."

„Sie hörten Ihre Mutter beten, aber Gott hörten Sie wohl nicht. Wie konnten Sie sicher sein, dass Gott Sie gerufen hat, Priester zu werden?"

„Ich war mir in der Tat nicht immer sicher. Aber je älter ich wurde, desto deutlicher wurde sein Ruf an mich. Ich musste erst lernen, auf Gottes Stimme zu achten. Auch Mose hätte seine Berufung aus dem brennenden Dornbusch überhören können, wäre er nur für natürliche Phänomene empfänglich gewesen. Er hätte auf das Feuer, das aus dem Busch loderte, auch pinkeln können, dann wäre für ihn alles anders gelaufen."

„Ich wünschte, ich könnte dasselbe von mir behaupten", sagte ich mit offenem Bedauern.

„Du bist Priester und du zweifelst an deiner Berufung? Warum zweifelst du? Hast du vergessen, wie vielen Menschen du bereits Freude bereitet hast, weil du ihnen als Priester dientest? Selbst die Zigeuner sehen in dir einen Mann Gottes, bei dem sie gerne beichten und ihre Kinder taufen lassen. Sie und viele Menschen unserer Pfarrei würden für dich als Priester ihre Hand ins Feuer legen. Kennst du das Wort nicht: Vox populi vox Dei es? Die Menschen haben ein gutes Gespür dafür, wer ein Bote Gottes ist und wer nicht."

„Und was meinen Sie, Pater Bogomir.?" Es fiel mir auf, dass ich ihn zum ersten Mal mit Namen ansprach.

„Ich meine, dass du die Berufung zum Priester nicht wahrhaben willst", sagte er. „Du ahnst, dass der Beruf ziemlich unbequem werden könnte. Du aber möchtest den vermeintlich leichteren Weg gehen. Du erinnerst mich an jemanden, dem Gott eine Aufgabe übertragen will, der aber versucht, davon zu laufen."

Möglicherweise hatte der alte Mann recht, musste ich innerlich zugeben. Er kannte mich besser, als ich dachte.

„Wenn du versuchen wirst, deinen Beruf mit ganzem Herzen und mit ganzer Seele auszuüben, dann wirst du..."

„...der glücklichste Mensch auf Erden", ergänzte ich mit Worten, die ich an meinem Weihetag vom Bischof gesagt bekam.

Der alte Pater lachte. „Im Übrigen sehe ich meine Mission als beendet an", sagte Pater Bogomir. entspannt. „Ich habe dich mit unseren Ordensregeln bekannt gemacht. Ich versuchte, dir die drei Pfeiler des Ordenslebens nahe zu bringen: Armut, Keuschheit und Gehorsam. Ich habe auch täglich für dich gebetet und werde es auch in Zukunft tun. Mehr liegt nicht in meiner Macht. Will Jesus dich als Ordensmann in seiner Nachfolge sehen, so wird er noch ein kleines Wunder vollbringen müssen. Es liegt nun an dir, wie du mit deinen Erfahrungen umgehen wirst. Was mich betrifft, so werde ich dich nicht mehr als meinen Novizen behandeln. Nun aber möchte ich bei dir beichten", sagte er unvermittelt, stand auf und führte mich in die Kirche. „Hole deine Stola, ich warte auf dich im Beichtstuhl!" Völlig verdutzt tat ich, wie er mir befahl. Ich setzte mich in den Beichtstuhl, zog den Vorhang zur Seite, segnete meinen Novizenmeister und nahm ihm die Beichte ab. Es war eine lange Beichte, in der ich zum ersten Mal die rein menschlichen Züge des alten Priesters zur Kenntnis nahm. Ich hätte gerne darauf verzichtet.

„Du hast vergessen, mir eine Buße aufzuerlegen", sagte er, nachdem ich ihm die Sündenvergebung zugesprochen hatte.

Wie peinlich, dachte ich, so etwas Wichtiges einfach zu vergessen, „Es ist Busse genug, dass Sie mich ein Jahr ertragen müssen", erwiderte ich. Er lächelte verlegen, nickte, erhob sich und verließ den Beichtstuhl.

Das brachte die Wende in unser Verhältnis. Ich sah ihn in einem neuen Licht. Sein Pochen auf Regeln und Gesetze nahm abrupt ein Ende. Pater Bogomir. zeigte tatsächlich kein Interesse mehr, mich weiterhin als Novizen zu behandeln. Er übertrug mir nach und nach die Aufgaben eines Kaplans. Ich taufte, hielt Trauungen und Beerdigungen. Die Betreuung einer Jugendgruppe erfüllte mich mit besonderer Freude. Die Seelsorge an den Zigeunern, die in ihren Behausungen im Wald lebten, legte er in meine Hände. Mein Noviziat wurde praktisch in die Tätigkeit eines Dorfpriesters umgewandelt, ohne dass unser Prior darüber in Kenntnis gesetzt worden wäre.

Was nach der Beendigung meines Noviziats aus mir werden sollte, wusste niemand. Ich selber hatte ein konkretes Ziel, wusste aber nicht, ob ich es durchsetzen konnte. Das Thema mieden wir geflissentlich. Für mich stand fest, dass ich auf jeden Fall versuchen würde, an den grünen Inn zurück zu kehren.

Pfarrer Breznik

Während meiner Noviziatszeit lernte ich auch Pfarrer Breznik kennen. Er war der gute Hirte einer Nachbargemeinde. Seit mehreren Jahrzehnten war er bereits als Seelsorger dort tätig. Keiner konnte sich genau erinnern, wann und woher er gekommen war. Eigentlich interessierte es auch niemanden.

Seinen Dienst versah er in seinem hohen Alter so gut er konnte. Er taufte, traute und beerdigte. Er unterrichtete die Kinder und bereitete sie auf die Erstkommunion und die Firmung vor.

Seine Hauptaufgabe bestand darin, täglich die heilige Messe zu lesen. Am Altar fühlte er sich am wohlsten. Besonders gerne saß er im Beichtstuhl, auch wenn die Dörfler von diesem Service kaum Gebrauch machten.

Die Kommunikation mit seinen Pfarrkindern beschränkte sich auf den Raum der Kirche. Er besuchte sie niemals zu Hause. Wenn sie etwas von ihm wollten, wussten sie, wo sie ihn erreichen konnten, nämlich im Pfarrhaus oder in der Kirche.

Eine Haushälterin hatte er nie. Er lebte allein und ernährte sich von den Gaben seiner Pfarrkinder. Die Bäuerinnen brachten ihm einmal wöchentlich einen großen Laib Brot. Im Herbst wurde im Keller des Pfarrhauses ein großes Fass mit diversen Weinen gefüllt, die von den Winzern für den Unterhalt des Pfarrherrn großzügig gespendet wurden. Seinen Fleischbedarf deckte er, indem er ab und zu eines der gefiederten Tiere schlachtete, die mit ihm die Räumlichkeiten des Pfarrhauses teilten. Hühnereier lagen fast in jeder Ecke des Hauses griffbereit. Wenn er manchmal eines aus Versehen zertrat, kratzte er es vom Boden, vermischte es mit etwas Mehl und buk es auf der Herdplatte. Mit Salz und Pfeffer bestreut schmeckte das Gericht wie ein Pfannkuchen, wobei kleine Partikel der Eierschalen der Hausspezialität eine besondere Note verliehen.

Da Pfarrer Breznik recht betagt war und seine Prostata kein kontrolliertes Pinkeln mehr zuließ, sollte er in jenem Herbst, als ich im Dekanat Novize war, aus dem „Verkehr" gezogen und in ein Seniorenheim für Priester verfrachtet werden. Der Bescheid über seine Pensionierung lag dem Dekan seit Wochen vor. Als die Haushälterin eines Tages damit im Ofen das Feuer entzünden wollte, war es der angeborenen Neugierde der tüchtigen Frau zu verdanken, dass sie sich einen Augenblick lang in das Schriftstück vertiefte, darauf den Siegel des Oberhirten entdeckte und vor Ehrfurcht erstarrte. „Endlich wird der verrückte Breznik in Pension geschickt", sagte die Frau und hielt das Dokument dem Dekan unter die Nase. Er nickte geistesabwesend und dachte laut nach: „Wer soll den Mut aufbringen, dem alten Mann die unangenehme Nachricht zu überbringen?" Die Nachbarskollegen klagten über Zeitmangel, er selber hatte bei Gott auch Wichtigeres und vor allem Angenehmeres zu erledigen.

„Schicken Sie doch den aufmüpfigen jungen Novizen zu ihm. Er hat Zeit und es wird ihm auch nicht schaden, wenn er von Pfarrer Breznik eine hinter die Löffel bekommt", schlug die Haushälterin vor, die sich immer bemühte, die Sorgen ihres Herrn zu lindern.

Herr Dekan wusste, dass es sich lohnte, auf die Vorschläge seiner Haushälterin zu hören. Je mehr er ihre Ideen beachtete, desto erträglicher und bequemer ließ es sich in ihrer Nähe aushalten.

Über Pater Bogomir erhielt ich also eines Tages Brezniks Pensionierungsbescheid, verbunden mit der höflichen Bitte des Herrn Dekans, den eigensinnigen alten Mann aufzusuchen und ihm die Sachlage zu erklären. Irgendwie fühlte ich mich geschmeichelt, in eine so wichtigen Mission eingebunden zu werden und machte mich gleich am nächsten Morgen zu Fuß auf den Weg. Ich umging weiträumig das gefährliche, mit zahlreichen Bären bevölkerte Waldgebiet und erreichte erst am Abend Brezniks Pfarrei. Nachdem ich zuerst in der Kirche erfolglos nach dem Mann Ausschau gehalten hatte, begab ich mich anschließend zum Pfarrhaus. Die vom Zerfall bedrohte Holztür war angelehnt. Vorsichtig stieß ich sie auf und machte gleichzeitig einen Satz rückwärts. Ein aufgescheuchter Hahn flatterte mir entgegen, hinter ihm eine stattliche Schar gut genährter Hühner.

Im Flur hüpften ein Paar Kaninchen herum, im Wohnzimmer erblicke ich zwei Ziegen, eine am Tischstuhl, eine am Schrank angebunden.

„Was zum Teufel ist hier los!", hörte ich plötzlich aus dem Nachbarraum eine krächzende Stimme. Ich trat ein. Pfarrer Breznik saß am Schreibtisch, der von allen Seiten mit Büchern und Akten zugestellt war. Es musste Brezniks Arbeitszimmer sein.

„Gelobt sei Jesus Christus", grüßte ich. Breznik schaute auf, legte sein Brevier zur Seite und erwiderte nach einer ausführlichen Betrachtung meiner Erscheinung mit „In Ewigkeit, Amen".

„Gehen Sie in die Kirche, ich komme gleich nach", befahl er und erhob sich mühsam.

Er hatte einen Zug aus seiner Pfeife genommen, bevor er sie mit seiner Spucke löschte. Sein viereckiger Kopf, seine Gestik und seine Bewegungen erinnerten mich an Frankenstein.

Ich ging vor und verscheuchte wieder ein Huhn, das gerade in ein aus alten Klamotten gemachtes Nest ein Ei gelegt hatte und dies mit einem fröhlichem „Ko-ko-kodei" verkündete.

Wir trafen uns in der Sakristei, wo ich ihm ohne Vorwarnung die Entlassungsurkunde des Bischofs hinhielt.

„Was ist das?", schreckte er zurück. „Wer bist du?"

Er betrachtete mich mit offener Feindseligkeit. Ich versuchte, ihm alles zu erklären. Als er hörte, dass er seine Pfarrstelle räumen musste, wurde er ganz ruhig. „Wo soll ich hin? Ins Altersheim? Dann lieber gleich auf den Friedhof!", sagte er mit bitterer Stimme. „Das haben sich die Herren so gedacht! Du kannst ihnen sagen: Breznik geht nirgendwohin. Er bleibt bei seinen Ziegen, Hühnern und Hasen. Und bei seinen Schafen. Er kann noch alles: beerdigen, taufen, Messe lesen. Alles kann er. Er ist zwar verrückt, aber Breznik geht von hier nicht weg. Sollen Sie doch kommen und mich holen. Ha, ha, ha..." Er machte einen weiten Bogen um mich und eilte laut und saftig fluchend auf und davon.

Ich berichtete dem Dekan von meinem Misserfolg. Darauf ließ man Breznik in Ruhe.

Einige Wochen später, an einem nebligen Morgen, erreichte alle Gemeinden des Dekanats ein Rundruf. Breznik sei spurlos verschwunden. Alle Kollegen wurden gebeten, sich an der Suchaktion zu beteiligen.

Wir durchforsteten die ganze Umgebung, schauten in Bäche und alte Brunnenschächte. Sogar ein alter Hubschrauber der jugoslawischen Armee begleitete die Suchaktion. Wir suchten in Scheunen, Weinkellern und Kirchen. Am Abend tauschten wir bei Wein und Schinken unsere Eindrücke und Vermutungen aus. Obwohl sein Schicksal ungewiss war, redete man über Breznik, als sei ob er bereits tot.

Ungefähr drei Monate später, als sich kaum jemand noch an Brezniks Verschwinden erinnerte, bemerkte man einen Defekt an der Kirchturmuhr der verwaisten Pfarrei. Der Hammer der Uhr schien zwar zu schlagen, aber die Glocke gab nur einen dumpfen Klang von sich.

Als man den Turm bestieg, fiel die Ursache der Störung sofort ins Auge. Zwischen der Glocke und dem Hammer lag der Arm einer Männerleiche. Es war der tote Pfarrer Breznik. Ursprünglich hatte er sich wohl an einem Querbalken aufgehängt. Im Laufe der Zeit löste sich die Leiche infolge der Verwesung aus der Schlinge, wobei der Arm am Hammer hängenblieb und so das ordentliche Aufschlagen auf die Glocke verhindert wurde.

Die offizielle Version aber lautete: Der fromme Mann wurde beim Aufziehen der Turmuhr plötzlich und unerwartet heimgeholt.

Pfarrer Breznik wurde in allen Ehren bestattet. Der Weihbischof predigte über die Einsamkeit eines Dorfpfarrers im Alter. Er blieb zum Leichenschmaus, zu dem auch sämtliche Geistlichen des Dekanats erschienen waren. Als der Oberhirte seine Mannen sah, wie sie gutge-launt beisammen saßen, luftgetrockneten Schinken verzehrten und sich dabei mit semiska crnina zuprosteten, sprach er: „Eine so fröhliche Stimmung würde ich mir auch bei meinem Begräbnis wünschen."

Der älteste Pfarrer, ein Original, neigte sich zum Bischof und sprach: „Das ist machbar, Hochwürden, wir kriegen es hin. Soll aller-dings auch ich daran mitwirken, so dürfen Sie das Ereignis nicht auf die lange Bank schieben."

Godec, der Winzer

Die Rebstöcke färbten sich herbstlich, die Weinreben erreichten ihre ideale Reife, die Weinlese war in vollem Gange. Die Herbstsonne schwächelte bereits, so dass es gegen Abend in schattigen Lagen unan-genehm kühl wurde.

Ein letztes Mal ging ich aus dem Dorf hinaus, folgte einem steil auf-steigenden Feldweg zwischen den Weinbergen und erreichte einen langgezogenen Hang, von wo man das ganze Tal überblicken konnte.

Hier lag der schönste Weinberg mit der urigsten Zidanca, für mich ein Stück Himmelreich auf Erden. Auf der Bank vor der Zidanca saß Godec und machte einen zufriedenen Eindruck. Die Traubenmenge übertraf seine Erwartungen und die Qualität war besser als viele Jahre zuvor.

„Kommen Sie, gospon, kommen Sie näher", rief er, als er mich er-blickte. „Lass uns einen zusammen trinken."

Ich setzte mich zu ihm. „Das ist das Land, wo Wein und Honig fließen", schwärmte ich, während Godec eine mit Kondenswasser beschlagene Majolika, die mit semiska crnina gefüllt war, auf den Ei-chentisch stellte. Dann holte er aus dem Keller einen Laib Schwarzbrot und ein Stück prsut, den luftgetrockneten Schinken, den er mit seinem Winzermesser in hauchdünne Scheiben schnitt.

Wir bedienten uns, kauten genüsslich und tranken dazu den edlen Tropfen, der in dieser Qualität nur auf diesen sonnigen Hängen wuchs.

Wir ließen die Stimmung des frühen Abends auf uns wirken, kann-ten uns so gut, dass wir auch eine längere Stille miteinander aushalten konnten.

Ab und zu kam ein leichter Wind, der die für diese Gegend typi-schen Klopotec, eine klappernde Vogelscheuche, für eine Weile in

Bewegung setzte. Ihr lautes Geklapper sollte die Vögel von den Weinbergen fernhalten, was aber kaum noch wirkte. Die Vögel ignorierten einfach die monotone Melodie, die von den Klopotec ausging, und erfreuten sich nach wie vor hemmungslos an den leckeren Früchten des Weinstocks und der menschlichen Arbeit.

„Seht euch die Vögel unter dem Himmel an, sie säen nicht, aber ernten tun sie doch", sagte Godec schmunzelnd.

„Dafür, dass du dich ziemlich selten in der Kirche blicken lässt, bist du aber ganz schön bibelfest", sagte ich.

„Soll ich das als Lob oder als Kritik verstehen?"

„Du kannst es dir aussuchen." Er füllte unsere Gläser, wir tranken und ließen die abendliche Stille bei uns ankommen.

„Wie geht es mit Ihnen weiter, gospon?", fragte er und schnitt einige Scheiben Schinken ab. „Stimmt es, was die Leute erzählen?"

„Ich weiß nicht, was die Menschen erzählen. Jedenfalls werde ich bald das Weite suchen. Deswegen bin ich heute Abend hier her gekommen. Um mich zu verabschieden, sozusagen!"

„Aber nicht doch, gospon, wir haben uns an Sie gewöhnt. Sie sollten nicht weg gehen. Jedenfalls nicht weit weg."

Ein Hauch Melancholie, vermischt mit Wein- und Schinkengeruch, schwebte in der herbstlichen Luft.

„Ich werde das Dorf vermissen. Vor allem dein Wein und dein Schinken werden mir fehlen. Wer weiß, vielleicht komme ich eines Tages zurück."

Godec legte seine Hand auf meinen Arm. „Sie sind doch ein Priester, können alles tun, was Menschen selig macht. Was brauchen Sie weitere Schulen? Bleiben Sie bescheiden, geben Sie sich mit uns zufrieden! Die Welt da draußen ist böse. Die Versuchungen sind groß und wer weiß, ob Sie stark genug sind, ihnen zu widerstehen. Bleiben Sie hier, Sie werden es nicht bereuen!"

„Versuchungen gibt es überall, auch hier. Dieser Wein zum Beispiel ist eine davon", sagte ich. „Hier ist es schön, aber ich kann nicht hier bleiben."

Abermals prosteten wir uns zu und leerten unsere Gläser. Godec, der alte Weinbauer schien anderer Meinung zu sein. „Sind Sie sicher, dass Gott Sie anderswo haben will? Sagt Gott zu Ihnen: Verlass dieses Dorf und geh in ein Land, das ich dir zeigen werde?" Abermals staunte ich über seine Bibelkenntnis.

„Nein, Gott sagt gar nichts zu mir. Und genau das ist mein Problem. Würde er mit mir reden, so wüsste ich genau, was ich zu tun habe."

Die Sonne ging endgültig unter. Aus einzelnen Schornsteinen im Tal stieg Rauch empor, ein Zeichen, dass der Sommer vorbei war. Die Menschen begannen, ihre Öfen und Herde anzuwerfen.

Godec stand auf, wollte die Majolika noch einmal füllen, aber ich winkte ab.

„Warten Sie, gospon, ich mache Ihnen ein Angebot: Bleiben Sie bei uns und Sie bekommen jedes Jahr von mir ein Fässchen semiska crnina und dazu eine solche Keule!" Er zeigte auf den Schinken, den wir fast bis zum Knochen aufgezehrt hatten.

„Sie wissen aber", sagte ich schmunzelnd, „dass Bestechung Sünde ist?"

„Aber nur eine lässliche, oder?", gab er sich nicht geschlagen.

Beschwingten Schrittes und gut gelaunt ging ich heim. Ich dachte über Godecs Worte nach. Zugleich erinnerte ich mich an die Behauptung meines ehemaligen Spirituals: Gott spricht zu dir durch deine Mitmenschen.

Hatte Gott vielleicht durch Godec zu mir gesprochen? Wollte Gott, dass ich zum Rotweinsäufer und zum Schinkenvertilger werden würde?

Manchmal ging er ja mit Menschen ungewöhnliche Wege. Jakob ließ er zum Beispiel das Erstgeburtsrecht für einen Linseneintopf erwerben. Warum also sollte er nicht versuchen, mir mit Rotwein und Schinken das Verbleiben in diesem Winzerdorf wortwörtlich schmackhaft zu machen? Wollte Gott, dass ich nicht nach Innsbruck zurückkehrte?

Das konnte ich mir nicht vorstellen. Das konnte nicht sein Ernst sein. Wenn Gott das wirklich von mir erwartete, musste er schon ein wenig deutlicher werden.

Bela Krajina, adé

Schwester Hiacinta. und Pater Bogomir. saßen bereits in der Küche und tranken Kaffee, als ich kam, um mich zu verabschieden. „Ich bin so weit", sagte ich halblaut.

Schwester Hiacinta. ging zum Spülbecken und begann, das Geschirr zu spülen. Sie mochte mich nicht. Für sie war ich ein ungehorsamer

Priester, der einem alten ehrwürdigen Pfarrherrn die meiste Zeit widersprochen und ihm das Leben schwer gemacht hatte. Ich zeigte keine Begeisterung für das Beten des Rosenkranzes und mied nach Möglichkeit die Marienandachten im Mai. Mein Wandel war ihr zu weltlich. Trotzdem kochte, wusch und putzte sie auch für mich. Sie hielt ihren Dienst für selbstverständlich und hörte von mir kaum ein Wort des Dankes. Sie hätte von mir mehr Respekt und Dankbarkeit verdient, doch diese Erkenntnis stellte sich bei mir zu spät ein.

Pater Bogomir. nahm die Zeitung, blätterte ein wenig darin und machte einen nervösen Eindruck. Er mied es, mir in die Augen zu blicken. Hatte er Angst, dass ich seine innersten Gedanken lesen konnte? Wir mochten uns von Anfang an nicht. Er hasste es, mein Novizenmeister zu sein. Wäre ich nicht in sein Pfarrhaus gekommen, hätte er als Pfarrer dieses Winzerdorfes ein ruhiges Leben genießen können. Er hätte sich nicht mit Fragen herumplagen müssen, die ein junger Priester aus dem verdorbenen Westen anschleppte, Fragen, die einzig und allein in Respektlosigkeit und im Glaubensmangel ihren Ursprung hatten.

Die Zeit nach unserer Aussprache wurde wohl auch für ihn erträglicher, aber von einem herzlichen Verhältnis zwischen uns konnte nach wie vor keine Rede sein.

Nun stand ich da am Kücheneingang, um Lebewohl zu sagen. „Schade, dass Sie uns verlassen", sagte die Nonne, nachdem ich mich einige Male geräuspert hatte. „Es gibt heute gebratenes Huhn zum Mittagessen. Ohne Käfergeschmack!"

Käfergeschmack! Das werden der Pfarrer Bogomir. und seine Haushälterin wohl nicht vergessen können. Als ich nach Bela Krajina gekommen war, übernahm ich die Aufgabe, die Hühner zu füttern. Das ging solange gut, bis sich im Mai im Lindenbaum vor dem Pfarrhaus Millionen von Maikäfern ansiedelten.

Pater Bogomir winkte mich eines Morgens herbei, ging mit mir unter die Linde, füllte mit bloßen Händen ein Säckchen mit den ekligen Tierchen und verfütterte sie anschließend an die fröhliche Hühnerschar. „So geht das", sagte er, „man spart damit eine Menge Geld für Hühnerfutter. Ab Morgen ist das deine Aufgabe."

„Nein", weigerte ich mich. „Das finde ich eklig und ich werde es nicht machen." Er schaute mich aus großen Augen an und konnte es nicht fassen, dass ich ihm widersprochen hatte.

Am nächsten Morgen belehrte er mich über die drei Tugenden eines Ordensmannes. Hauptakzent legte er dabei auf Gehorsam.

„Gehorsam bedeutet nicht, dass man als Befehlsempfänger seinen Verstand ausschaltet", warf ich ein.

„Verstand ist nicht der letzte Maßstab. Es ist der Wille Gottes, und den erfährst du durch deine Vorgesetzten."

„Ich zweifle, dass es Gottes Wille ist, Hühner mit Maikäfern zu mästen."

„Wer im Kleinen nicht gehorcht", sagte Pater Bogomir., „geht auch im Großen eigene Wege. Die Wurzel eines solchen Verhaltens ist Hochmut, eines der Hauptlaster. Hochmut aber kommt vor dem Fall!"

Einige Wochen hielt ich an meinem sturen Verhalten fest. Je mehr ich aber darüber nachdachte, desto mehr beschlich mich das Gefühl, dass ich klein beigeben sollte. Pater Bogomir. und Schwester Hiacinta. waren schließlich alte Leute und sie taten mir leid, wenn ich sie sah, wie sie sich jeden Morgen mühsam bücken mussten, um die Käfer aufzulesen. Ich entschloss mich also, Demut zu üben und übernahm fortan den mir anvertrauten Auftrag.

Jetzt am Ende meines Noviziates musste ich erkennen, dass mein Verhalten manchmal ganz schön kleinlich war. Ich nahm mich selber viel zu ernst. Und zu wichtig.

„Ich gehe nun. Danke für alles", sagte ich unsicher.

Pater B. stand auf. „Dein Weggang ist mit der Ordensleitung nicht abgesprochen. Es ist deine alleinige Entscheidung! Aber geh nur, niemand wird dich aufhalten. Ich am wenigsten."

„Danke für die Verpflegung, fürs Kochen und Waschen und überhaupt für alles", wandte ich mich an Schwester Hiacinta.

Die alte Nonne schien erleichtert zu sein. Es würde nun einfacher für sie werden, denn im Pfarrhaus konnte endlich Ruhe einkehren. Niemand würde Pater Bogomir. „ärgern", unangenehme Fragen stellen, mit Jugendlichen „unanständige" Lieder singen und niemand würde Zigeuner ins Pfarrhaus lassen. Das Letztere nahm sie mir besonders übel, weil „dieses Gesindel so stinkt und so viel Dreck macht." Dass ich die „schmutzige Bande" manchmal über die Dorfgrenze hinaus begleitete, mich länger in ihren Zelten und Bruchbuden aufhielt und dann noch offen von deren feurigen Tänzen schwärmte, damit hatte ich die Toleranzgrenze der alten Ordensschwester deutlich überschritten. Na ja, das war nun vorbei. Das Leben im Pfarrhaus konnte wieder normal werden.

Mit einer Hängetasche über der Schulter und einem Köfferchen in der Hand trat ich hinaus ins Freie. Draußen aber wartete auf mich eine Überraschung. Der Platz zwischen dem Pfarrhaus und der Kirche war voller Zigeuner. Männer, Frauen, Jugendliche, Kinder, Hunde, Esel und Pferde. Alles durcheinander. Als sie mich bemerkten, klatschten und winkten sie mir mit bunten Tüchern zu. Die Frau, deren Kind ich notgetauft hatte, stand im Hintergrund. Ich hielt Ausschau nach Pista, konnte ihn aber nicht ausfindig machen.

Ein grauhaariger Mann mit einer Geige in der Hand saß auf der Kirchentreppe. Daneben bildete sich ein Kreis junger Frauen und Mädchen, die temperamentvoll zu tanzen begannen, sobald die Geigenmusik erklang. Eine alte, klapprige Kutsche, vor die ein abgemagerter Gaul eingespannt war, fuhr vor. Hinter dem Kutscher saß ein Musikant mit Harmonika. Zwei Burschen nahmen mir das Gepäck ab und warfen es auf die Kutsche. Ein knallroter, mit zahlreichen Fettflecken besäter Teppich wurde auf dem Boden ausgerollt, über den ich feierlich zum Einstieg in die Kutsche geleitet wurde.

Nachdem ich neben dem Musikanten Platz genommen hatte, setzte sich das wacklige Gefährt in Bewegung. Der Geiger auf der Kirchentreppe hörte auf zu spielen, dafür ertönte nun aus der Harmonika ein Marsch, dessen feuriger Rhythmus sich im Nu auf das Pferd zu übertragen schien, denn das Tier eilte im Galoppschritt die Bahnhofstraße hinunter. Vor dem Dorfladen standen die Einheimischen, manche winkten mir zu, andere begleiteten das Spektakel mit skeptischen Blicken.

Ich drehte mich um und warf einen letzten Blick zurück, nicht im Zorn, sondern in kontrollierter Traurigkeit. Neben dem Pfarrhaus sah ich Pater Bogomir und Schwester Hiacinta stehen. Ich winkte ihnen zum Abschied, aber sie standen reglos da, als ob sie sich gerade in zwei steinerne Skulpturen verwandelt hätten.

Plötzlich wurde die Kutsche angehalten. Ein Mann kam auf mich zu. Es war Godec. Umständlich und wortlos drückte er mir eine Stofftüte in die Hand. Er setzte noch an, um mir etwas mitzuteilen, gab es aber gleich wieder auf, denn wegen der lauten Musik wäre bei mir sowieso nichts angekommen.

Godec zog sich zurück und schaute mir nach. Kurz bevor wir hinter der Kurve verschwunden waren, winkte ich ihm noch einmal zu.

Er winkte nicht zurück, denn das wäre in seinen Augen eine überflüssige Gefühlsduselei gewesen. Möglicherweise war er aber auch beleidigt, weil ich nicht auf ihn gehört hatte.

Im Gegensatz zum Zug, kamen wir pünktlich am Bahnhof an. Die zweistündige Zugverspätung nahmen aber die Zigeuner gelassen in Kauf und leisteten mir bis zur Abfahrt Gesellschaft.

Als ich im Zug saß, fiel mir die Stofftüte ein, die ich zum Abschied von Godec erhalten hatte. Ich prüfte ihren Inhalt und freute mich auf die nächste Mahlzeit: Kruh, prsut und vino. Und alles roch so köstlich, fast wie in Godecs Keller.

Unterwegs zum Doktortitel

Seit wenigen Wochen lebte ich wieder in Innsbruck. Das Thema meiner Doktorarbeit stand fest: Wie gehen Menschen verschiedener Weltanschauungen mit Tod und Sterben um? Die Frage wollte ich anhand der Beerdigungsriten, vor allem am Beispiel der Grabreden, behandeln. Meine spezielle Aufgabe war es, christliche Begräbnisse mit den atheistischen zu vergleichen. Wie tröstet ein Pfarrer, wie ein Parteifunktionär?

Während meiner Spaziergänge am Ufer des Inns, verweilte ich gerne auf der alten Holzbrücke, betrachtete den unter mir fließenden Fluss und dachte über die „letzten Dinge" nach, mit denen ich mich in meiner Arbeit befasste. Panta rei, alles fließt. Das Wasser verdunstet, steigt auf in die Atmosphäre und fällt wieder als Regen auf die Erde. Ein immerwährender Kreislauf, dem auch unser Leben unterworfen ist? Wir kommen auf die Welt, verweilen hier eine gewisse Zeit und verschwinden irgendwann von der Erdoberfläche.

War das schon alles? Wer oder was steckte hinter dem Geheimnis des Lebens und des Todes? Tod und Sterben beschäftigten mich seit meiner Kindheit. Ich war sieben Jahre alt, als ich eines Tages unseren Wald durchquerte, um von der Quelle Wasser zu holen. Als ich den Bach erreichte, sah ich darin einen menschlichen Körper liegen. Beim näheren Hinschauen erkannte ich meinen Opa. Seine Leiche war mit Schlamm bedeckt, sein Gesicht kreidebleich, die Zunge hing ihm aus dem Mund. Ich ließ den Eimer fallen und rannte heim, um meiner Familie die Nachricht zu überbringen.

„Ich weiß nicht, was mit dem Opa los ist. Er liegt im Bach und rührt sich nicht", berichtete ich. „Möglicherweise lebt der Opa noch, möglicherweise ist er tot", schluchzte ich, weniger der Trauer als vielmehr der Todesangst wegen. Im Grunde genommen war ich ja erleichtert, weil es nun einen Menschen weniger auf der Welt gab, der mich gelegentlich zu verprügeln pflegte.

Man holte ihn mit einem Ochsenkarren und stellte seinen Tod fest. Er wurde im Wohnzimmer aufgebahrt. Nachbarn kamen, um die Totenwache zu halten. Sie besprengten die Leiche mit Weihwasser, setzten sich auf die Bänke, tranken Schnaps und Apfelwein. Lange saß ich dabei und starrte den Toten an. Auf seinem aufgedunsenen Gesicht krochen bereits Fliegen, die mir vom Mittagsessen vertraut schienen.

Als am Abend die alte Nachbarin eintraf, die im Dorf als Klageweib bekannt war, begann man, den Rosenkranz zu beten. Nach jedem Geheimnis wurde eine Runde Schnaps ausgeschenkt. Und gleich danach noch Apfelwein. Das war das Lieblingsgetränk meines Opas. Die Stimmung verbesserte sich zunehmend. Es ertönten Lieder, zuerst kirchliche und traurige; im Laufe des Abends gewannen die fröhlichen Volks-, Trink- und Liebeslieder die Oberhand.

Irgendwann schickte man mich in die benachbarte Schlafkammer zur Nachtruhe. Ich lag im Bett, konnte aber nicht einschlafen. Von nebenan hörte ich das Beten und Singen der Menschen, deren Stimmung an ein Volksfest erinnerte. Irgendwann war nur noch das Kreischen, Weinen und Lachen zu hören.

Ich versuchte, meine Augen zu schließen. Aber da kamen schon vier schwarze Männer in den Raum und begannen an meinem Bett zu rütteln. Ich versuchte zu fliehen, aber mein Körper war schwer wie Blei. Weinend wollte ich um Hilfe schreien, aber aus meiner Kehle kam kein Ton. Ich erwachte, schlief wieder ein und das Grauen wiederholte sich mehrmals.

Am nächsten Morgen erkannte ich die schwarzen Männer aus dem Traum wieder. Es waren die Sargträger. Einer von ihnen drückte mir eine brennende Öllampe in die Hand, der andere schob mich an die Spitze des Trauerzuges, der den Opa zur letzten Ruhe geleitete.

Als der Sarg ins Grab gesenkt wurde, begann das große Geheule. Ich wunderte mich darüber, denn kaum jemand mochte den alten, eigensinnigen Mann.

Als der Opa bereits im Grab lag und schon alle den Friedhof verlassen hatten, blieb ich da und versteckte mich hinter einem Strauch. Ich wollte mich selbst überzeugen, dass das Grab ordentlich zugeschaufelt wurde. „Das war's", sagte einer der Totengräber, nachdem der Erdhügel über dem Grab mit Kränzen zugedeckt war. Dann ging auch ich erleichtert davon.

Die Sedmina wurde zu einem kleinen Fest. Es gab ein sonntägliches Mahl, zu dem sogar Gäste erschienen, die niemand kannte. Gegen Abend wurden nur noch Sauflieder gesungen, solche, die angeblich mein Opa besonders mochte, obwohl es bekannt war, dass er von Musik und Gesang nichts hielt. „Soll er nun im Himmel merken, wie sehr wir ihn vermissen", lallte ein Nachbar, einer seiner Erzfeinde.

Beim Anbruch der Dunkelheit verlegte man die Feier in den Hof. Dort trank man das letzte Apfelweinfass leer. Ich saß an der Türschwelle und schaute zu, wie einige Trauergäste nach und nach heim torkelten, andere aber den Rest ihrer Kraft in merkwürdige Tänze umsetzten.

Ich dachte an den Opa. Wo mochte er jetzt sein? Im Himmel wahrscheinlich nicht, dafür war er zu böse. Entweder im Fegefeuer oder in der Hölle. Nach einigem Nachdenken entschied ich mich für das Fegefeuer, denn da musste er für seine Sünden leiden, wenn auch nicht für immer.

Schlimm fand ich den Tod von Ris, unserem Hund. Als ich einmal aus der Schule kommend vor unser Haus trat, fiel die sonst stürmische Begrüßung durch Ris aus. Auf meine Frage, wo der Hund sei, teilte mir der Vater mit, die Jäger hätten ihn erschossen. Er hätte sich von der Kette losgerissen und wäre einem Reh in den Wald hinterher gerannt. Daraufhin hätte man Schüsse gehört und etwas später wäre das Tier jaulend und schwer blutend vor dem Hauseingang aufgetaucht, wo der Vater ihm mit seiner Pistole, die er seit dem Krieg unter der Matratze versteckt hielt, den Rest gegeben habe.

Ris wurde hinter der Scheune verscharrt. Nun machte ich täglich nach der Schule einen Abstecher zu seinem Grab. Der aufgeschüttete Erdhügel senkte sich mit der Zeit. Laut unserem Pfarrer blieben auch Hunde und Katzen nicht in der Erde liegen, sondern würden früher oder später von Gott zu sich genommen.

Ich gab Gott eine Frist von einigen Wochen, um Ris aus dem Grab zu holen. Dann überprüfte ich die Behauptung des Pfarrers, die ich nicht glauben konnte. Ich nahm einen Spaten und trug die Erde über dem Grab ab. Meine Enttäuschung war groß, als ich auf die Leiche stieß. Sie war flach gepresst und roch übel. Vorsichtig versuchte ich mit Daumen und Zeigefinger die Augen des Hundes zu öffnen, aber es war nichts zu machen. Gott war also noch nicht da gewesen. Ich strich Ris kameradschaftlich über den Rücken und sprach ihm Mut zu. „Nur Geduld, Gott holt dich auf jeden Fall." Insgeheim dachte ich, hoffentlich merkt Ris nicht, dass ich das selber nicht glaube. Dann grub ich ihn wieder ein.

„Wann holt Gott ihn aus dem Grab", fragte ich gleich am nächsten Tag den Pfarrer. „Unser Ris liegt nämlich immer noch drin und stinkt fürchterlich", beschwerte ich mich.

„Am Jüngsten Tag, du Trottel, am Ende der Welt wird das geschehen". Der heilige Mann war sichtlich verärgert. „Würdest du regelmäßig am Reliunterricht teilnehmen", schrie er, „würdest du das wissen, du Idiot."

„Ist Stefica im Himmel oder im Grab?", fragte ich am Abend nach dem Rosenkranzgebet meine Mutter.

Meine Mutter hatte oft über meine ältere Schwester namens Stefica erzählt. Sie lebte vor meiner Geburt. Als sie etwa drei Jahre alt war, bekam sie Husten und Fieber. Dann kränkelte sie den ganzen Frühling vor sich hin. Als sich ihre Spucke gelegentlich rot färbte, wussten meine Eltern, dass Steficas Abreise zu den Engeln nicht mehr zu verhindern war.

Stefica hing sehr an ihrem Vater. Solange sie noch die Kraft dazu hatte, ging sie jeden Tag auf das Hügelchen vor dem Haus, von wo sie ins Tal schauen konnte. Dort wartete sie auf ihn, bis er von der Kohlegrube nach Hause kam. Wie ein Engelchen flog sie in seine Arme, um von ihm nach Hause getragen zu werden, erzählte meine Mutter. Seit jenem Frühjahr war sie aber so schwach geworden, dass sie das Haus nicht mehr verlassen konnte. Sie lag meistens in ihrem Bett. Wenn der Vater heimkam, nahm sie ihre ganze Kraft zusammen, um für kurze Zeit auf seinem Schoß zu sitzen und mit seinem Schnurrbart zu spielen.

Es war der 15. des Monats, der Tag der Lohnauszahlung. Wie immer kaufte mein Vater in der Stadt eine große Knoblauchwurst, einen Laib Brot und eine Flasche Rum. Dann ging er heim. Fast zwei Stunden hatte er zu laufen. Auf halbem Weg legte er gewohnheitsmäßig eine Pause ein, ruhte sich im Schatten eines Baumes aus, trank Rum und aß Brot mit Wurst. Weil es Samstag war, gönnte er sich einen

Schluck mehr als sonst. Ein wohliges Gefühl breitete sich in seinem Körper aus. Damit verbunden war auch eine Prise Sentimentalität. Mit seinen Gedanken war er bereits zu Hause. Früher freute er sich aufs Heimkommen. Seit Steficas Krankheit war er aber nur noch traurig. Sobald er das Hügelchen erblickte, auf dem sie sonst immer auf ihn zu warten pflegte, zog sich sein Herz zusammen und eine tiefe Verzweiflung erfasste ihn. Er wünschte, es wäre bald alles vorbei.

Er stand auf und beeilte sich. Zwischendurch stärkte er sich mit einem Schluck aus der halbvollen Flasche. Rum half ihm, stark zu bleiben.

Plötzlich blieb er stehen, schaute aufwärts und rieb sich die Augen. Was er sah, erfüllte ihn mit überschwänglicher Begeisterung. Es war sein Mädchen, das auf dem Hügelchen auf ihn wartete. Sie trug ein langes weißes Hemd, ihr goldenes Haar flatterte im Wind. Sie sah aus wie ein Engel auf jenen Bildchen, die der Pfarrer an die frommen Kinder verteilte.

Er beschleunigte seine Schritte, trank noch einmal hastig aus der Flasche, verschluckte sich und verschüttete dabei wertvolle Tropfen, die er eigentlich noch mit seiner Frau teilen wollte. Verflucht, jetzt ist Stefica weg, ich war zu langsam, jammerte er, als er wenige Meter vor dem Hügelchen stehen blieb, das mit hohem Gras bewachsen war. Die Stelle wurde seit langem von niemandem mehr betreten. Er setze die Flasche an den Mund, neigte sie, aber es kam nichts mehr heraus. Wütend warf er sie den Hang hinunter. Dann schwankte er zum Hauseingang.

„Sowas", lallte er vor sich hin, als er die Schwelle des Hauses betrat, „ich hätte geschworen, dass Stefica auf dem Hügel auf mich wartete. Ich habe sie deutlich gesehen. Sie sah ganz weiß aus, wie ein Engelchen mit goldenem Haar ... Stefica, mein Engel." Dann brach er zusammen und begann zu stöhnen, zu weinen und sich die Haare zu raufen.

„Du bist besoffen, du alter Ekel", empfing ihn seine Frau schimpfend am Eingang und fügte mit eisiger Stimme hinzu: „Stefica ist tot. Sie starb vor einer Stunde!" Und zu den beiden Kindern, die sich erschrocken an ihrem Rockzipfel festhielten, sagte sie beschwichtigend: „Stefica ist jetzt bei den Engeln im Himmel."

Aus Resten von Brettern fertigte der Vater eine Kiste an, in die der schmächtige Körper des Kindes gelegt wurde. Am Abend nach der

Stallarbeit kamen die Nachbarn zur Totenwache. Mit versteinerten Gesichtern, verlegen und ängstlich, setzten sie sich rund um den winzigen Sarg. Es wurde gebetet, gegessen und getrunken bis tief in die Nacht hinein.

Zwei Tage später wurde Stefica an der Kirchmauer beigesetzt. Eine Woche lang herrschte Totenstille auf dem Hof. Selbst Tiere schienen sich mit ihren Lauten und Geräuschen zurückzuhalten.

Eines Tages flatterte ein seltsamer Vogel herbei und setzte sich auf die Fensterbank der Wohnstube. Er war einmalig schön und niemand kannte ihn. Er tanzte und sang so lange, bis er die Aufmerksamkeit aller im Haus auf sich gelenkt hatte. Dann klopfte er mit seinem dünnen Schnabel dreimal auf die Scheibe und verschwand so plötzlich wie er angeflogen gekommen war. Er wurde nie wieder gesehen.

„Ja, das war ein Gruß von Stefica", erklärte die Mutter. „Sie wollte uns Bescheid geben, dass sie glücklich im Himmel angekommen ist", beendete sie ihre Erzählung.

Ich aber war schon ein großer Bub von sechs Jahren und glaubte ihr kein Wort. „Woher wissen Sie das so genau?", fragte ich dreist.

„Woher ich das weiß?", wunderte sich die Mutter über mein Unverständnis. „Weil im selben Augenblick, als der Vogel verschwand, aus meinem Herzen die schwere Trauer wich."

„Hat der Vater an jenem Tag Stefica wirklich gesehen?", fragte ich jedes Mal, wenn meine Mutter uns die Geschichte erzählte.

Sie bejahte meine Frage immer und meinte: „Sie ist jetzt ein Engel und kann mal sichtbar und mal unsichtbar sein. Auf jeden Fall kann sie uns auch jetzt sehen und bekommt alles mit, was wir so auf der Erde treiben."

Wenn Stefica als Engel im Himmel angekommen sein sollte, was war mit ihrem Körper, der unter die Erde gelegt wurde, fragte ich mich. Ich hatte fest vor, Mutters Aussage zu überprüfen. Doch auf die Ausführung des Vorhabens musste ich lange warten. Erstens traute ich mich nicht allein auf den Friedhof und zweitens schon gar nicht bei Dunkelheit. Mein Freund Ludvik schlug eine Ausgrabung am Tage vor. Aber immer, wenn wir uns mit Spaten und Pickel dem Friedhof näherten, wurden wir von irgendwelchen Personen gestört.

Einige Zeit später jedoch bekam ich meine Chance. Meine älteste Schwester brachte ein totes Baby zur Welt. Wir versammelten uns auf dem Bauernhof, wo sie verheiratet war. Eine Holzkiste lag auf dem

Esstisch, darin ein kleines, in Windeln gewickeltes Bündel. Wir mussten bis zum Anbruch der Dunkelheit warten. Das ungetaufte Kind durfte nicht in der geweihten Erde beigesetzt werden. Zumindest nicht bei Licht und nicht öffentlich.

Als es also dunkel wurde, packte mein Schwager, der Vater des Kindes, den kleinen Sarg und verbarg ihn unter seinem Jägermantel. Nur ich begleitete ihn, schließlich sollte kein Aufsehen erregt werden. An der Kirche angelangt, legte er den Sarg auf den Boden und begann, ein Loch zu graben. Als er auf etwas Hartes stieß, sah ich meine Chance gekommen.

„Nicht da, dort drüben sollst du graben", schlug ich vor und zeigte auf die Stelle, wo laut meiner Mutter Stefica beerdigt war. Er blickte mich verwirrt an, zuckte mit den Achseln, befolgte aber meinen Rat. Doch auch hier stieß er nach längerem Graben auf Widerstand. Kurz darauf legte er die verwitterten Holzreste eines kleinen Sarges frei. Mitten drin kam ein kleiner Schädel zum Vorschein. Mein Schwager legte nun den kleinen Sarg oben drauf und schüttete das Grab wieder zu.

Eins war mir klar geworden: Der Körper meiner Schwester, wenn auch nicht der ganze, so doch einige Reste davon, lag noch in der Erde. Wie unser Hund Ris würde auch sie noch auf den Jüngsten Tag warten müssen, um aus dem Grab geholt zu werden. Wieso hatte ich Idiot ein leeres Grab erwartet?

Weil du so oft den Reliunterricht geschwänzt hast, hätte mein Pfarrer zu mir gesagt. Und recht hätte er.

Was ich als Kind erlebte, das konnte ich natürlich schlecht für meine Doktorarbeit verwerten. Die Zeitgeschichte bescherte mir aber rechtzeitig Todesfälle, die ich unter die Lupe nehmen konnte.

In Bosnien zum Beispiel kamen bei einem Flugzeugabsturz zwei hohe Funktionäre ums Leben. Es gab eine atheistische Beerdigung. Ich las die Grabrede in der Zeitung und stellte fest: Die beiden toten Kommunisten hatten sich durch ihre „Heldentaten" unsterblich gemacht. Sie dienten der Arbeiterklasse, waren treue Anhänger Titos und erbitterte Feinde der Deutschen und Italiener. Als solche konnten sie unmöglich tot sein. Sie lebten weiter im Gedächtnis der Genossen. Dieses Muster lag allen atheistischen Grabreden, an denen ich teilnahm, zugrunde.

„Würdest du gern im Gedächtnis der Hinterbliebenen weiter leben?", fragte ich einen Freund, der sich als wackerer Kommunist ausgab. Wir saßen in einer Kneipe und unterhielten uns. Er machte sich darüber lustig, dass ich in meiner Doktorarbeit die Möglichkeit des ewigen Lebens nicht ausschloss.

„Ich will jetzt leben, was danach kommt, ist mir scheißegal", sagte er.

Das klang christlich, überlegte ich. Man durfte das Leben nicht auf die lange Bank schieben. Auf das Hier und Jetzt kam es an.

„Was ist mit den Behinderten, die keine Leistung bringen können? An die sich niemand erinnert, weil sie keine Werke hinterlassen können? Sterben sie für immer?", bohrte ich bei meinem Freund weiter.

„Meinst du einen Behinderten, den ich kenne?", fragte er.

„Das nicht, aber..."

„Dann ist das eine abstrakte Frage, die mich nicht interessiert."

„Und wenn es doch einen Gott gibt, vor dem du dich am Ende wirst verantworten müssen?", versuche ich ihn in die Enge zu treiben.

„Wenn das dein christlicher Gott ist", antwortete mein atheistischer Freund, „brauche ich ja nichts zu befürchten. Er liebt ja alle Menschen, also auch mich. Und er kennt alle Menschen, also auch mich. Er wird wissen, dass ich es gut gemeint habe. Ich habe also nichts zu befürchten."

Ihm war es also egal, ob es Gott gab oder nicht! Ich beneidete ihn. So abgeklärt wollte ich auch sein.

„Glaubst du denn wirklich an Gott?", traf er meinen wunden Punkt.

Ich wollte ihm zuerst etwas vorheucheln und mich künstlich entsetzen, weil er sich erdreistete, mir, der ich jahrelang Theologie studiert hatte, eine solche Frage zu stellen. Stattdessen sagte ich bescheiden: „Ich muss versuchen zu glauben, ob ich es will oder nicht, denn ich soll bald als Pfarrer auf die Menschheit losgelassen werden."

Während er uns erneut zwei Pelinkovec bestellte, schmunzelte er vor sich hin. Dann legte er seine Hand auf meine Schulter, als wolle er mich trösten. „Du wirst ein guter Pfarrer", sagte er. „Wenn du deine Ehrlichkeit beibehältst, wirst du sogar ein sehr guter Pfarrer werden."

„Was willst du von mir, du alter Schleimer?", versuchte ich meine Verlegenheit zu kaschieren.

„Dass du die Zeche bezahlst. Es geht auf Monatsende zu und mein Taschengeld ist knapp geworden."

Nachdem ich zahlte, begann er zu lachen. Zuerst etwas zögerlich, dann lauter und schließlich aus Leibeskräften.

„Was ist los? Was amüsiert dich denn so?", fragte ich.

„Wenn das nicht komisch ist. Du glaubst nicht und willst trotzdem Pfarrer sein. Das ist ja zum Totlachen."

Da er sturzbesoffen war, machte ich mir über seine Erklärung keine Gedanken.

Trotz meiner Zweifel und Unsicherheit bezüglich meines Glaubens, legte ich innerhalb des vorgeschriebenen Zeitrahmens meine Dissertation vor. Der Assistent meines Doktorvaters sowie zwei weitere Lektoren klagten über starke Schlafanfälle, denen sie beim Lesen ausgesetzt waren, und die sie angeblich nur mit erhöhtem Kaffeekonsum bekämpfen konnten. Mein Doktorvater aber, der mich offensichtlich mochte und lediglich das Vorwort und das Inhaltsverzeichnis meines Werkes zur Kenntnis genommen hatte, lächelte süffisant und meinte: „Es wird ja kein Bestseller verlangt. Um einen Vergleich aus dem Handwerk zu bemühen: Das Meisterstück eines Zimmermanns muss nicht perfekt sein. Der Schrank muss stehen, das wird erwartet, nicht mehr und nicht weniger. Mein Assistent ist der Meinung, dass er steht. Und wenn er das meint, will ich ihm in Gottes Namen nicht widersprechen."

An einem heißen Sommertag begab ich mich zum Jesuitenkloster in der Sillgasse, um meine Doktorarbeit zu verteidigen. Ich betrat das Zimmer meines Doktorvaters, das stark verraucht war. Zwei weitere Prüfer wohnten der Disputation bei und sogen eifrig an ihren Pfeifen. Ich erkannte sie erst, als meine Augen sich an die Rauschschwaden gewöhnt hatten.

„Hic Rhodos, hic salta", sagte einer der beiden und meinte damit, dass ich nun nachzuweisen habe, ob ich eines Doktorhutes würdig sei oder nicht.

Mein „Schrank" lag fein gebunden auf dem Tisch. Einer der Prüfer blätterte geistesabwesend im Werk, legte es dann auf die Seite und fragte unvermittelt: „Sie sind bereits Priester und haben sicherlich schon einige Begräbnisse gehalten. Wie haben Sie die Trauernden getröstet?"

„Ich tröstete sie mit dem Hinweis auf die Auferstehung von den Toten, wie wir es im Glaubensbekenntnis bekennen."

„Und die Unsterblichkeit der Seele?"

„Die unsterbliche Seele ist ein Thema der griechischen Philosophie, die Bibel sieht den Menschen ganzheitlich, Leib und Seele werden im hebräischen Denken nicht getrennt. Ein gläubiger Hebräer kennt keine unsterbliche Seele."

„Also sterben Seele und Körper gemeinsam?", meldete sich der erste Fragesteller wieder.

„Es stirbt der Mensch. Mit allem, was ihn als Menschen ausmacht."

Die drei Männer verzogen keine Miene, einer löschte seine Pfeife, leerte sie am Fenstersims und begann, sie neu zu stopfen. Die beiden anderen zogen weiterhin abwechselnd den blauen Dunst ein und bliesen ihn unter die Decke.

„Und wenn der Mensch doch eine unsterbliche Seele hat?", meldete sich mein Doktorvater zu Wort.

„Nichts in dieser Welt ist unsterblich", behauptete ich aus dem hohlen Bauch heraus.

„Recht hat er", warf der erste Fragesteller ein.

„Wo er recht hat, hat er recht", bemerkte der dritte Prüfer mit einem Hauch von Ironie in der Stimme.

„Das war also die Dogmatik. Jetzt zur Kirchengeschichte", sprach mein Doktorvater und schaute seinen Kollegen, den Historiker, an, der sogleich loslegte: „Nennen Sie die letzten zwei große Kirchenspaltungen."

„Apropos Spaltungen", sagte ich, „darf ich das Fenster einen Spalt aufmachen?"

Die drei Prüfer schmunzelten, mein Doktorvater lachte entspannt und meinte: „Ich habe euch ja gesagt, der Mann hat Humor." Er stand auf und kippte das Fenster.

Der jüngere Fragesteller meinte in der Zwischenzeit: „Und kein bisschen Respekt hat er. Solche Männer braucht unsere Kirche."

Ich nannte die Spaltung zwischen der Ost- und Westkirche im Jahre 1054 und die Trennung der Protestanten von der einen heiligen römisch katholischen Kirche. „Die beiden meinten Sie doch, oder?", fragte ich nach.

„Warum gründete Martin Luther die protestantische Kirche?", wollte der Historiker wissen.

„Es war nicht seine Absicht, eine neue Kirche zu gründen. Er wollte lediglich seine Kirche, an der er litt, von Unrat reinigen und sie wieder gemäß dem Evangelium gestalten. Er wollte die Kirche, in der

222

er lebte und lehrte, reformieren."

„Wer war also schuld, dass es zu dieser Kirchenspaltung kam?"

Das war eine Falle, die der Historiker gerne stellte. Ich kannte sie und antwortete gelassen: „In der Kirchengeschichte geht es nicht um Schuld oder Unschuld, sondern um Fakten."

„Gut", sagte er, nahm einen kräftigen Zug aus seiner Pfeife, und setzte nach: „Und der Fakt wäre?"

„Martin Luther war ein ungehorsamer, sturer und besserwisserischer Mönch, dem seine Gelehrtheit in den Kopf gestiegen war. Die Kirchenspaltung geht auf sein Konto."

„Welche Rolle spielten die Jesuiten in der Folgezeit?"

Das war eine heikle Frage, denn der Mann war selber ein Jesuit. „Sie betrieben die sogenannte Gegenreformation, um die Kirche wieder zu einigen."

„Haben sie sich dabei mit Ruhm bekleckert?", fragte der jüngste Prüfer. Über ihn kursierte das Gerücht, dass er mit dem Orden Stress hatte und austreten wollte. Durch den beinahe undurchdringlichen Rauch sah ich den verschmitzten Ausdruck auf seinem Gesicht.

„Das kann ich nicht beurteilen, weil Ruhm oder Schmach, je nach Standpunkt des Betrachters, unterschiedlich definiert werden."

Die Art und Weise, wie mich der Prüfer anschaute, verriet, dass er meine Ausführung nicht verstanden hatte, was er aber nicht offen zugeben wollte. Ich wusste allerdings selber nicht, worauf ich hinaus wollte.

„Was trennt heute die katholische und die protestantischen Kirchen voneinander?", meldete sich nun noch einmal der Dogmatiker zu Wort.

„Beide Kirchen haben dieselbe Bibel. Beiden sind Beschlüsse der alten Konzilien gemeinsam. Das Konzil von Trient, das infolge der Reformation einberufen wurde, hält das Trennende fest. Die Geister scheiden sich vor allem am Amtsverständnis. Sollte ich nun ins Detail gehen, so müsste ich zuerst um eine Pause bitten, denn gerade wird es mir etwas schwindlig vor Augen. Pfeifenrauch, wissen Sie, vertrage ich nur in äußerst geringer Dosierung."

„Ich glaube, eine Pause wird nicht nötig sein", wimmelte mein Doktorvater ab, „denn wir erlebten den Doktoranden als kompetenten Gesprächspartner." Er wartete kurz die Reaktion der beiden Mitprüfenden ab. Nachdem nichts kam, sagte er: „Was die Doktorarbeit betrifft, sind wir uns alle drei einig: Der „Schrank" steht."

Er zog den großen Aschenbecher näher zu sich, klopfte seine Pfeife am Rande aus und erhob sich. Die beiden Mitprüfer blickten etwas verdutzt aus der Wäsche, erhoben sich aber ebenfalls.

„Wenn du meinst", sagte der eine zu meinem Doktorvater, während der andere schweigend kräftige Rauchschwaden gen Fenster blies. Ein weißes Wölkchen entschwebte ins Freie, ähnlich wie bei einer Papstwahl.

„Habemus doctorem", verkündete mein Doktorvater feierlich, dem offenbar dieselbe Assoziation in den Sinn kam wie mir. „Habemus doctorem", wiederholten die beiden Assistenten zögerlich. Der Jüngere klopfte mir sogar auf die Schulter.

Ich spürte eine große Erleichterung, denn auf diese letzte Prüfung war ich wirklich nicht gut vorbereitet gewesen. Zu viele Nachmittage hatte ich zuvor im Schlosspark und am Ufer des Inns faulenzend verbracht, zu oft hatte ich mich im Schwimmbad aufgehalten und zu leicht mich von meinen Freunden zu Kino- und Kneipenbesuchen verleiten lassen. Ab und zu hatte ich sogar mitten im Sommer meinem Lieblingshobby gefrönt und mir ein Skivergnügen auf dem Gletscher gegönnt.

Dass mir ausgerechnet dieses Hobby eines Tages zum Verhängnis werden würde, das konnte ich allerdings zu diesem Zeitpunkt nicht ahnen.

Innsbruck adé, wieder einmal vorläufig

Die Zeit in Innsbruck ging nun endgültig zu Ende. Ich wurde bereits seit Wochen in der slowenischen Provinz des Deutschen Ordens erwartet, um eine vakante Pfarrei zu übernehmen. Das Noviziat, das ich eigenwillig abgebrochen hatte, war mir inzwischen von der Ordensleitung stillschweigend anerkannt worden.

Von einem Freund erfuhr ich später, wie die Patres hinter meinem Rücken über mich urteilten. „Er wird sicherlich kein guter Ordensmann werden. Doch er hat eine gute Ausbildung und ist Priester der heiligen katholischen Kirche. Lasst ihn das ewige Gelübde ablegen und dann ab in die Gemeinde. Wir sind schließlich keine Benediktiner oder Kartäuser. Pater Bogomir. meint, dass er auf Menschen zugehen kann. Es kann aus ihm ein guter Seelsorger werden."

„Bist du sicher, dass er überhaupt heimkommen wird? Es gibt Gerüchte, wonach er sich allzu gerne in Deutschland aufhält. Die Zölibatspflicht scheint er dabei ziemlich großzügig zu deuten", äußerte einer der Älteren seine Bedenken.

„Heim soll er kommen und zwar schleunigst", verlangte Pater Vinko, der mich damals nach Frankfurt begleitet hatte.

„Heim soll er kommen, das meine ich auch", stimmte ihm der Prior zu.

„Hoffentlich kommt er, ich brauche dringend eine Ablösung", stöhnte Pater Lojz, der sich mit seinen 78 Jahren sehnte, endlich von seinem Pfarrdienst entbunden zu werden.

Der Brief erreichte mich im Canisianum, während ich meine Habseligkeiten zusammen packte und immer noch nicht wusste, was ich als Nächstes tun würde.

Lieber Pater Franc,
da du dein Studium in Innsbruck beendet hast, rechnen wir damit, dass du unverzüglich nach Hause kommst und dich sofort bei mir meldest. Der Orden, der dich lange genug unterstützt hat, erwartet nun von dir, dass du dich dankbar erweist und in einer vakanten Pfarrei als Priester zu dienen beginnst.
Wir brauchen dich dringend!

Dein Pater Prior

Noch in der Aula des Canisianums las ich den Brief, der in mir Beklemmungen auslöste. Ich erinnerte mich an meine Erfahrungen als Novize, wo Pater Bogomir zeitweise versuchte, mich wie einen Schuljungen maß zu regeln. Armut, Keuschheit und Gehorsam waren die Tugenden, mit denen mein weltlich gesinnter Geist veredelt werden sollte. Dem Gehorsam galt dabei die oberste Priorität.

„Wenn du selber Pfarrer sein wirst, wird dein Kaplan dir gehorchen müssen", pflegte Pater Bogomir mich zu ermutigen. „Wir sind nun einmal eine hierarchische Kirche. Jeder hat einen über sich, außer der Papst. Jeder hat einen unter sich, außer ein Kaplan oder ein Novize, der du einer bist. Du kannst über niemanden bestimmen, nicht einmal über die Hühner im Pfarrhof, denn über sie herrscht die Haushälterin."

Das alles ging mir durch den Kopf, nachdem ich den Brief meines Priors zur Kenntnis nahm. Geistesabwesend ging ich im Treppenhaus herum, blieb instinktiv vor dem schwarzen Brett stehen. Mein Blick schweifte über Mitteilungen, ohne sie bewusst wahrzunehmen. In einer ähnlichen Lage war ich schon einmal. Nach meinem Abitur wusste ich bis zuletzt nicht, was ich tun sollte. Im Wartesaal eines Bahnhofs fiel damals meine Entscheidung, Theologie zu studieren. Sollte ich mich nun zum Innsbrucker Bahnhof begeben und auf eine Eingebung von oben warten? Der Einfall amüsierte mich, aber ich erinnerte mich, dass ich mittlerweile ein geweihter Priester war, dem nicht mehr alle Wege offen standen.

Plötzlich aber erregte eine kurze Notiz auf dem schwarzen Brett meine Aufmerksamkeit. Eine Pfarrei in Franken suchte dringend einen Jungpriester als Sommervertretung. Ich notierte mir die angegebene Telefonnummer.

Eine Idee blitzte in mir auf. Ich werde nicht heimfahren. Noch nicht. Und schickte nach langer Zeit meinen Eltern ein Lebenszeichen.

Seid gegrüßt, Vater und Mutter!
Ich habe vor, Innsbruck zu verlassen. Mein vorläufiges Ziel ist Deutschland. Dort werde ich der Kirche meinen Dienst als Kaplan anbieten. Vielleicht kann ich mir dann endlich einen BMW leisten. Ich melde mich wieder, wenn ich mehr weiß.
P.S.: Ein Mercedes wäre natürlich noch besser.

Die Nachricht kritzelte ich auf eine Ansichtskarte, auf der das goldene Dachl abgebildet war, und steckte sie in einen Umschlag, damit meine Botschaft nicht von allen Mitarbeitern der Post gelesen und somit im ganzen Dorf verbreitet werden würde.

Wie würden meine Eltern reagieren? Ihr Wissensstand über mich war veraltet. Sie hatten lediglich mitbekommen, dass ich seit längerer Zeit nicht mehr in Slowenien lebte. Zwischendurch hatte ich ihnen einmal aus Paris geschrieben, aber nur um anzugeben, welch ein Kosmopolit inzwischen aus mir geworden war.

Ein Abenteurer ist er, sollte mein Vater damals verbittert angemerkt haben. Er biedert sich dem kapitalistischen Westen an, hat keinen Stolz!

War er etwa neidisch, dass ich den Absprung geschafft hatte? Beleidigt, weil ich seinen Ratschlag missachtete, zu Hause zu bleiben und am „Ausbau des Sozialismus" mitzuwirken? Verbittert, weil er im Gegensatz zu mir seine Talente vergraben hatte, anstatt mit ihnen zu wuchern?

Mein Vater war nicht dumm. Er kannte die Gesetze der Welt und wusste, wie man sich darin behauptete. Doch er war zu träge, um sein Potenzial auszuspielen. Es war für ihn bequemer, sein Schicksal zu bejammern und arm zu bleiben. Er hatte sein tägliches Brot, seinen Alkohol und seine Zigaretten und konnte fern der Zivilisation in Frieden leben.

Dabei verfügte er über gute Trümpfe, um aus seinem Leben mehr zu machen. Als ehemaliger Partisane hätte er dem Staat gegenüber finanzielle Ansprüche geltend machen können. Stattdessen zog er sich zurück und fluchte abwechselnd auf die Deutschen, die ihn im Krieg zum Krüppel geprügelt, und auf die Kommunisten, weil sie seine Verdienste als Freiheitskämpfer nicht ausreichend gewürdigt hatten.

„Du kennst die Deutschen nicht", warnte er mich, als ich schon als Bub gelegentlich davon geschwärmt hatte, nach Deutschland auszuwandern und dort mein Glück zu versuchen. „Sie sind ein hochmütiges und kaltblütiges Volk. Sie halten sich für Übermenschen und werden auch dich wie einen Sklaven behandeln."

„Haben Sie vergessen, dass Deutsche es waren, die Ihnen bei der Flucht aus der Gefangenschaft geholfen hatten? Sie haben es mir selber erzählt", argumentierte ich dagegen.

„Na ja, vielleicht sind nicht alle böse, aber den meisten würde ich nicht über den Weg trauen", ruderte er ein wenig zurück.

Was für eine Ironie des Schicksals!

In der Schule lernte ich es, in Büchern las ich es schwarz auf weiß, zahlreiche Filme machten es immer wieder zum Thema: Die Deutschen sind böse!

Nun war ich drauf und dran, den bösen Deutschen meine Dienste als Priester anzubieten, ihnen die frohe Botschaft zu verkündigen.

Wenn Gott dahinter steckte, bewies er wieder einmal seinen grenzenlosen Humor.

Als Priester in Deutschland

Es war eine fränkische Kleinstadt, in der ich für einen Monat den Pfarrer vertreten durfte. Die Frau, die mich an der Tür des Pfarrhauses empfing, prüfte mich mit skeptischen Blicken. Er sieht jung und gar nicht priesterlich aus, erriet ich ihre Gedanken und legte ihr freiwillig meinen Priesterausweis vor. Von meiner Identität überzeugt und beruhigt, dass sie es mit keinem Schwindler zu tun hatte, zeigte sie mir meine Unterkunft. Ein geräumiges Schlafzimmer, ein Fernsehraum, ein mit Sauna kombiniertes Bad, eine Bibliothek mit einem abgetrennten Rauchsalon und ein Sprechzimmer standen mir zur Verfügung.

Das war der Luxus, den ich nicht gewohnt war. War das des Guten nicht zu viel? Als Geistlicher war ich wohl kein gewöhnlicher Sterblicher mehr.

Am Abend lud mich die Küsterfamilie zum Abendbrot ein. Wir aßen fränkische Spezialitäten, tranken Bamberger Rauchbier und plauderten.

Ich sollte zulangen, nötigten sie mich, denn ich sähe dürr, schmächtig und blass aus. Die einzige Tochter, einige Jahre jünger als ich, lächelte mich an, sagte aber kaum ein Wort.

Was ich zu unternehmen gedenke in diesem Monat meines Vertretungsdienstes, wollten die Gastgeber wissen. Außer Messe lesen und Beerdigungen halten, versteht sich.

„Die Gegend interessiert mich, doch werde ich zu Fuß wohl nicht weit kommen", äußerte ich meine Befürchtung.

„Das lässt sich ändern", brummte der Vater, dem der Küsterdienst oblag. „Unser Käfer steht Ihnen zur Verfügung, solange Carla ihn nicht dringend benötigt."

„Ich könnte ja mitkommen", meinte die Tochter Carla. „Schließlich hatte ich seit Monaten keinen Urlaub mehr."

„Wir kommen alle mit. So wird es viel lustiger", sagte die Mutter, der nicht entgangen war, dass ich die attraktive Tochter mit einigem Interesse beobachtete.

Spiel nicht mit dem Feuer, meldete sich meine innere Stimme. Du bist hier der Vertreter des Ortspfarrers!

Eigentlich war ich ja da, um Zeit zu schinden und meinen weiteren Weg zu bedenken. Meine Oberen wollten mich bald in der Heimat sehen. Und was wollte ich? In Österreich oder in Deutschland eine

Pfarrei übernehmen? Kein Bischof würde mich ohne das ausdrückliche Einverständnis meines Priors nehmen.

In dieser undurchsichtigen Lage konnte ich mir kein Abenteuer leisten. Aber das Mädchen strahlte etwas aus, was meinen Verstand relativ leicht außer Betrieb setzte.

Ich beschloss also, den kleinen Versuchungen des Alltags aus dem Weg zu gehen und mich auf meinen priesterlichen Dienst zu konzentrieren.

Für die Saure-Gurken-Zeit war der Sonntagsgottesdienst gut besucht. Es waren alle Altersstufen vertreten. Während der Kommunion kam ein Mann im Rollstuhl nach vorne. Er wurde von einer jungen Dame geschoben. Beide lächelten mich auffallend freundlich an.

Nach der Messe traf ich sie in andächtiger Stellung vor dem seitlichen Marienaltar wieder. Die junge Frau zündete gerade eine Kerze an, ihr Vater schien zu beten. Ich blieb neben dem Rollstuhl stehen.

„Herr Pfarrer, das tue ich jetzt schon seit mehr als zehn Jahren", sprach mich der Gelähmte an. „Aber es wird und wird nicht besser. Im Gegenteil, es wird schlechter. Wenn ich meine Tochter nicht hätte!" Er stöhnte und bekreuzigte sich. „Was habe ich dem Herrgott bloß getan, dass er mich so straft, Herr Pfarrer?"

Ich zuckte ratlos mit den Schultern. „Auf manche Fragen gibt es keine Antworten", sagte ich.

Die Tochter klemmte sich hinter das Gefährt und schob ihren Vater zum Ausgang. „Stopp, stopp, rief der Behinderte. Besuchen Sie uns doch, bitte, Herr Pfarrer. Und segnen Sie mich noch einmal, bitte!"

Ich entsprach seinem Wunsch und war froh, als die Nervensäge weg war. Doch dann stand ich plötzlich allein da. Der Kirchplatz war gähnend leer. Es war die seltsame Stille nach der letzten Messe eines Sonntags, wenn die Menschen sich in ihre Familien zurückziehen, der Priester aber versucht, mit der Leere seiner Dienstwohnung zurecht zu kommen. Alle, die dich gebraucht und deinen Dienst in Anspruch genommen hatten, waren plötzlich weg. Du bleibst alleine zurück, fühlst dich einsam und hast nicht einmal ein Anrecht, dich zu bedauern, denn du hast diese Art zu leben selber gewählt.

Auch im Pfarrhaus war es absolut ruhig, nur aus der Küche hörte man ab und zu Geräusche, wenn der Kühlschrank wieder ansprang.

Um die Mittagszeit kam eine Frau und grüßte mich vom Flur aus, ohne sich blicken zu lassen. Aus dem Esszimmer hörte ich Geklapper von Geschirr, schließlich rief sie: „Das Essen steht auf dem Tisch, lassen Sie es sich schmecken, gesegnete Mahlzeit!" Die Tür schlug zu, es war wieder still, die unbekannte Wohltäterin schien das Haus verlassen zu haben.

Ich betrat das Esszimmer und fand auf dem Esstisch Schüsseln und Töpfe vor, aus denen es dampfte. Es war für eine Person gedeckt. Selbst an einen frischen Blumenstrauß hatte die geheimnisvolle Unbekannte gedacht.

Die Tage könnten recht einsam werden, befürchtete ich. Die Küsterfamilie wohnte zwar nur zwei Häuser weiter, aber es schien mir ratsam zu sein, dort nicht zu häufig aufzukreuzen.

Während ich die Suppe löffelte, klingelte es an der Haustür. Also doch nicht so einsam, musste ich meinen ersten Eindruck revidieren. Ich machte auf und herein trat eine junge Frau.

Sie sei die Gemeindereferentin, würde mich in meinem priesterlichen Dienst unterstützen, falls nötig und von mir gewünscht. Eine rassige Frau, dachte ich, vielleicht einen Tick zu mollig, aber ein bezauberndes Gesicht. Ohne Scheu schaute sie mich an. Sie schien zu prüfen, wie lange ich ihren herausfordernden Blick aushalten konnte.

„Können Sie hypnotisieren?", rutschte es mir heraus.

„Wie bitte?" Sie lachte und errötete.

„Als Sie mich angeschaut haben, hatte ich einen Augenblick das Gefühl, Sie seien mit besonderen Fähigkeiten ausgestattet", versuchte ich meine Aussage zu entschärfen.

„Mein Verlobter behauptet, ich könnte hexen", lachte sie ausgelassen und legte ihre Tasche auf den Tisch. „Hier ist Kuchen für heute Nachmittag. Den müssen Sie leider allein essen, denn heute habe ich keine Zeit. Aber nächste Woche ließe sich was machen. Kennen Sie schon Würzburg? Oder Bamberg zum Beispiel. Ich rufe Sie an. Dann können wir einen Ausflug vereinbaren. Schließlich sollten Sie unsere fränkische Heimat ein wenig kennen lernen." Sie holte aus einem Hängeschränkchen ein Kaffeeservice heraus und deckte damit den Tisch. „So, bis nächste Woche", sagte sie und eilte zum Ausgang. Sie drehte sich aber noch einmal um. „Übrigens, Sie brauchen keine Angst zu haben, ich kann nicht hexen. Noch nicht. Aber ich arbeite daran." Lachend verließ sie das Pfarrhaus.

Zwei Wochen später fand die Kirmes statt. Wir feierten einen Gottesdienst unter freiem Himmel. Agnes, die Gemeindereferentin, organisierte den Gemeindegesang und begleitete uns auf der Gitarre.

Nach der Messe schaute ich mich im Zelt um, begrüßte einige Leute, darunter den Rollstuhlfahrer. Agnes machte mich mit dem Bürgermeister und dem Dorflehrer bekannt.

Der Rathauschef legte mir wohlwollend seine Hand auf die Schulter. „Wie gefällt es Ihnen bei uns? So einen jungen Pfarrer wie Sie täten wir jetzt brauchen. Unser Max ist leider alt und krank. Er wird diesen Sommer aufhören. Könnten Sie seine Nachfolge antreten?" Er schaute mich erwartungsvoll an.

„Dann hätten wir wieder Jugend in der Kirche", orakelte ein älterer Mann in Trachtenanzug.

„Ihre Predigt hat mir gut gefallen", sagte die Frau neben dem Bürgermeister. „Sie sprechen langsam und deutlich. Das ist eine Wohltat für meine Ohren. Unser Pfarrer, ein herzensguter Mensch, spricht zu schnell und nuschelt leider ein wenig".

.„Wäre es theoretisch möglich, dass Sie zu uns kommen?", fragte der Lehrer.

„Theoretisch ist alles möglich", sagte ich. „Aber alles zu seiner Zeit. Jetzt zum Beispiel möchte ich unbedingt das hiesige Bier probieren. Mein Mund ist ganz trocken. Und die Bratwürstchen sollen hier auch besonders gut schmecken."

„Hier, Herr Pfarrer", rief Agnes. In der einen Hand hielt sie einen großen Krug Bier, in der anderen einen Pappteller mit Würstchen und Pommes.

Auf der Bühne spielte ein Blasorchester. Der Dirigent drehte sich immer wieder zum Publikum, um zu sehen, wie die Musik ankam. Plötzlich entdeckte er mich, beendete das Stück, nahm das Mikrofon und rief: „Jetzt wollen wir den jungen Herrn Pfarrer bitten, auf die Bühne zu kommen und ein wenig den Dirigentenstab zu schwingen." Auf solchen Volksfesten wurden Pfarrer manchmal ein wenig zum Clown gemacht und sich auf seine Kosten amüsiert. Davor wurden wir schon im Priesterseminar gewarnt. Deshalb wollte ich die Aufforderung zunächst ignorieren und weggehen. Aber die Festgemeinde skandierte: „Pfarrer, Pfarrer, Pfarrer..."

„Ein wenig kannst du aber schon mitspielen", flüsterte Agnes mir ins Ohr. Dass sie mich plötzlich duzte, überraschte mich. Gemäßigten Schrittes erklomm ich das Podest, nahm den Stab entgegen und ergriff das Mikrofon: „Liebe Gemeinde, als Vertreter des Ortspfarrers bleibe ich einen Monat bei euch. Ich feiere gern mit euch die heilige Messe, nehme euch die Beichte ab, falls gewünscht, und diene euch auch sonst gerne als Priester. Doch dirigieren ist nicht mein Ding, deshalb überlasse ich es dem, der dazu geeignet ist. Wie der Apostel Paulus schon sagte: Jeder diene den anderen mit der Gabe, die er empfangen hat. Ich wünsche Ihnen eine gelungene Kirmes."

Dann reichte ich den Stab dem Dirigenten, verbeugte mich artig vor dem Publikum und sprang von der Bühne. Angeheiterte Männer kamen auf mich zu, wurden zutraulich, wollten mich mit Bier und Schnaps aus der Reserve locken. Nach dem dritten Glas war ich bereit, am traditionellen Wetttrinken teilzunehmen.

Aber da kam schon Agnes, fasste mich sanft am Arm und zog mich aus dem Kreis der johlenden Biertrinker heraus. Ohne auf die Proteste der Dorfburschen zu achten, zerrte sie mich aus dem Festzelt.

„Wo führst du ihn denn hin?", rief eine Stimme hinter uns.

„Sie will Spaß mit ihm haben", hörte ich einen anderen lästern.

Wir entfernten uns eilig und ließen den Kirmesrummel hinter uns. „Ich hatte Angst, dass Sie sich auf ihre Spielchen einlassen", atmete Agnes auf und ließ meinen Arm los. Sie begleitete mich bis zum Pfarrhaus.

„Danke für die Rettung", sagte ich beim Abschied. Sie wolle sich noch mit ihren Verlobten treffen, verriet sie mir zwischen Tür und Angel.

Und ich zog mich in das große, leere Pfarrhaus zurück.

Den Rollstuhlfahrer besuchte ich einige Tage später. Man hatte ihm bereits ein Bein amputiert, erfuhr ich, das andere war auch schon angegriffen. Seine Frau war nervlich am Ende, die Tochter noch zu jung, um ihren Eltern seelisch beizustehen.

Der Kuchen schmeckte vorzüglich. Die Frau fragte dauernd nach meinem Wohlbefinden und drängte mir ein drittes Stück Torte und eine zweite Tasse Kaffee auf.

Nach dem Kaffeetrinken zogen sich die geplagten Eltern zum Mittagsschlaf zurück. Die Tochter und ich blieben allein zurück. „Soll ich Ihnen die Gegend zeigen?", schlug sie vor und guckte mich erwartungsvoll an.

Wir spazierten zwischen den Fachwerkhäusern, erreichten eine große Linde mit einem Tisch und zwei Bänken. Zwei alte Männer saßen dort und rauchten. Wir gingen aus dem Dorf hinaus in Richtung

Wald.

„Dort ist es kühler", meinte Doris und beschleunigte den Schritt. Wir nahmen den Trampelpfad über eine Wiese. Manchmal bückte sie sich und pflückte eine Blume am Wegrand.

Hübsch war sie nicht, stellte ich nüchtern fest. Solange sie noch jung war, konnte man über ihren Körper nicht meckern, aber sobald sie in die Jahre käme, würde sie wie ein Pfannkuchen auseinander gehen und ihrer Mutter ähneln.

Ich musste innerlich schmunzeln, weil ich mich dabei ertappte, gerade den weisen Ratschlag meines ehemaligen Spirituals zu befolgen, der uns empfahl: Regt sich in dir Begierde für ein junges Mädchen, so vergegenwärtige dir das Bild ihrer hässlichen Mutter, denn die Tochter wird eines Tages ähnlich aussehen wie sie.

Am Waldesrand entdeckten wir einen Hochsitz für Jäger, kletterten hinauf und setzten uns auf die schmale Bank. Wir überblickten das ganze Tal. Sie nannte mir die Orte, die vor uns lagen, was mich aber nicht wirklich interessierte.

Unsere Körper berührten sich, ich spürte ihre Wärme. Sie drückte sich enger an mich, lächelte schelmisch und meinte: „Bei Ihnen fühle ich mich so geborgen."

„Kein Wunder", sagte ich etwas verlegen. „Ich bin auch um einiges älter als du. Übrigens, wenn wir allein sind, kannst du mich duzen", gab ich mich großzügig.

„Darf ich das? Ach, ich bin so stolz darauf, dass Sie uns besuchen ... also dass du uns besuchst."

„Wie alt bist du?" Wir stellten fest, dass sie vier Jahre jünger war als ich. Sie lehnte ihren Kopf auf meine Schulter, schloss die Augen. „Jetzt träume ich und stelle mir vor, meine Eltern wären gesund und du mein Märchenprinz." Vorsichtig rückte ich von ihr ab. Jetzt kommt sie gleich zur Sache, befürchtete ich.

Sie richtete sich auf, schaute mich von der Seite an und sagt leise: „Es ist blöd, dass ihr Priester nicht heiraten dürft. Kein Mensch versteht das. Hast du damit keine Probleme?"

„Bisher kam ich damit ganz gut zurecht", log ich. In Wirklichkeit traf ich seit meiner Priesterweihe immer wieder Mädchen, von denen ich mich freiwillig in Versuchung führen ließ. Ich sah es als Ironie des Schicksals an: Vor meinem Eintritt ins Priesterseminar war ich für das zarte Geschlecht relativ uninteressant. Kaum aber war ich von der

Aura des Zölibats umgeben, schien ich als Mann für die Damenwelt attraktiv zu werden. Bei „gefährlichen" Begegnungen mit Frauen versuchte ich die größtmögliche Zurückhaltung an den Tag zu legen. Sie aber verhielten sich nach dem Motto: Jetzt, wo du dich so zierst, greifen wir dich erst richtig an. „Nehmt euch in Acht", warnte uns schon der Professor, der uns Pastoralpsychologie lehrte, „als Männer, die ihr im Auftrag des Herrn unterwegs seid, seid ihr besonders gefährdet. Ihr strahlt Vertrauen und Geborgenheit aus und genau das sind die Eigenschaften, die beim schwachen Geschlecht ziehen."

Wir stiegen vom Hochsitz hinunter. Sie glättete ihren Rock. Dann griff sie meine Hand und führte mich in den Wald. Auf einer Lichtung saß bereits ein Pärchen, wir ließen uns los.

„Vielleicht kennt uns jemand", sagte ich, drehte mich um und gab ihr zu verstehen, dass ich zurück ins Dorf wollte.

Ihre Eltern empfingen uns im Garten, luden mich auf ein kühles Getränk ein. Während Doris im Haus verschwand, stimmte der Mann ein Loblied auf seine Tochter an. „Sie arbeitet in einer Bank und verdient schon jetzt über eintausend Mark", erwähnte er nebenbei, „in ein paar Jahren wird sie mit einem Gehalt wie eine Lehrerin heimkommen. Sie wird keine schlechte Partie sein."

Versuchte der Mann, mir seine hässliche Tochter schmackhaft zu machen? Ich verabschiedete mich etwas überhastet, reichte Doris, die gerade wieder aus dem Haus kam, im Vorbeigehen die Hand und radelte zurück in den sicheren Schutz des Pfarrhauses.

Mitte des Monats kam der angekündigte Anruf, ich hatte es bereits vergessen, jedenfalls nicht mehr damit gerechnet. „Bamberg oder Würzburg?", fragte die weibliche Stimme. Es war Agnes, die bereits angekündigt hatte, mir ein Stück Franken zeigen zu wollen.

„Ich kenne beide Städte nicht, also liegt es an Ihnen, zu entscheiden", zeigte ich mich offen für beide Optionen. Sie kam pünktlich, las mich auf und fuhr temperamentvoll Richtung Autobahn.

„Wo steigt Ihr Verlobter zu?", fragte ich.

„Ach der! Muss arbeiten, wie meistens, wenn ich Zeit habe." Sie lachte und ich musste ihren breiten Mund als erotisch einstufen.

Wir verließen die Autobahn, kurvten eine Weile zwischen alten Gebäuden herum, erreichten den Fluss und fuhren durch die Altstadt. Nach einigen saftigen Flüchen fand Agnes endlich einen Parkplatz. Dann ging sie zielstrebig vor mir her, ich folgte ihr wie ein Hund seinem Frauchen.

Im Ratskeller bekamen wir einen Zweiertisch zugewiesen. Eine Kerze wurde angezündet. Agnes bestellte zwei Schoppen Hauswein. Sie schien sich auszukennen.

„Sie sind nicht zum ersten Mal hier", stellte ich fest.

Sie lächelte. „Würzburg ist klein und nicht weit von meinem Dorf entfernt. Das ist meine Heimatstadt. Hier ging ich in die Schule."

„Und dein Verlobter?" Der Übergang zum Du geschah fließend, das passierte immer, wenn mir jemand sympathisch war.

„Nein, er nicht." Vorsicht, meldete sich die berühmte innere Stimme. Jetzt wäre es hilfreich, wenn ich ihre Mutter kennen würde. „Wollen wir auf das Du trinken?", hob sie ihr Glas, wobei sie lächelte wie eine, die sich gerade von etwas befreit hatte.

„Dann auf das Du", sagte ich mutig und trank den Schoppen halb leer.

„Nicht so schnell", warnte Agnes, „Wein muss man langsam genießen."

Sie stellte ihr Glas hin. „Mein Verlobter ist aus Norddeutschland", griff sie meine Frage noch einmal auf. „Er ist das genaue Gegenteil von mir."

„Aha, die Gegensätze ziehen sich an", stellte ich fest.

Sie nickte, lachte dabei und eine leichte Röte stieg ihr ins Gesicht.

Wir sprachen über belanglose, unverfängliche Dinge des Lebens. Unsere Hände bewegten sich auf dem Tisch, berühren sich wie zufällig. Wir erschraken nicht, als die Berührungen länger und absichtlicher wurden. Im Ratskeller war es kühl, der Wein wärmte uns auf, die Wärme breitete sich rasch im ganzen Körper aus, erfasste den ganzen Raum.

„Das ist Würzburg", sagte Agnes.

„Aha", sagte ich und erinnerte mich, dasselbe schon in Ljubljana, in Innsbruck und Velenje erlebt zu haben.

Wir verließen den Ratskeller. Sie zeigte mir die Altstadt. Dann gingen wir zurück ans Flussufer, suchten das Auto. Es war ein halbherziges Suchen, eigentlich steckte überhaupt kein Wille dahinter. Irgendwann verabschiedeten wir uns von der Wirklichkeit, die uns Grenzen auferlegte. Es folgte eine Zeit, die keiner von uns speicherte. Am nächsten Morgen wachte ich wieder allein im großen Pfarrhaus auf, trat zum Fenster und begrüßte einen neuen Tag.

Tage später lernte ich Agnes` Verlobten kennen. Vom Pfarrhausfenster aus sah ich das Paar durchs Gartentor eintreten. Um einem längeren Besuch vorzubeugen, ging ich hinaus und fing sie vor dem Pfarrhaus ab. Er war ein langer, dürrer Mann, ohne jegliche Ausstrahlung. Nachdem er sich namentlich vorgestellt hatte, blickte er hilflos zu Agnes, die auch nicht so recht wusste, was als Nächstes geschehen sollte.

„Wir waren gerade in der Gegend", sagte Agnes, um das peinliche Schweigen zu beenden.

„Ich habe Sie noch gar nicht persönlich begrüßt", sagte Agnes` Verlobter zu mir. „Bei der Würzburg-Tour konnte ich ja leider nicht dabei sein. Aus Zeitgründen sozusagen."

„Ich würde Sie ja herein bitten, aber leider..."

„Schon gut, wir müssen auch gleich weiter. Wir haben es ziemlich eilig", unterbrach mich Agnes und machte damit eine Notlüge meinerseits überflüssig.

Ich zog mich ins Pfarrhaus zurück. Durchs Veranda-Fenster schaute ich dem Paar nach, das sich langsam entfernte. Hände haltend drehten sie sich noch einmal um, als hätten sie meine Blicke gespürt. Sie entdeckten mich am Fenster und Agnes winkte mir verlegen zu. Sie war für einen Mann, der mehr oder weniger enthaltsam leben musste, gefährlich attraktiv, stellte ich fest und überlegte, ob es nicht sinnvoll wäre, bei Gelegenheit einen Blick auf ihre Mutter zu werfen.

Es gab Ereignisse, die muss man einfach hinter sich lassen, fiel mir die biblische Weisheit ein. Hatte Jesus nicht das gemeint, als er sagte: Wer seine Hand an den Pflug legt und zurück schaut, der ist für Gottes Reich nicht geeignet.

Innsbruck – ein kurzer Zwischenstopp

Nach nur einem Monat Abwesenheit hielt ich mich wieder in Innsbruck auf. „Mein" Zimmer war noch frei gewesen, als ich unangemeldet im Canisianum aufkreuzte. „Selbstverständlich kannst du bleiben, solange du willst", begrüßte mich Pater Regens freundlich, nachdem ich bei ihm um ein vorübergehendes Asyl gebeten und ihm erklärt hatte, dass ich ein paar Einkehrtage bräuchte, bevor ich endgültig Weichen für meine Zukunft stellen konnte. „Als „Altcanisianer" bist du bei uns immer ein willkommener Gast", ermutigte er mich zu bleiben.

Gast! Ich hatte es verstanden: Hier hatte ich kein dauerhaftes Bleibe-berecht mehr, sondern war lediglich Gast. Ein serbisches Sprichwort sagt: Ein Gast beginnt nach drei Tagen zu stinken.

Tagsüber schlenderte ich durch die Gassen der Altstadt, trank je nach Tageszeit Kaffee oder Bier und redete mir ein, dass ich mich end-gültig glücklich schätzen konnte. Ich lebte in einer wunderschönen Stadt, war Doktor der Theologie und musste für meinen Lebensunter-halt keinen Finger krumm machen.

Doch wie sollte es mit mir weiter gehen?

Vielleicht hätte ich in Deutschland bleiben sollen, dachte ich. Ge-gen Ende meines Vertretungsdienstes meinte der dortige Bischof, er hätte mehrere Gemeinden, die auf einen Priester warteten. Er würde mich nehmen, nur müsste ich ihm die Einwilligung meines Heimatbi-schofs vorlegen. Weil mir das zu kompliziert erschien, verließ ich Deutschland, ohne das Angebot des Oberhirten weiter in Betracht zu ziehen.

In Slowenien wartete der Prior immer noch geduldig auf mich. Er, ein alter Ordensmann, hatte im Laufe seines Lebens gelernt, mit jun-gen Brüdern nachsichtig zu sein. Als ich das letzte Mal bei ihm war, tranken wir zusammen einen Jeruzalemcan. Ich gab zu, dass mein Lebenswandel eines Ordensmannes unwürdig war. Er schalt mich nicht, entrüstete sich nicht über mich und drohte mir keine Strafen an. Aber was er tat, erschütterte mich: Er weinte.

War ich inzwischen nicht noch viel „weltlicher" geworden? Wäre ich noch fähig, als Priester in einer slowenischen Gemeinde zu wir-ken? Könnte ich die dort verwurzelte Marienfrömmigkeit mittragen, ohne heucheln zu müssen?

Eine persönliche Beziehung zur Mutter Gottes fehlte mir ganz und gar. Ein Priester ohne inbrünstige Liebe zur Mutter Maria konnte auf die Dauer nur scheitern. Diese mahnende Belehrung, bei der ich, wohlgemerkt, meine Ohren auf Durchzug schaltete, hatte mich beglei-tet, solange ich in Slowenien Theologie studierte. Sie verstummte ab-rupt, sobald ich mein Studium im Ausland fortsetzte. Dort waren unter dem katholischen Klerus, zumindest dem des jüngeren Datums, wenn überhaupt, nur noch irdische Marias ein Gesprächsthema.

Den zweitwichtigsten Platz im spirituellen Leben eines Priesters nahm Jesus ein. „Als Priester steht ihr in permanenter Nachfolge Jesu!"

Das lernte ich von Anfang an in Ljubljana. Ich hörte es später auch in Königstein und in Innsbruck. Einige Jesuiten behaupteten sogar, ein Priester ohne persönliche Beziehung zu Jesus wäre wie ein Bach ohne Quelle, ein Weinberg ohne Sonne, eine Wüste ohne Oasen.

Jesus kannte ich aus der Heiligen Schrift. Doch er blieb mir als Gesprächspartner nach wie vor fremd. Er lebe, behaupteten alle um mich herum, man könne mit ihm reden, er sei unser ständiger Begleiter, er klopfe an der Tür unserer Herzen und möchte eintreten. Ich hatte nichts dagegen, wenn er das täte, aber ich hatte sein „Klopfen" noch nie gehört. Ich konnte es mir auch nicht vorstellen, ihm jemals zu begegnen.

Und Gott? Unnahbar, unbegreiflich, unpersönlich, fern – das war für mich jenes allmächtige, allwissende und allgegenwärtige Wesen, auf das ich mein Vertrauen setzen sollte.

Beinahe zehn Jahre wendete ich dafür auf, um Gott wissenschaftlich näher zu kommen. Er wurde für mich zu einer abstrakten Größe, ein Name, mit dem man Menschen mehr oder weniger beeindrucken konnte. Beruflich brauchte ich ihn, aber persönlich kam zwischen uns kein Kontakt zustande.

Ich fühlte mich wie einer, der sich in einer Welt gefangen wusste, von der aus keine Kontakte zu Gott möglich waren.

Heute, Jahrzehnte danach, könnte ich meine geistliche Leere von damals mit einem Bild aus der digitalen Welt darstellen: Ich lebte in einem Tal ohne Netz. Ich verfügte zwar über ein Handy, mit dem ich aber wegen des Funklochs bestenfalls Notrufe an Gott versenden konnte. Ich zweifelte allerdings, ob sie bei Ihm ankamen.

„Mit Humor und Demut schaffst du es", ermutigte mich Lenart, der bereits seit ein paar Jahren als Pfarrer in einem Dorf von zwei Haushälterinnen bemuttert und gemästet wurde. Nach Jahren der Funkstille schrieben wir uns wieder ab und zu Briefe, denen ich mit Erleichterung entnahm, dass er mir nicht mehr grollte. Ihm wurde ein Kaplan zur Hilfe beigegeben, den er offenbar gut leiden konnte.

Je mehr ich über meine Situation nachdachte, desto weniger verspürte ich die Lust, nach Slowenien zurück zu kehren. Eine innere Stimme sprach zu mir: Vergiss das wohl behütete Nest, in dem du ein bequemes, aber langweiliges Leben führen könntest. Wage etwas! Wähle das Risiko! No risk, no fun! Den Slogan hätte ich damals zu meinem Lebensmotto gewählt, wäre ich der englischen Sprache mächtig gewesen.

Auf der Schwelle zu einer neuen Welt

Es war der gleiche Fernzug wie damals, als ich zum ersten Mal nach Frankfurt gefahren war. Die Umstände aber waren beide Male unterschiedlich. Damals kam ich als junger Theologiestudent aus Ljubljana, um in Deutschland einen Blick über meinen Tellerrand hinaus zu werfen, um sprachlich und theologisch in neue Welten einzutauchen. Diesmal kam ich aus Innsbruck und reiste mit der Absicht, eine Frau zu treffen, die mich in eine Welt lockte, welche für mich als Priester Tabu sein sollte.

Ja, ich will dich, sagte sie von Anfang an. Ich aber schwankte noch und konnte mich nicht entscheiden.

Geographisch lag mein Reiseziel auch diesmal im Großraum Frankfurt. Es war schon dunkel, als ich an einem Provinzbahnhof südlich der Mainmetropole ankam.

Während ich auf den Bus wartete, erinnerte ich mich an die erste Begegnung mit Gabi. Es war ein sonniger Märznachmittag, als ich in den Stubaier Alpen Ski gelaufen war. Ich hatte mich an der Talstation gerade bereit gemacht, den Bügel des Schlepplifts zu ergreifen, als in allerletzter Sekunde eine Frau zu mir in die Spur herein rutschte und rief: „Das war knapp!" Im nächsten Moment kam der Bügel, wir packten ihn und schon waren wir gemeinsam unterwegs nach oben.

„Es ist besser zu zweit als allein", stellte ich fest und sah mir die Unbekannte genauer an. Zierlich und klein war sie, sah wie eine Teenagerin aus. Ob sie überhaupt schon volljährig war, rätselte ich.

„Hoffentlich bringe ich Sie nicht zu Fall", sagte sie und warf mir einen prüfenden Blick zu.

Sie befände sich gerade auf Skiurlaub in Tirol, erzählte sie. Vom Beruf wäre sie Lehrerin, unterrichtete Mathe und Sport. Im Winter wäre Skilaufen ihre Leidenschaft.

„Meine auch, aber bisher beherrsche ich nur die Abfahrt. Mit dem Slalom tue ich mir verdammt schwer", verriet ich ihr.

„Wenn du willst, kann ich dir ein paar Schwünge beibringen", zeigte sie sich hilfsbereit.

„Das würdest du für mich tun? Einfach so?"

„Einfach so!"

Inzwischen erreichten wir die Bergstation. Sie riss den Bügel an sich und stieß mich sanft ab, damit ich den Ausstiegsbereich zügig verlassen konnte.

Ich sei kein hoffnungsloser Fall, bewertete sie mich nach der ersten Unterrichtseinheit. Das Einzige, woran ich ernsthaft arbeiten müsse, wäre meine Körperhaltung, die sie stark an Rübezahl erinnerte. Ich müsse mein Körpergewicht berg- oder talwärts verlagern, je nachdem, ob ich eine Links- oder eine Rechtskurve einschlagen möchte.

Nachdem sich ihre theoretischen Tipps kaum auf meinen Fahrstil ausgewirkt hatten, ging sie am zweiten Tag zum körpernahen Unterricht über. „Du brauchst nur auf meinen Körper zu achten", rief sie, und fuhr mit eleganten Schwüngen talwärts. Ich achtete akribisch auf ihren Körper und stellte fest, dass ihre Reize mich nicht gleichgültig ließen.

Sie blieb stehen, bis ich sie im Schneepflugstil einholte. „Jetzt stellst du dich hinter mir auf, hältst dich an mir fest und wenn wir losfahren, machst du dieselben Bewegungen wie ich", lautete ihre nächste Anweisung.

Die Piste war ziemlich flach und wir glitten in lang gezogenen Kurven gemächlich talwärts. Ich umklammerte meine Skilehrerin mit beiden Armen, hielt mich krampfhaft an ihr fest und versuchte, wie beim Tanzen, den Bewegungen ihres Körpers synchron zu folgen. Ihr langes Haar kitzelte mich am Gesicht, ich roch ihr Parfum. Mein Körper schmiegte sich dezent an ihren. Eine starke Erregung erfasste mich und ich sehnte mich plötzlich danach, uns von unseren dicken Skianzügen zu befreien und ihre nackte Haut an meiner zu spüren.

„Du brauchst nur auf meinen Körper zu achten", rief sie noch einmal und drehte für einen Moment ihr Gesicht zu mir, so dass ich ihren heißen Atem fühlte.

Wir müssen uns unbedingt abkühlen, dachte ich. Am besten, wenn du einen leichten Sturz provozierst, sprach mein Verstand.

Warum solltest du eine so wunderbare Erfahrung unterbrechen, widersprach mein Gefühl.

Es ist eine Talfahrt im wörtlichen Sinne, du Trottel, beharrte mein Verstand. Zieh die Notbremse, bevor es zu spät ist! Das Risiko ist zu groß!

Kein Risiko, kein Spaß, widersetzte sich mein Gefühl.

Der Sturz, den ich herbeiführte, wurde nicht von meinem Verstand, sondern von einem Hindernis am Rande der Piste erzwungen. Wir rutschten eine sanfte Böschung hinunter, rollten in den Tiefschnee und blieben Wange an Wange liegen.

Unsere Nasen berührten sich und unser Atem hüllte uns in einen warmen Nebel. Wir schauten uns schweigend an.

„Ist alles in Ordnung, hörten wir eine Stimme von der Piste her. Braucht ihr Hilfe?"

„Wir brauchen keine Hilfe", rief ich. Mühsam erhob ich mich, reichte ihr meine Hand und half ihr auf die Beine.

„Schade", sagte sie, „ich hätte noch lange im weichen Schnee liegen können. Du nicht?"

„Ich auch", gab ich zu. „Ich auch."

Drei Tage hintereinander trafen wir uns an der Talstation, testeten gemeinsam alle erreichbaren Pisten und Hänge, gönnten uns Kaiserschmarrn, Germknödel und Jagertee.

Eines Nachmittags überfiel uns eine plötzliche Müdigkeit. Wir suchten eine sonnige Kuhle abseits der Piste auf. Mit Skiern und Stöcken baute sie kunstvoll zwei Liegen zusammen. „Und so legt man sich darauf", sagte sie und ließ sich behutsam auf das Gestell nieder. Als ich es ihr gleichtun wollte, krachte das Kunstwerk unter meinem Gewicht zusammen, wobei auch ihre Liege umkippte und ebenfalls im tiefen Schnee versank. Infolge der Schwerkraft war es nicht zu vermeiden, dass wir uns körperlich ziemlich nahe kamen. Für Sekunden, vielleicht sogar Minuten, trafen unsere Lippen aufeinandertrafen.

„So sieht es im siebten Himmel aus", sagte sie und schloss ihre Augen.

„Glaubst du an den Himmel?", war ich neugierig.

„Manchmal. Und du?"

Ich verriet ihr meinen Beruf, woraufhin sie mich eine Weile schweigend musterte.

„Worauf denkst du?", wollte ich wissen.

„Du hast einen schönen Beruf", sprach sie nachdenklich. „Aber leider einen, der unseren Traum vermutlich durchkreuzen könnte", sagte sie und Enttäuschung stand ihr ins Gesicht geschrieben.

Hatte sie bereits einen Traum, in dem ich einbezogen war? Für mich war alles noch ein harmloses Spiel.

Unbeholfen zuckte ich mit den Schultern. Um vermutlich das Thema zu wechseln, erzählte sie dann ihre Erfahrungen mit der katholischen Kirche.. Als Klosterschülerin musste sie täglich beten, durfte nur in Mädchenbekleidung zum Unterricht erscheinen, Hosen waren verboten. Während ihre Eltern sonntags im Bett blieben, musste sie allein in die Kirche.

Eine Wolke schob sich vor die Sonne und warf Schatten über unsere Kuhle. Ein plötzlicher Wind zwang uns zum Aufbruch.

„Wie viele Tage noch", fragte ich sie an der Talstation.

„Noch drei, wenn du auch am Sonntag kommen willst. Dann muss ich wieder heim, denn am Montag unterrichte ich wieder."

„Viel Zeit bleibt uns nicht mehr", stellte ich nüchtern fest.

„Wenn du möchtest, würde ich dir gerne noch einiges beibringen. Du musst noch ganz, ganz viel lernen." Sie lachte, aber ihr Lachen klang ein wenig traurig.

Während ich in meinen Erinnerungen schwelgte, verging die Zeit schnell. Inzwischen war es kälter und dunkler geworden. Der Bus, der mein Ziel ansteuerte, war fast leer. Er fuhr zahlreiche Dörfer und einsame Haltestellen mitten in der Landschaft an. Ich überlegte, ob es eine Zumutung war, sie so spät in der Nacht zu überrumpeln. Eigentlich müsste sie aber noch wach sein. Eine Nachtschwärmerin sei sie, verriet sie mir, wenn wir gelegentlich mitten in der Nacht miteinander telefoniert hatten. Auf jeden Fall würde sie sehr überrascht sein, bis gestern wusste ich selber nicht, dass ich sie spontan besuchen werde.

Hatte ich mein Leben eigentlich noch im Griff oder war ich ein Spielball meiner Gefühle? Welche Macht trieb mich an, dass ich mich von meinem Dasein als Priester schon so weit entfernt hatte? War es blinder Zufall oder Gottes Fügung, dass ich ihr begegnet war und dass wir uns auf Anhieb sympathisch waren? Und dass wir uns so nahe kamen? Wenn Er uns zusammen brachte, wie hat er das getan? Sagte er zu seinen Engeln: Die Geschichte soll sich in Tirol abspielen, damit der junge Mann, der kein Geld hat, nicht zu weit fahren muss. Am besten, sie begegnen sich beim Skilaufen. Die Kulisse muss auch stimmen. Auf der Piste wunderbarer Pulverschnee, im Hintergrund die wildromantischen, von der Sonne angestrahlten und verschneiten Berge.

Für seine Ausführung bediente sich der Herr dreier Engel und gab ihnen genaue Anweisungen. Du, Engel Rafael, sorgst dafür, dass die Dame nicht zu spät an der Talstation erscheint, denn als Langschläferin hat sie schon so manchen Termin versäumt. Du, Michael, bist für das genaue Timing zuständig. Das Warten des Priesters auf den Skibügel und das Auftauchen der jungen Dame müssen genauestens aufeinander abgestimmt sein. Alles muss stimmen. Sie muss es auf jeden Fall schaffen, den freien Platz in der Spur neben ihm zu erobern. Die Zeit muss so knapp bemessen sein, dass sie nach dem Ergreifen des Bügels ausruft: Das war knapp! Und du, Gabriel, sorgst dafür, dass sich keine andere Dame nach vorne drängelt. Denn ich hab genau diese beiden füreinander bestimmt.

Und Gabriel, der mutigste unter den drei Engeln, erlaubte sich die Bemerkung: Und was machst du, Herr? Soll denn alles an uns hängen bleiben?

Der Herr aber lächelte und sprach: Mein Geist wird über die beiden kommen und sie füreinander begeistern.

Und so geschah es auch. Nach unserer ersten Begegnung trafen wir uns, so oft wir konnten. Nicht selten nahm Gabi eine fünfstündige Fahrt von Deutschland in Kauf, um mich übers Wochenende in Innsbruck zu besuchen.

Einmal saß ich spät in der Nacht in meinem Zimmer und bereitete ein Referat vor. Plötzlich klopfte es an der Tür. Ich schaute auf die Uhr. Halb zwölf. Um die Zeit erwartete man im Canisianum auch hausintern keine Besuche mehr.

Ich öffnete die Tür und wollte meinen Augen nicht trauen. Es war Gabi.

„Wer hat dich rein gelassen?", fragte ich entsetzt. Ohne ihre Antwort abzuwarten, zog ich sie hastig herein. „Ist dir klar, dass es hier verboten ist, nach 20 Uhr Damenbesuche zu empfangen?!"

„Sehe ich denn wie eine Dame aus?" Erst jetzt fiel mir ihr männliches Äußeres auf. Sie trug einen Tiroler Trachtenanzug. Ihr langes blondes Haar war geschickt unter dem etwas zu großen Tirolerhut versteckt. Sie sah aus wie ein fescher Hirtenjunge.

„Hat dich jemand gesehen?", fragte ich leise und bemühte mich, einen Lachanfall zu unterdrücken.

„Ein alter Mann kam, während ich im Lichtschatten einer Säule neben dem Eingang wartete, versuchte vergeblich mit seinem Schlüssel das Schlüsselloch zu treffen, da trat ich aus dem Hintergrund und half ihm dabei."

„Sah er ziemlich dürr und buckelig aus?"

„Und ganz in Schwarz", ergänzte Gabi.

„Gut, das war Pater Croce, er ist zum Glück schon halb blind", atmete ich auf. Und wenn der alte Pater nicht gekommen wäre, hättest du dann bis Morgen früh vor dem Eingang gewartet?", fragte ich ironisch.

„Natürlich nicht", sagte sie, streckte ihre Hand aus und zeigte mir eine Handvoll Steinchen. „Die hätte ich nach und nach an die Fensterscheibe deines Zimmers gepfeffert. Ich war guter Dinge, weil in deinem Zimmer noch das Licht brannte."

„Gut, jetzt sollten wir ganz leise und vorsichtig dieses ehrwürdige Haus verlassen. In welchem Hotel bist du untergebracht?", erkundige ich mich.

„In welchem Hotel? In gar keinem. Hast du eine Ahnung, wie teuer Übernachtungen in Innsbruck sind?"

„Was hast du vor?", fragte ich ängstlich.

„Wir schlafen hier." Sie setzte sich auf mein Bett, warf ihren Hut ab und ließ ihr langes, blondes Haar voll zur Entfaltung kommen. Ich schaute sie entsetzt an.

„Ich mach mich ganz dünn", sagte sie mit einem Lächeln, mit dem sie schon einige Male meinen Verstand ausgeschaltet hat.

„Nicht so laut!", verwarnte ich sie.

„Ich bin auch ganz leise." Ich ging ein paar Schritte im Zimmer auf und ab, dachte scharf nach. „Du wirst mich wohl nicht alleine in die kalte Nacht hinausjagen wollen", wimmerte sie unbeholfen.

Als sie dann noch die Herbergssuche von Maria und Josef ins Spiel brachte und den herzlosen Wirt erwähnte, der sie abgewiesen hatte, zeigte ich mich schließlich bereit, mit ihr mein Nachtlager zu teilen.

Am nächsten Morgen wurde ich wach, nachdem jemand an meine Zimmertür geklopft hatte. Durchs Fenster strahlte bereits die Morgensonne, das Vogelgezwitscher unter meinem Fenster mischte sich mit dem Lärm der vorbeifahrenden Autos. Wir hatten verschlafen.

„Wer ist da?", rief ich, zog schon einmal vorsorglich die Decke über meine Bettgefährtin und legte meinen Zeigefinger auf ihre Lippen.

„Bist du wach?", hörte ich die Stimme meines Zimmernachbarn von draußen. „Ich möchte das Buch wieder haben, das ich dir neulich ausgeliehen habe."

Ob er während der Nacht etwas mitbekommen hatte? War das Buch nur ein Vorwand, um bei mir nach dem Rechten zu schauen?

„Hab noch etwas Geduld, bitte", sprach ich. „In einer halben Stunde bin ich so weit und dann bringe ich dir das Buch zurück."

„Gut, ich kann warten", gab er sich zufrieden und ging weg. Ich hörte seine Tür zuschnappen.

Nahezu geräuschlos zogen wir uns an. Gabi sah wieder aus wie ein junger Bursche, dem eine starke Prise weiblicher Hormone in die Wiege gelegt worden war.

„Du gehst jetzt alleine hinaus, ohne mich", ordnete ich an. „Ich komme etwas später nach. Treffpunkt: goldenes Dachl."

Ich entriegelte die Tür und öffnete sie leise. Als ich hinausspähte, sah ich ihn, meinen Nachbarn, im Gang stehen. Da auch er uns bemerkte, trat ich mit meinem Gast vor die Tür. Ich verabschiedete ihn förmlich per Handschlag. „Und grüßen Sie Ihre Eltern von mir", rief ich ihm nach.

„Das werde ich tun", versprach mein Besucher mit heiserer Stimme, während er mit demonstrativer Gelassenheit an meinem Zimmernachbarn vorbei schritt.

Jahre später traf ich meinen ehemaligen Zimmernachbarn zufällig beim Skilaufen in Tirol. Wir sprachen über die gemeinsame Zeit im Canisianum.

„Erinnerst du dich noch, wie du einmal einen Gast unerlaubterweise bei dir beherbergt hattest?", fragte er mich und schmunzelte verschmitzt. „Weiß du, dass ich am Morgen, als ich euch auf dem Gang begegnete, ganz schön erleichtert war?"

„Weil du gesehen hattest, dass es ein Mann war?"

Er schüttelte den Kopf. „Du musstest mich für ganz schön naiv gehalten haben", sagte er. „Nein, ich war erleichtert, weil ich den Unbekannten problemlos als Mädchen identifiziert hatte. Ihre Stimme, ihre Art zu laufen und ihre Hüftschwünge – das passte nicht zu einem Mann. Ich war froh, dass es eine Frau war und dass ich keinen warmen Bruder zum Nachbarn hatte."

Ein zweifaches Hupen riss mich aus meinen Gedanken. Der Busfahrer hatte sich wohl erinnert, wo ich aussteigen wollte. „Gute Nacht und viel Glück!", wünschte er mir und schloss die Tür hinter mir zu.

Ich fand das Haus mit ihrem Namensschild an der Eingangstür. Sie bewohnte ein Apartment direkt unter dem Dach. Als sie vor mir stand, musste ich lachen.

„Wie siehst du denn aus? Was ist passiert?" Sie trug einen viel zu großen Morgenmantel, musste in der Zwischenzeit etliche Kilos zugelegt haben und bat mich herein.

„Du fragst, was passiert ist. Warum ich so dick geworden bin?

Meinst du das?" Sie schmunzelte vieldeutig und in ihren Augen glaubte ich, eine gehörige Portion Stolz wahrzunehmen. Sie nahm meine Hände und legte sie auf ihren Bauch.

„Meine Körperfülle hat auch mit dir etwas zu tun", sagte sie ganz leise.

„Bist du etwa...?"

„Ja, wir erwarten ein Kind!"

„O, Gott, ist das wirklich wahr?"

„Es besteht kein Zweifel, denn ich bin bereits im sechsten Monat! Hier, schau dir das an!" Sie hielt mir ein Ultraschallbild unter die Nase, auf dem lediglich schwarz-weiße Streifen zu sehen waren. „Sein aktuelles Foto", sagte sie freudig erregt.

Tausend Gedanken flogen durch meinen Kopf. Keinen einzigen konnte ich zu Ende denken. Ich ging zum Fenster und schaute hinaus über die Dächer der Stadt, die ich nicht kannte, in der aber bereits ein Teil meiner neuen Familie lebte.

Meine neue Familie? Hatte ich nicht der heiligen Mutter Kirche versprochen, ohne eine irdische Familie auszukommen?

„Woran denkst du?" Sie stand plötzlich neben mir und schaute erwartungsvoll zu mir auf.

„Wie lange weißt du es schon?", fragte ich.

„Gut fünf Monate."

„Und mir sagst du keinen Ton, lässt mich einfach außen vor", beschwerte ich mich.

„Ich wollte dich nicht unter Druck setzen. Wenn, dann solltest du aus freien Stücken kommen. Nicht wegen dem Baby und nicht aus Mitleid."

Sie drehte sich von mir ab. Ich umarmte und drückte sie an mich. Tränen kullerten ihre Wangen hinunter. „Du musst dich nicht gleich entscheiden", sagte sie, um etwas Druck von mir zu nehmen. „Das Kind kommt erst in drei Monaten zur Welt."

Ich blieb übers Wochenende. Am Montag standen wir um sechs Uhr auf. Ich musste zurück nach Innsbruck und brachte Gabi in die Schule.

„Darfst du eigentlich noch Skilaufen?", fragte ich, um das peinliche Schweigen beim Abschied zu beenden.

„Würdest du dich freuen, wenn ich kommen würde?"

„Sehr sogar", sagte ich. Als ich ihr nachschaute, wie sie im großen

Schulgebäude verschwand, fragte ich mich, ob es vielleicht das letzte Mal war, dass wir uns gesehen hatten.

Es war ein trüber Nachmittag, als ich ins Canisianum zurückkehrte. Einige Briefe warteten auf mich. Einer war von Gabi. Er musste eingetroffen sein, nachdem ich zu ihr nach Deutschland abgereist war.

„...Du glaubst nicht, wie ich mich gefreut habe, als mein Arzt mir vor sechs Monaten mitgeteilt hatte, dass wir ein Kind erwarten. Ich wollte dich schon viel früher einweihen, aber immer schien mir der Zeitpunkt ungünstig zu sein. Letztes Mal, als ich mich in Männerklamotten zu dir eingeschmuggelt hatte, wollte ich dir das Geheimnis ausplaudern, aber wir waren so sehr mit dem Versteckspiel beschäftigt, dass ich es doch lieber für mich behielt. Nun bin ich schon im sechsten Monat, mein Bäuchlein wächst und wächst und ich kann es nicht mehr verheimlichen. Und ich will es auch nicht. Was dich betrifft, so wirst du dich bald entscheiden müssen, ob du mich willst oder nicht. Versteh mich nicht falsch: Das Kind soll nicht der entscheidende Grund sein. Die schwierigste Frage für dich wird wohl sein, ob du dich damit anfreunden kannst, deinen Beruf aufzugeben. Ich habe Geld genug, dass du zunächst einmal eine Umschulung machen könntest. Du bräuchtest einige Jahre kein Einkommen heim zu bringen.
Wenn du dich nicht für uns entscheidest, werde ich dir nicht böse sein. Kommst du, dann komm aus freien Stücken und mit ganzem Herzen.
Es grüßen dich Gabi und das kleine noch unbekannte Wesen, von dem ich noch nicht weiß, ob es ein Bub oder Mädchen wird.
Ich liebe dich!

P.S. Ich bin schon ganz schön rund. Wo waren wir damals, vor fünf Monaten?

Obwohl im Brief nichts zu lesen war, was ich nicht schon gewusst hätte, wühlte er mich doch gewaltig auf. War es die Kraft der geschriebenen Worte, die mich noch einmal zum tieferen Nachdenken anregte? Worte, die ich immer wieder las, sie in meiner Seele speicherte und in der Folgezeit Tag und Nacht über sie nachdachte.

Tagsüber ging ich stundenlang am Inn spazieren und malte mir meine Zukunft aus. Einmal sah ich mich als Priester, der standhaft geblieben war und treu zu seinem Gelübde stand. Im Geiste sah ich mich als einen stolzen, vom Kirchenvolk verehrten Pfarrherrn, der sein Leben in Würde und Einsamkeit fristete und sich irgendwann in einem Kirchturm erhängte.

Dann wechselte ich die Perspektive und betrachtete mich als einen abgefallenen Priester, der in die Niederungen des irdischen Lebens herabgestiegen war, mit einer liebevollen Frau und mehreren Kindern ein anspruchsvolles und abwechslungsreiches Leben führte und dabei viele Hindernisse überwinden und mit unzähligen Herausforderungen fertig werden musste. Ob er am Ende scheiterte, diese Option beließ ich in meiner Phantasie unbeantwortet.

Nach mehreren schlaflosen Nächten sah ich einen Lichtschimmer am Ende des Tunnels. Endlich glaubte ich zu wissen, was ich tun wollte.

Eines Morgens packte ich meine Bücher in Kartons und verstaute sie im Keller des Canisianums. Dort sollten sie aufgehoben werden, bis ich sie vielleicht eines Tages abholen würde. Mitgenommen habe ich lediglich, was sich in meiner Reisetasche verstauen ließ. Mein Gepäck war so gering wie jedes Mal, wenn ich in eine andere Gegend zog.

Der Zug stand länger als gewohnt an der österreichisch-deutschen Grenze. Einer der Mitreisenden meinte, die Deutschen würden sich an der Grenze ganz schön penetrant anstellen. Sie würden nur noch Leute ins Land lassen, von denen sie einen Nutzen erwarteten. Nachdem der Zollbeamte meine Tasche durchwühlt hatte, wollte er von mir ganz genau wissen, zu wem ich wollte, wie lange ich zu bleiben gedachte und vor allem, wie viel Geld ich mitgebracht hätte. Sogar in mein Portmonee steckte er seine Nase. Sein Verhalten hatte mich wachgerüttelt.

Das Land, in das ich gerade einreisen wollte, war ganz und gar nicht darauf erpicht, einen Ausländer wie mich willkommen zu heißen. Auf die Grenzbeamten musste ich wie ein potenzieller Sozialfall gewirkt haben.

Gerüchteweise hatte ich bereits in Innsbruck von Schwierigkeiten gehört, die in Deutschland auf einen Einwanderer zukamen. Es wäre äußerst kompliziert eine Aufenthaltserlaubnis zu bekommen. Ohne ein Visum im Pass war man aber auf der Jobsuche so gut wie chancenlos. In meiner Fantasie sah ich die sprichwörtliche Katze, die sich in den eigenen Schwanz biss.

Diese Sorgen wären mir erspart geblieben, wäre ich anstatt nach Norden in die entgegengesetzte Richtung gefahren. Denn im Süden warteten auf mich meine Heimat, eine Arbeitsstelle und Menschen, die mir wohlgesinnt waren.

Aber einfache Lösungen waren wohl noch nie mein Ding. Es lockten mich Herausforderungen. Mein Vater warf mir gelegentlich vor, ich sei ein Abenteurer, ein Spieler! Ein Spieler kann zwar manchmal gewinnen, aber meistens verliert er.

„Wirf nicht einfach weg, was du dir erarbeitet hast", sagte er damals zu mir, als ich aus der Partei ausgetreten und ins Priesterseminar eingetreten war.

Nun war ich Doktor der katholischen Theologie und hätte alle Voraussetzungen, in der Kirche ein Amt zu bekleiden. Und schon wieder setzte ich das Erreichte aufs Spiel und strebte nach etwas, was äußerst ungewiss war und mich in ungeahnte Schwierigkeiten stürzen konnte.

Womit kann ich in Deutschland meinen Lebensunterhalt verdienen? Viel Auswahl hatte ich nicht. Die Theologie war das Einzige, was ich auf dem Arbeitsmarkt anzubieten hatte.

„Als Lehrerin verdiene ich ganz gut", hatte Gabi letztes Mal gesagt. „Du brauchst zunächst einmal kein Geld nach Hause zu bringen." Sie klang optimistisch. Im Gegensatz zu mir, dem eine gehörige Prise Schwermut in die Wiege gelegt worden war, schien sie ein positiv denkender Mensch zu sein.

Die Eingangstür war nicht verschlossen, als ich ankam, so gelangte ich ohne Klingeln vor die Tür ihrer Dachwohnung. „Da bin ich wieder", sagte ich, als ob ich von einer kurzen Besorgung zurückgekommen wäre.

Sie stand vor mir mit offenem Mund und starrte mich skeptisch an. Ihr farbenfrohes Umstandskleid wölbte sich über den gewaltigen Rundungen ihres Körpers.

Sie ergriff meine Hand, zog mich herein und stieß die Tür zu. Wir umarmten uns, ließen uns wieder los, gingen einige Schritte auseinander und schauten uns schweigend an.

„Du siehst kugelrund und kerngesund aus", versuchte ich aus der Situation etwas Sentimentalität herauszunehmen.

„Er wächst und gedeiht", zeigte sie auf ihren Bauch und strahlte übers ganze Gesicht.

„Er?"

„Ja, ich wollte es zuerst nicht wissen, aber zuletzt war ich doch zu neugierig. Es ist ein er. Der Arzt hat es mir auf einem deutlichen Ultraschallbild gezeigt."

Sie holte die Aufnahme aus der Schublade. „Ich sehe nur schwarzweiße Streifen."

„Schau doch genau hin, siehst du es nicht?! Genau hier ist das Würmchen zu sehen, das ein menschliches Wesen zum Mann macht."

„Jetzt sehe ich es auch", log ich und küsste sie.

Wir aßen gemeinsam Abendbrot und sprachen über den Alltag, den wir nun zu bewältigen hatten.

„Morgen muss ich in die Schule und freue mich schon aufs Heimkommen. Du kannst doch kochen, oder?", fragte sie.

„Kein Problem, als erstes koche ich uns morgen meine Spezialität, die berühmte slowenische Kartoffelsuppe." Ich verschwieg ihr, dass es das einzige Gericht war, das ich je zubereitet hatte.

Gabi lehnte ihren Kopf an meine Schulter. „Schön, dass du da bist", sagte sie und machte ihre Augen zu.

Kurze Zeit später schlief sie fest ein. Ich trug sie ins Bett, wobei sie kurz aufwachte und mich bat, sie am nächsten Morgen um halb acht zu wecken.

Am nächsten Morgen erwachte ich, während sie noch im tiefen Schlaf versunken war. Ich besann mich ihres Auftrages, sie zu wecken, nahm ihr Ohrläppchen zwischen meinen Daumen und Zeigefinger und begann sanft daran zu zupfen. „Mach' weiter", knurrte sie und rückte näher zu mir. Ich gehorchte ihr und merkte, wie wir beide gleichzeitig schwach wurden und sie bereit war, sich spontan über ihre Pflichterfüllung hinweg zu setzen.

Im Laufe des Vormittags erwachten wir. Ich lief zur nächsten Telefonzelle und rief in der Schule an, um sie zu entschuldigen. „Meine Freundin kann heute nicht unterrichten. Sie hat Probleme mit ihren Ohrläppchen", erklärte ich.

Am anderen Ende der Leitung herrschte zunächst einmal Stille. „Sie hat Probleme mit was?", hakte eine piepsige Frauenstimme nach.

„Mit ihren Ohren", verbesserte ich mich und hängte schnell auf, um keine weiteren Rückfragen herauszufordern.

Es war der erste Herbst, den ich in Deutschland bewusst erlebte. Ich genoss meine Spaziergänge durch die Obstgärten, wo ich mich an köstlichen Früchten der zahlreichen Obstbäume erfreute. Mein Vergnügen war aber nicht nur in der herbstlichen Natur begründet, sondern vor allem am Dasein eines Früchtchens, das ich seit Mitte September im Kinderwagen fast täglich vor mich her schob.

Unterwegs traf ich Mütter, mit denen ich mich über Windeln, Babynahrung, Stillen, Kinderkrankheiten und Depressionen nach der Geburt austauschen konnte.

„Wie schaffen Sie das", sprach mich eines Tages eine gestresste Mama bewundernd an, „dass Sie sich neben Ihrer Arbeit so rührend um Ihren Kleinen kümmern?"

„Ich arbeite nicht", musste ich beschämt zugeben. „Aber ich bin kurz davor, berufstätig zu werden", log ich, um mein Ansehen nicht völlig zu ruinieren.

Ich schämte mich, als einziger Mann unter zahlreichen Frauen meine wertvolle Zeit mit Kinderbetreuung zu vergeuden, gemeinsam mit ihnen durch die Parkanlagen zu schlurfen und an Weihern Enten zu füttern. Aus meiner Heimat brachte ich ein Lebensmuster mit, wonach die Frau Kinder zur Welt bringt und sich als Hausfrau nützlich macht. Der Mann hält die Verbindung zur Außenwelt und bringt Geld nach Hause. In Deutschland war für mich die Welt plötzlich auf den Kopf gestellt und das nagte an meinem Selbstbewusstsein. Das musste sich so bald wie möglich ändern.

Ich schrieb deutsche Bischöfe an, schilderte ihnen meine Lage und bot ihnen meine Dienste als Religionsfachmann an. Ich bekam Absagen, die zumeist mit der schlechten Finanzlage der Kirche begründet waren. Lediglich die Diözese, in der wir wohnten, lud mich zu einem Gespräch ein.

„Was möchten Sie denn bei uns tun?", fragte der Generalvikar, der älteste unter lauter alten Männern, die mich befragten.

„Ich stelle mir vor, Religion zu unterrichten. Das habe ich bereits jahrelang in Innsbruck gemacht."

Ein Würdenträger im lila Ornat lächelte selbstgefällig und meinte: „Ich fürchte, das Amt eines Religionslehrers wird für Sie wohl eine Nummer zu groß sein. Es geht ja nicht bloß um Wissensvermittlung, sondern vor allem um Vorbildfunktion des Lehrenden. Als abgefallener Priester ... na ja..."

„Wir haben zu viele abgefallene Priester, die deutscher Abstammung sind", pflichtete ihm sein Nachbar bei, der als einziger keinen Talar trug.

„Die heutige Welt braucht Priester ohne Fehl und Tadel. Sie aber haben sich nicht gerade mit Ruhm bekleckert", warf mir der Träger des lila Gürtels vor.

Nachdem mir auch von anderen Gesprächsteilnehmern deutlich vor Augen geführt wurde, wie unmoralisch mein Verhalten war, mich mit einer Frau eingelassen zu haben, und wie ungeschickt ich mich anstellte, dabei auch noch ein Kind zu zeugten, versuchte der Generalvikar die Situation zu entkrampfen, indem er gönnerhaft die einzig mögliche Lösung meines Problems ins Spiel brachte.

„Gesetzt den Fall, dass Sie sich die Sache noch einmal gründlich überlegen und doch noch Priester bleiben wollen – wohlgemerkt, wir wollen sie dazu nicht überreden, sondern Ihnen nur behutsam nahe legen, doch noch als Priester der heiligen Mutter Kirche zu dienen, was sie bei Ihrer Priesterweihe ja feierlich gelobt haben – gesetzt den Fall also, dass Sie ihr Gelübde endlich ernst nehmen wollen, könnten wir Ihnen unter Umständen eine Gemeinde anbieten, die von ihrem jetzigen Standort weit genug entfernt ist, wo sie ihr priesterlich Leben von vorne beginnen und neu ordnen könnten. Sie müssten uns allerdings glaubhaft versichern, dass Sie künftig das Zölibat ernst nehmen und alle Kontakte zu Ihrer jetzigen Freundin abbrechen."

Die Lösung klang zunächst einmal verlockend. Bliebe ich Priester, würde ich die Niederungen des irdischen Lebens elegant umgehen und nachts nicht mehr am laufenden Band aufstehen und den kleinen Schreihals in den Schlaf singen müssen. Ich müsste nicht mehr schmutzige Wäsche sortieren, waschen und vor dem Haus aufhängen. Andere würden für mich einkaufen und mir den Tisch decken. Und ich würde einen Beruf ausüben, der mich auf Augenhöhe mit dem Bürgermeister, Schullehrer und Apotheker heben würde.

Andererseits genoss ich es, mit der Frau, die ich mochte, zusammen zu sein, sie am Ohrläppchen zu streicheln und ihre Wärme zu spüren. Es machte mir Spaß, unseren Sohn ins Leben zu begleiten und den Zauber des Familienlebens zu erfahren.

Besonders die Freude an der eigenen Familie milderte meine Skrupel, die mich beschlichen, wenn ich an die Aufgabe meines geistlichen Standes dachte.

Am liebsten wäre ich beides, Pfarrer und Familienvater, dachte ich. Schade, dass ich nicht in der orthodoxen oder evangelischen Kirche, oder meinetwegen auch als Moslem, geboren wurde!

Ich sollte mich also aus dem Staub machen? So musste ich doch die Rede des Prälaten verstehen. Das wäre für mich die bequemste Lösung.

„Ehrlich gesagt, kann ich mich nicht sofort entscheiden", sagte ich. „Ich brauche Bedenkzeit."

Die Herren in Schwarz und Lila nickten. Der Generalvikar erhob sich, wünschte mir Gottes Segen und begleitete mich zur Tür. Ich kehrte heim, kreierte einen gemischten Salat und öffnete ein Dosengericht. Gabi kam aus der Schule, ließ sich erschöpft aufs Sofa nieder. Sie stillte zuerst Dominik, dann aßen auch wir.

„Ich laufe eine Runde um die Stadt, um den Kopf frei zu bekommen", sagte ich zu Gabi. „Soll ich den Kleinen mitnehmen?"

„Geh allein, dann bist du schneller wieder zu Hause. Ich räume inzwischen ein wenig auf", entließ sie mich in Freiheit.

Das war mir sehr recht. Ich musste allein sein, um ungestört nachdenken zu können. Mein Leben sah zur Zeit ziemlich chaotisch aus. Um Ordnung zu schaffen, musste eine Grundsatzentscheidung her. Was wollte ich? Einfach abhauen, das konnte ich mir nicht vorstellen, dafür war ich zu schwach. Möglicherweise würde ich in einem abgelegenen Dorf landen, wo ich in der Einsamkeit des Pfarrhauses an nichts anderes denken konnte, als an die beiden wichtigsten Menschen in meinem gegenwärtigen Leben. Ich würde sie zu sehr vermissen. In Gedanken versunken lief ich am Sportfeld vorbei, umkreiste den Ententeich, wo mir einige Muttis zuwinkten, und bog dann in die Altstadt ein. Ich blieb vor einer Kirche stehen. Die Glocken hörten gerade auf zu läuten. Aus dem Inneren war Orgelmusik zu hören. Obwohl ich etwas verschwitzt war, trat ich ein. Ein Paar alte Leute saßen verstreut im halbdunklen Raum.

Eine Frau im Talar stand am Pult und schien ins Gebet vertieft zu sein. Eine Pfarrerin. Obwohl ich wusste, dass bei den Protestanten Frauen das Pfarramt offen stand, musste ich mich an den Anblick zuerst gewöhnen.

Das also war eine evangelische Kirche.

Die Pfarrerin begann aus einem schwarzen Buch vorzulesen. Ihre Stimme machte mich schläfrig, bei der anschließenden Musik schlummerte ich fast ein.

Worte und Musik, das war gewöhnungsbedürftig. Keine Ministranten, kein Weihrauch, kein Knien, keine Kommunion. Keine Fresken, kein Kreuzweg, keine Skulpturen, die Heilige darstellten. Keine Maria.

Nur ein korpusloses Kreuz hing von der Decke über dem Altar.

Am Schluss des Gottesdienstes eilte die Pfarrerin zum Ausgang, reichte den Besuchern zum Abschied die Hand.

„Sie sehe ich zum ersten Mal", sprach sie mich an.

Und auch zum letzten Mal, verkniff ich mir zu antworten. Stattdessen verriet ich ihr, dass wir neu seien in der Stadt.

Sie lächelte mich abwesend an. „Haben Sie schon unseren Gemeindebrief? Am Schriftenstand liegen noch einige Exemplare. Da bekommen Sie einen ersten Einblick in unser Gemeindeleben. Sie sind herzlich willkommen, wo immer Sie dabei sein möchten." Ihre Rede klang unpersönlich, ich fühlte mich nicht angesprochen.

„Das war aber eine lange Strecke", meinte Gabi, als ich heimkam. Sie versuchte gerade dem aus Leibeskräften schreienden Dominik noch einmal die Brust zu reichen. „Entweder meine Milch schmeckt ihm nicht oder sie will nicht fließen", klagte sie. „Ich glaube, du solltest uns morgen in der Drogerie eine Milchpumpe besorgen."

Es fielen ihr noch andere Dinge ein, die mir als Geistlichem bis dahin eher als fremd und nebensächlich erschienen waren: Ich sollte lernen, wie die Spülmaschine sparsamer bestückt, Wäsche im Schongang gewaschen, eine Wegwerfwindel nicht voreilig gewechselt, Müll richtig sortiert und der Lebensmitteleinkauf unter dem Aspekt der aktuellen Sonderangebote getätigt wird.

Gott muss einen merkwürdigen Humor haben, dachte ich im Stillen. Er lässt mich keinen Priesterdienst mehr ausüben. Stattdessen führt er mich von einer Peinlichkeit zur anderen.

Mein Leben wurde irdischer als mir das lieb sein konnte.

Auf der Suche nach einem neuen Weg

Ich schrieb ein Paar Briefe an Menschen, die mir wichtig waren. Manche antworteten. Lenart beschwor mich, meine Berufung nicht leichtfertig zu verspielen. Er erwähnte Menschen, die ich mit meinem Lebenswandel verletzt und enttäuscht hätte. Die Professorin Vida, die mir kostenlose Lateinstunden gegeben hatte, sei „sehr, sehr traurig".

Auch das Klösterli Notkersegg gab mir eine Rückmeldung, der ich Bedauern und scharfe Kritik entnahm. Wie konnte ich über einen Wechsel zu den Protestanten nachdenken, die doch offensichtlich Häretiker seien. Sie stünden nicht in der apostolischen Sukzession und verträten ein falsches Abendmahlverständnis. Die Schwestern würden für mich beten, damit ich auf den richtigen Weg zurück fände.

Mein Doktorvater aus Innsbruck schrieb mir, dass er sich über meinen ungewöhnlichen Lebenswandel sehr wundere. Er hätte mir „so etwas" nicht zugetraut. Was ich täte, sei sehr mutig, aber auch sehr gewagt.

Wechseln zu den Protestanten? Hatte ich das wirklich schon ernsthaft erwogen? In meinen Briefen musste ich solche Andeutungen gemacht haben.

Aber wie realistisch war das? Ich hatte zu Evangelen bisher überhaupt keine Beziehung gehabt. Konnte ich überhaupt als katholischer Priester in der evangelischen Kirche tätig werden?

„Sie würden dich mit Handkuss nehmen", meinte mein Schwiegervater in spe, dem die materielle Absicherung seiner Tochter wichtiger war als seine und meine Loyalität zur katholischen Kirche. Er, ansonsten ein strammer Katholik, riet mir offen, evangelischer Pastor zu werden.

Einen Versuch wollte ich noch unternehmen, um katholisch bleiben zu können. In einem größeren Verlag wurde eine Lektorenstelle ausgeschrieben. Fremdsprachen und theologische Bildung waren gefragt. Neben dem Doktor der Theologie gab ich Russisch, Englisch und Französisch als meine Trümpfe an, wobei ich mich mit den beiden letztgenannten ziemlich schwer tat.

Man lud mich zum Gespräch ein. Die Entscheidung fiel gegen mich aus. Ich sei gut, aber meine Mitbewerber seien eben besser und geeigneter. Man wünschte mir viel Glück bei meiner weiteren Jobsuche.

Ich betrachtete meine Lage nüchtern: Die Kirche will mich nicht. In der freien Wirtschaft bin ich den deutschen Konkurrenten unterlegen. Ich werde wohl meinen Suchradius erweitern müssen.

„Frag doch bei den Evangelen nach", forderte mich mein Schwiegervater eines Tages auf, als Gabis engere Verwandtschaft übereinstimmend feststellte, dass ich als Hausmann eine eher klägliche Figur abgebe und der Beruf als Pfarrer so ziemlich die einzige Berufssparte sein dürfte, in der ich meine Lebensuntüchtigkeit erfolgreich verbergen und meiner kleinen Familie ein bescheidenes Einkommen sichern könne. „Du musst ja nicht ein Ketzer werden wie sie", meinte der Vater meiner Frau, ein Glaubenspragmatiker, dessen katholische Ansichten in der Kindheit konserviert und bis ins Alter nicht mehr verändert worden waren. „Vielleicht kannst du sogar welche von ihnen katholisch machen", versuchte er mich zu motivieren.

Um meinen guten Willen unter Beweis zu stellen, verfasste ich eines Abends bei einer Flasche Wein eine unkonventionelle Bewerbung: „Als ausgebildeter Geistlicher bin ich auf der Suche nach einer Pfarrstelle. Die katholischen Bischöfe, die ich bisher angefragt hatte, lehnten es ab, mich zu beschäftigen, weil ich mich gegen die Zölibatspflicht versündigt und mich auch sonst als ein ungehorsamer Diener der Kirche erwiesen hatte. Ich könnte es mir inzwischen vorstellen, in Ihrer Kirche mein Glück zu versuchen. Ich kann predigen, unterrichten, taufen, trauen, beerdigen. Kurzum, ich kann alles, was von einem Seelsorger erwartet wird. Es wäre total nett, wenn Sie mir eine Chance geben würden."

Ich glaubte, den richtigen Ton getroffen zu haben, um eine abschlägige Antwort zu bekommen. Denn so wenig ich mich der katholischen Kirche zugehörig fühlte, so stark war meine anerzogene Abneigung gegen die Protestanten.

Den Brief adressierte ich an den Präsidenten der evangelischen Landeskirche, in deren Bereich wir gerade lebten, und schickte ihn unfrankiert ab. Wenn die Evangelen auf meine Bewerbung positiv reagieren, dachte ich, so sind sie selber schuld. Ich hatte mich ihnen nicht gerade aufgedrängt.

Unerwartet wurde ich kurzfristig zu einem Gespräch eingeladen. Ein Mann mit gütigem Gesicht und grauen Schläfen empfing mich. „Eine bewegte Geschichte", sagte er schmunzelnd, nachdem ich ihm meinen Lebenslauf in groben Zügen geschildert hatte. „Es ist schon ein Paradox", sprach er nachdenklich, „die katholische Kirche hat Probleme mit dem Zölibat und wir kämpfen mit Eheproblemen unserer Pfarrerinnen und Pfarrer." Er kam gleich zur Sache. „Und Sie können sich tatsächlich vorstellen, bei uns als Pfarrer tätig zu werden?"

Was tat ein evangelischer Pastor eigentlich, überlegte ich in aller Eile. Es fiel mir der evangelische Kollege meines Freundes Canisius ein, den ich, damals noch als katholischer Theologiestudent, bei einem ökumenischen Kerbgottesdienst in Darmstadt erlebt hatte. Er kam in seinem schwarzen Talar zu einem ökumenischen Gottesdienst, wurde von seiner Frau und vier Kindern begleitet. Alle machten einen todernsten, sichtlich unglücklichen Eindruck. Bei seiner Predigt, die kein Ende nehmen wollte, verzog er keine Miene. Seine Kinder saßen stocksteif neben ihrer Mutter und sahen aus, als ob sie aus einer Folterkammer gekommen wären, in die sie nach der Kirche wieder zurück müssten.

Pater Canisius war das krasse Gegenteil von ihm. Er lächelte am Altar, sprühte vor Charme und machte witzige Bemerkungen, die mit Lachen und manchmal sogar mit Applaus honoriert wurden. In seinem liturgischen Gewand strahlte er festliche Freude aus.

Sah man die beiden Pfarrer am Altar stehen, den einen im schwarzen Talar, den anderen im bunten liturgischen Gewand, drängte sich das Sprichwort auf: Hier stehen Trauer und Freude nahe beieinander.

Es muss tragisch sein, evangelischer Pfarrer zu sein, dachte ich damals. Vielleicht hat er Eheprobleme, ist überfordert, weil er für beide, für seine Gemeinde und für seine Familie, da sein muss. Wie gut, dass es das Zölibat gibt.

Das alles ging mir durch den Kopf, als ich gefragt wurde: „Können Sie sich vorstellen, als evangelischer Pfarrer tätig zu sein?"

„Ich kann es mir sehr gut vorstellen", antwortete ich pragmatisch, obwohl sich alles in mir gegen diese Option sträubte.

Der Oberkirchenrat nickte wohlwollend. Er befragte mich über meine Ausbildung. Dass ich mir bei Jesuiten meine beiden akademischen Titel geholt hatte, diese Auskunft beeindruckte ihn am meisten. Als ich nebenbei noch erwähnte, dass ich sogar Karl Rahner live erlebt und seine Theologie in meine Doktorarbeit eingearbeitet hatte, nickte er anerkennend und sprach: „Ihre Bildung ist nicht von schlechten Eltern, das muss man neidlos anerkennen. Trotzdem werden Sie um ein Zusatzstudium an einer evangelischen Fakultät nicht rumkommen. Zwei, drei Jahre vielleicht und dann kann auch ich mir vorstellen, dass Sie als evangelischer Gemeindepfarrer eingesetzt werden. Das kann ich aber nicht allein entscheiden. Ich werde es in diesem Sinne befürworten. Das letzte Wort hat die Kirchenleitung."

Meiner langen Studienzeit sollte ich demnach noch weitere Jahre anhängen? Das konnte ja heiter werden. Einige evangelische Theologen von Format kannte ich ja bereits von Königstein und Innsbruck. Unser Alttestamentler in Königstein zitierte dauern Gerhard von Rad und sprach von ihm als von einem „zutiefst gläubigen" Mann, der aber leider als Protestant geboren wurde. Ein anderer Protestant, Rudolf Bultmann, schnitt nicht so gut ab. Um damals die Bibelprüfung zu bestehen, mussten wir Bultmanns „Entmythologisierungs"-Thesen kennen. In der Regel lautete die Examensfrage: Was sagt die heilige Mutter Kirche zur unsinnigen Behauptung Bultmanns, die Bibel sei voll von Mythen, die historisch-kritisch durchleuchtet werden müssen?

Als Prüfling war man gut beraten, die lächerlichen Ansichten des prominenten Protestanten als häretisch einzustufen. Erst auf der dunklen Folie seiner Irrtümer konnte dann die wahre Lehre der heiligen römisch katholischen Kirche im strahlenden Licht entfaltet werden.

Ich sollte wieder Student werden? Das konnte nicht sein Ernst sein. Er unterschätzte mich, wusste nicht, was ich theologisch drauf hatte. Vielleicht musste ich mit jemandem sprechen, der ein besserer Menschenkenner war und in diesem Laden das Sagen hatte.

Wenn der Personaler einfach gesagt hätte ‚Wir nehmen Sie nicht', wäre ich erleichtert aufgestanden und weggegangen. Aber der Mann hatte mich beleidigt, indem er meine theologische Ausbildung in Frage stellte. Eine solche Herabsetzung konnte ich nicht auf mir sitzen lassen.

„Verstehen Sie mich nicht falsch", schien mein Gesprächspartner meine Gedanken zu lesen, Ihre Bildung ist exzellent, aber leider ein bisschen zu katholisch. Jesuiten in allen Ehren, aber sie betrieben die Gegenreformation doch ein wenig zu heftig!"

„Ich würde gerne mit Ihrem Herrn Bischof persönlich sprechen", erwiderte ich daraufhin verärgert.

„Unsere Kirche kennt keinen Bischof. Wir haben einen Kirchenpräsidenten. Aber auch er entscheidet nicht allein. Alle wichtigen Entscheidungen unserer Kirche werden kollegial getroffen. Wir leben in einer Zeit der Demokratie."

Meine Kinnlade sank noch etwas tiefer. Was ist denn das für ein wackliger Verein, dachte ich. Da gibt es niemand, der ein Machtwort sprechen kann, kein Papst, kein Bischof, der sagt, wo es lang geht. Da muss es ja zugehen wie im deutschen Bundestag!

„Sie werden in den nächsten Tagen von uns ein Schreiben bekommen", unterbrach er meine Gedanken. „Darin werden wir Ihnen ein genaues Angebot unterbreiten. Sie werden von uns auf keinen Fall abgewiesen. Das garantiere ich Ihnen."

Also hatte er doch was zu sagen. Man würde mich nicht abweisen.

Hatte ich es mir nicht zu leicht gemacht? Hätte ich mich nicht etwas mehr bemühen müssen, um doch noch bei den Katholen zu bleiben? Am Ende wäre ich vielleicht doch als Reli-Lehrer in einer Schule untergekommen. Aber nicht als Pfarrer, gab ich mir selber zu bedenken. Wenn ich schon in der Kirche einen Job anstrebte, dann nur als Pfarrer. Und warum nicht als Pfarrer bei den Evangelen? Ich musste ja nicht so werden wie Canisius` Freund. Vielleicht konnte ich ja katholisch bleiben und bei den Protestanten wirken.

Einen Moment lang kam ich mir wie ein Maulwurf und Verräter vor. Oder zumindest wie ein Opportunist. Würde ich damit jemanden verraten?

Ich hatte mich bemüht, war zu meiner Kirche gegangen und hatte gesagt, wie es um mich stand, war sogar bereit, meine „Degradierung" vom Priester- in den Laienstand hinzunehmen. Aber die Herrn im lila Ornat waren stur geblieben, wollten sogar, dass ich mich von der Verantwortung meinem Kind und seiner Mutter gegenüber davonstehle, irgendwo im Niemandsland meinen Beruf als Priester ausübe und über die ganze Geschichte Gras wachsen lasse.

Dein Schritt ist voreilig, behauptete mein anderes Ich. Du handelst naiv und leichtsinnig. Dein Verstand ist benebelt. Deine Gefühle spielen verrückt, weil du in der Fremde lebst und niemanden hast, der dich freundschaftlich beraten würde.

In der Tat, ich hatte mich mit niemandem beraten. Ich entschied ganz allein, mich bei den Protestanten zu bewerben. Selbst Gabi wollte ich nicht in meine innere Kämpfe einweihen. Sie war persönlich viel zu betroffen, als dass sie mich hätte objektiv beraten können.

Wie auch immer, solche einsamen Entscheidungen waren für mich typisch. So hatte ich immer gehandelt. Aus eigenem Antrieb hatte ich mein Elternhaus verlassen, war freiwillig in die kommunistische Partei eingetreten und hatte sie eigenwillig wieder verlassen. Auch mein Eintritt ins Priesterseminar war ohne Rücksprache mit einem Ratgeber erfolgt. Und nun war es wieder mein einsamer Entschluss, möglicherweise in die evangelische Kirche zu wechseln.

Eine kleine Hoffnung blieb mir noch: Sie werden mich nicht nehmen!

‚Zwei Seelen wohnten, ach, in meiner Brust', hatte ich irgendwann bei Goethe gelesen. Genauso fühlte ich mich auch.

Meine erste Pfarrstelle

Von der Autobahn aus sah man fast nur Hochhäuser. Das ehemals kleine Dorf am Fuße des Taunus war in jüngster Zeit zu einer Bürostadt gewachsen. Dort wartete auf mich meine erste evangelische Pfarrstelle.

„Ist ja furchtbar", schüttelte Gabi den Kopf, während wir uns zwischen Hochhäusern und Bürogebäuden dem alten Ortskern näherten. Sie war enttäuscht, denn sie hasste große Städte und Betonwüsten. Mir hingegen war die äußere Umgebung egal. Ich freute mich auf die neue Herausforderung und war neugierig auf die Menschen, die mir anvertraut werden würden.

Fast drei Semester evangelischer Theologie lagen bereits hinter mir. Mein Dogmatikprofessor, ein Schweizer Calvinist, fand die Auflage der Landeskirche, wonach ich noch drei Jahre evangelische Theologie hätte studieren sollen, zum „Totlachen". Kurz vor dem Ende meines dritten Semesters schlug er der Kirchenleitung vor, mich sofort in den Pfarrdienst zu übernehmen.

„Seine Ansichten sind protestantischer als die Martin Luthers", argumentierte er mit einer Prise Ironie.

„Meinen Sie wirklich, dass ich protestantisch genug bin?", fragte ich den liberalen Theologen unter vier Augen.

„Protestantisch, katholisch, orthodox, du hast von allem etwas. Die Typen von der Kirchenleitung sind selber ganz unsicher. Was wollen sie denn? Durch uns deine Rechtgläubigkeit bestätigt sehen? Sie sollen sich um die Pfarrer kümmern, die in Gemeinden wirken und sich offen als Kommunisten oder Atheisten ausgeben. Solange du nicht für den Papst wirbst, kannst du in der evangelischen Kirche alles machen, was die Gläubigen erbaut. Mach dir keine Sorgen, du wirst ein guter Pfarrer werden. Und wenn deine Schäfchen katholische Züge an dir entdecken sollten, freu dich darüber, denn nicht alles Katholische ist schlecht und nicht alles Evangelische gut."

Später erfuhr ich von einer Bemerkung, die mein Professor der Kirchenleitung gegenüber gemacht haben soll: „Er sitzt da und stellt lästige Fragen. Manchmal hege ich sogar den Verdacht, dass er sich über das Niveau unserer Pfarrerausbildung lustig macht. Das ist Zeitvergeudung. Steckt ihn in eine Gemeinde und basta! Er soll spüren, was es bedeutet: hic Rhodos, hic salta!"

Ob er mich als Student einfach loswerden wollte? Vielleicht wollte er mir auch einen Gefallen erweisen. Meine Frau und ich hatten ihn schließlich als Pate für unseren Erstgeborenen auserkoren.

Wie auch immer, früher als erwartet bekam ich von der Kirchenleitung das Angebot, das uns in eine der reichsten Städte Hessens führte.

„In Eschborn. wird dringend ein zweiter Pfarrer gebraucht", erzählte mir der Personalchef der Landeskirche. „Der eine, der dort seit vielen Jahren residierte, ist heillos überlastet. Wenn Sie unser Angebot ablehnen, müssen Sie leider noch zwei Jahre in die praktische Ausbildung. So sind unsere Vorschriften", erläuterte er mir die Bedingungen.

Auch in dieser Kirche sind also sanfte Erpressungen üblich, musste ich leicht amüsiert feststellen. Ich zögerte keinen Augenblick und nahm das Angebot an. Käme ich noch einmal in die praktische Ausbildung, wäre ich wieder eine Art Lehrling und entsprechend schlecht entlohnt.

Eine schmucke Kirche, ein aus Basaltsteinen erbautes Pfarrhaus, das offenbar mein zukünftiger Kollege bewohnte, und etliche alte Fachwerkhäuser prägten den alten Ortskern meiner ersten evangelischen Pfarrstelle.

Mit gemischten Gefühlen stiegen wir vor dem großen Betongebäude aus, das als Begegnungsstätte der Gemeinde diente.

Kleine Kirche, großes Gemeindehaus, typisch protestantisch! Das konnte ich in meinen späteren Berufsjahren immer wieder feststellen. Die Protestanten waren keine Kirchgänger. Wenn überhaupt, trafen sie sich lieber in einem Gemeindehaus als in einer Kirche. Sie redeten miteinander, sangen, bliesen Posaune, bastelten, kochten, tanzten, turnten, tranken Kaffee und aßen Kuchen. Manche kamen auch zu Bibelstunden und Gebetskreisen zusammen. Um in den letzteren beiden Gruppen auf Dauer zu bestehen, musste man eine überdurchschnittliche Frömmigkeit an den Tag legen. Kritische Anfragen oder gar ausdrückliche Zweifel in Glaubenssachen waren unter diesen vergeistigten Menschen nicht erwünscht und wurden meistens als Gotteslästerung geächtet.

„Wir teilen uns die Pfarrei", sagte bei unserer ersten Besprechung der Kollege, den ich entlasten sollte und dem der Ruf vorauseilte, machthungrig und missgünstig sein zu können. „Alles, was in Ihrem Bezirk geschieht, ist Ihre Angelegenheit. Taufen, Trauungen und Beerdigungen, die Ihrem Bereich zugeordnet werden, übernehmen Sie. Die Gottesdienste werden wir abwechselnd halten. Die Konfirmanden teilen wir zwischen uns auf. Die Schule in Ihrem Bezirk wartet schon auf Sie als Religionslehrer. Zurzeit bin ich der geschäftsführende Pfarrer. In zwei, drei Jahren übernehmen Sie das Ruder."

Der Kollege sprach emotionslos und präzise. Er verriet mir, aus einer Juristenfamilie zu stammen. Wir saßen in seinem Büro an einem Tisch, auf dem Ordner und Schriftstücke sich türmten. Er stellte mir keine persönlichen Fragen. Er schien an mir nur als seinem Entlaster, nicht aber als Mensch interessiert zu sein.

Der Kirchenvorstand kaufte für uns ein neues Haus in einem Neubaugebiet, das als zweites Pfarrhaus der evangelischen Gemeinde ausgewiesen wurde.

Wir hatten unseren Wohnraum schon bald gut ausgefüllt, denn Gott, der nach wie vor nicht mit mir redete, schenkte uns nacheinander noch zwei Kinder, unsere Tochter Katarina und einen zweiten Sohn, den wir auf den Namen Jonatan tauften.

Der Tod meines Vaters

„Der Vater packt diesen Winter nicht mehr, er würde sich freuen, dich und deine Familie noch einmal zu sehen", schrieb mir Danica, meine jüngste Schwester, in einem Brief.

Die Nachricht überraschte mich nicht. Mit Hilfe von Alkohol steuerte mein Vater seit Jahren zielstrebig auf sein Ende zu.

Es war die Zeit, als Jugoslawien begann, sich in seine Bestandteile aufzulösen. Tito starb. Es gab keine starke Persönlichkeit, die sich als neuer Diktator etablieren und in seine Fußstapfen hätte treten können.

Unter den südslawischen Brüdern brodelte es. Zwischen den katholischen Kroaten und orthodoxen Serben gab es schon immer unterschwellige Feindseligkeiten, die nun offen zutage traten. Die bosnischen und albanischen Moslems galten sowieso schon immer als Außenseiter und wir Slowenen hatten keine Lust mehr, unsere südlichen Brüder auf Dauer mit Soli über Wasser zu halten.

Mehr Demokratie, weniger Zentralismus, forderten unsere slowenischen Abgeordneten in Belgrad und stießen dabei auf Granit.

Anfang der achtziger Jahre war die Zeit für Veränderungen noch nicht reif. Noch hielten sich die Kommunisten fest im Sattel. Die Geheimpolizei hatte noch alles im Griff.

Anlässlich eines Heimaturlaubs wurde ich eines Tages an einem Stand mitten in Maribor von einer Aktivistengruppe dazu überredet, meine Unterschrift für die Unabhängigkeit Sloweniens zu leisten. Um nicht als Feigling da zu stehen, unterschrieb ich. Aus Angst vor der Geheimpolizei hatte ich damals meine Rückfahrt nach Deutschland um einige Tage vorverlegt.

„Womöglich wirst du geschnappt, wenn wir jetzt deinen Vater besuchen", befürchtete Gabi, als ich ihr Danicas Nachricht übersetzte.

Auch ich hatte Angst und wir fuhren nicht. Kurz vor Weihnachten schrieb mir Danica noch einmal: „Kommt, denn der Vater liegt im Sterben."

Jetzt wollte ich unbedingt hin. Während der letzten Jahre hatte ich viel über das Verhältnis zu meinem Vater nachgedacht. Mittlerweile konnte ich ihn besser verstehen. Seine Trunksucht beurteilte ich nicht mehr so streng, weil ich seine harte Zeit bei den Partisanen und im Bergwerk berücksichtigte. Wenn ich über unsere Konflikte nachdachte, so sah ich nun den größten Teil der Schuld bei mir. Ich hatte mich zu wenig in seine Lage versetzt. Inzwischen schämte ich mich, dass ich ihn verachtete. Ich wollte ihn dringend um Verzeihung bitten, bevor es zu spät wäre.

Doch es war kurz vor Weihnachten, in einer Zeit, in der sich ein Pfarrer aus seiner Gemeinde nicht einfach verdrücken konnte. Adventsnachmittage, Gruppenabende, Weihnachtsgottesdienste, zahlreiche Besuche bei Alten und Kranken standen auf dem Programm. Außerdem waren unsere Kinder noch zu klein, um sie auf eine solche Reise mitzunehmen. Ich konnte meiner Familie nicht zumuten, in meiner alten Heimat, in einem mäßig geheizten Haus, womöglich in einem Raum zusammen mit meinen Eltern zu übernachten.

Weihnachten warten wir noch ab, dann müssen wir uns etwas einfallen lassen, kamen Gabi und ich schließlich überein.

An einem Tag kurz nach Neujahr, spät in der Nacht, klingelte das Telefon. Der Vater sei gestorben, teilte uns Danica mit. „Ihr kommt doch zur Beerdigung, oder?"

Wir brachten unsere Kinder bei Paten unter und fuhren im Schneesturm Richtung Süden. Durch das Schneechaos auf den Straßen mussten wir auf halbem Wege unsere Fahrt unterbrechen und in einem Dorf übernachten. Mitten in der Nacht wachte ich auf. Eine mysteriöse Helligkeit erfüllte unser Schlafzimmer. Ich stand auf und ging zum Fenster. Die schneebedeckte Winterlandschaft glitzerte im Schein des Vollmondes. Die Sicht reichte bis zu den Alpen. Zahlreiche Sterne zierten den wolkenlosen Himmel.

Was mochte hinter der Unendlichkeit des Weltalls verborgen sein? Ein neuer Himmel und eine neue Erde, eine andere Welt, in der alle Lebewesen nach ihrem Tode versammelt werden?

Am nächsten Morgen fuhren wir weiter. Der Tag war sonnendurchflutet und frostig kalt. Erst gegen Abend begann es wieder zu schneien. Wir legten die Schneeketten an. Die letzen Kilometer kamen wir im Schritttempo voran. Gegen Mitternacht erblickten wir mein Elternhaus. Als einziges in der ganzen Gegend war es hell erleuchtet. Aus dem Schornstein stieg dunkler Rauch empor.

Gabi und ich traten in die Küche. Sie war voll von Menschen, die ich nicht kannte. Meine Mutter saß neben dem Herd, in dem das Feuer knisterte. Auf ihrem Gesicht las ich die Ergebenheit, mit der sie unvermeidliche Schicksalsschläge hinzunehmen pflegte. Sie sah blas und erschöpft aus.

Schweigend reichte ich ihr die Hand. Gabi umarmte sie.

Dann kreiste ich mit meinem Blick ziellos im Zimmer herum, versuchte die Anwesenden Trauergäste zu identifizieren, nickte einigen zu und ging dann ins Schlafzimmer, wo mein Vater auf dem Totenbett aufgebahrt lag. Seine Hände, die in einen Rosenkranz verstrickt waren, lagen zusammengefaltet auf seinem Bauch. Sein ergrauter Kopf sah abgemagert aus. Ein buntes Kopftuch, mit dem seine Unter- und Oberkiefer zusammengehalten wurden, versah die äußere Erscheinung des Toten mit einer komischen Note. Der Tote erinnerte an einen Kranken, der gerade wegen Zahn- oder Ohrenschmerzen mit Umschlägen behandelt wurde.

Um das Totenbett herum saßen meine Geschwister. Meine älteste Schwester, die immer wieder aufstand und den Vater mit Weihwasser besprengte, meine anderen drei Schwestern machten einen gleichgültigen, aber verkrampften Eindruck. Mein Bruder saß auf der Ofenbank mit einem Glas in der Hand und starrte auf den Boden. Er beachtete uns nicht.

Die Zimmerwände waren mit Kränzen behangen. An den Bändern las ich die Namen meiner Geschwister und ihrer Familienmitglieder.

Jetzt erst fiel mir ein, dass wir dem gegebenen Anlass, zumindest äußerlich, nicht entsprachen. Wir brachten keinen Kranz mit, wir trugen keinerlei Trauerkleidung.

Es wurde gebetet, gesungen, gegessen und getrunken. Übermannt vom übermäßigen Alkoholkonsum schliefen manche Trauergäste zwischendurch ein und wurden kurze Zeit später durch die frostige Kälte, die im Trauerzimmer herrschte, wieder aufgeweckt.

Um zwei Uhr in der Nacht wurden die Gläser eingesammelt, Brot und Speck weggeräumt und die Trauergesellschaft löste sich auf. Die Nachbarn gingen heim. Die auswärtigen Gäste stiegen in ihre Autos, die rund um das Haus geparkt waren, um darin bei laufendem Motor den nächsten Tag, an dem die Beerdigung stattfinden sollte, dösend herbei zu sehen.

Die Mutter blieb mit nach vorne gebeugtem Körper und mit halb geschlossenen Augen am Herd sitzen. Bei nachlassender Wärme wachte sie regelmäßig auf, legte ein Stück Kohle nach, um im nächsten Moment sofort wieder einzuschlafen.

Irgendwann machten Gabi und ich von unserem Privileg Gebrauch, im kleinen Zimmer, in dem noch nie jemand gewohnt hatte, sondern das als Lagerraum für allerlei Kram diente, zu übernachten. Wir legten uns in das eisige Bett, zogen alle verfügbaren Decken, Mäntel und Jacken über uns und versuchten zu schlafen. Einmal musste ich wohl kurz eingenickt und aus Versehen meine nackte Hand aus dem Bettzeug hinausgestreckt haben. Als ich aufwachte, spürte ich die Extremität nicht mehr. Erst eine ausgiebige Massage und unsere Körperwärme löste die beängstigende Starre meines fast eingefrorenen Unterarmes.

Am nächsten Morgen schneite es leicht. Von draußen hörte man das monotone Brummen der Automotoren. Ich zog mich an und trat ins Freie. Fünf Männer in Schwarz warteten bereits vor dem Haus. Einer trug die Partisanenfahne. Meine Schwestern erschienen mit einem großen Topf, aus dem es dampfte. Sie boten caj an, den man mit Zucker und Schnaps trinkbar machen konnte.

Das Gelände um das Haus füllte sich mit Menschen, die trotz klirrender Kälte gekommen waren, um dem Toten das letzte Geleit zu geben.

Am Treppenaufgang lag im offenen Sarg die Leiche meines Vaters, die wegen des anhaltenden Schneefalls bereits mit einer dünnen

Schicht Schnee zugedeckt war.

Die Mutter, meine Schwestern und mein Bruder umstellten den Sarg und starrten unentwegt den Toten an. Unserer bunten Bekleidung wegen hielten Gabi und ich uns unauffällig im Hintergrund.

Ein Traktor samt Anhänger hielt vor dem Haus. Ein rotwangiger Bauer saß am Steuer, neben ihm eine Frau, die ich erst auf den zweiten Blick erkannte. Ihr Körper hatte seit unserer letzten Begegnung deutlich an Umfang zugenommen. Ihr hübsches Gesicht strahlte aber nach wie vor jenen Charme aus, dem ich vor langer Zeit als unerfahrener Jüngling zeitweise erlegen war. Ansonsten aber war Tuncka ein originalgetreues Abbild ihrer Mutter.

Wieder einmal sah ich eine Weisheit unseres ehemaligen Spirituals bestätigt. Er hatte recht, als er uns warnte: Bevor du dich mit einem Mädchen einlässt, schau dir ihre Mutter an!

„Was babbelst du?", stieß Gabi mich in die Seite.

„Ach nichts, ich bin nur froh, dass du keine Ähnlichkeit mit deiner Mutter hast", flüsterte ich ihr ins Ohr.

Das hätte ich lieber nicht tun sollen, denn sie musste sich arg zusammenreißen, um eine würdevolle, dem Anlass angemessene Haltung zu bewahren.

Inzwischen musste wohl auch Tuncka mich identifiziert haben. Sie starrte unentwegt in unsere Richtung, während ich mich ernsthaft bemühte, meine Aufmerksamkeit dem Begräbnisgeschehen zu widmen.

Während das Schneetreiben an Stärke zunahm, schickte der Bestatter sich an, den Sarg zuzumachen. Doch bevor es ihm gelang, den ersten Nagel einzuhämmern, stürzte meine älteste Schwester hinzu, schob den Mann mit dem Hammer beiseite und riss den Sargdeckel auf, um den Vater noch einmal zu sehen und zu berühren. Sie blies ihm Schneeflocken vom Gesicht, glättete seine Haare, ließ ihre Hand für Augenblicke auf seiner Stirn ruhen, bevor sie von einem Weinkrampf überwältigt wurde.

Der dramatische Zwischenfall rief bei Männern ein verhaltenes Schmunzeln, bei Frauen jedoch ein mitfühlendes Geheule hervor.

„Lass ihn endlich gehen!", herrschte der Bestatter meine Schwester an und schob sie vom Sarg weg, um sein Werk fortzusetzen.

Mit dem Traktor an der Spitze setzte sich gegen Mittag die lange Kolonne in Bewegung. Bereits an der ersten Steigung kam der Verkehr ins Stocken und schließlich zum Stillstand. Einige Autofahrer legten Schneeketten an, andere stiegen aus ihren Fahrzeugen, um zu pinkeln und sich eine Zigarette zu gönnen.

Nachdem wir etwas später die letzte Reise meines Vaters eine gute halbe Stunde lang reibungslos fortsetzen konnten, erreichten wir den Bahnübergang. Plötzlich blieb der Traktor mitten auf dem Gleis stehen, Tuncka sprang wie ein aufgescheuchtes Huhn aus der Fahrerkabine, zeigte mit dem ausgestreckten Arm auf den Anhänger und schrie: „Heilige Maria, hilf!"

Als ich näher kam, erkannte ich den Grund ihrer Panik. Infolge der Erschütterungen auf der ruppigen Straße war der Sarg umgekippt, wobei sich der Deckel geöffnet hatte und die Leiche heraus gerollt war.

„Verdammte Scheiße", fluchte der Bauer Lesjak, der sich sofort gemeinsam mit einigen Männern bemühte, den Toten erneut notdürftig einzusargen.

Wieder demonstrierten die männlichen Begräbnisteilnehmer ihre große Gelassenheit, indem sie sich eine weitere Zigarette anzündeten und in die Büsche pinkelten. Eine Flasche Schnaps tauchte auf und wurde dezent herumgereicht. Einige Frauen begannen, den Rosenkranz zu beten.

Ein verwegener Gedanke ging mir durch den Kopf. Was wäre, wenn mein Vater beim Herausfallen aus dem Sarg wieder lebendig geworden wäre? Eine Geschichte kam mir in den Sinn, die er uns Kindern immer wieder erzählt hatte: In einem abgelegenen Ort im Hügelland starb mitten im Winter eine Bäuerin. Nach zwei Tagen Totenwache richtete man ihre Beerdigung aus. Seit Wochen hatte es geschneit. Die Wege waren zugefroren und schwer passierbar. Die Träger schulterten den schweren Sarg und traten den steilen Weg hinunter ins Tal an. Bereits nach einigen hundert Metern passierte es. Ein Träger rutschte aus, der Sarg krachte auf die Erde, der Deckel sprang auf, die Tote fiel heraus und schlug mit aller Wucht auf den gefrorenen Boden. Als man die Tote wieder einsargen wollte, begann sich plötzlich ihr Körper zu regen. Die Bäuerin öffnete ihre Augen, setzte ihre Gliedmaßen und ihre Zunge in Bewegung und wurde wieder lebendig.

Jahre vergingen. Wieder herrschte ein harter Winter, als die Bäuerin zum zweiten Mal ihre Seele aushauchte. Und wieder waren die Wege ins Tal vereist und schwer begehbar.

Bevor nun die Trauergesellschaft aufbrach, um der Verblichenen das letzte Geleit zu geben, winkte der Ehemann der Bäuerin die Sargträger zu sich und schärfte ihnen ein: „Gebt bloß acht, dass nicht wieder einer von euch ausrutscht!"

Ein fernes Hupen des herannahenden Zuges unterbrach meine Erinnerungen. „Räumt sofort die Gleise!", rief der Bahnwärter aus seinem Wachhäuschen und drohte uns mit erhobenem Zeigefinger.

Würdevoll bestiegen der Bauer Lesjak und seine Frau Tuncka den Traktor und fuhren los. Der Trauerzug setzte sich wieder in Bewegung.

Nach einer weiteren halben Stunde erreichten wir den Dorfrand, wo uns der Pfarrer und seine Ministranten in Empfang nahmen.

Von da an wurden die üblichen Begräbnisriten abgespult, deren Symbole mir vertraut waren: Das Weihwasser reinigte die vom Kommunismus befleckte Seele meines Vaters, der Weihrauch trug unsere Bitten vor den Thron Gottes, das Werfen der Erde auf den Sarg erinnerte uns daran, dass auch wir einmal werden sterben müssen.

Als der Sarg bereits im Grabe lag, ertönte vom nahegelegenen Hügel das rührselige Silentium, gespielt von einem Trompetensolisten.

Eine Gruppe ergrauter Partisanenkämpfer a.D. ergriff ihre Gewehre und feuerte drei Salven in den Winterhimmel, während über dem Grab die Partisanenfahne geschwenkt wurde.

Wir Familienangehörige blieben am Grab stehen, während Menschen zu uns kamen und uns Trost zusprachen.

Der Vater sei nun beim lieben Gott, er singe bereits seine erste Staffel von Hosianna und Halleluja, treffe Menschen, die er gerne hatte, aber auch die, an denen er sich nun rächen könne. Vielleicht würde er auch eine kurze Zeit im Fegefeuer verweilen müssen, aber es könne sich dabei um eine ganz kurze Episode in seinem postmortalen Dasein handeln. Und eines Tages würden wir ihn wiedersehen.

Ich lächelte zu all den sinnlosen Aussagen und hoffte insgeheim, dass mir eine Wiederbegegnung mit meinem Vater erspart bliebe.

Als Gabi und ich nach der Beerdigung heim kamen, war sedmina, der Leichenschmaus, bereits in vollem Gange. Menschen löffelten gierig eine heiße Rindersuppe, weniger um ihren Hunger zu stillen, vielmehr um sich endlich aufzuwärmen.

Berge von Fleisch, geröstete Kartoffeln und volle Weinkrüge wurden aufgetragen. Weder Gabi noch mir war es nach Essen und Trinken zumute.

Aus Angst vor der nächsten schlaflosen Nacht im eiskalten Zimmer entschieden wir uns, noch am selben Tage abzureisen.

„Wir werden uns nie wieder sehen", klagte meine Mutter beim Abschied. „Ein Krieg wird ausbrechen und die Kräfte des Himmels werden erschüttert werden", wiederholte sie eine alte Prophezeiung, die sie immer von sich gab, wenn sie unter seelischem Stress stand.

Wir stiegen in unser Auto und fuhren zurück nach Deutschland.

Ein Besuch bei meiner Mutter

„Wir sollten deine Mutter besuchen", meinte Gabi am Ende unseres Adriaurlaubs. „Wenigstens ganz kurz, damit sie ihre drei deutschen Enkelkinder sieht."

„Haben wir so viel Zeit?", versuchte ich mich zu drücken.

Gabi bedachte mich mit einem bemitleidenswerten Blick, der besagte: Was bist du für ein herzloser Sohn! Die Alten und Kranken deiner Gemeinde besuchst du regelmäßig, aber um deine Mutter machst du einen weiten Bogen.

„Du hast recht", lenkte ich ein. „Wir sind fast zweitausend Kilometer weit nach Süden gefahren, nun sind wir 15 Kilometer von ihr entfernt. Diesen Abstecher machen wir, soviel Zeit muss sein."

„Juchhu, wir besuchen die slowenische Oma", rief Kati, von der meine Mutter anlässlich unseres letzten Besuches besonders beeindruckt war. Sie sieht wie Stefica aus, behauptete sie in Erinnerung an meine ältere Schwester, die vor langer Zeit als Kleinkind gestorben war.

„Stefica kam noch einmal auf die Welt", sprach sie und streichelte Kati über ihr langes blondes Haar.

„Na toll, was sollen wir bei der Oma, die wir nicht verstehen?", bremste Dominik die Euphorie seiner Schwester.

„Aber sie versteht uns. Sie kann nämlich Deutsch, du Hammel", wies Kati ihn zurecht.

„Die Oma stinkt", lautete der Beitrag unseres Jüngsten, Jonatan, der sich darüber bereits mit seinen Kumpels im Kindergarten ausgetauscht hatte.

„Kann ich bei Oma mit Zinnsoldaten spielen?", suchte er nach einem Kompromiss.

„Wir müssen mal schauen, wie beschäftigt die Oma ist. Vielleicht hat sie noch Ferkel und Hühner. Und eine Ziege graste letztes Mal auch auf der Wiese", erinnerte sich Katarina.

„Da kann sich Katarina gleich dazu stellen", stichelte Dominik.

„Habt ihr gehört, was Dominik gesagt hat?", beschwerte sich Kati.

„Du hast ihn vorhin auch Hammel genannt, wenn ich mich nicht irre", schaltete ich mich ein.

„Wenn er aber einer ist", erwiderte Kati aufmüpfig.

„Jetzt wiederholen wir ein paar Worte Slowenisch", schlug Gabi vor. „Wie war das mit dem Reim, in dem Tisch und Fisch vorkommen?"

„Wie langweilig!", stellte Dominik souverän fest.

„Du meist: Miza - Tisch, Riba - Fisch, Kascha - Brei, stara baba - lustig sei?", griff ich Gabis Idee auf.

„Was bedeutet stara baba? Wer weiß es?", fragte Gabi.

„Altes Weib", erinnerte sich Kati.

„Ist die Oma stara baba?", wollte Joni wissen.

„Man sagt nicht stara baba, sondern stara zenska, korrigierte ich. Auf Deutsch sagen wir auch nicht altes Weib…"

„…sondern junges Weib", unterbrach mich Dominik. „Die heilige Maria war zum Beispiel ein junges Weib. So steht es sogar in der Bibel. Du hast es neulich selber in der Kirche vorgelesen: Josef ging nach Bethlehem mit seinem anvertrauten Weib…"

„Das ist ein veralteter Ausdruck…"

„Veraltet wie alles in der Kirche, gell Papa?", provozierte Dominik.

Inzwischen bog Gabi von der Schotterstraße in den Feldweg ein, der uns nach wenigen Minuten zu meinem Elternhaus führte, in dessen direkter Nachbarschaft meine Schwester Danica und ihr Mann Stanko vor Kurzem ihr Haus erbaut hatten.

Unsere Kinder liefen einige Male ums Haus und verschwanden dann im Stall, aus dem kurze Zeit später einige Hühner mit lautstarkem Kikeriki heraus geflattert kamen.

„Da drin wohnt eine Kuh", berichtete Joni.

„Und zwei Schweine. Und ganz viele Hühner", ergänzte Kati.

„Ist ja toll! Soll ich etwa mit Kühen und Schweinen Fußball spielen? Wann fahren wir weiter?", wurde Dominik ungeduldig.

„Wer seid ihr denn?", rief plötzlich meine Mutter von der Terrasse. Sie trug eine blaue Schürze, die zerrissen und offenbar schon lange nicht mehr gewaschen worden war. Ihre ausgedünnten Haare verdeckten teilweise ihr eingefallenes Gesicht. Sie prüfte uns mit feindselige Blicken.

Kati ließ sich von der gespenstischen Erscheinung ihrer Oma nicht beirren, lief zu ihr und versuchte sie zu umarmen, sich irgendwie an sie zu schmiegen, doch die alte Frau stieß sie von sich, drehte sich um, ging mit unsicheren Schritten ins Haus und man hörte, wie sie die Tür von innen verriegelte.

„Ich glaube, sie spinnt", kommentierte Dominik den Vorfall.

„Und was machen wir jetzt?", stellte Joni die naheliegende Frage.

„Wir fahren weiter", äußerte Dominik die naheliegende Antwort, während Kati ratlos auf die verschlossene Eingangstür starrte.

„Wir warten, bis Danica und Stanko von der Arbeit heimkommen", entschied ich und forderte meine Familie auf, mir zu folgen und unter dem großen Lindenbaum vor Danicas Haus zu warten. Von dort konnte man durch zwei Fenster das Innere des Elternhauses in Augenschein nehmen. Beide Vorhänge, die zugezogen waren, bewegten sich ab und zu, was uns vermuten ließ, dass die Mutter uns heimlich beobachtete.

Ein kleines Auto kam, meine Schwester und ihr Mann stiegen aus. Sie sahen müde und abgespannt aus. Wir erzählten von unserer Begegnung mit der Mutter.

„Unsere Mutter ist seit Monaten ziemlich verwirrt", erzählte Danica. „Sie hat aber auch lichte Momente. Ihr Zustand kann sich von einer zur anderen Minute total verändern. Lasst uns noch einmal versuchen!", schlug sie vor und ging mit uns rüber zum Elternhaus.

Die Mutter erwartete uns bereits draußen vor der Tür. Als sie uns sah, strahlte sie uns entspannt an, und kam langsam auf uns zu. Ihr Blick wanderte von einem zum anderen und blieb auf Kati ruhen. Die Mutter ergriff ihre Hand, küsste sie, streichelte ihre Haare und weinte. „Meine Stefica", sprach sie. „Wo warst du so lange? Warum hast du mich solange warten lassen? Jetzt bist du endlich bei mir. Ach, wie ich mich freue!" Sie drückte Kati an sich und küsste mehrmals ihr wuscheliges Haar.

Dominik rümpfte die Nase. „Jetzt ist sie völlig übergeschnappt", flüsterte er zu seinem jüngeren Bruder.

„Hallo, Mutter, da bin ich wieder", ergriff ich die Initiative und stellte mich vor sie. Sie hob ihren Kopf, betrachtete mich mit einem besorgten Blick und schüttelte den Kopf. „Ich dachte, du wärst tot", sagte sie enttäuscht. „Bist du aus dem Jenseits zurück gekommen?"

„Sie hält dich für unseren Vater", flüsterte Danica mir zu. „Dasselbe sagte sie zu Lojz, als er sie neulich besuchte. Du und dein Bruder werdet unserem Vater von Jahr zu Jahr ähnlicher."

„Papa, wann fahren wir weiter?", drängte Dominik.

„Können wir die Oma mitnehmen?", fragte Kati, der die alte Frau offenbar leid tat.

„Sie wird wohl ins Heim müssen", meinte Danica. „Wir arbeiten beide und alleine kommt sie nicht mehr zurecht."

„Ich gehe nicht ins Heim", sagte die Mutter resolut. Aufgeregt ging sie weg, eilte hinter das Haus, blieb am Gartenzaun stehen und kam wieder zu uns zurück. Aber keiner hatte sie noch beachtet.

Wir kehrten zurück zu Danicas Haus, aßen und tranken, sprachen übers Wetter und die kommende Weinlese. Am frühen Nachmittag brachen wir auf, um unsere Heimfahrt nach Deutschland fort zu setzen.

Die Mutter hatte sich inzwischen wieder in ihr Haus eingeschlossen. Die Vorhänge an den Fenstern bewegten sich diesmal nicht. „Wir wollen der Oma noch einmal auf gut Glück winken", sagte ich zu den Kindern.

„Das alles wird eines Tages uns gehören", sagte Kati, während sie eine ausschweifende Bewegung mit ihren Ärmchen machte.

„Ich nehme den Wald", sagte Dominik.

„Und ich das Haus", entschied Kati für sich.

„Na toll, und ich?", beschwerte sich Joni.

„Du darfst bei mir wohnen", tröstete Kati ihren kleinen Bruder.

„Und in meinem Wald kannst du Krieg spielen", zeigte sich Dominik von seiner großzügigen Seite.

„Ich weiß gar nicht, ob ich das Erbe annehmen soll", griff ich das Thema während der Rückfahrt wieder auf. Ich spürte, wie vier Augenpaare mich entsetzt anschauten. „Na ja, meine Eltern vermachen mir das Haus, weil sie dachten, dass ich als Priester kein eigenes Zuhause haben werde", begründete ich meine Zurückhaltung.

„Du hast doch kein Zuhause. Das Pfarrhaus, in dem wir wohnen, gehört nicht uns", argumentierte Dominik.

„Aber ich bin auch kein Priester mehr", hielt ich dagegen.

„Wieso bist du kein Priester? Du hältst doch Gottesdienste, beerdigst Menschen", schaltete sich Gabi ein.

„Meine Eltern vererben mir das Anwesen aus Mitleid, weil sie dachten, ich würde als Priester ohne Familie bleiben", versuchte ich meine Vorbehalte zu erklären.

„Dann würde es uns gar nicht geben", schlussfolgerte Kati. „Dann wärest du aber ganz schön traurig, Papi, nicht wahr?"

„Das stimmt, Mama und ich wären sehr traurig, wenn es euch nicht geben würde."

„Kriege ich nun den Wald, oder nicht?", griff Dominik das Thema wieder auf.

„Noch besitze ich hier gar nichts. Sollte sich das aber eines Tages ändern, dann..."

Wir erreichten die österreichische Grenze. Wieder einmal durften wir unsere Koffer aufmachen. Der mürrische Zöllner wühlte in unserer schmutzigen Wäsche, in der er wohl Hochprozentiges vermutete. Plötzlich holte er eine bauchige Papiertüte hervor. Er betastete sie, roch daran, knetete deren Inhalt, bevor er seinen Zeigefinger in das Innere der Tüte steckte. Nach einem kurzen Rühren zog er seine Extremität wieder heraus. Auf der Fingerkuppe blieb eine klebrige Masse hängen.

„Wos ischt denn dees?", fragte der Beamte, während er den Stoff auf seinem Finger beschnupperte. Gabi und ich zuckten mit den Schultern.

„Es ist Blumendünger", sagte Dominik, der offenbar mehr wusste. Wir drehten uns zu ihm um und schauten ihn fragend an.

„Blumendünger?", wiederholte der Zöllner mit ungläubiger Stimme.

„Nein! Tun Sie es nicht!", schrie unser Ältester auf, als der Uniformierte seine Zunge ausstreckte, um an seiner Fingerkuppe zu lecken.

„Aha, du scheinst Bescheid zu wissen", wandte er sich an Dominik, der mit seinen langen Haaren etwas verwegen und älter aussah, als er in Wirklichkeit war.

„Wo hast du das her?", fragte der Mann in gekünsteltem Hochdeutsch.

Dominik schwieg. Nun berührte der Zöllner tatsächlich mit seiner Zungenspitze die verdächtige Materie. Er schnalzte mit der Zunge, sein Gesicht verzog sich, er drehte sich um, gab würgende Geräusche von sich und spuckte im hohen Bogen aus. „Das ist ja eklig", rief er und spuckte noch einmal.

„Das ist Hühnerkacke", klärte unser Ältester den Schnüffler auf.

„Und du lässt mich daran lecken?!" Die Stimme des Beamten klang bedrohlich.

„Der Bub hat Sie ja gewarnt. Es ist Blumendünger, hat er gesagt. Aber Sie haben es ihm nicht geglaubt", setzte Gabi sich für unseren Ältesten ein.

Der Mann schmiss den Beutel auf die Rückbank zu Dominik und dampfte wutentbrannt ab. Es dauerte ziemlich lange, bis ein anderer Beamter aus dem Zollhäuschen kam und uns die Pässe aushändigte. „Hast du die Hühnerkacke eingepackt?", sprach er Dominik an. Dann gab er uns, ohne eine Antwort unseres Juniors abzuwarten, das Zeichen zum Weiterfahren. An seinem gutmütigen Gesicht war aber deutlich zu erkennen, dass er nur mit äußerster Willensanstrengung einen Lachanfall unterdrücken konnte.

Unterwegs beichtete uns Dominik seinen Streich. Es würde ihn immer so wütend machen, wenn die Österreicher, die „nicht einmal richtig Deutsch können" unser Auto durchwühlen, „nur weil Papa ein armer Slowene ist".

„Das mit der Hühnerkacke war also sorgfältig geplant?", ließ ich mir das Erlebte noch einmal auf der Zunge zergehen.

Dominik nickte abgeklärt.

„Cool", bewunderte Katarina ihren großen Bruder.

Wir näherten uns der deutschen Grenze. Obwohl mein Reisedokument inzwischen mit dem Stempel „Aufenthaltsberechtigung für die BRD" ausgestattet war, wurden wir dennoch von den Deutschen nicht selten gnadenlos auseinander genommen und wie gefährliche Schmuggler behandelt. Um das zu vermeiden, stapelten wir unsere Pässe so aufeinander, dass mein slowenischer Pass zwischen den deutschen Dokumenten meiner Familienmitglieder versteckt war. Beim oberflächlichen Blick des Zollbeamten wurden wir auf diese Weise meistens durch gewunken.

Gabi hielt am Fensterchen des Zollbeamten an und streckte die Hand mit den Reisepässen aus. Der Diensthabende beugte sich nach vorne, schaute uns streng an und stellte die übliche Fragen: „Alkohol, Zigaretten, Drogen?"

Während wir brav mit „nein" antworteten, hörten wir von der Hinterbank Dominiks Stimme: „Was hätten Sie denn anzubieten?"

Der Mann stand auf, kam mit lässigen Schritten heraus, stellte sich mit verschränkten Armen hinter unser Fahrzeug und befal: „Steigen Sie aus und machen Sie die Klappe auf!" Um den Beamten zu besänftigen, tat ich umgehend, wie mir befohlen.

„Nur wegen dir", hörte ich Katarina ihren Bruder ausschimpfen.

Der Zöllner betrachtete unseren vollgepackten Kofferraum. Er zeigte auf einen großen Karton. „Was ist da drin?"

„Keine Ahnung", sagte ich. „Aber wir können ja mal rein schauen." Ich war ganz ruhig, denn ich glaubte zu wissen, dass wir nichts zu verzollen hatten.

Ich öffnete den Karton. „Was ist denn das?", fragte ich nahezu zeitgleich mit dem Zollbeamten.

„Kuhfladen", belehrte uns Dominik, der plötzlich neben uns stand. „Getrocknete Kuhfladen." Der fragende Blick des Zollbeamten motivierte unseren Sohn, die Sache näher zu erklären. „In der Völkerkunde nehmen wir gerade Indien durch. Dort werden Kuhfladen bekanntlich als Brennstoff benutzt. Unsere Klasse wollte sich überzeugen, ob das stimmt. Ich versprach für das Experiment einen Karton Kuhfladen aus der Heimat meines Vaters mit zu bringen. Oder ist das verboten?" Der Zöllner gab sich mit der Erklärung vorläufig zufrieden und lächelte. „Und was ist da drin?", zeigte er auf den nächsten Karton und wollte schon danach greifen, als Joni, der inzwischen neben Kati und Mama den Zuschauerkreis abrundete, zum Kofferraum stürzte und rief: „Nicht kaputt machen! Da drin sind meine Zinnsoldaten!"

Der Beamte trat einen Schritt zurück und bedachte den Kleinen mit einem wohlwollenden Blick. „Passt schon, ihr könnt weiter fahren", sagte er und machte eigenhändig die Klappe unseres Autos zu. „Ich habe auch einen Sohn, der gern mit Zinnsoldaten spielt", sagte er lächelnd und schaute uns an, als ob wir plötzlich ein Teil seiner Familie geworden wären. Als wir weiterfuhren, winkte er uns nach.

Zuhause angekommen, bat ich Dominik als erstes die Kuhfladen aus unserem Auto zu entfernen.

„Du musst ihm helfen", sprach Gabi zu mir. „Der Karton ist nämlich schwer."

Inzwischen zog sie Arbeitshandschuhe an, nahm einen Plastiksack, öffnete das Paket und begann die Kuhfladen in den Sack umzufüllen. „Das war's", sagte sie plötzlich, den Rest kannst du in den Keller tragen.

„Den Rest der Kuhfladen in den Keller tragen?", wunderte ich mich und warf einen Blick in den Karton. Was ich sah, erheiterte mich zuerst, dann aber versuchte ich mir vorzustellen, was passiert wäre, wenn der Zollbeamte die Ware entdeckt hätte. Unter den trockenen Kuhfladen lagen schätzungsweise ein paar Dutzend Flaschen Sliwowitz.

„Wessen Idee war das, Kuhfladen zur Ablenkung einzupacken?", wandte ich mich an Gabi und Dominik.

„Teamwork, gell Mama", sagte Dominik stolz.

„Ich möchte Krieg spielen", meldete sich aus dem Hintergrund Joni und kletterte in den Kofferraum, um seinen Karton heraus zu holen.

„Nicht so stürmisch, jünger Mann", griff seine Mama ein, machte Jonatans Paket auf und überreichte ihm die innen liegende Schachtel mit seinem Spielzeug.

Ich staunte aber nicht schlecht, als ich den darunter liegenden Inhalt des Kartons erblickte. Es waren etliche Stangen Mentholzigaretten, die als Oster-, Weihnachts- und Geburtstagsgeschenke für Gabis Mutter vorgesehen waren.

„Habt ihr euch alle gegen mich verschworen? Warum hat mir keiner gesagt, dass wir Alkohol und Tabak schmuggeln?!", stellte ich beim Abendbrot meine Familie zur Rede. „Ich fühle mich hintergangen", fügte ich an und versuchte einen beleidigten Eindruck zu erwecken.

„Wir wollten vermeiden, dass du als Pfarrer lügen musst", sagte Gabi. Das leuchtete mir ein.

„Es ist doch ziemlich anstrengend, Pfarrer zu sein, nicht wahr Papi", stellte Kati fest.

Ich nickte und sagte: „Aber niemals langweilig."

Evangelisch, katholisch?

Wir saßen im ökumenischen Gesprächskreis.

„Die Konvertiten sind die Schlimmsten", urteilte ein Mann, während wir über das Verhältnis von Katholiken und Protestanten sprachen. „Ein Katholik, der evangelisch wurde, wird zum schärfsten Gegner seiner ehemaligen Kirche. Gleichzeitig gibt er sich zweihundertprozentig protestantisch aus."

„Das ist ein merkwürdiges Phänomen", pflichtete ihm eine Frau bei. „Am besten, man bleibt der Konfession treu, in die man hinein geboren wurde."

„Wie war es denn bei Ihnen, Herr Pfarrer, als sie konvertiert sind?", wollte ein junger Mann wissen.

„Wie es bei mir war? Ich kam in die evangelische Kirche, weil ich als Theologe auf Jobsuche war. Meine katholische Kirche hatte für mich keine Verwendung mehr, nachdem ich das „heilige" Zölibat missachtet hatte. Hier bei euch fand ich eine Möglichkeit, als Geistlicher zu wirken. Ich kann nicht behaupten, dass ich konvertiert bin. Mein Glaube hat sich nicht verändert."

„Also sind Sie immer noch katholisch?", lautete die provokante Frage eines Jugendlichen.

„Du kennst mich seit drei Jahren", wandte ich mich an den Fragesteller. „In welche Schublade würdest du mich stecken? Was meinst du, bin ich eher katholisch oder eher evangelisch? Was denkst du?"

„Eigentlich ist uns das egal", warf ein Mädchen ein. „Wir kommen gut mit Ihnen aus. Ob Sie in Ihrem Herzen noch katholisch oder schon evangelisch sind, das interessiert uns nicht wirklich." Einige nickten eifrig, andere begannen sogar zögerlich zu klatschen.

„Wie halten Sie es mit Maria?", fragte eine ältere Dame. „Haben Sie sie früher angebetet?"

„Ich kannte eine Maria, in die ich zeitweise verknallt war." Die Jüngeren im Kreis kicherten verhalten, die Älteren schauten mich verunsichert an. „Meine Kumpels waren der Meinung, dass ich sie als begehrenswerte junge Frau angebetet hätte. Möglicherweise hatten sie sogar recht. Was aber die Mutter Jesu betrifft, sie anzubeten, wäre weder im Sinne des katholischen noch im Sinne des evangelischen Glaubens. Richtig anbetungswürdig ist nur Gott, sie aber war ein Mensch. Sie anzubeten, wäre falsch, sie zu bewundern und ihr als Vorbild im Gottvertrauen zu folgen, würde niemandem schaden, egal zu welcher Konfession man gehört." Ich schätzte die Offenheit, mit der ich in der Gemeinde über meine kirchliche Herkunft sprechen konnte.

Auch in der Seelsorge brauchte ich meine katholische Prägung nicht zu verstecken. Ich salbte Kranke, legte ihnen Hände auf und machte auf ihrem Körper drei Kreuzzeichen, wie ich es im Priesterseminar gelernt hatte. Manchmal segnete ich Wasser, besprengte damit einen Wohnraum und die darin lebenden Menschen, um von ihnen Bosheit, Streit und Elend symbolisch zu verbannen.

Es erfüllte mich mit Freude und Zufriedenheit, wenn ich Kranken und Leidenden zur Gelassenheit verhelfen konnte. So spürte ich, dass der lange Weg zu meinem Beruf als Priester nicht umsonst gewesen war. Dass ich als Priester sogar bei den Protestanten gut ankam, erfüllte mich mit Stolz. Der evangelische Gottesdienst aber war der wunde Punkt in meinem neuen Pfarrer-Dasein.

Ich vermisste die bunten, lebensfrohen Messgewänder aus meiner katholischen Zeit. Das einzige liturgische Kleidungsstück, das ich als evangelischer Pfarrer trug, war ein schwarzer Talar, mit dem ich einem Rechtsanwalt oder einem Bestatter zum Verwechseln ähnlich sah.

Auch die meisten evangelischen Kirchenlieder rissen mich nicht vom Hocker. Inhaltlich und melodisch stammten sie aus einer Zeit, in der Menschen sich als elende Sünder verstanden und in ständiger Angst vor einem strafenden Gott gezittert haben. Dementsprechend griesgrämig war die damalige Liederdichtung ausgefallen.

Die biblischen Texte lagen mir in der klassischen Martin Luther-Übersetzung vor, deren Sprache befremdend und unverständlich auf mich wirkte. Erst nach Jahren erahnte ich darin einen geheimnisvollen Klang der Zeit, in der Luther die Bibel übersetzte.

Die Kommunion war in meiner neuen Gemeinde nur für die hohen Festtage vorgesehen. Der normale Sonntagsgottesdienst sah kein Abendmahl vor, entsprach also einem katholischen Wortgottesdienst. Ich vermisste die knackige Hostie und den täglichen Schluck Wein. Und nicht zuletzt vermisste ich den wohltuenden Geruch des Weihrauchs.

Als ich als evangelischer Pfarrer einmal in der Kirche vor dem Gottesdienst heimlich eine Handvoll Weihrauchkörnchen zum Glühen brachte, breitete sich der wohlriechende Duft im ganzen Kirchenraum aus. Der Küster kam, schnüffelte mit seiner Nase in alle Richtungen, griff zum Telefon und wählte 112. Ich konnte gerade noch rechtzeitig Entwarnung geben und einen Großeinsatz der örtlichen Feuerwehr in unserer Kirche verhindern.

Sonntags sammelte sich um mich eine kleine Schar Gläubiger. Es gab keine Ministranten, die mich zum Altar begleiten und mit Glöckchen die Gemeinde zur Andacht rufen würden. Es fehlten mir die vertraulichen Gespräche im Beichtstuhl. Es kamen keine Leute in die Sakristei, die Bestellungen für die heilige Messe aufgeben würden. Nach dem Gottesdienst ging ich manchmal in die Kneipe um die Ecke, um nach den Männern zu schauen, die ich in der Kirche vermisst hatte. Aber auch dort fand ich keine.

„Um diese Zeit joggen sie oder brunchen zu Hause mit ihren Familien", belehrte mich die Kellnerin, die selber „so gerne in die Kirche käme", aber aus beruflichen Gründen verhindert sei.

Da ich im Gottesdienst nicht selten selber unter gähnender Langeweile litt, sorgte ich ab und zu für dezente Abwechslung. Manchmal baute ich einen harmlosen Witz ein, manchmal nahm ich unseren Dominik, der gerade das Kindergartenalter erreicht hatte, mit in die Kirche. Die Gemeinde hatte viel Spaß, wenn er mit kleinen Einlagen die triste Atmosphäre im Gottesdienst auflockerte. Einmal folgte er mir sogar auf die Kanzel, kletterte auf meine Arme und versuchte meinen Kopf um neunzig Grad zu drehen, wodurch meine Predigt ein vorzeitiges Ende fand. Im Gegensatz zu vielen Weisheiten, die ich im Laufe der Zeit auf der Kanzel verkündete, blieb die belustigende Szene in bleibender Erinnerung der Gottesdienstgemeinde.

Pfarrer und Manager

In Vorbereitung auf meinen Beruf als Geistlicher lernte ich, zu predigen, den Kindern über Gott zu erzählen, Leidende zu trösten und Tote zu beerdigen.

In meiner ersten evangelischen Pfarrei aber stand ich plötzlich der Gemeinde als einem mittleren Unternehmen vor, nachdem ich von meinem Kollegen die Geschäftsführung übernommen hatte. Ein Gemeindebüro mit zwei Sekretärinnen, ein Kindergarten, ein Seniorenzentrum und eine Diakoniestation waren Bestandteile des Unternehmens. Von Personalführung verstand ich nichts und von Betriebswirtschaft hatte ich erst recht keine Ahnung.

„Sie sind der Boss, Sie müssen es wissen", hörte ich von den Mitarbeitern, wenn an allen Ecken und Enden Probleme auftauchten, wenn der „Laden" nicht richtig lief und wieder einmal alle „Klarheiten beseitigt" waren. Es war mir ein Rätsel, warum ich mir diesen Schuh habe anziehen lassen. Ich hätte es lieber lassen sollen, denn just an dem Tag, an dem ich das „Ruder" der „Firma" übernahm, begann ich an Schlaflosigkeit zu leiden und mit Selbstmordgedanken zu liebäugeln.

Mein Kollege ahnte von vornherein, dass ich restlos überfordert sein würde. Im Grunde gab er seine Geschäftsführung auch nur pro forma ab. Er wollte sich von seiner Machtposition nicht verabschieden, mischte sich nach wie vor überall ein, meistens verdeckt aus dem

Hintergrund. In der Regel kam er vor mir ins Büro und öffnete die Post, um durch Wissensvorsprung am längeren Hebel zu sitzen.

Er stellte mich bloß, wenn ich Fehler beging, machte mich lächerlich vor dem Kirchenvorstand, wenn ich wieder einmal versagt hatte, ließ mich spüren, wie untauglich ich als geschäftsführender Pfarrer war.

Einmal leitete ich die Sitzung des Kirchenvorstandes. Wir saßen um einen großen Tisch, er am anderen Ende mir gegenüber. Ich versuchte gerade einen heiklen Sachverhalt zu erläutern, während er sein Desinteresse an meinen Ausführungen durch ein Schwätzchen mit seinem Tischnachbarn an den Tag legte. Ich unterbrach meine Rede, was ihn jedoch nicht zu beeindrucken schien. Ohne mich zu beachten, plauderte er munter weiter.

In jenem Moment wurde mir blitzartig klar, was ich zu tun hatte; ich packte in aller Ruhe meine Unterlagen ein, stand auf und verließ die Sitzung.

Am nächsten Morgen traf ich ihn im Pfarrbüro. „Was war denn gestern mit Ihnen los?", fragte er scheinheilig.

Auf eine solche Unverfrorenheit war ich allerdings vorbereitet. „Gestern ist mir klar geworden, was ich zu tun habe", sagte ich ruhig. „Ab jetzt werde ich nur noch meinem Auftrag als Seelsorger nachgehen. Die ganze Verwaltung lege ich vertrauensvoll in Ihre Hände zurück."

„Ich hätte nicht gedacht, dass Sie so zart besaitet sind", sagte er mit gespieltem Bedauern.

„Und ich hätte nicht gedacht, dass Sie ein solches Arschloch sind", erwiderte ich. Noch ehe er darauf reagieren konnte, drehte ich mich um und verließ das Büro. Das war der Tag, an dem ich begann, mich nach einer neuen Pfarrstelle umzuschauen.

In einer neuen Gemeinde

„Essen ist fertig", rief Gabi von der Terrasse.

„Nur noch ein Angriff, dann ist der Papa platt", schrie Dominik. Er führte den Ball auf mich zu, täuschte einen Tritt nach links an, dann nach rechts, tunnelte mich, rannte an mir vorbei und versenkte den Ball im Tor. Seine Siegerpose war überschwänglich, ich machte theatralisch meinem Ärger Luft, indem ich mir den Ball schnappte und ihn im hohen Bogen über das Dach des Pfarrhauses kickte.

Der Bub lachte mich aus, ich legte ihn übers Knie und deutete heftige Schläge an, die aber schmerzlos auf seinem Po landeten.

„Hört mit dem Blödsinn auf", rief Gabi etwas unwirsch. „Katarina und Joni sitzen bereits am Tisch und warten auf euch."

Wir genossen die ländliche Idylle der neuen Pfarrstelle in der Wetterau. Unser Pfarrhaus, das abseits der Hauptverkehrsstraße lag, war von einem großen Garten umgeben. Die Ostseite bepflanzte ich mit Obstbäumen und Himbeersträuchern, die West- und Südseite nutzten wir als Sport- und Spielplatz.

Meinem Beruf als Pfarrer ging ich vor allem vormittags nach, wenn Katarina und Dominik in der Schule und Joni im Kindergarten untergebracht waren. Joni wäre viel lieber zu Hause geblieben.

„Zu Hause wirst du dich nur langweilen", versuchte ich ihn zu motivieren. „Mami muss einkaufen gehen und ich besuche alte und kranke Menschen. Alle im Kindergarten freuen sich, wenn du kommst", erzählten wir ihm das tägliche Märchen.

Ab und zu ließ er sich überreden und ging schließlich widerwillig hin. Häufig aber klagte er über plötzliche Bauchschmerzen. In diesem Fall durfte er natürlich daheim bleiben, und siehe da, wie durch ein Wunder waren alle Beschwerden im Nu vergessen.

Da ich jeden Tag im Kindergarten aufkreuzte, lag es für die Erzieherinnen nahe, mir eine Funktion im Elternbeirat anzudrehen. Ich ließ mich breit klopfen und übernahm sogar den Vorsitz.

„Jetzt muss Joni aber jeden Tag in den Kindergarten", stellte Katarina fest. „Armer Zwerg!"

„Jawohl, jeden Tag, du kleiner Zwerg", betonte Dominik und grinste seinen kleinen Bruder schadenfroh an.

„Das tut er doch gerne", heuchelte Gabi und blickte die beiden Spötter streng an.

„Ich bin jetzt so was wie ein König vom Kindergarten", versuchte ich Joni zu beeindrucken und bei Laune zu halten. Joni aber verzog keine Miene. Just in dem Augenblick schien sein Schlachtplan zu stehen. Am nächsten Morgen klagte er wieder über starke Bauschmerzen. Ich machte ihm einen Kindertee, streichelte sein Bäuchlein, es nützte alles nichts. „Du bleibst heute zu Hause", gab Gabi grünes Licht. Sein Gesicht hellte sich auf, er holte seine Autokiste, baute eine Rennbahn auf und die Welt war für ihn wieder in Ordnung.

Jedes Mal, wenn Joni aus dem Kindergarten heimkam, war er total aggressiv. Als erstes versuchte er jeden, der ihm über den Weg lief, zu verprügeln. Er brauchte sehr lange, um zur Ruhe zu kommen.

Das Spiel mit den Bauchschmerzen wiederholte sich fast täglich. „Es hat keinen Sinn, wir melden ihn einfach ab", sagte meine Frau eines Morgens. „Er kann auch ohne Kindergarten groß werden."

„Ja", hörte man ihn aus dem Hintergrund, „Joni kann ohne Kindergarten groß werden."

„Aber nicht so schlau wie ich", dämpfte ich seine Euphorie.

„Stimmt doch gar nicht", sagte meine Frau leise, um mir nicht vor Joni in den Rücken zu fallen, „du warst ja nie im Kindergarten. Und wenn es nach dir gegangen wäre, wärst du auch niemals in eine Schule gegangen. Du hast es mir selbst erzählt." Wir meldeten Joni ab.

Einige Wochen später traf ich seine ehemalige Erzieherin, sprach mit ihr über Jonis „Rückzug". „Was ist eigentlich passiert? Was habt ihr mit dem Bub gemacht?", fragte ich scherzhaft. „Habt ihr ihn gefoltert?"

Die zuständige Erzieherin zuckte mit den Schultern, sie hatte keine Ahnung. Erst Monate später verriet Joni selber den Grund. Er wurde von Moritz mit einer Pistole bedroht. „So hat er gemacht", schilderte er anschaulich und drückte dabei seinen Zeigefinger auf meine Schläfe. „So hat er immer bei mir gemacht, erklärte Joni. „Er war ganz böse zu mir. „

Nachdem Joni zu Hause bleiben konnte, widmete er mir viel Zeit und wir besuchten gemeinsam unsere Gemeindemitglieder. Ich staunte, was die Gegenwart eines Kindes bewirken konnte. Alte, mürrische Leute begannen zu lächeln, ihr düsteres Gesicht klärte sich auf, Kranke vergaßen ihre Schmerzen, Traurige wurden für einige Momente abgelenkt.

So mancher Besuch von mir, wenn ich alleine kam, geriet schnell in Vergessenheit. Aber heute noch höre ich Menschen sagen: Wissen Sie noch, wie Sie uns damals mit Ihrem Kleinen besucht haben? Ach war das schön! Wir werden es nie vergessen.

Auch das auffällige Verhalten unserer Kinder bei diversen Familienfeiern wird vermutlich im Gedächtnis der Gemeinde bleiben. Sobald nämlich irgendwo das Festessen eröffnet wurde, stürmten sie als erste das heiße, beziehungsweise kalte Buffet und füllten die Teller reichlich mit ihren Lieblingsgerichten.

Nach dem Essen schlief Dominik meistens auf der Stelle ein, Katarina versuchte mit ihrem Singsang die Aufmerksamkeit der Leute auf sich zu lenken, während Joni darauf bestand, dass wir schleunigst unsere Gläser austrinken und umgehend das Feld räumen sollten, denn er wollte zu Hause noch eine Runde Krieg mit seinen Zinnsoldaten spielen.

Gabi und ich bemühten uns, dass sowohl wir als auch unsere Kinder in den Genuss dörflicher Sitten und Gebräuche kamen. Dazu gehörte zum Beispiel das „Beinchen-nass-machen", wenn anlässlich der Geburt eines Kindes das freudige Ereignis mit Nachbarn und Freunden feuchtfröhlich gefeiert wurde. Mit der Einschulung der Kinder ging ein weiterer Brauch einher. So wurde jeder Schulanfänger mit einer oder mehreren Riesenbrezeln ausgestattet. Kostproben davon bekamen Freunde und Nachbarn, wofür sie sich beim Schulanfänger mit einem mehr oder weniger großzügigen Geldbetrag erkenntlich zeigten.

Dominik, unser Ältester, sollte als erster in den Genuss dieses Brauches gelangen. Der Ertrag nach dem Austragen der köstlichen Backware fiel zu seiner vollsten Zufriedenheit aus.

Am nächsten Tag fand die Einschulung statt. Nach dem Gottesdienst versammelten sich die Kinder seines Jahrganges im Klassenraum. Vor jedem ABC-Schützen lag auf der Schulbank eine große, festlich geschmückte Brezel. Nur vor Dominik herrschte gähnende Leere. Der Junge saß verkrampft da, starrte neidvoll auf die Brezeln seiner Mitschüler und kämpfte gegen die Tränen an.

Blitzartig fiel mir mein Versäumnis ein. Die Brezel, die Gabi für Dominik kunstvoll geschmückt hatte, lag daheim auf dem Kaffeetisch.

Wie es zu dieser Unterlassungssünde kam? Die Einheimischen hatten mir natürlich mehrfach alle Details des alten Brauches geschildert, erwähnten wohl auch, dass die Bedeutung der Brezeln erst in der Schule voll zur Entfaltung kommen kann, wenn die Prachtexemplare von der Öffentlichkeit untereinander verglichen und bewundert wurden. Auch würde das Fehlen der Backware auf dem obligatorischen Foto des Erstklässlers ein Leben lang einen groben Verstoß gegen die Sitten und Gebräuche des Dorfes bedeuten.

Theoretisch wusste ich alles, doch bei der praktischen Ausführung des Brauches versagte ich. Ich hatte schlicht und ergreifend die Brezel daheim vergessen.

Um meinen Faux pas auszubügeln, rannte ich also heim, um wenige

Minuten später wieder im Klassenraum aufzutauchen, das Kunstwerk für alle sichtbar hochzuhalten und zu rufen: „Da bin ich wieder!" Womit die Peinlichkeit meines Auftritts nicht mehr zu überbieten war.

„Das verzeihe ich dir nie", schimpfte Dominik noch Jahre später, wenn die Rede darauf kam.

Kinder, die in einem Pfarrhaus aufwachsen, haben es nicht leicht. Sie leben unter dem öffentlichen Druck, besonders brav, lieb und fromm sein zu müssen. Das erwartet die Gemeinde, dachte auch ich und versuchte ihnen von Kindesbeinen an, das Beten beizubringen.

Ich erzählte ihnen, dass sie Gott alles sagen können, was sie fröhlich oder traurig mache. Sie könnten ihm ihre Wünsche anvertrauen, und sie sollten ihm für alles danken, was sie Gutes erlebten.

„Hat Gott oft Kopfschmerzen?", fragte mich eines Abends Kati.

„Wie kommst du darauf?"

„Mama bekommt Kopfweh, wenn alle auf einmal auf sie einreden. Vielleicht fühlt sich Gott ähnlich, wenn viele Menschen gleichzeitig etwas von ihm wollen."

„Ja, aber Gott hat viele Helfer, die ihn entlasten", versuchte ich mich herauszureden. „Diese Helfer nennt man Engel. Zu jedem Menschen schickt er einen, der sofort merkt, was einem fehlt. Wenn du zum Beispiel zu Gott gebetet hast, ruft anschließend dein Engel Gott an und erzählt ihm alles, was dir am Herzen liegt."

„Ist mein Engel jetzt auch da?"

„Na klar. Er ist dir ganz nahe, du kannst ihn sogar streicheln. Schau, so kannst du das machen..." Ich schloss die Augen und deutete ein sanftes Streicheln an.

Kati ahmte mich nach. Nach einigen Streicheleinheiten sagte sie: „Ich weiß nicht, ob ich dir das glauben soll oder nicht. Dani sagt, dass es gar keinen Gott gibt."

„Kati, jetzt frage ich dich etwas ganz Wichtiges: Habe ich dich schon einmal angelogen?"

„Sie überlegte kurz und sagte: „Du stellst blöde Fragen!"

„Wem glaubst du also mehr, Dani oder mir?"

Sie kuschelte sich an mich und fragte: „Wollen wir jetzt zusammen noch einmal meinen Engel streicheln?"

Dominik, zwei Jahre älter als Kati, glaubte nicht an die Existenz von Engeln. Er spielte Fußball und in der Mannschaft galt es als uncool, an irgendetwas zu glauben, geschweige denn zu beten. Vielmehr waren saftige Flüche hilfreich, wenn es galt, Frust abzubauen.

Joni, drei Jahre jünger als Kati, glaubte an seine Zinnsoldaten. Mit ihnen gewann er große Schlachten. Gott und Engel waren für ihn ebenfalls kein Thema.

Seit meinem Eintritt ins Priesterseminar beschäftigte ich mich mit dem Thema Glaube. Durch unsere drei Kinder gewann das Thema enorm an Aktualität. Wer oder was steckte hinter dem Begriff Gott? War Gott jemand, der sich für mich interessierte und dem ich vertrauen konnte? Warum antwortete er mir nicht, wenn ich ihn rief?

Eine eindeutige Antwort auf diese Fragen stand für mich persönlich immer noch aus.

Kapitel 4: Wie mich die Lockrufe Gottes erreichten

In einem tiefen Loch

Seit ich meine erste Gemeinde aufgegeben hatte und meine neue Pfarrei in der ländlich geprägten Wetterau allein betreute, ging es mir gesundheitlich immer schlechter. Der vierjährige Ärger mit dem Kollegen lag mir noch schwer im Magen. Seit Monaten fühlte ich mich kraftlos und ausgebrannt.

Eine dreitägige Konfi-Freizeit lag vor uns. Mein Nachbarkollege und seine Frau, mit denen ich die Veranstaltung durchführte, versuchten mehr schlecht als recht die Jugendlichen unter Kontrolle zu halten. Die Konfirmanden bezogen ihre Betten, die Buben rauften miteinander, die Mädchen rannten kreischend durch die Gänge.

Mein Kollege ging von Zimmer zu Zimmer, gab Anweisungen, lobte, drohte und ermahnte. Dann bat er mich, für eine kurze Zeit allein die Aufsicht zu übernehmen. Er würde gern mit seiner Frau ein wenig der Nostalgie frönen und wie jedes Jahr einen kurzen Rundgang durchs Dorf machen.

Ich fühlte mich müde und hatte Angst vor der herannahenden Nacht, die erfahrungsgemäß turbulent verlaufen konnte.

Geistesabwesend schlenderte ich durch die Gänge, meine innere Unruhe ging allmählich in Beklemmung über. Ich zog mich auf mein Zimmer zurück, setzte mich aufs Bett. Der Boden unter mir fing an zu schwanken, die Wände begannen sich zu drehen, alles um mich herum geriet in Bewegung. Mein Zimmer verwandelte sich in ein Karussell, das sich immer schneller drehte und in mir starke Übelkeit hervorrief.

Ich torkelte hinaus an die frische Luft, lief die Treppe hinunter, kam zu einer Mauer und versuchte tief zu atmen. Unter meinen Füssen tat sich ein schwarzes Loch auf, das mich zu verschlingen drohte.

Dann wurde ich in Dunkelheit gehüllt.

Aus der Ferne hörte ich das Heulen der Sirene, Menschenstimmen näherten und entfernten sich. Ich erbrach mich, stieß an Schläuche.

„Alles wird gut", hörte ich eine sanfte Frauenstimme. War es ein Engel, der mich jenseits des Todes in Empfang genommen hatte?

Als ich aufwachte, sah ich über mir eine weiße Decke und nahm ein Bett neben mir wahr, in dem ein Fremder lag. Etwas später erfuhr ich, dass ich mich seit zwei Tagen in einem Krankenhaus befand.

Meine Frau sei bereits bei mir gewesen, sie sei weggegangen, nachdem ich sie ignoriert hätte. Sie wolle am Nachmittag wieder kommen.

„Mein Gott, was ist geschehen?", fragte ich in die beängstigende Stille hinein.

Der Fremde neben mir zuckte mit den Schultern und schwieg. Auch Gott, an den die Frage formell gerichtet war, gab mir keine Antwort.

Wochen später.

Angstvoll betrat ich das Arztzimmer. Der Professor erklärte mir den geplanten Eingriff. Ich folgte seinen Ausführungen nicht wirklich.

„Sie fragen nicht nach dem Risiko", sprach er mich vorwurfsvoll an.

„Sie werden es mir gleich erzählen", sagte ich nicht ohne Ironie.

„Sie können einen Schlaganfall erleiden, teilweise oder vollständig gelähmt werden und sie können auch sterben. Im günstigsten Fall aber werden Sie überleben."

Der Termin war auf den nächsten Tag angesetzt. Ich erschien pünktlich bei der Aufnahme und wurde auf eine Station verwiesen, die sich aber als die falsche erwies. Als ich in der richtigen ankam, wartete in meinem Zimmer bereits ein üppiges Frühstück auf mich.

„Ich muss heute nüchtern bleiben", informierte ich die Schwester. „Wegen dem Eingriff, auf den ich warte", erklärte ich.

„Auch gut", meinte die Schwester leicht beleidigt, nahm das Tablett und zischte ab.

In den nächsten Stunden tat sich nichts. Ich saß im Zimmer, stellte mir vor, wie ich während des Eingriffes sterbe, sah im Geiste bereits ein großes Begräbnis mit mir als Leiche in der Hauptrolle. Grabreden wurden geschwungen, in denen es an Lügen und Halbwahrheiten nur so wimmelte. Die Gemeinde ließ geduldig die lange Trauerfeier über sich ergehen und freute sich insgeheim schon auf den Trösterkaffee, der gemäß meinem letzten Willen mit Freibier und Sliwowitz für alle abgerundet wurde.

Was aber, wenn ich doch am Leben bliebe?

Die Zeit schleppte sich dahin, es ging auf den Abend zu. Auf der

Station breitete sich eine beängstigende Stille aus. Ich versuchte in der Bibel zu lesen, aber ich konnte mich nicht konzentrieren. Meine Gedanken schweiften in alle möglichen Richtungen. Es wurde mir Abendessen gebracht, das ich wiederum aus den bekannten Gründen ablehnte. „Sie haben recht, beinahe wäre uns ein schwerer Fehler unterlaufen", sagte die Schwester verlegen und nahm das Tablett wieder mit.

In der Folgezeit betrat eine Nonne das Zimmer und begann, mich auf die OP vorzubereiten. Bei der Blutentnahme traf sie die Vene erst nach dem fünften Versuch. Als es ihr endlich gelang, mich anzuzapfen, fehlten Ampullen. Dann kam eine noch ältere Nonne und machte sich an meine Leisten heran. Sie entschuldigte sich, dass sie beide rasieren müsse, denn manchmal misslänge der erste Eingriff, worauf der Arzt genötigt sei, auf die andere Leiste auszuweichen, erklärte sie den Aufwand.

Nachdem ich den ganzen Tag nichts gegessen hatte, wurde ich am späten Abend körperlich und seelisch geschwächt in die OP-Räume gebracht. Man zog mir eine Art weißes Totenhemd über, bahrte mich auf einem Wagen auf und schob mich in einen Aufzug. Wir passierten viele Türen und Gänge, bis ich endlich in einem kühlen Raum ohne Fenster abgestellt wurde. Ähnliche Räume kannte ich aus Krimis, wenn es um Leichenbeschauung ging.

Man warf ein dünnes Leinentuch über meinen nackten Körper und ließ mich allein. Von der Kälte und Angst zitternd wartete ich eine gute Stunde auf die OP und lauschte dem fröhlichen Treiben des Personals im Nachbarraum. Schließlich kam eine Schwester auf mich zu, hielt einen kurzen Vortrag über die Anfälligkeit der modernen Medizingeräte und erwähnte ein Computerprogramm, das für meine OP unentbehrlich sei. Aber ausgerechnet dieses Programm wäre gerade abgestürzt. Sie müsse mich also leider unverrichteter Dinge wieder auf die Station bringen. Wann ich dran käme, stünde noch in den Sternen.

Im Zimmer angekommen richtete ich mich auf eine lange Nacht ein. Ich verspürte Bewegungsdrang. Da ich auf der Station von niemandem beachtet wurde, verließ ich die Klinik unbemerkt und gönnte mir in einer nahegelegenen Kneipe ein Paar Weizenbier. Essen wollte ich nicht, denn nach alldem, was ich erlebt hatte, war mir der Appetit gänzlich vergangen.

Am nächsten Morgen stand plötzlich eine Frau neben meinem Bett und befragte mich nach meinen Essenswünschen. Als ich ihr erklärte, dass ich nüchtern bleiben müsse, meinte sie, ich solle trotzdem eine Wahl treffen. Man kann ja nicht wissen, ob man auch wirklich dran kommt. Nachdem wir den Speiseplan für die nächsten sieben Tage zusammen gestellt hatten, erlaubte ich mir zu bemerken, dass mein Aufenthalt in dieser Klinik sich höchstens über drei Tage erstrecken sollte. Denn dann würde ich in ein anderes Krankenhaus verlegt werden.

„Man kann es ja nicht wissen", lautete ihre Standardantwort und wünschte mir, dass ich den Eingriff überlebe.

Nachdem ich bis 14 Uhr völlig allein war und in Ruhe gelassen wurde, bat ich die Stationsschwester, sie möge den Professor fragen, ob er mich vielleicht vergessen hatte.

Gegen fünf Uhr wurde ich geholt. Das kalte Zimmer kannte ich bereits, so fröstelte ich schon auf dem Weg dorthin.

Dann ging es Schlag auf Schlag. Ich spürte, wie der Katheter in die Vene geschoben wurde. Mit dem Kontrastmittel breitete sich Wärme in meinem Körper aus. Es folgte der Versuch, die Verengung der Ader zu weiten.

Plötzlich kamen die Schmerzen. Sie steigerten sich und erreichten bald eine Stärke, die meine Befürchtungen weit übertraf.

Ist das der Anfang vom Ende, der Beginn meines Sterbens? Der Gedanke gefiel mir. Wenn ich sterbe, sind wenigstens die Schmerzen weg.

Ich begann heftig zu stöhnen. Zwischendurch heulte ich auf wie ein verwundeter Wolf.

„Wenn Sie Ihre Schmerzen auf einer Skala von eins bis zehn angeben sollten, wo sehen Sie sich gerade?", fragte mich der Professor.

„Zwanzig", stieß ich hervor und versuchte durchzuhalten.

Nun befahl der Professor, mir etwas Schmerzmittel zu spritzen. Die Schmerzen ließen rapide nach, aber wegen eintretenden Sehstörungen nahm ich alles um mich herum nur verschwommen war. Und irgendwann hüllte mich Dunkelheit ein. Ich war nun sicher, dass ich gleich sterben würde.

Doch plötzlich erwachte ich auf Station und spürte starke Übelkeit. Schweiß schoss aus allen Poren meiner Haut. Vielleicht sterbe ich jetzt wirklich, dachte ich. Doch offenbar fiel ich wieder in Ohnmacht, aus der mich mitten in der Nacht die Nonne aufweckte, die mich am Vortag rasiert hatte. Sie erkundigte sich nach meinem Befinden. Ich bat sie, mein Bett im Kopfbereich etwas zu erhöhen.

Sie suchte lange nach dem richtigen Hebel. Plötzlich klappte das Bett in der Mitte ineinander, mein Körper wurde auf Anhieb zusammengefaltet, so dass meine Knie und meine Lippen zu einer schmerzlichen Berührung aufeinander trafen.

„Das war wohl der falsche Hebel", erkannte die Schwester und versuchte mit ihrer Körperkraft das Bett auseinander zu ziehen, um mich aus dem „Sandwich" zu befreien. Das Bett aber presste meinen Körper nur noch stärker zusammen.

Die Ordensschwester beklagte sich bitterlich über die „verfluchte" Technik und entschied: „Ich hole Hilfe."

Sie dampfte ab, drehte sich aber an der Tür noch einmal um und rief: „Rühren Sie sich ja nicht von der Stelle. Ich bin gleich zurück."

In der nächsten Viertelstunde rutschte mein Kopf immer tiefer zwischen die zwei Betthälften und es fiel mir überhaupt nicht schwer, mich nicht „von der Stelle zu rühren".

Ein zweites Bett wurde herbei gerollt und neben meinem fixiert. Nun versuchte das gesamte Pflegeteam, meinen eingeklemmten Körper aus der Verkeilung zu befreien. Nachdem noch weitere Pfleger von der Nachbarstation zu Hilfe herbei geeilt waren, wurde ich schließlich mit vereinten Kräften aus der schmerzhaften Umklammerung gepresst.

Eine Stunde später, nachdem ich mich mehr schlecht als recht im neuen Bett eingerichtet hatte, kam die Nonne wieder, blickte mich liebevoll an und fragte, ob sie das Kopfende höher stellen solle.

„Nur das nicht", rief ich panisch. „Mit dem Kopf nach unten kann ich besser über mein Elend nachdenken", behauptete ich.

Während der Nacht ließen die Übelkeitsanfälle und Schweißausbrüche nach. Allmählich versank ich in einen unruhigen Schlaf. Zwischendurch träumte ich, ich befände mich in einem indischen Krankenhaus.

Über zwei Dinge freute ich mich, als ich am nächsten Morgen erwachte: erstens, dass ich überlebt hatte und zweitens, dass ich in einer deutschen Klinik behandelt wurde, wo (fast) alles perfekt funktionierte.

Nach meinem Klinikaufenthalt war die Welt für mich nicht mehr dieselbe wie zuvor. An Essen und Trinken hatte ich kaum noch Gefallen. Meine Seelsorgearbeit reduzierte ich auf ein Minimum. Ich hasste es, lange in Gesellschaft zu sitzen und den Leuten zuzuhören. Gottesdienste bereitete ich halbherzig vor. Meine Predigten fand ich hohl und verlogen. Ich stand nicht hinter der Botschaft, die ich verkündete.

Am übelsten fühlte ich mich während der Begräbnisse, die ich halten musste. Es fehlte mir der innere Abstand zur Trauer der Hinterbliebenen. „Wenn du bei jedem Trauerfall mit stirbst, bist du bald selber ein toter Mann", hatte man uns bereits während unserer Ausbildung gewarnt. Ich zwang mich, an den Gräbern von Hoffnung zu sprechen, flüchtete aber zu den abgenutzten Floskeln über die Auferstehung von den Toten. Die Botschaft, die ich verkündete, fand ich ziemlich unglaubwürdig. Es war eine mir völlig fremde Nachricht, die ich den Betroffenen halbherzig ausrichtete, und das tat ich nur, weil ich dafür monatlich gut bezahlt wurde.

Mein ganzes Elend bestand darin, dass ich mich als Diener eines Herrn verstand, der offenbar Macht über mich hatte, mich als sein Werkzeug benutzte, aber selber nicht bereit war, mit mir zu reden.

Ich konnte so auf die Dauer nicht Pfarrer sein. Vielleicht wollte ich so auch nicht weiter leben. Ich verfluchte den Tag, an dem mich Janzekovics Buch über den ‚Sinn des Lebens' auf die Idee gebracht hatte, Gott zu suchen, ihm nachzustellen und ihn möglicherweise sogar zu beweisen.

„Du hast eine wunderbare Familie, eine sympathische Frau und drei gesunde, prachtvolle Kinder. Dass du dich nicht schämst, von Elend und Verzweiflung zu reden", schalt mich ein Kollege, dem ich meine aussichtslose Lage geschildert hatte.

Allem Glück zum Trotz, das mich scheinbar umgab, fühlte ich mich total unglücklich. Eine Ärztin, die ich aufsuchte, verordnete mir Antidepressiva, damit ich aufhörte, mir so viele und so düstere Gedanken zu machen.

Nach dem Pillenkonsum war ich zwar nicht mehr traurig, dafür aber nur noch ein Schatten meiner selbst, immer müde und unfähig, die Anliegen meiner Mitmenschen wahrzunehmen.

Ich vergaß Termine, konnte nicht mehr logisch diskutieren und schob wichtige Aufgaben auf die lange Bank. Sogar am Sex hatte ich kaum noch Interesse.

Ich besuchte meinen Propst, schüttete vor ihm mein Herz aus.

„Die Psychopharmaka, die du einnimmst, decken deine Probleme nur zu", sprach er aus, was ich schon selber vermutet hatte. „Nimm sie nicht mehr und lass dich von dem Arzt heilen, dem du als Pfarrer dienst."

„Ich wollte schon oft in seine Sprechstunde, aber er nimmt mich nicht dran", versuchte ich geistreich zu antworten.

„Du meinst, er antwortet dir nicht, wenn du ihn rufst?", deutete er mich richtig.

„Du sagst es. Er ignoriert mich seit eh und je. Was soll ich tun?"

„Gebet ist kein Telefongespräch", sagte der Propst. „Du wählst die Nummer, sprichst mit jemandem, er antwortet dir und du legst wieder auf. So einfach ist das Gebet nicht. Beten heißt, Gott suchen, mit ihm ringen, ihn bedrängen, hartnäckig bleiben, ihm so lange auf den Wecker gehen, bis etwas geschieht." Ich schaute ihn verständnislos an. Er merkte, dass ich irgendwo abgeschaltet und ihm nicht mehr zugehört hatte. „Es reicht nicht, wenn du dich ab und zu halbherzig an Gott wendest, ihn erst dann rufst, wenn das Kind schon in den Brunnen gefallen ist", sagte der Propst vorwurfsvoll.

Jetzt erinnerte ich mich wieder: Vor vielen Jahren legte mir mein Spiritual ans Herz, mich regelmäßig an Gott zu wenden und ihn um die Gabe des Glaubens zu bitten.

„Früher betete ich manchmal: Herr, ich möchte dir vertrauen, überwinde meinen Unglauben", erzählte ich dem Propst.

Der Propst erhob sich. Er trat ganz nahe zu mir und legte seine Hand auf meine Schulter: „Du bist Pfarrer, vergiss nicht die Botschaft, die du anderen verkündest, auch auf dich anzuwenden. Gott liebt nicht nur die anderen, er liebt auch dich."

„Ich werde aber das Gefühl nicht los, dass er es mir nicht zeigen will", blieb ich hartnäckig.

„Oder er zeigt es dir auf eine Art, die du noch nicht verstanden hast", relativierte der Propst meinen Pessimismus. „Gott möge dich segnen", sagte er schließlich und entließ mich.

Unruhig und aufgewühlt fuhr ich heim. Noch am selben Tag beherzigte ich den Rat des Propstes und verzichtete auf die Psychopillen. Während der Nacht wurde ich wach, zweifelte, ob ich wirklich ohne Medikamente auskommen konnte. Ich zitterte am ganzen Körper. Die Schweißausbrüche zwangen mich aufzustehen. Ich kam am Abfallkorb vorbei, in dem die weggeworfene Medizin lag, musste mich mit äußerster Kraft überwinden, sie nicht anzurühren. Ich trat ans Fenster und öffnete es. Aus dem ersten Stock hinunter zu springen, das wäre sinnlos. Es war nicht tief genug, ich würde mir nur Arme und Beine brechen, aber nicht sterben. Möglicherweise würde ich querschnittsgelähmt werden wie mein Freund Ludwig, der sich lebensmüde vor einen Zug geworfen hatte, überrollt wurde und „nur" zum Invaliden geworden war.

Ich ging in den Keller, öffnete einen Rotwein und begann zu trinken, wie ich es als Kind bei meinem Vater beobachtet hatte. Ich setzte die Flasche an den Mund und trank solange, bis ich keine Luft mehr bekam. Die Prozedur wiederholte ich einige Male.

An der Kellertreppe erschien plötzlich mein Vater. Er näherte sich und streckte mir seine Arme entgegen, griff nach meiner halbleeren Flasche. Ich ließ sie fallen, die rote Flüssigkeit verwandelte sich in Blut und überflutete den ganzen Keller. Die Glasscherben lagen überall auf dem Boden verstreut. Ich wagte nicht, mich von der Stelle zu rühren, rief um Hilfe, aber meine Kehle war wie gelähmt und zugeschnürt.

Das ist gefährlich, du wirst noch zum Säufer, warnte mich eine innere Stimme, als ich mitten in der Nacht neben dem Weinregal mit einer fast leeren Flasche in der Hand aufwachte.

Immer noch besser als am Rollstuhl gefesselt, lautete das Gegenargument, das eine andere Stimme in mir ins Feld führte.

Du bist dabei, die Pillen mit Alkohol zu ersetzen, warf ich mir in einer der nächsten Nächte vor, als ich das Besäufnis im Keller wiederholt hatte. So kann man sich auch selbst an der Nase herumführen, sich selbst belügen und betrügen, schimpfte ich mit mir.

Nur noch dieses eine Mal, schwor ich mir. Am nächsten Tag wollte ich endlich den Rat meines Propstes beherzigen: versuchen, mir von jenem Arzt helfen zu lassen, dem ich als Pfarrer diente.

Der Ausweg

Am südwestlichen Rand unseres Dorfes gingen die Buschwiesen in einen großflächigen Wald über, der durch viele Wege und Straßen erschlossen war. Als wir in die Gemeinde kamen, fand ich dort regelmäßig Ruhe und Erholung. Einige Jahre später kamen zahlreiche Hausfrauen auf die Idee, in „meinem" Wald ihren Bewegungsdrang zu stillen. Ihr resoluter Stockeinsatz sowie ihr Mitteilungsbedürfnis rief dabei einen solchen Lärmpegel hervor, dass ich mich genötigt sah, meine Waldausflüge in die Morgenstunden zwischen sechs und neun

Uhr zu legen. Da war es im Wald noch ziemlich ruhig.

Noch bei Dunkelheit schlich ich täglich aus dem Dorf hinaus, um in der heilsamen Stille des Waldes meine inneren Kämpfe auszutragen. Das Wild, das ab und zu meinen Weg kreuzte, nahm ich kaum wahr, denn meine ganze Aufmerksamkeit war auf die unsichtbaren Geheimnisse des Lebens gerichtet. Ich ging beharrlich und entschlossen dem Ratschlag meiner geistlichen Lehrer nach, Gott zu bedrängen, mit ihm zu ringen, ihn zu bestürmen, um ihn endlich aus der Reserve zu locken.

‚Frage nicht, ob es Ihn gibt, suche Ihn einfach‘, erinnerte ich mich an den Ratschlag, den ich vor vielen Jahren bei Thomas von Kempen gelesen hatte. Oder war es Thomas von Aquin? Oder Johannes Cassian? Bei einem von ihnen fand ich auch die Empfehlung: „Bete zu Ihm wie dir der Schnabel gewachsen ist. Und wenn du sprachlos bist, borge dir die passenden Worte aus der Bibel, insbesondere im Buch der Psalmen!‘

Ich setzte also bei den Psalmen an, lernte sie auswendig, wiederholte sie, „kaute“ an den einzelnen Versen wie an einer verdorrten Brotkruste.

„Gott, du bist mein Gott, den ich suche. Es dürstet meine Seele nach dir ... Wenn ich mich zu Bette lege, so denke ich an dich, wenn ich wach liege, sinne ich über dich nach...“ Ich flüsterte die Texte vor mich hin, wurde oft unbewusst lauter, fühlte mich ertappt, wenn ein Frühsportler mich plötzlich überholte.

Dann kehrte ich zu den Gebeten meiner Kindheit zurück. Auch Schutzengel spielten eine Rolle. Ich fand ihren Inhalt teilweise lächerlich und kindisch. Trotzdem frischte ich sie in meiner Erinnerung auf und musste dabei über mich selber lachen. Schaden können sie mir auf keinen Fall, stellte ich fest und kramte in meinem Gedächtnis tiefer und tiefer. „Sveti angel, varuh moj, bodi vedno ti z menoj! Du mein heiliger Schutzengel, sei du Tag und Nacht bei mir!“

Während ich mich an die Gebete meiner Mutter erinnerte, fiel mir wieder der Rosenkranz ein, das klassische Abendprogramm, mit dem sie uns jahrelang schikaniert hatte. Als Kind hielt ich meine Mutter für naiv und rückständig. Ich hatte sie belächelt, sie aber blieb standhaft und leierte den Rosenkranz ihr ganzes Leben lang weiter.

Ich war neugierig, ob ich nun in den mittleren Jahres meines Lebens dieses alte Gebet mit anderen Augen sehen konnte. Zuerst nahm ich mir den „traurigen" Teil vor. Die Geheimnisse des Leidens und Todes Jesu. Wie er vor Angst Blut schwitzte, gegeißelt und mit Dornen gekrönt wurde, sein Kreuz trug und schließlich darauf genagelt wurde. Und das alles der Menschen wegen, die nicht auf Gott hören wollten. Wir seien schuld an seinem grausamen Tod. So hatte man uns von Kindesbeinen an eingebläut.

Mir persönlich war diese Theorie schon immer suspekt. Hattest du, Herr, es nicht voraussehen können, dass deine mit Vernunft und freiem Willen ausgestatteten Geschöpfe ihre eigenen Wege gehen würden? Wusstest du nicht, dass die Freiheit, mit denen du die Menschen ausgestattet hast, ihnen zum Verhängnis wird?

Es fiel mir auf, dass ich plötzlich nicht über Gott, sondern mit Ihm redete.

Gott, du bist an deinen eigenen Geschöpfen gescheitert. Dass du den Menschen mit freiem Willen ausgestattet hast, das war salopp gesagt ein Schuss in den Ofen. Oder lass uns mal die Erschaffung der Frau nüchtern betrachten. Musste das sein? Konntest du dir für die Fortpflanzung der Menschheit nicht etwas Einfacheres einfallen lassen? Ich hätte da ein paar Ideen, aber mich hast du ja erst viel später aus dem Ärmel gezaubert.

Dann meditierte ich einige Tage lang den fröhlichen Teil des Rosenkranzes. Die Jungfrau Maria empfing Jesus ohne Zutun eines Mannes. Armer Josef, wie peinlich! Würde meine Frau mir eines Tages eröffnen, sie erwarte ein Kind, das von einem Geist gezeugt wurde, würde ich ihr den Vogel zeigen und mit ihr auf der Stelle Schluss machen. Josef aber schämte sich nicht, fromm zu bleiben. Er vertraute und glaubte ihr. Ob er geahnt hatte, dass die ungewöhnliche Lovestory zwischen ihm und Maria in die Bibel aufgenommen und er als Frauenversteher in die Geschichte eingehen würde?

Gewissermaßen bewunderte ich Josef. Trotzdem musste ich meinen Konfirmanden insgeheim recht geben, wenn sie ihn gelegentlich als Weichei bezeichnet hatten.

Beim glorreichen Rosenkranz hielt ich mich nicht lange auf. Gott holte den toten Jesus aus dem Grab, um mit ihm zusammen im Himmel zu herrschen. Dass Jesus am dritten Tag auferstanden war, dass er in den Himmel auffuhr, dass er seine Mutter nachkommen ließ und sie schließlich mit einer himmlischen Krone bedachte, das empfand ich als zu schön, um wahr zu sein. Ich fühlte mich in die phantasievolle, heile Welt der Märchen entführt. Eine schöne Geschichte, aber äußerst unglaubwürdig!

Ich kaute geduldig an den einzelnen Geheimnissen, umrahmte sie mit vorgeschriebenen Gebeten und arbeitete mich durch das Mysterium der Erlösung hindurch. Diesmal ohne Rücksicht auf kirchliche Lehren und Dogmen. Ohne Befürchtung, von jemandem als Häretiker enttarnt zu werden. Ich war ja im Gespräch mit Gott. Mit ihm unter vier Augen sozusagen.

Ihm kannst du alles sagen, wurde ich seit vielen Jahren von meinen seelischen Ratgebern ermutigt. Aber ich fand den Mut nicht dazu. Jetzt redete ich mir meine Not von der Seele und hatte keine Angst mehr, mich lächerlich zu machen.

Gott wird mich verstehen!

Die frohe Botschaft, die ich anderen verkündete, sollte auch mich froh machen. Ihr seid bereits erlöst, predigte ich von der Kanzel und verschwieg, dass ich mich selber als unerlöst betrachtete.

Herr, warum erlöst du mich nicht von den Zweifeln, die mich plagen? Warum muss ich immerzu unter finsteren Gedanken leiden? Warum befreist du mich nicht von den Ängsten, die mich Tag und Nacht verfolgen? Das wäre die Erlösung, nach der ich mich seit langem sehnte.

Aus der Tiefe rufe ich Herr zu dir! Herr, höre meine Stimme! Lass deine Ohren merken auf die Stimme meines Flehens. Wenn du, Herr, unsere Sünden anrechnen willst, Herr, wer wird bestehen?!

So redete ich Morgen für Morgen mit meinem fiktiven Gesprächspartner. Ich machte Ihm bittere Vorwürfe, ich rieb ihm alles unter die Nase, was mir persönlich stank. Ich musste zugeben, meine Gebete waren oft dogmatisch unsauber und kindisch, aber es tat mir einfach gut, meinen Groll auf Ihn los zu werden.

Nach wenigen Monaten kannte ich so viele Psalmen auswendig, dass ich sie in anderthalb Stunden meiner Waldwanderung nicht alle aufsagen konnte.

Es ist sinnlos, dachte ich manchmal kleinmütig, was du da tust. Ich befürchtete, dass am Ende alle meine Bemühungen umsonst sein könnten. Trotzdem zwang ich mich, es weiter zu probieren, das Schweigen des großen Unbekannten zu brechen.

Und wenn es doch niemanden gibt, der mir zuhören, geschweige denn helfen konnte? Wenn die Menschheit seit eh und je einer Fata

Morgana hinterher lief? War Gott eine Droge, die man einnimmt, um den Schmerz der Endlichkeit, die Angst vor dem Sterben, die Ungewissheit vor dem, was danach kommen mag, ertragen zu können? Und wenn mich Gott tatsächlich jenseits des Todes erwartete? Ich konnte mich darauf nicht freuen. Eher fürchtete ich mich vor einer Begegnung mit Ihm.

Eines Tages blieb ich bei Psalm 34 hängen. König David, der ihn gebetet haben soll, machte darin eine schlichte Aussage: Als ich den Herrn suchte, antwortete er mir und errettete mich aus all meiner Furcht.

Ich kannte Davids Geschichte ziemlich gut. Er war kein Heiliger, nicht einmal ein komischer Heiliger war er. Er war ein sündiger Mensch, der aber sein Verhalten nicht beschönigte, sondern offen zugab, dass er schwer gesündigt hatte. Als Sünder suchte er bei Gott Zuflucht. Er schrieb auf, was er dabei erfahren hatte: Der Herr ist nahe denen, die zerbrochenen Herzens sind, und hilft denen, die ein zerschlagenes Gemüt haben.

Hier hatte ich es schwarz auf weiß: Einem gescheiterten Menschen wie David war Gott nahe. Gott schien mit ihm, dem großen „Gauner", sogar zu reden.

Warum nicht mit mir? Selbst mit Hiob hattest du geredet, beschwerte ich mich.

Die Sonne ging gerade auf, ihre Strahlen schimmerten durch das Laub und beleuchteten den Weg vor mir. Ein sanfter Nebel stieg von der Erde auf. Eine geheimnisvolle Stille umgab mich.

Ich schloss die Augen und lauschte. Jetzt wird Gott mit mir reden, dachte ich.

Ich wartete umsonst. Neidisch auf David und Hiob warf ich Gott vor, ungerecht zu sein, Menschen, die in der Bibel vorkommen, zu bevorzugen und gewöhnliche Sterbliche wie mich zu vernachlässigen. Waren Hiob und David deine Lieblinge? Was machte ich falsch?

Abermals sprach ich darüber mit meinem Propst. „Du bist auf einem guten Weg. Mach weiter so! Gib nicht auf! Du stehst kurz vor dem Durchbruch", ermutigte er mich.

Wusste er mehr als ich? Woher kam seine Überzeugung, dass ich es bald packen könnte? Redete Gott etwa durch ihn zu mir? Ich konnte es nicht glauben.

Eines Tages lief ich die Eisenbahn entlang bis zum Tunnel. Ich ging einige hundert Meter hinein bis ich von der Dunkelheit aufgehalten wurde. Wie weit müsste ich noch gehen, um das Licht am Ende des Tunnels zu erblicken? Ich musste daran denken, wie wir im Bergwerk einmal einen Tunnel von zwei Seiten bauten. Kurz bevor wir aufeinander trafen, also kurz vor dem Durchbruch, kam es zu einer Metanexplosion mit drei Toten. Ausgerechnet an jenem Tag war ich nicht im Team, weil ich am Tag davor mit meinen Kollegen gesoffen und am nächsten Morgen verschlafen hatte. Ich versäumte den Durchbruch, aber ich überlebte.

Wurde auch hier der Durchbruch von zwei Seiten vorbereitet? Kommst Du mir etwa entgegen? Wann stoßen wir aufeinander? Ich wusste, dass ich dich nicht von Angesicht zu Angesicht sehen konnte, aber ich legte es darauf an, dir endlich zu begegnen.

Ich hörte die Geräusche eines fahrenden Zuges, suchte eine Nische in der Tunnelwand, verdrückte mich hinein und wartete. Das Geräusch wurde immer lauter, ein grelles Licht drang durch meine Wimpern. Ich bekam Angst zu erblinden.

Ich wachte auf, mein Jüngster stand neben meinem Bett mit einer Taschenlampe in der Hand, deren Strahl er auf mein Gesicht richtete.

„Du hast geschrien und ich kann nicht mehr schlafen", sagte er.

Ich schaute auf die Uhr. Es war Zeit aufzustehen und mit Jonatan zu frühstücken, bevor er sich auf den Weg zum Schulbus begeben würde.

„Ich suchte dich bereits im Traum", sagte ich an jenem Morgen im Wald. „Es wird Zeit, dass du reagierst."

Ich hörte nicht auf, Gott zu bedrängen und ihm „auf den Sack" zu gehen.

Immer wenn ich ein starkes Verlangen nach Psychopharmaka verspürte, rannte ich wie ein Irrer in den Wald und tauchte in die Welt der Psalmen ein. Ich musste Gott furchtbar auf den Wecker gegangen sein, denn eines Tages war meine Talfahrt zu Ende.

Ich konnte den genauen Zeitpunkt nicht angeben. Es war kein punktuelles Ereignis. Der Übergang von der Dunkelheit zum Licht verlief fließend. Wie die stockfinstere Nacht erst allmählich in den hellen Tag überging, so löste sich die Dunkelheit in der Tiefe meiner Seele langsam und kaum wahrnehmbar auf. Ich ging dem aufkommenden Tag entgegen, merkte wie die Dunkelheit wich und irgendwann sah ich mich von einem tröstenden Licht umhüllt.

Ich begann, die frische Luft des Waldes bewusst einzuatmen. In unserem Garten nahm ich den fröhlichen Vogelgesang wahr. Ich spielte mit meinen Söhnen wieder Tennis, ärgerte mich über meine Niederlagen und bejubelte meine Siege. Mit Interesse lauschte ich Katarina beim Flötenspiel und ließ mir von ihr die ersten Tanzschritte zeigen, die sie von ihren Freundinnen gelernt hatte. Nach langer Zeit überraschte ich meine Frau mit einem Blumenstrauß.

„Bist du krank?", schaute sie mich mit großen Augen an.

„Ganz im Gegenteil. Es geht mir wieder gut", erwiderte ich.

Die Schulkinder fielen mir nicht mehr zur Last, mit meinen Konfirmanden konnte ich entspannter umgehen als vorher. Meine Wege zu Kranken und Sterbenden erfüllten mich nicht mehr mit Schwermut. Das Essen schmeckte mir wieder.

Am Himmel entdeckte ich an manchen Abenden wunderbare Wolken, die ich unbedingt fotografieren musste. Ich rief meinen Jüngsten an: „Siehst du am Himmel dieselbe Wolke wie ich?"

„Hast du was getrunken, Papa?", antwortete er.

Etwas später freute ich mich über seine SMS: „Es ist derselbe Himmel."

Ich stand wieder mitten im Leben. Kurz und gut: Ich begann zu ahnen, was König David in einem seiner Gebete meinte, als er aufschrieb: „Mit meinem Gott kann ich über Mauern springen."

Es war eine starke Ahnung, noch keine feste Zuversicht. Ich sah vor mir einen Weg, den ich gehen konnte.

Zwanzig Jahre später. In der Nacht vor meiner Verabschiedung aus dem Pfarramt lag ich lange wach im Bett. Um einzuschlafen, versuchte ich mich an meine letzte Predigt zu erinnern. Dann fiel mir ein weiteres Schlafmittel ein: meine einseitigen Gespräche mit Gott. Sie waren besser als das stumpfsinnige Schäfchenzählen. Ich konnte manchmal stundenlang auf ihn einreden, ohne dass er je reagiert hätte. Ich versuchte also wieder einmal, mit Ihm in Kontakt zu treten.

„Ist dir bewusst", sprach ich, „dass du demnächst auf mich als Gemeindepfarrer wirst verzichten müssen?" Keine Antwort. „Ist dir klar, was das für meine beiden Gemeinden bedeutet? Schau doch auf die armen Schäfchen herab, wie sie mir schon jetzt nachweinen."

„Wer weiß", glaubte ich eine Stimme zu hören, „vielleicht sind es auch Tränen der Freude. Außerdem weißt du es ja: Alles hat seine Zeit. Deine Zeit als Pfarrer ist nun einmal um! Deine Pfarrkinder haben es verdient, nach so langer Zeit wieder rein protestantische Predigten zu hören."

Nun schmollte ich ein wenig. Dann setzte ich meine Annäherungsversuche an Ihn fort. „Ich weiß, dass du mit mir oft Ärger hattest. Zum Beispiel damals, als ich noch in der anderen Filiale deines Weltkonzerns wirken durfte, dort, wo Zölibat Pflicht und Kondome verboten sind. Irgendwie kriegte ich das nicht auf die Reihe. Du weißt es aber, dass das nicht meine Schuld war. Du hast mir falsche Gene eingebaut.

Und dann kam ich in die allein seligmachende Kirche nach Oberhessen. Hier lernte ich Dinge kennen, die nicht nur die Seele, sondern auch den Leib selig machen: herrlich knackige, frisch von fremden Bäumen stibitzte Kirschen im Frühjahr; echtes Wetterauer Stöffche, das an lauen Sommerabenden im Kreise der Einheimischen getrunken wurde; höllisch ungesunde, aber himmlisch wohlschmeckende Hausmacherwurst, mit der man sogar Fastenzeiten ohne Gewissensbisse unterbrechen konnte; selbstgemachte Kuchen und Torten seien hier nur am Rande erwähnt, weil dir ja meine seelische Abhängigkeit von diesen Delikatessen hinlänglich bekannt ist.

Ich kam hierher vor 25 Jahren in einer Fünfer-Packung: mit meiner Frau Gabi, die mir den Anlass lieferte, die Kirche zu wechseln, und mit drei Kindern, die solidarisch mit ihrer Mutter fast drei Jahrzehnte lang auf unsere Sesshaftigkeit bestanden hatten.

Wenn ich manchmal im Kreise der Familie zaghaft ansetzte: Ich glaube, dass der Herr mich von dieser Pfarrstelle abziehen möchte, erntete ich Spott und Stürme des Protestes nach dem Motto: Wer bist du denn, dass du uns aus dem gelobten Land in die Wüste führen willst?!

Und da sind wir auch geblieben. Dann kam es wie es kommen musste. Irgendwann wurden unser drei Jungvögel flügge, flatterten fort und hinterließen drei gähnend leere Kinderzimmer im Pfarrhaus. Damit aber die Schlawiner nicht auf die Idee kämen, in das Hotel Mama zurückzukehren, haben wir die Räume mit kostbaren Dingen des Alltags vollgestopft. Ich war zwar der Meinung, wir könnten die Sachen auch bei der örtlichen Müllentsorgung deponieren, aber die Firma war nicht in der Lage, ihr Gelände entsprechend zu erweitern.

Nun werden wir das Pfarrhaus bald räumen, unsere Schlüssel abgeben und in unser privates Häuschen, das nur einen Steinwurf von „meinem" Kirchturm entfernt lag, einziehen.

Ich könnte mir durchaus vorstellen, hier weiter zu predigen. Meine Pfarrkinder kennen meine Gedanken nach so langer Zeit beinahe auswendig. Ich bräuchte auf der Kanzel nichts weiter zu sagen, außer vielleicht: Ich verweise auf meine Predigt von dem und dem Sonntag, die ich im Jahre soundso viel gehalten habe.

Den Dienst in deinem Haus, Herr, werde ich am meisten vermissen, denn wie heißt es doch in deinem Buch der Psalmen: Ein Tag in deinen Vorhöfen ist besser als Tausende Tage irgendwo in der Pampa.

Aber das lassen wir lieber, denn du, Herr, willst, dass ich nun diese Baustelle verlasse und mich auf eine andere begebe.

Wie du es mir schon so oft in den Mund gelegt hast: Alles in dieser Welt hat seine Zeit..."

Ein Besuch im Vatikan

Im Vatikan nahm ich schon einmal an einer allgemeinen Audienz des Papstes teil. Als Neupriester aus Slowenien wurden wir damals von Paul dem Sechsten empfangen. Diesmal kam ich in die ewige Stadt, um bei Benedikt dem Sechzehnten persönlich vorzusprechen.

Des Nachfolgers Petri Schicksal war es, lebenslänglich in einem Palast neben dem Petersdom eingesperrt zu sein. Ich war rund um den Petersdom gelaufen, um einen Eingang zu der Gefängniszelle seiner Heiligkeit ausfindig zu machen und wurde dabei misstrauisch von Männern in Clownskostümen beäugt, deren Aufgabe es offenbar war, einen Ausbruch des prominenten Gefangenen zu verhindern.

Ich fragte also einen der Clowns, bei welchem Eingang ich denn klingeln sollte, um zum Heiligen Vater zu gelangen.

„Dort oben wohnt seine Heiligkeit, aber da kommt einer wie du nicht rein", sagte er und zeigte auf den Palast neben dem Petersdom.

„Wieso einer wie ich?"

„Schau dich doch an! Eine Jammergestalt bist du, weiter nichts!", sagte der Wachmann und warf mir einen herablassenden Blick zu.

Natürlich, mein Äußeres wird mir auch diesmal zum Verhängnis, ärgerte ich mich über das Problem, das mir schon so oft im Leben begegnet war.

„Ich bin Priester und möchte den Heiligen Vater etwas sehr Wichtiges fragen", erklärte ich mit empörter Stimme. „Ich habe ein Anrecht darauf, den Mann, an dessen heiliger Sendung ich teilhabe, zu treffen, ihn zu segnen und von ihm gesegnet zu werden."

Der als Clown verkleidete Wachposten rief zwei weitere Clowns herbei und sprach mit ihnen im Flüsterton. Einer der beiden berührte unauffällig mit dem Zeigefinger seine Stirn, schaute mich verstohlen an und verdrehte dabei die Augen. Der andere bemühte sich unterdessen, mich einfach zu ignorieren.

Schließlich winkten sie mich zu sich und erklärten mich für verrückt, weil das, was ich möchte, unmöglich sei.

„Ich wäre auch schon mit einer Audienz bei Kardinal Samo zufrieden", schraubte ich meinen Anspruch deutlich zurück. Ich nannte den Namen des Theologieprofessors, dessen Vorlesungen ich als Student in Ljubljana gehört hatte, und dem später als Anerkennung für seinen Glaubenseifer der Kardinalshut verliehen worden war.

„Gehen Sie in den Dom. Kardinal Samo sitzt gerade darin in einem der Beichtstühle."

Ich betrat den Kirchenraum, schaute mich um und fand den Beichtstuhl, in dem der slowenische Kardinal als Beichtvater auf uns Sünder wartete.

Da ich mich keiner aktuellen Vergehen entsinnen konnte, begann ich die Sünden aufzuzählen, die zeitlich schon etwas zurücklagen, zum Beispiel wie ich Mutters Zuckervorrat geplündert und der Nachbarskatze leere Dosen an den Schwanz gebunden hatte. Einige Sünden erfand ich einfach. Zum Beispiel war ich am Attentat auf Karol Wojtyla in Wirklichkeit nicht beteiligt. Am Ende meiner Scheinbeichte lachte der Kardinal mit einer Stimme, die an ein entferntes Donnern erinnerte. Aus seinem Mund blitzte es und es roch nach Schwefel.

„Aber deshalb bin ich nicht hier", gab ich zu. „Ich bin nämlich extra nach Rom gekommen, um mit dem Heiligen Vater zu reden. Ich wurde nämlich in den siebziger Jahren zum Priester geweiht, versündigte mich aber ziemlich bald gegen das Zölibatsgebot, was zur Folge hatte, dass ich meinen Priesterberuf für kurze Zeit auf Eis legen musste. Ich heiratete und entschloss mich, meine Dienste auf dem freien Markt der Religionen feilzubieten. So landete ich bei den Protestanten, wo ich in der Folgezeit für mehr als drei Jahrzehnte meinen Dienst als Seelsorger ausübte. Nachdem ich das entsprechende Alter erreicht hatte, zog ich mich zurück und übergab meine Pfarrei in jüngere Hände. Unsere drei Kinder waren inzwischen erwachsen und haben uns verlassen, meine Frau und ich sind nun offen für neue Herausforderungen. Ich könnte zum Beispiel wieder als Priester eingesetzt werden. Meine Frau würde mir dabei als Haushälterin zur Seite stehen. Wir würden uns natürlich verpflichten, künftig das Gebot der Keuschheit zu befolgen und wie Bruder und Schwester zusammen zu leben. Gegebenenfalls wäre ich auch bereit, meine Frau in ein Kloster zu schicken.

Sie, lieber Beichtvater, werden so gut sein und mir den Zutritt zu Benedikt dem Sechzehnten verschaffen, damit ich ihm mein Angebot unterbreiten kann!"

„Sie kommen zu spät. Der Heilige Vater kann sie nicht mehr empfangen", belehrte mich der Kardinal.

„Warum?", stellte ich mich dumm.

„Weil er in Kürze sein Amt als Papst aufgeben will."

„Aber mein Anliegen könnte er sich doch noch anhören", blieb ich hartnäckig.

Der Kardinal blickte mich entnervt an, zückte sein Handy und telefonierte kurz. Inzwischen klopfte es an den Beichtstuhl. „Geht es nicht ein bisschen schneller? Wir möchten auch noch dran kommen", beschwerte sich eine heisere Stimme.

Der Kardinal verstaute sein Handy und schüttelte den Kopf.

„Der Papst hat keine Zeit. Er füllt gerade seinen Rentenantrag aus. Außerdem legte Seine Heiligkeit dein Anliegen in meine Hand", teilte mein prominenter Landsmann mir das Ergebnis seines Telefonats mit.

Ich schwieg und schmollte.

„Haben Sie sich damals nach dem Übertritt in die evangelische Kirche laisieren lassen?", fragte der Beichtvater mit einer Stimme, deren Echo mehrmals zu hören war. Während er mich anschaute, wurden die Augenhöhlen des Kardinals immer größer und heller. Sie erinnerten mich an zwei Abgründe, in deren Tiefe es lichterloh brannte.

„Nein, ich bin nach wie vor ein Priester mit unauslöschlichem Charakter", sagte ich mit zittriger Stimme.

„Melden Sie sich, bitte, morgen um 10 Uhr in meinem Büro an der Via Appia 13."

„Sie werden mich also als Priester einsetzen und meine Frau als Haushälterin tolerieren?"

„Sie haben mein Wort!"

„Können Sie mir schon das Land nennen, in das wir geschickt werden?"

„Es wird ein Land sein, wo Milch und Honig fließen und wo niemand Sie kennt."

„Warum sind Sie eigentlich so gütig zu mir?", fragte ich etwas misstrauisch.

Der Mann hinter dem vergitterten Fenster begann zu lachen. Er lachte wie ein tobendes Gewitter, immer lauter und heftiger. Dann löste sich seine liturgische Bekleidung in Fetzen auf und verschwand schließlich von seinem Körper, zuerst der lila Gürtel, dann die Albe und schließlich der Talar. Als auch die Unterwäsche von ihm abfiel, sackte das Skelett zusammen und verwandelte sich in ein Häufchen Asche. Nur der Kopf blieb unversehrt und rollte auf dem Boden herum. Als er endlich liegen blieb, erkannte ich das Gesicht meines Vaters, das mich mürrisch anstarrte.

„Herr, erbarme dich meiner!", schrie ich auf.

Dann spürte ich eine kühle Hand auf meiner Stirn und hörte die Stimme meiner Frau: „Hast du Fieber?"

„Keine Ahnung", sagte ich im Halbschlaf und drehte mich im Bett auf die Fensterseite. Draußen sah es noch dunkel aus und an meine Ohren drangen Geräusche des Regens.

Heimkehr

Neulich kehrte ich spät in der Nacht in Gedanken versunken heim, versuchte die Eingangstür aufzuschließen, aber kein Schlüssel passte.

Ich trat einige Meter zurück und überlegte. Plötzlich ging mir ein Licht auf. Natürlich! Ich stand vor der Tür des Pfarrhauses, in dem wir seit gut zwei Jahren nicht mehr wohnten, da wir ja in unser privates Domizil umgezogen waren.

Was hatte ich also hier noch zu suchen, wo bereits mein Nachfolger seine Stellung bezogen hatte? Zog es mich unbewusst zurück an den Ort, wo ich als Pfarrer fast drei Jahrzehnte lang mit meiner Familie ein gutes und abwechslungsreiches Leben führte?

„Ihr bleibt innerhalb der Gemeinde wohnen? Wollt ihr unbedingt dem Amtsnachfolger auf den Wecker gehen?", entsetzten sich meine Kollegen damals. „Selbst der Papst bleibt nach seiner Ruhestandversetzung nicht in Vatikan wohnen", argumentierte einer.

„Ich werde mich aus dem Pfarrdienst komplett raushalten", versprach ich allen, die auf meinen Wegzug drängten, und überlegte, welchen Hobbys ich mich nach meiner Pensionierung widmen könnte.

Ich könnte in unserem großen Garten einen Hühnerstall bauen, vielleicht würde das Grundstück sogar für einige Schafe oder Ziegen ausreichen. Dann bräuchte ich den Rasen überhaupt nicht mehr zu sensen. Da wir von allen Seiten mit Sträuchern umgeben waren, die mit ihren Blüten Bienen anzogen, wäre auch Imkerei ein mögliches Steckenpferd, dem ich mich hingeben könnte. Vielleicht pachte ich sogar einen Acker, baue Kartoffeln und Rüben an und halte ein paar Schweine.

Dann mussten wir meine Verabschiedung aus dem Pfarramt über uns ergehen lassen. Die Dekanin und der Propst waren erschienen. Wir hatten einen großen Gottesdienst gefeiert, in dem ich entmachtet wurde. Anschließend waren wir in das Dorfgemeinschaftshaus gezogen, tranken dort Kaffee und hörten uns Abschiedsreden an, die schon ein wenig meine Beerdigung vorwegnahmen.

Was meine in Erwägung gezogenen Hobbys betraf, habe ich sie allesamt verwerfen müssen. Meine Frau wollte unseren Garten für keinerlei Tierhaltung freigeben. Die Duftnoten, die von Ziegen, Schafen und Schweinen ausgehen würden, träfen angeblich nicht ganz ihren Geschmack. Sie mochte rund ums Haus auch keine Hühnerkacke sehen und schon gar nicht hineintreten.

Ich gehe jetzt täglich durch unseren Garten, schaue mir die Wolken an, die fast immer unseren Wetterauer Himmel zieren, werfe gelegentlich einen Blick auf „meine" Kirchturmuhr und bedauere insgeheim, dass die Zeit so schnell verrinnt.

Epilog

Die Lockrufe Gottes

Von ‚fünf Wegen zu Gott' war in jenem Buch die Rede, das mich auf eine Reise lockte, während der ich dem geheimnisvollen Unbekannten, Gott genannt, zu begegnen hoffte.

Viele Jahre lang stand ich in Seinem Dienst, predigte über Ihn, tröstete Menschen in Seinem Namen, ermutigte sie zu einem angstfreien Leben, das nicht unter der Erde enden, sondern in der Herrlichkeit des Paradieses seine ewige Fortsetzung finden sollte.

Nun bin ich in die Jahre gekommen und habe mich auf das Abstellgleis zu den anderen Alten verschieben lassen. Ich könnte jetzt endlich mit der Wahrheit heraus rücken und sagen: Leute, macht euch nichts vor. Gott, von dem ich euch gepredigt habe, gibt es nicht. Er ist bloß eine Illusion, eine Erfindung der Menschen, die die zahlreichen Schlamassel des irdischen Daseins ohne Ihn nicht ertragen konnten.

Ich könnte sagen: Ich bin Ihm nie leibhaftig begegnet, habe niemals seine Stimme gehört, kein einziges Mal seine Gegenwart unmissverständlich wahrgenommen.

Das könnte ich sagen, denn endlich bin ich frei vom Zwang, mich fürs tägliche Brot innerlich verrenken zu müssen.

Ich könnte weiterhin sagen: Das ganze Gerede von Gott, der uns liebt und uns in sein himmlisches Reich geleiten will, ist ein Märchen, dessen Entstehen im menschlichen Wunschdenken gründet. Vergesst es und lebt endlich, als ob es Gott nicht gäbe!

So könnte ich es sagen.

Aber ich traue mich nicht.

Ich habe Angst, mich gegen das achte Gebot zu versündigen: Du sollst nicht lügen.

Wenn ich nämlich behaupten würde, Gott gäbe es nicht, wäre ich vermutlich ein Lügner.

Denn eins muss ich Ihm lassen: Irgendwie schaffte Er es bis zum heutigen Tag, mich mit seinen Lockrufen auf Trab zu halten. Seit jenem Tag, als ich von den berühmten ‚Fünf Wegen' gelesen hatte, die laut Thomas von Aquin zu Gott führten, bis heute, fühlte ich mich genötigt, seinen Spuren zu folgen. Er zog mich an und ich bemühte mich, Ihn zu suchen, zu rufen und aus der Reserve zu locken. Ich tat es, weil ich mir ziemlich sicher war, dass Er sich nicht ewig vor mir verstecken konnte.

Gott hat mich dabei mehr als tausend Mal enttäuscht. Weil Er nicht das tat, was ich erwartete und was mir in den Kram passte. Weil er nicht „mitspielte".

Enttäuscht kann man werden, wenn man sich vorher getäuscht hat.

Ich muss zugeben: Ich habe mich über Gott mehr als tausend Mal getäuscht.

Aber allem zum Trotz: Ich habe die Sehnsucht nach Ihm nie ganz aus dem Herzen verloren.

Seine Lockrufe begleiten mich nach wie vor.

Deshalb suche ich Ihn weiter, bleibe auf seiner Fährte.

Offenbar hat Er es nicht anders gewollt.

Amen

Glossar

coklje: aus weichem Holz gemachte Cloks

rubes: Schuldeneintreiber

Udba: der ehemals gefürchtete jugoslawische Geheimdienst

fures: Schlachtfest

pletenka: große, mit Weiden umflochtene Weinflasche

potica: der traditionelle slowenische Osterkuchen

skaf: Maßeinheit bei der Hopfenlese

muslimani: Moslems

Gazda: Hausherr (aus dem Türkischen)

Pelinkovec: slowenischer Magenbitter

gorca: Weinberg mit Weinkeller

freitonarca: Ziehharmonika

bogoslovci: Priesteramtskandidaten

semiska crniva: Rotwein aus dem Südwesten Sloweniens

prsut: luftgetrockneter Schinken aus dem Karstgebiet

gospon: Herr Pfarrer (Dialekt)

zidanca: gemauerter Keller an einem Weinberg

klopotec: Windrad am Weinberg, das beim Drehen Lärm erzeugt und damit Vögel verscheuchen soll

kruh: Brot

caj: Tee